МИРОВАЯ КЛАССИКА

МИРОВАЯ КЛАССИКА

И.С. ТУРГЕНЕВ

Дворянское гнездо

Рудин

Москва
2002

УДК 882
ББК 84(2Рос-Рус)
Т 87

Серия «Мировая классика»

Текст печатается по изданию:
Тургенев И.С. Избранное: Романы. — Киев: Веселка, 1979

Серийное оформление А.А. Воробьева

Оригинал-макет подготовлен издательством «Фолио»

ISBN 5-17-007134-5

© Художественное оформление.
ООО «Издательство АСТ», 2001

Рудин
роман

I

Было тихое летнее утро. Солнце уже довольно высоко стояло на чистом небе; но поля еще блестели росой, из недавно проснувшихся долин веяло душистой свежестью, и в лесу, еще сыром и не шумном, весело распевали ранние птички. На вершине пологого холма, сверху донизу покрытого только что зацветшею рожью, виднелась небольшая деревенька. К этой деревеньке, по узкой проселочной дорожке, шла молодая женщина, в белом кисейном платье, круглой соломенной шляпе и с зонтиком в руке. Казачок издали следовал за ней.

Она шла не торопясь и как бы наслаждаясь прогулкой. Кругом, по высокой, зыбкой ржи, переливаясь то серебристо-зеленой, то красноватой рябью, с мягким шелестом бежали длинные волны; в вышине звенели жаворонки. Молодая женщина шла из собственного своего села, отстоявшего не более версты от деревеньки, куда она направляла путь; звали ее Александрой Павловной Липиной. Она была вдова, бездетна и довольно богата, жила вместе с своим братом, отставным штабс-ротмистром[1] Сергеем Павлычем Волынцевым. Он не был женат и распоряжался ее имением.

Александра Павловна дошла до деревеньки, остановилась у крайней избушки, весьма ветхой и низкой, и, подозвав своего казачка, велела ему войти в нее и спро-

---

[1] Штабс-ротмистр — в дореволюционной России офицерский чин в кавалерии.

сить о здоровье хозяйки. Он скоро вернулся в сопровождении дряхлого мужика с белой бородой.

— Ну, что? — спросила Александра Павловна.
— Жива еще... — проговорил старик.
— Можно войти?
— Отчего же? можно.

Александра Павловна вошла в избу. В ней было тесно, и душно, и дымно... Кто-то закопошился и застонал на лежанке. Александра Павловна оглянулась и увидела в полумраке желтую и сморщенную голову старушки, повязанной клетчатым платком. Покрытая по самую грудь тяжелым армяком, она дышала с трудом, слабо разводя худыми руками.

Александра Павловна приблизилась к старушке и прикоснулась пальцами до ее лба... он так и пылал.

— Как ты себя чувствуешь, Матрена? — спросила она, наклонившись над лежанкой.

— О-ох! — простонала старушка, всмотревшись в Александру Павловну. — Плохо, плохо, родная! Смертный часик пришел, голубушка!

— Бог милостив, Матрена: может быть, ты поправишься. Ты приняла лекарство, которое я тебе прислала?

Старушка тоскливо заохала и не отвечала. Она не расслышала вопроса.

— Приняла, — проговорил старик, остановившийся у двери.

Александра Павловна обратилась к нему.

— Кроме тебя, при ней никого нет? — спросила она.

— Есть девочка — ее внучка, да все вот отлучается. Не посидит: такая егозливая. Воды подать испить бабке — и то лень. А я сам стар: куда мне?

— Не перевезти ли ее ко мне в больницу?

— Нет! зачем в больницу! все одно помирать-то. Пожила довольно; видно, уж так Богу угодно. С лежанки не сходит. Где ж ей в больницу! Ее станут поднимать, она и помрет.

— Ох, — застонала больная, — красавица барыня, сироточку-то мою не оставь; наши господа далеко, а ты...

Старушка умолкла. Она говорила через силу.

— Не беспокойся, — промолвила Александра Павловна, — все будет сделано. Вот я тебе чаю и сахару принесла. Если захочется, выпей... Ведь самовар у вас есть? — прибавила она, взглянув на старика.

— Самовар-то? Самовара у нас нету, а достать можно.

— Так достань, а то я пришлю свой. Да прикажи внучке, чтобы она не отлучалась. Скажи ей, что это стыдно.

Старик ничего не отвечал, а сверток с чаем и сахаром взял в обе руки.

— Ну, прощай, Матрена! — проговорила Александра Павловна, — я к тебе еще приду, а ты не унывай и лекарство принимай аккуратно...

Старуха приподняла голову и потянулась к Александре Павловне.

— Дай, барыня, ручку, — пролепетала она. Александра Павловна не дала ей руки, нагнулась и поцеловала ее в лоб.

— Смотри же, — сказала она, уходя, старику, — лекарство ей давайте непременно, как написано... И чаем ее напойте.

Старик опять ничего не отвечал и только поклонился.

Свободно вздохнула Александра Павловна, очутившись на свежем воздухе. Она раскрыла зонтик и хотела было идти домой, как вдруг из-за угла избушки выехал, на низеньких беговых дрожках, человек лет тридцати, в старом пальто из серой коломянки и такой же фуражке. Увидев Александру Павловну, он тотчас остановил лошадь и обернулся к ней лицом. Широкое, без румянца, с небольшими бледно-серыми глазками и белесоватыми усами, оно подходило под цвет его одежды.

— Здравствуйте, — проговорил он с ленивой усмешкой, — что это вы тут такое делаете, позвольте узнать?

— Я навещала больную... А вы откуда, Михайло Михайлыч?

Человек, называвшийся Михайло Михайлычем, посмотрел ей в глаза и опять усмехнулся.

— Это вы хорошо делаете, — продолжал он, — что больную навещаете; только не лучше ли вам ее в больницу перевезти?

— Она слишком слаба: ее нельзя тронуть.

— А больницу свою вы не намерены уничтожить?
— Уничтожить? зачем?
— Да так.
— Что за странная мысль! С чего это вам в голову пришло?
— Да вы вот с Ласунской все знаетесь, и кажется, находитесь под ее влиянием. А по ее словам, больницы, училища — это все пустяки, ненужные выдумки. Благотворение должно быть личное, просвещение тоже: это все дело души... так, кажется, она выражается. С чьего это голоса она поет, желал бы я знать?
Александра Павловна засмеялась.
— Дарья Михайловна умная женщина, я ее очень люблю и уважаю: но и она может ошибаться, и я не каждому ее слову верю.
— И прекрасно делаете, — возразил Михайло Михайлыч, все не слезая с дрожек, — потому что она сама словам своим плохо верит. А я очень рад, что встретил вас.
— А что?
— Хорош вопрос! Как будто не всегда приятно вас встретить! Сегодня вы так же свежи и милы, как это утро.
Александра Павловна опять засмеялась.
— Чему же вы смеетесь?
— Как чему? Если б вы могли видеть, с какой вялой и холодной миной вы произнесли ваш комплимент! Удивляюсь, как вы не зевнули на последнем слове.
— С холодной миной... Вам все огня нужно; а огонь никуда не годится. Вспыхнет, надымит и погаснет.
— И согреет, — подхватила Александра Павловна.
— Да... и обожжет.
— Ну, что ж, что обожжет! И это не беда. Все же лучше, чем...
— А вот я посмотрю, то ли вы заговорите, когда хоть раз хорошенько обожжетесь, — перебил ее с досадой Михайло Михайлыч и хлопнул вожжой по лошади. — Прощайте!
— Михайло Михайлыч, постойте! — закричала Александра Павловна, — когда вы у нас будете?
— Завтра; поклонитесь вашему брату.
И дрожки покатились.

Александра Павловна посмотрела вслед Михайлу Михайловичу.

«Какой мешок!» — подумала она. Сгорбленный, запыленный, с фуражкой на затылке, из-под которой беспорядочно торчали косицы желтых волос, он действительно походил на большой мучной мешок.

Александра Павловна отправилась тихонько назад по дороге домой. Она шла с опущенными глазами. Близкий топот лошади заставил ее остановиться и поднять голову... Ей навстречу ехал ее брат верхом; рядом с ним шел молодой человек небольшого роста, в легоньком сюртучке нараспашку, легоньком галстучке и легонькой серой шляпе, с тросточкой в руке. Он уже давно улыбался Александре Павловне, хотя и видел, что она шла в раздумье, ничего не замечая, а как только она остановилась, подошел к ней и радостно, почти нежно произнес:

— Здравствуйте, Александра Павловна, здравствуйте!
— А! Константин Диомидыч! здравствуйте! — ответила она. — Вы от Дарьи Михайловны?
— Точно так-с, точно так-с, — подхватил с сияющим лицом молодой человек, — от Дарьи Михайловны. Дарья Михайловна послала меня к вам-с; я предпочел идти пешком... Утро такое чудесное, всего четыре версты расстояния. Я прихожу — вас дома нет-с. Мне ваш братец говорит, что вы пошли в Семеновку, и сами собираются в поле; я вот с ними и пошел-с, к вам навстречу. Да-с. Как это приятно!

Молодой человек говорил по-русски чисто и правильно, но с иностранным произношением, хотя трудно было определить, с каким именно. В чертах лица его было нечто азиатское. Длинный нос с горбиной, большие неподвижные глаза навыкате, крупные красные губы, покатый лоб, черные как смоль волосы — все в нем изобличало восточное происхождение; но молодой человек именовался по фамилии Пандалевским и называл своею родиной Одессу, хотя и воспитывался где-то в Белоруссии, на счет благодетельной и богатой вдовы. Другая вдова определила его на службу. Вообще дамы средних лет охотно покровительствовали Константину Диомидычу: он умел искать, умел находить в них. Он и теперь жил у богатой помещицы, Дарьи Михайловны Ласунской, в качестве приемыша или нахлебника. Он был весьма ласков, услужлив, чувствителен и втайне сластолюбив, обладал приятным голосом, порядочно играл на фортепьяно и имел привычку, когда говорил с кем-нибудь, так и впиваться в него глазами. Он одевался очень чистенько и платье носил чрезвычайно долго, тщательно выбривал свой широкий подбородок и причесывал волосок к волоску.

Александра Павловна выслушала его речь до конца и обратилась к брату.

— Сегодня мне всё встречи: сейчас я разговаривала с Лежневым.

— Да; и вообрази, на беговых дрожках, в каком-то полотняном мешке, весь в пыли... Какой он чудак!

— Да, быть может; только он славный человек.

— Кто это? Господин Лежнев? — спросил Пандалевский, как бы удивясь.

— Да, Михайло Михайлыч Лежнев, — возразил Волынцев. — Однако прощай, сестра, мне пора ехать в поле: у тебя гречиху сеют. Господин Пандалевский тебя проведет домой...

И Волынцев пустил лошадь рысью.

— С величайшим удовольствием! — воскликнул Константин Диомидыч и предложил Александре Павловне руку.

Она подала ему свою, и оба отправились по дороге в ее усадьбу.

Вести под руку Александру Павловну доставляло, по-видимому, большое удовольствие Константину Диомидычу; он выступал маленькими шагами, улыбался, а восточные глаза его даже покрылись влагой, что, впрочем, с ними случалось нередко: Константину Диомидычу ничего не стоило умилиться и пролить слезу. И кому бы не было приятно вести под руку хорошенькую женщину, молодую и стройную? Об Александре Павловне вся ...ая губерния единогласно говорила, что она прелесть, и ...ая губерния не ошибалась. Один ее прямой, чуть-чуть вздернутый носик мог свести с ума любого смертного, не говоря уже о ее бархатных карих глазках, золотисто-русых волосах, ямках на круглых щечках и других красотах. Но лучше всего в ней было выражение ее миловидного лица: доверчивое, добродушное и кроткое, оно и трогало и привлекало. Александра Павловна глядела и смеялась, как ребенок; барыни находили ее простенькой... Можно ли было чего-нибудь еще желать?

— Вас Дарья Михайловна ко мне прислала, говорите вы? — спросила она Пандалевского.

— Да-с, прислала-с, — отвечал он, выговаривая букву с, как английское th, — они непременно желают и велели вас убедительно просить, чтобы вы пожаловали сегодня к ним обедать... Они (Пандалевский, когда говорил о третьем лице, особенно о даме, строго придерживался множественного числа), они ждут к себе нового гостя, с которым непременно желают вас познакомить.

— Кто это?

— Некто Муффель, барон, камер-юнкер[1] из Петербурга. Дарья Михайловна недавно с ним познакомились у князя Гарина и с большой похвалой о нем отзываются, как о любезном и образованном молодом человеке. Господин барон занимаются также литературой, или, лучше сказать... ах, какая прелестная бабочка! извольте обратить ваше внимание... лучше сказать, политической экономией. Он написал статью о каком-то очень интересном вопросе — и желает подвергнуть ее на суд Дарье Михайловне.

— Политико-экономическую статью?

— С точки зрения языка-с, Александра Павловна, с точки зрения языка-с. Вам, я думаю, известно, что и в этом Дарья Михайловна знаток-с. Жуковский с ними советовался, а благодетель мой, проживающий в Одессе благопотребный старец Роксолан Медиарович Ксандрыка...[2] Вам, наверное, известно имя этой особы?

— Нисколько, и не слыхивала.

---

[1] Камер-юнкер — придворное звание в царской России.

[2] Ксандрыка Роксолан Медиарович — имеется в виду крупный чиновник, ярый монархист Стурдза Александр Скарлатович (1791—1854), автор реакционных книг по религиозным и политическим вопросам.

— Не слыхивали о таком муже? Удивительно! Я хотел сказать, что и Роксолан Медиарович очень был всегда высокого мнения о познаниях Дарьи Михайловны в российском языке.

— А не педант этот барон? — спросила Александра Павловна.

— Никак нет-с; Дарья Михайловна рассказывают, что, напротив, светский человек в нем сейчас виден. О Бетховене[1] говорил с таким красноречием, что даже старый князь почувствовал восторг... Это я, признаюсь, послушал бы: ведь это по моей части. Позвольте вам предложить этот прекрасный полевой цветок.

Александра Павловна взяла цветок и, пройдя несколько шагов, уронила его на дорогу... До дому ее оставалось шагов двести, не более. Недавно выстроенный и выбеленный, он приветливо выглядывал своими широкими светлыми окнами из густой зелени старинных лип и кленов.

— Так как же-с прикажете доложить Дарье Михайловне, — заговорил Пандалевский, слегка обиженный участью поднесенного им цветка, — пожалуете вы к обеду? Они и братца вашего просят.

— Да, мы приедем, непременно. А что Наташа?

— Наталья Алексеевна, слава богу, здоровы-с... Но мы уже прошли поворот к имению Дарьи Михайловны. Позвольте мне раскланяться.

Александра Павловна остановилась.

— А вы разве не зайдете к нам? — спросила она нерешительным голосом.

— Душевно бы желал-с, но боюсь опоздать. Дарье Михайловне угодно послушать новый этюд Тальберга[2]: так надо приготовиться и подучить. Притом я, признаюсь, сомневаюсь, чтобы моя беседа могла доставить вам какое-нибудь удовольствие.

— Да нет... почему же...

Пандалевский вздохнул и выразительно опустил глаза.

---

[1] Бетховен Людвиг (1770—1827) — немецкий композитор.

[2] Тальберг Сигизмунд (1812—1871) — австрийский пианист и композитор.

— До свидания, Александра Павловна! — проговорил он, помолчав немного, поклонился и отступил шаг назад.

Александра Павловна повернулась и пошла домой. Константин Диомидыч также пустился восвояси. С лица его тотчас исчезла вся сладость, самоуверенное, почти суровое выражение появилось на нем. Даже походка Константина Диомидыча изменилась; он теперь и шагал шире и наступал тяжелее. Он прошел версты две, развязно помахивая палочкой, и вдруг опять осклабился: он увидел возле дороги молодую, довольно смазливую крестьянскую девушку, которая выгоняла телят из овса. Константин Диомидыч осторожно, как кот, подошел к девушке и заговорил с ней. Та сперва молчала, краснела и посмеивалась, наконец закрыла губы рукавом, отворотилась и промолвила:

— Ступай, барин, право...

Константин Диомидыч погрозил ей пальцем и велел ей принести себе васильков.

— На что тебе васильков? венки, что ль, плесть? — возразила девушка, — да ну, ступай же, право...

— Послушай, моя любезная красоточка, — начал было Константин Диомидыч...

— Да ну, ступай, — перебила его девушка, — баричи вон идут.

Константин Диомидыч оглянулся. Действительно, по дороге бежали Ваня и Петя, сыновья Дарьи Михайловны; за ними шел их учитель, Басистов, молодой человек двадцати двух лет, только что окончивший курс. Басистов был рослый малый, с простым лицом, большим носом, крупными губами и свиными глазками, некрасивый и неловкий, но добрый, честный и прямой. Он одевался небрежно, не стриг волос, — не из щегольства, а от лени; любил поесть, любил поспать, но любил также хорошую книгу, горячую беседу и всей душой ненавидел Пандалевского. Дети Дарьи Михайловны обожали Басистова и уж нисколько его не боялись; со всеми остальными в доме он был на короткой ноге, что не совсем нравилось хозяйке, как она ни толковала о том, что для нее предрассудков не существует.

— Здравствуйте, мои миленькие! — заговорил Константин Диомидыч, — как вы рано сегодня гулять пошли! А я, — прибавил он, обращаясь к Басистову, — уже давно вышел; моя страсть — наслаждаться природой.

— Видели мы, как вы наслаждаетесь природой, — пробормотал Басистов.

— Вы материалист: уже сейчас Бог знает что думаете. Я вас знаю!

Пандалевский, когда говорил с Басистовым или подобными ему людьми, легко раздражался и букву *с* произносил чисто, даже с маленьким свистом.

— Что же, вы у этой девки небось дорогу спрашивали? — проговорил Басистов, поводя глазами и вправо и влево.

Он чувствовал, что Пандалевский глядит ему прямо в лицо, а это ему было крайне неприятно.

— Я повторяю: вы материалист и больше ничего. Вы непременно желаете во всем видеть одну прозаическую сторону...

— Дети! — скомандовал вдруг Басистов, — видите вы на лугу ракиту: посмотрим, кто скорее до нее добежит... раз! два! три!

И дети бросились во все ноги к раките. Басистов устремился за ними...

«Мужик! — подумал Пандалевский, — испортит он этих мальчишек... Совершенный мужик!»

И, с самодовольствием окинув взглядом свою собственную опрятную и изящную фигурку, Константин Диомидыч ударил раза два растопыренными пальцами по рукаву сюртука, встряхнул воротником и отправился далее. Вернувшись к себе в комнату, он надел старенький халат и с озабоченным лицом сел за фортепьяно.

II

Дом Дарьи Михайловны Ласунской считался чуть ли не первым по всей ...ой губернии. Огромный, каменный, сооруженный по рисункам Растрелли[1], во вкусе прошед-

---

[1] Растрелли Варфоломей Варфоломеевич (1700—1771) — русский архитектор.

шего столетия, он величественно возвышался на вершине холма, у подошвы которого протекала одна из главных рек средней России. Сама Дарья Михайловна была знатная и богатая барыня, вдова тайного советника. Хотя Пандалевский и рассказывал про нее, что она знает всю Европу, да и Европа ее знает! — однако Европа ее знала мало, даже в Петербурге она важной роли не играла; зато в Москве ее все знали и ездили к ней. Она принадлежала к высшему свету и слыла за женщину несколько странную, не совсем добрую, но чрезвычайно умную. В молодости она была очень хороша собою. Поэты писали ей стихи, молодые люди в нее влюблялись, важные господа волочились за ней. Но с тех пор прошло лет двадцать пять или тридцать, и прежних прелестей не осталось и следа. «Неужели, — спрашивал себя невольно всякий, кто только видел ее в первый раз, — неужели эта худенькая, желтенькая, востроносая и еще не старая женщина была когда-то красавицей? Неужели это она, та самая, о которой бряцали лиры?..» И всякий внутренне удивлялся переменчивости всего земного. Правда, Пандалевский находил, что у Дарьи Михайловны удивительно сохранились ее великолепные глаза; но ведь тот же Пандалевский утверждал, что ее вся Европа знает.

Дарья Михайловна приезжала каждое лето к себе в деревню с своими детьми (у нее их было трое: дочь Наталья, семнадцати лет, и два сына, десяти и девяти лет) и жила открыто, то есть принимала мужчин, особенно холостых; провинциальных барынь она терпеть не могла. Зато и доставалось же ей от этих барынь! Дарья Михайловна, по их словам, была и горда, и безнравственна, и тиранка страшная; а главное — она позволяла себе такие вольности в разговоре, что ужасти! Дарья Михайловна действительно не любила стеснять себя в деревне, и в свободной простоте ее обхождения замечался легкий оттенок презрения столичной львицы к окружавшим ее, довольно темным и мелким существам... Она и с городскими знакомыми обходилась очень развязно, даже насмешливо; но оттенка презрения не было.

Кстати, читатель, заметили ли вы, что человек, необыкновенно рассеянный в кружке подчиненных, никогда не бывает рассеян с лицами высшими? Отчего бы это? Впрочем, подобные вопросы ни к чему не ведут.

Когда Константин Диомидыч, вытвердив, наконец, тальберговский этюд, спустился из своей чистой и веселенькой комнаты в гостиную, он уже застал все домашнее общество собранным. *Салон* уже начался. На широкой кушетке, подобрав под себя ноги и вертя в руках новую французскую брошюру, расположилась хозяйка; у окна за пяльцами сидели: с одной стороны дочь Дарьи Михайловны, а с другой m-lle Boncourt — гувернантка, старая и сухая дева лет шестидесяти, с накладкой черных волос под разноцветным чепцом и хлопчатой бумагой в ушах; в углу, возле двери, поместился Басистов и читал газету, подле него Петя и Ваня играли в шашки, а прислонясь к печке и заложив руки за спину, стоял господин небольшого роста, взъерошенный и седой, с смуглым лицом и беглыми черными глазками — некто Африкан Семеныч Пигасов.

Странный человек был этот господин Пигасов. Озлобленный противу всего и всех — особенно против женщин — он бранился с утра до вечера, иногда очень метко, иногда довольно тупо, но всегда с наслаждением. Раздражительность его доходила до ребячества; его смех, звук его голоса, все его существо казалось пропитанным желчью. Дарья Михайловна охотно принимала Пигасова: он потешал ее своими выходками. Они точно были довольно забавны. Все преувеличивать было его страстью. Например: о каком бы несчастье при нем ни говорили — рассказывали ли ему, что громом зажгло деревню, что вода прорвала мельницу, что мужик себе топором руку отрубил, — он всякий раз с сосредоточенным ожесточением спрашивал: «А как ее зовут?» — то есть как зовут женщину, от которой произошло то несчастие, потому что, по его уверениям, всякому несчастию причиной женщина, стоит только хорошенько вникнуть в дело. Он однажды бросился на колени перед почти незнакомой ему барыней, которая приставала к нему с угощением, и начал слезно, но с написанной на лице яростью умолять ее, чтобы она его пощадила, что он ничем перед ней не провинился и вперед у ней никогда не будет. Раз лошадь помчала под гору одну из прачек Дарьи Михайловны, опрокинула ее в ров и чуть не убила. Пигасов с тех пор иначе не называл эту лошадь, как добрый, добрый конек, а самую гору и ров находил чрезвычайно живописными местами. Пигасову в жизни не повезло — он эту дурь и напустил на себя. Он происходил от бедных родителей. Отец его занимал разные мелкие должности, едва знал грамоте и не заботился о воспитании сына; кормил, одевал его — и только. Мать его баловала, но скоро умерла. Пигасов сам себя воспитал, сам определил себя в уездное училище, потом в гимназию, выучился языкам, французскому, немецкому и даже латинскому, и, выйдя из гимназии с отличным аттестатом, отправился в Дерпт, где постоянно боролся с нуждою, но выдержал трехгодичный курс до конца. Способности Пигасова не выходили из разряда обыкновенных; терпением и настойчивостью он отличался, но особенно сильно было в нем чувство честолюбия, желания попасть в хорошее общество, не отстать от других, назло судьбе. Он и учился прилежно и в Дерптский университет поступил из честолюбия. Бедность сердила его и развила в нем наблюдательность и лукавство. Он выражался своеобразно; он смолоду присвоил себе особый род желчного и раздражительного красноречия. Мысли его не возвышались над общим уровнем; а говорил он так, что мог казаться не только умным, но даже очень умным человеком. Получив степень кандидата, Пигасов решился посвятить себя ученому званию: он понял, что на всяком другом поприще он бы никак не мог угнаться за своими товарищами (он старался выбирать их из высшего круга и умел к ним подделаться, даже льстил им, хотя все ругался). Но тут в нем, говоря попросту, материала не хватило. Самоучка не из любви к науке, Пигасов в сущности знал слишком мало. Он жестоко провалился в диспуте, между тем как живший с ним в одной комнате другой студент, над которым он постоянно смеялся, человек весьма ограниченный, но получивший правильное и прочное воспитание, восторжествовал вполне. Неудача эта взбесила Пигасова: он бросил в огонь все свои книги и тетради и поступил на службу. Сначала дело пошло недурно: чиновник он был хоть куда, не очень распорядительный, зато крайне самоуверенный и бойкий; но ему захотелось поскорее выскочить в люди — он запутался, споткнулся и принужден был выйти в отставку. Года три просидел он у себя в благоприобретенной деревеньке и вдруг женился на богатой, полуобразованной помещице, которую поймал на удочку своих развязных и насмешливых манер. Но нрав Пигасова уже слишком раздражился и окис; он тяготился семейной жизнью... Жена его, пожив с ним несколько лет, уехала тайком в Москву и продала какому-то ловкому аферисту свое имение, а Пигасов только что построил в нем усадьбу. Потрясенный до основания этим последним ударом, Пигасов затеял было тяжбу с женою, но ничего не выиграл... Он доживал свой век одиноко, разъезжал по соседям, которых бранил за глаза и даже в глаза и которые принимали его с каким-то напряженным полухохотом, хотя серьезного страха он им не внушал, — и никогда книги в руки не брал. У него было около ста душ; мужики его не бедствовали.

— A! Constantin! — проговорила Дарья Михайловна, как только Пандалевский вошел в гостиную. — Alexandrine будет?

— Александра Павловна велели вас благодарить и за особенное удовольствие себе поставляют, — возразил Константин Диомидыч, приятно раскланиваясь на все стороны и прикасаясь толстой, но белой ручкой с ногтями, остриженными треугольником, к превосходно причесанным волосам.

— И Волынцев тоже будет?

— И они-с.

— Так как же, Африкан Семеныч, — продолжала Дарья Михайловна, обратясь к Пигасову, — по-вашему, все барышни неестественны?

У Пигасова губы скрутились набок, и он нервически задергал локтем.

— Я говорю, — начал он неторопливым голосом — он в самом сильном припадке ожесточения говорил медленно и отчетливо, — я говорю, что барышни вообще — о присутствующих, разумеется, я умалчиваю...

— Но это не мешает вам и о них думать, — перебила Дарья Михайловна.

— Я о них умалчиваю, — повторил Пигасов. — Все барышни вообще неестественны в высшей степени — неестественны в выражении чувств своих. Испугается ли, например, барышня, обрадуется ли чему, или опечалится, она непременно сперва придаст телу своему какой-нибудь эдакий изящный изгиб (и Пигасов пребезобразно выгнул свой стан и оттопырил руки) и потом уж крикнет: ах! или засмеется, или заплачет. Мне, однако (и тут Пигасов самодовольно улыбнулся), удалось-таки добиться однажды истинного, неподдельного выражения ощущения от одной замечательно неестественной барышни!

— Каким это образом?

Глаза Пигасова засверкали.

— Я ее хватил в бок осиновым колом сзади. Она как взвизгнет, а я ей: браво! браво! Вот это голос природы, это был естественный крик. Вы и вперед всегда так поступайте.

Все в комнате засмеялись.

— Что вы за пустяки говорите, Африкан Семеныч! — воскликнула Дарья Михайловна. — Поверю ли я, что вы станете девушку толкать колом в бок!

— Ей-богу, колом, пребольшим колом, вроде тех, которые употребляются при защите крепостей.

— Mais c'est une horreur ce que vous dites là, monsieur[1], — возопила m-lle Boncourt, грозно посматривая на расхохотавшихся детей.

— Да не верьте ему, — промолвила Дарья Михайловна, — разве вы его не знаете?

Но негодующая француженка долго не могла успокоиться и все что-то бормотала себе под нос.

— Вы можете мне не верить, — продолжал хладнокровным голосом Пигасов, — но я утверждаю, что я сказал сущую правду. Кому ж это знать, коли не мне? После этого вы, пожалуй, также не поверите, что наша соседка Чепузова, Елена Антоновна, сама, заметьте, сама,

---

[1] Но ведь это ужасно, то, что вы говорите, сударь *(франц.).*

мне рассказала, как она уморила своего родного племянника?

— Вот еще выдумали!

— Позвольте, позвольте! Выслушайте и судите сами. Заметьте, я на нее клеветать не желаю, я ее даже люблю, насколько, то есть, можно любить женщину; у ней во всем доме нет ни одной книги, кроме календаря, и читать она не может иначе, как вслух — чувствует от этого упражнения испарину и жалуется потом, что у ней глаза пупом полезли... Словом, женщина она хорошая, и горничные у ней толстые. Зачем мне на нее клеветать?

— Ну! — заметила Дарья Михайловна, — взобрался Африкан Семеныч на своего конька — теперь не слезет с него до вечера.

— Мой конек... А у женщин их целых три, с которых они никогда не слезают — разве когда спят.

— Какие же это три конька?

— Попрек, намек и упрек.

— Знаете ли что, Африкан Семеныч, — начала Дарья Михайловна, — вы недаром так озлоблены на женщин. Какая-нибудь, должно быть, вас...

— Обидела, вы хотите сказать? — перебил ее Пигасов.

Дарья Михайловна немного смутилась; она вспомнила о несчастном браке Пигасова... и только головой кивнула.

— Меня одна женщина, точно, обидела, — промолвил Пигасов, — хоть и добрая была, очень добрая...

— Кто же это такая?

— Мать моя, — произнес Пигасов, понизив голос.

— Ваша мать? Чем же она могла вас обидеть?

— А тем, что родила...

Дарья Михайловна наморщила брови.

— Мне кажется, — заговорила она, — разговор наш принимает невеселый оборот... Constantin, сыграйте нам новый этюд Тальберга... Авось звуки музыки укротят Африкана Семеныча. Орфей[1] укрощал же диких зверей.

Константин Диомидыч сел за фортепьяно и сыграл этюд весьма удовлетворительно. Сначала Наталья Алек-

---

[1] Орфей — древнегреческий мифический поэт, певец и музыкант; своим искусством очаровывал не только людей и животных, но и неодушевленную природу.

сеевна слушала со вниманием, потом опять принялась за работу.

— Mersi, c'est charmant[1], — промолвила Дарья Михайловна, — люблю Тальберга. Il est si distingué[2]. Что вы задумались, Африкан Семеныч?

— Я думаю, — начал медленно Пигасов, — что есть три разряда эгоистов: эгоисты, которые сами живут и жить дают другим; эгоисты, которые сами живут и не дают жить другим; наконец эгоисты, которые и сами не живут и другим не дают... Женщины большею частию принадлежат к третьему разряду.

— Как это любезно! Одному я только удивляюсь, Африкан Семеныч, какая у вас самоуверенность в суждениях: точно вы никогда ошибиться не можете.

— Кто говорит! и я ошибаюсь; мужчина тоже может ошибаться. Но знаете ли, какая разница между ошибкою нашего брата и ошибкою женщины? Не знаете? Вот какая: мужчина может, например, сказать, что дважды два — не четыре, а пять или три с половиною; а женщина скажет, что дважды два — стеариновая свечка.

— Я уже это, кажется, слышала от вас... Но позвольте спросить, какое отношение имеет ваша мысль о трех родах эгоистов к музыке, которую вы сейчас слышали?

— Никакого, да я и не слушал музыки.

— Ну, ты, батюшка, я вижу, неисправим, хоть брось[3], — возразила Дарья Михайловна, слегка искажая грибоедовский стих. — Что же вы любите, коли вам и музыка не нравится? литературу, что ли?

— Я литературу люблю, да только не нынешнюю.

— Почему?

— А вот почему. Я недавно переезжал через Оку на пароме с каким-то барином. Паром пристал к крутому месту: надо было втаскивать экипажи на руках. У барина была коляска претяжелая. Пока перевозчики надсаживались, втаскивая коляску на берег, барин так кряхтел, стоя на пароме, что даже жалко его становилось... Вот, поду-

---

[1] Спасибо, это прелестно *(франц.).*
[2] Он так изыскан *(франц.).*
[3] У Грибоедова в «Горе от ума»: «А ты, мой батюшка, неисцелим, хоть брось» (IV, 8).

мал я, новое применение системы разделения работ! Так и нынешняя литература: другие везут, дело делают, а она кряхтит.

Дарья Михайловна улыбнулась.

— И это называется воспроизведением современного быта, — продолжал неугомонный Пигасов, — глубоким сочувствием к общественным вопросам и еще как-то... Ох, уж эти мне громкие слова!

— А вот женщины, на которых вы так нападаете, — те по крайней мере не употребляют громких слов.

Пигасов пожал плечом.

— Не употребляют, потому что не умеют.

Дарья Михайловна слегка покраснела.

— Вы начинаете дерзости говорить, Африкан Семеныч! — заметила она с принужденной улыбкой.

Все затихло в комнате.

— Где это Золотоноша? — спросил вдруг один из мальчиков у Басистова.

— В Полтавской губернии, мой милейший, — подхватил Пигасов, — в самой Хохландии. (Он обрадовался случаю переменить разговор.) Вот мы толковали о литературе, — продолжал он, — если б у меня были лишние деньги, я бы сейчас сделался малороссийским поэтом.

— Это что еще? хорош поэт! — возразила Дарья Михайловна, — разве вы знаете по-малороссийски?

— Нимало; да оно и не нужно.

— Как не нужно?

— Да так же, не нужно. Стоит только взять лист бумаги и написать наверху: «Дума»; потом начать так: «Гой, ты доля моя, доля!» или: «Сиде казачино Наливайко[1] на кургане!», а там: «По-пид горою, по-пид зеленою, грае, грае воропае, гоп! гоп!» или что-нибудь в этом роде. И дело в шляпе. Печатай и издавай. Малоросс прочтет, подопрет рукою щеку и непременно заплачет, — такая чувствительная душа!

— Помилуйте! — воскликнул Басистов. — Что вы это такое товорите? Это ни с чем не сообразно. Я жил в Ма-

---

[1] Наливайко Павел — предводитель казацко-крестьянского восстания на Украине против польских панов, казненный поляками в 1597 году.

лороссии, люблю ее и язык ее знаю... «Грае, грае воропае» — совершенная бессмыслица.

— Может быть, а хохол все-таки заплачет. Вы говорите: язык... Да разве существует малороссийский язык? Я попросил раз одного хохла перевести следующую, первую попавшуюся мне фразу: «Грамматика есть искусство правильно читать и писать». Знаете, как он это перевел: «Храматыка е выскусьтво пра-выльно чытаты ы пысаты...» Что ж, это язык, по-вашему? самостоятельный язык? Да скорей, чем с этим согласиться, я готов позволить лучшего своего друга истолочь в ступе...

Басистов хотел возражать.

— Оставьте его, — промолвила Дарья Михайловна, — ведь вы знаете, от него, кроме парадоксов, ничего не услышишь.

Пигасов язвительно улыбнулся. Лакей вошел и доложил о приезде Александры Павловны и ее брата.

Дарья Михайловна встала навстречу гостям.

— Здравствуйте, Alexandrine! — заговорила она, подходя к ней, — как вы умно сделали, что приехали... Здравствуйте, Сергей Павлыч!

Волынцев пожал Дарье Михайловне руку и подошел к Наталье Алексеевне.

— А что, этот барон, ваш новый знакомый, приедет сегодня? — спросил Пигасов.

— Да, приедет.

— Он, говорят, великий философ: так Гегелем[1] и брызжет.

Дарья Михайловна ничего не отвечала, усадила Александру Павловну на кушетку и сама поместилась возле нее.

— Философия, — продолжал Пигасов, — высшая точка зрения! Вот еще смерть моя, эти высшие точки зрения. И что можно увидать сверху? Небось, коли захочешь лошадь купить, не с каланчи на нее смотреть станешь!

— Вам этот барон хотел привезти статью какую-то? — спросила Александра Павловна.

---

[1] Гегель Георг Вильгельм Фридрих (1770—1831) — немецкий философ-идеалист.

— Да, статью, — отвечала с преувеличенною небрежностью Дарья Михайловна, — об отношениях торговли к промышленности в России... Но не бойтесь: мы ее здесь читать не станем... я вас не за тем позвала. Le baron est aussi amiable que savant[1]. И так хорошо говорит по-русски! C'est un vrai torrent... il vous entraîne[2].

— Так хорошо по-русски говорит, — проворчал Пигасов, — что заслуживает французской похвалы.

— Поворчите еще, Африкан Семеныч, поворчите... Это очень идет к вашей взъерошенной прическе... Однако что же он не едет? Знаете ли что, messieurs et mesdames[3], — прибавила Дарья Михайловна, взглянув кругом, — пойдемте в сад... До обеда еще около часу осталось, а погода славная...

Все общество поднялось и отправилось в сад.

Сад у Дарьи Михайловны доходил до самой реки. В нем было много старых липовых аллей, золотисто-темных и душистых, с изумрудными просветами по концам, много беседок из акаций и сирени.

Волынцев вместе с Натальей и m-lle Boncourt забрались в самую глушь сада. Волынцев шел рядом с Натальей и молчал. M-lle Boncourt следовала немного поодаль.

— Что же вы делали сегодня? — спросил наконец Волынцев, подергивая концы своих прекрасных темно-русых усов.

Он чертами лица очень походил на сестру; но в выражении их было меньше игры и жизни, и глаза его, красивые и ласковые, глядели как-то грустно.

— Да ничего, — отвечала Наталья, — слушала, как Пигасов бранится, вышивала по канве, читала.

— А что такое вы читали?

— Я читала... историю крестовых походов, — проговорила Наталья с небольшой запинкой.

Волынцев посмотрел на нее.

— А! — произнес он наконец, — это должно быть интересно.

---

[1] Барон столь же обходителен, как и учен *(франц.)*.
[2] Это настоящий поток... он вас увлекает *(франц.)*.
[3] Господа *(франц.)*.

Он сорвал ветку и начал вертеть ею по воздуху. Они прошли еще шагов двадцать.

— Что это за барон, с которым ваша матушка познакомилась? — спросил опять Волынцев.

— Камер-юнкер, приезжий; maman его очень хвалит.

— Ваша матушка способна увлекаться.

— Это доказывает, что она еще очень молода сердцем, — заметила Наталья.

— Да. Я скоро пришлю вам вашу лошадь. Она уже почти совсем выезжена. Мне хочется, чтобы она с места поднимала в галоп, и я этого добьюсь.

— Merci...¹ Однако мне совестно. Вы сами ее выезжаете... это, говорят, очень трудно.

— Чтобы доставить вам малейшее удовольствие, вы знаете, Наталья Алексеевна, я готов... я... и не такие пустяки...

Волынцев замялся.

Наталья дружелюбно взглянула на него и еще раз сказала: merci.

— Вы знаете, — продолжал Сергей Павлыч после долгого молчанья, — что нет такой вещи... Но к чему я это говорю! ведь вы все знаете..

В это мгновение в доме прозвенел колокол.

— Ah! la cloche du dîner! — воскликнула m-lle Boncourt, — rentrons².

«Quel dommage, — подумала про себя старая француженка, взбираясь на ступеньки балкона вслед за Волынцевым и Натальей, — quel dommage que ce charmant garcon ait si peu de ressources dans la conversation...»³ — что по-русски можно так перевести: ты, мой милый, мил, но плох немножко.

Барон к обеду не приехал. Его прождали с полчаса. Разговор за столом не клеился. Сергей Павлыч только посматривал на Наталью, возле которой сидел, и усердно наливал ей воды в стакан. Пандалевский тщетно старался

---

¹ Благодарю *(франц.)*.
² А! Звонят к обеду!.. вернемся *(франц.)*.
³ «Как жаль, что этот красивый молодой человек так ненаходчив в разговоре» *(франц.)*.

занять соседку свою, Александру Павловну: он весь закипал сладостью, а она чуть не зевала.

Басистов катал шарики из хлеба и ни о чем не думал; даже Пигасов молчал и, когда Дарья Михайловна заметила ему, что он очень нелюбезен сегодня, угрюмо ответил: «Когда же я бываю любезным? Это не мое дело... — И, усмехнувшись горько, прибавил: — Потерпите маленько... Ведь я квас, du prostoï русский квас; а вот ваш камер-юнкер...»

— Браво! — воскликнула Дарья Михайловна. — Пигасов ревнует, заранее ревнует!

Но Пигасов ничего не ответил ей и только посмотрел исподлобья.

Пробило семь часов, и все опять собрались в гостиную.

— Видно, не будет, — сказала Дарья Михайловна.

Но вот раздался стук экипажа, небольшой тарантас въехал на двор, и через несколько мгновений лакей вошел в гостиную и подал Дарье Михайловне письмо на серебряном блюдечке. Она пробежала его до конца и, обратясь к лакею, спросила:

— А где же господин, который привез это письмо?
— В экипаже сидит-с. Прикажете принять-с?
— Проси.

Лакей вышел.

— Вообразите, какая досада, — продолжала Дарья Михайловна, — барон получил предписание тотчас вернуться в Петербург. Он прислал мне свою статью с одним господином Рудиным, своим приятелем. Барон хотел мне его представить — он очень его хвалил. Но как это досадно! я надеялась, что барон поживет здесь...

— Дмитрий Николаевич Рудин, — доложил лакей.

III

Вошел человек лет тридцати пяти, высокого роста, несколько сутуловатый, курчавый, смуглый, с лицом неправильным, но выразительным и умным, с жидким блеском в быстрых темно-синих глазах, с прямым широким носом и красиво очерченными губами. Платье на нем было не ново и узко, словно он из него вырос.

Он проворно подошел к Дарье Михайловне и, поклонясь коротким поклоном, сказал ей, что он давно желал иметь честь представиться ей и что приятель его, барон, очень сожалел о том, что не мог проститься лично.

Тонкий звук голоса Рудина не соответствовал его росту и его широкой груди.

— Садитесь... очень рада, — промолвила Дарья Михайловна и, познакомив его со всем обществом, спросила, здешний ли он или заезжий.

— Мое имение в Т...ой губернии, — отвечал Рудин, держа шляпу на коленях, — а здесь я недавно. Я приехал по делу и поселился пока в вашем уездном городе.

— У кого?

— У доктора. Он мой старинный товарищ по университету.

— А! у доктора... Его хвалят. Он, говорят, свое дело разумеет. А с бароном вы давно знакомы?

— Я нынешней зимой в Москве с ним встретился и теперь провел у него около недели.

— Он очень умный человек, барон.

— Да-с.

Дарья Михайловна понюхала узелок носового платка, напитанный одеколоном.

— Вы служите? — спросила она.

— Кто? я-с?

— Да.

— Пст... Я в отставке.

Наступило небольшое молчание. Общий разговор возобновился.

— Позвольте полюбопытствовать, — начал Пигасов, обратясь к Рудину, — вам известно содержание статьи, присланной господином бароном?

— Известно.

— Статья эта трактует об отношениях торговли... или нет, бишь, промышленности к торговле в нашем отечестве... Так, кажется, вы изволили выразиться, Дарья Михайловна?

— Да, она об этом... — проговорила Дарья Михайловна и приложила руку ко лбу.

— Я, конечно, в этих делах судья плохой, — продолжал Пигасов, — но я должен сознаться, что мне самое заглавие статьи кажется чрезвычайно... как бы это сказать поделикатнее?.. чрезвычайно темным и запутанным.

— Почему же оно вам так кажется?

Пигасов усмехнулся и посмотрел вскользь на Дарью Михайловну.

— А вам оно ясно? — проговорил он, снова обратив свое лисье личико к Рудину.

— Мне? Ясно.

— Гм... Конечно, это вам лучше знать.

— У вас голова болит? — спросила Александра Павловна Дарью Михайловну.

— Нет. Это у меня так... C'est nerveux[1].

— Позвольте полюбопытствовать, — заговорил опять носовым голоском Пигасов, — ваш знакомец, господин барон Муффель... так, кажется, их зовут?

— Точно так.

— Господин барон Муффель специально занимается политической экономией или только так, посвящает этой интересной науке часы досуга, остающегося среди светских удовольствий и занятий по службе?

Рудин пристально посмотрел на Пигасова.

— Барон в этом деле дилетант, — отвечал он, слегка краснея, — но в его статье много справедливого и любопытного.

— Не могу спорить с вами, не зная статьи... Но, смею спросить, сочинение вашего приятеля, барона Муффеля, вероятно, более придерживается общих рассуждений, нежели фактов?

— В нем есть и факты и рассуждения, основанные на фактах.

— Так-с, так-с. Доложу вам, по моему мнению... а я могу-таки при случае свое слово молвить; я три года в Дерпте выжил... все эти так называемые общие рассуждения, гипотезы там, системы... извините меня, я провин-

---

[1] Это нервы *(франц.).*

циал, правду-матку режу прямо... никуда не годятся. Это все одно умствование — этим только людей морочат. Передавайте, господа, факты, и будет с вас.

— В самом деле! — возразил Рудин. — Ну, а смысл фактов передавать следует?

— Общие рассуждения! — продолжал Пигасов, — смерть моя эти общие рассуждения, обозрения, заключения! Все это основано на так называемых убеждениях; всякий толкует о своих убеждениях и еще уважения к ним требует, носится с ними... Эх!

И Пигасов потряс кулаком в воздухе. Пандалевский рассмеялся.

— Прекрасно! — промолвил Рудин, — стало быть, по-вашему, убеждений нет?

— Нет — и не существует.

— Это ваше убеждение?

— Да.

— Как же вы говорите, что их нет? Вот вам уже одно на первый случай.

Все в комнате улыбнулись и переглянулись.

— Позвольте, позвольте, однако, — начал было Пигасов...

Но Дарья Михайловна захлопала в ладоши, воскликнула: «Браво, браво, разбит Пигасов, разбит!» — и тихонько вынула шляпу из рук Рудина.

— Погодите радоваться, сударыня: успеете! — заговорил с досадой Пигасов. — Недостаточно сказать с видом превосходства острое словцо: надобно доказать, опровергнуть... Мы отбились от предмета спора.

— Позвольте, — хладнокровно заметил Рудин, — дело очень просто. Вы не верите в пользу общих рассуждений, вы не верите в убеждения...

— Не верю, не верю, ни во что не верю.

— Очень хорошо. Вы скептик.

— Не вижу необходимости употреблять такое ученое слово. Впрочем...

— Не перебивайте же! — вмешалась Дарья Михайловна.

«Кусь, кусь, кусь!» — сказал про себя в это мгновенье Пандалевский и весь осклабился.

— Это слово выражает мою мысль, — продолжал Рудин. — Вы его понимаете! отчего же не употреблять его? Вы ни во что не верите... Почему же верите вы в факты?

— Как почему? вот прекрасно! Факты дело известное, всякий знает, что такое факты... Я сужу о них по опыту, по собственному чувству.

— Да разве чувство не может обмануть вас! Чувство вам говорит, что солнце вокруг земли ходит... или, может быть, вы не согласны с Коперником? Вы и ему не верите?

Улыбка опять промчалась по всем лицам, и глаза всех устремились на Рудина. «А он человек неглупый», — подумал каждый.

— Вы всё изволите шутить, — заговорил Пигасов. — Конечно, это очень оригинально, но к делу нейдет.

— В том, что я сказал до сих пор, — возразил Рудин, — к сожалению, слишком мало оригинального. Это все очень давно известно и тысячу раз было говорено. Дело не в том...

— А в чем же? — спросил не без наглости Пигасов.

В споре он сперва подтрунивал над противником, потом становился грубым, а наконец дулся и умолкал.

— Вот в чем, — продолжал Рудин, — я, признаюсь, не могу не чувствовать искреннего сожаления, когда умные люди при мне нападают...

— На системы? — перебил Пигасов.

— Да, пожалуй, хоть на системы. Что вас пугает так это слово? Всякая система основана на знании основных законов, начал жизни...

— Да их узнать, открыть их нельзя... помилуйте!

— Позвольте. Конечно, не всякому они доступны, и человеку свойственно ошибаться. Однако вы, вероятно, согласитесь со мною, что, например, Ньютон открыл хотя некоторые из этих основных законов. Он был гений, положим; но открытия гениев тем и велики, что становятся достоянием всех. Стремление к отысканию общих начал в частных явлениях есть одно из коренных свойств человеческого ума, и вся наша образованность...

— Вот вы куда-с! — перебил растянутым голосом Пигасов. — Я практический человек и во все эти метафизические тонкости не вдаюсь и не хочу вдаваться.

— Прекрасно! Это в вашей воле. Но заметьте, что самое ваше желание быть исключительно практическим человеком есть уже своего рода система, теория...

— Образованность! говорите вы, — подхватил Пигасов, — вот еще чем удивить вздумали! Очень нужна она, эта хваленая образованность! Гроша медного не дам я за вашу образованность!

— Однако как вы дурно спорите, Африкан Семеныч! — заметила Дарья Михайловна, внутренне весьма довольная спокойствием и изящной учтивостью нового своего знакомца. — «C'est un homme comme il faut[1], — подумала она, с доброжелательным вниманием взглянув в лицо Рудину. — Надо его приласкать». Эти последние слова она мысленно произнесла по-русски.

— Образованность я защищать не стану, — продолжал, помолчав немного, Рудин, — она не нуждается в моей защите. Вы ее не любите... у всякого свой вкус. Притом это завело бы нас слишком далеко. Позвольте вам только напомнить старинную поговорку: «Юпитер, ты сердишься: стало быть, ты виноват». Я хотел сказать, что все эти нападения на системы, на общие рассуждения и так далее потому особенно огорчительны, что вместе с системами люди отрицают вообще знание, науку и веру в нее, стало быть и веру в самих себя, в свои силы. А людям нужна эта вера: им нельзя жить одними впечатлениями, им грешно бояться мысли и не доверять ей. Скептицизм всегда отличался бесплодностью и бессилием...

— Это все слова! — пробормотал Пигасов.

— Может быть. Но позвольте вам заметить, что, говоря: «Это все слова!» мы часто сами желаем отделаться от необходимости сказать что-нибудь подельнее одних слов.

— Чего-с? — спросил Пигасов и прищурил глаза.

— Вы поняли, что я хотел сказать вам, — возразил с невольным, но тотчас сдержанным нетерпением Рудин. — Повторяю, если у человека нет крепкого начала, в которое он верит, нет почвы, на которой он стоит твердо, как может он дать себе отчет в потребностях, в значении,

---

[1] Это порядочный человек *(франц.)*.

в будущности своего народа? как может он знать, что он должен сам делать, если...

— Честь и место! — отрывисто проговорил Пигасов, поклонился и отошел в сторону, ни на кого не глядя.

Рудин посмотрел на него, усмехнулся слегка и умолк.

— Ага! обратился в бегство! — заговорила Дарья Михайловна. — Не беспокойтесь, Дмитрий... Извините, — прибавила она с приветливой улыбкой, — как вас по батюшке?

— Николаич.

— Не беспокойтесь, любезный Дмитрий Николаич! Он никого из нас не обманул. Он желает показать вид, что не *хочет* больше спорить... Он чувствует, что не *может* спорить с вами. А вы лучше подсядьте-ка к нам поближе, да поболтаемте.

Рудин пододвинул свое кресло.

— Как это мы до сих пор не познакомились? — продолжала Дарья Михайловна. — Это меня удивляет... Читали ли вы эту книгу. C'est de Tocqueville, vous savez?¹

И Дарья Михайловна протянула Рудину французскую брошюру.

Рудин взял тоненькую книжонку в руки, перевернул в ней несколько страниц и, положив ее обратно на стол, отвечал, что собственно этого сочинения г. Токвиля он не читал, но часто размышлял о затронутом им вопросе. Разговор завязался. Рудин сперва как будто колебался, не решался высказаться, не находил слов, но, наконец, разгорелся и заговорил. Через четверть часа один его голос раздавался в комнате. Все столпились в кружок около него.

Один Пигасов оставался в отдалении, в углу, подле камина. Рудин говорил умно, горячо, дельно; выказал много знания, много начитанности. Никто не ожидал найти в нем человека замечательного... Он был так посредственно одет, о нем так мало ходило слухов. Всем непонятно казалось и странно, каким это образом вдруг, в деревне, мог проявиться такой умница. Тем более уди-

---

¹ Это Токвиля, вы знаете? (франц.). Токвиль Алексис (1805—1859) — французский публицист, историк и политический деятель.

вил он и, можно сказать, очаровал всех, начиная с Дарьи Михайловны... Она гордилась своей находкой и уже заранее думала о том, как она выведет Рудина в свет. В первых ее впечатлениях было много почти детского, несмотря на ее года. Александра Павловна, правду сказать, поняла мало изо всего, что говорил Рудин, но была очень удивлена и обрадована; брат ее тоже дивился; Пандалевский наблюдал за Дарьей Михайловной и завидовал; Пигасов думал: «Дам пятьсот рублей — еще лучше соловья достану!» Но больше всех были поражены Басистов и Наталья. У Басистова чуть дыханье не захватило; он сидел все время с раскрытым ртом и выпученными глазами — и слушал, слушал, как отроду не слушал никого, а у Натальи лицо покрылось алой краской, и взор ее, неподвижно устремленный на Рудина, и потемнел и заблистал...

— Какие у него славные глаза! — шепнул ей Волынцев.

— Да, хороши.

— Жаль только, что руки велики и красны.

Наталья ничего не отвечала.

Подали чай. Разговор стал более общим, но уже по одной внезапности, с которой все замолкали, лишь только Рудин раскрывал рот, можно было судить о силе произведенного им впечатления. Дарье Михайловне вдруг захотелось подразнить Пигасова. Она подошла к нему и вполголоса проговорила: «Что же вы молчите и только улыбаетесь язвительно? Попытайтесь-ка, схватитесь с ним опять», — и, не дождавшись его ответа, подозвала рукою Рудина.

— Вы про него еще одной вещи не знаете, — сказала она ему, указывая на Пигасова, — он ужасный ненавистник женщин, беспрестанно нападает на них; пожалуйста, обратите его на путь истины.

Рудин посмотрел на Пигасова... поневоле свысока: он был выше его двумя головами. Пигасова чуть не покоробило со злости, и желчное лицо его побледнело.

— Дарья Михайловна ошибается, — начал он неверным голосом, — я не на одних женщин нападаю: я до всего человеческого рода не большой охотник.

— Что же вам могло дать такое дурное мнение о нем? — спросил Рудин.

Пигасов глянул ему прямо в глаза.

— Вероятно, изучение собственного сердца, в котором я с каждым днем открываю все более и более дряни. Я сужу о других по себе. Может быть, это и несправедливо, и я гораздо хуже других; но что прикажете делать? привычка!

— Я вас понимаю и сочувствую вам, — возразил Рудин. — Какая благородная душа не испытала жажды самоуничижения? Но не следует останавливаться на этом безвыходном положении.

— Покорно благодарю за выдачу моей душе аттестата в благородстве, — возразил Пигасов, — а положение мое — ничего, недурно, так что если даже есть из него выход, то Бог с ним! я его искать не стану.

— Но это значит — извините за выражение — предпочитать удовлетворение своего самолюбия желанию быть и жить в истине...

— Да еще бы! — воскликнул Пигасов, — самолюбие — это и я понимаю, и вы, надеюсь, понимаете, и всякий понимает; а истина — что такое истина? Где она, эта истина?

— Вы повторяетесь, предупреждаю вас, — заметила Дарья Михайловна.

Пигасов поднял плечи.

— Так что ж за беда? Я спрашиваю: где истина? Даже философы не знают, что она такое. Кант[1] говорит: вот она, мол, что; а Гегель — нет, врешь, она вот что.

— А вы знаете, что говорит о ней Гегель? — спросил, не возвышая голоса, Рудин.

— Я повторяю, — продолжал разгорячившийся Пигасов, — что я не могу понять, что такое истина. По-моему, ее вовсе и нет на свете, то есть слово-то есть, да самой вещи нету.

— Фи! фи! — воскликнула Дарья Михайловна, — как вам не стыдно это говорить, старый вы грешник! Истины нет? Для чего же жить после этого на свете?

---

[1] Кант Иммануил (1724—1804) — немецкий философ-идеалист.

— Да уж я думаю, Дарья Михайловна, — возразил с досадой Пигасов, — что вам во всяком случае легче было бы жить без истины, чем без вашего повара Степана, который такой мастер варить бульоны! И на что вам истина, скажите на милость? ведь чепчика из нее сшить нельзя!

— Шутка не возражение, — заметила Дарья Михайловна, — особенно, когда сбивается на клевету...

— Не знаю, как истина, а правда, видно, глаза колет, — пробормотал Пигасов и с сердцем отошел в сторону.

А Рудин заговорил о самолюбии, и очень дельно заговорил. Он доказывал, что человек без самолюбия ничтожен, что самолюбие — архимедов рычаг, которым землю с места можно сдвинуть, но что в то же время тот только заслуживает название человека, кто умеет овладеть своим самолюбием, как всадник конем, кто свою личность приносит в жертву общему благу...

— Себялюбие, — так заключил он, — самоубийство. Себялюбивый человек засыхает словно одинокое, бесплодное дерево; но самолюбие, как деятельное стремление к совершенству, есть источник всего великого... Да! человеку надо надломить упорный эгоизм своей личности, чтобы дать ей право себя высказывать!

— Не можете ли вы одолжить мне карандашика? — обратился Пигасов к Басистову.

Басистов не тотчас понял, что у него спрашивал Пигасов.

— Зачем вам карандаш? — проговорил он наконец.

— Хочу записать вот эту последнюю фразу господина Рудина. Не записав, позабудешь, чего доброго! А согласитесь сами, такая фраза все равно, что большой шлем в ералаши.

— Есть вещи, над которыми смеяться и трунить грешно, Африкан Семеныч! — с жаром проговорил Басистов и отвернулся от Пигасова.

Между тем Рудин подошел к Наталье. Она встала: лицо ее выразило замешательство.

Волынцев, сидевший подле нее, тоже встал.

— Я вижу фортепьяно, — начал Рудин мягко и ласково, как путешествующий принц, — не вы ли играете на нем?

— Да, я играю, — проговорила Наталья, — но не очень хорошо. Вот Константин Диомидыч гораздо лучше меня играет.

Пандалевский выставил свое лицо и оскалил зубы.

— Напрасно вы это говорите, Наталья Алексеевна: вы играете нисколько не хуже меня.

— Знаете ли вы «Erlkönig»[1] Шуберта? — спросил Рудин.

— Знает, знает! — подхватила Дарья Михайловна. — Садитесь, Constantin... А вы любите музыку, Дмитрий Николаич?

Рудин только наклонил слегка голову и провел рукой по волосам, как бы готовясь слушать... Пандалевский заиграл.

Наталья стала возле фортепьяно, прямо напротив Рудина. С первым звуком лицо его приняло прекрасное выражение. Его темно-синие глаза медленно блуждали, изредка останавливаясь на Наталье. Пандалевский кончил.

Рудин ничего не сказал и подошел к раскрытому окну. Душистая мгла лежала мягкой пеленой над садом; дремотной свежестью дышали близкие деревья. Звезды тихо теплились. Летняя ночь и нежилась и нежила. Рудин поглядел в темный сад — и обернулся.

— Эта музыка и эта ночь, — заговорил он, — напомнили мне мое студенческое время в Германии: наши сходки, наши серенады...

— А вы были в Германии? — спросила Дарья Михайловна.

— Я провел год в Гейдельберге и около года в Берлине.

— И одевались студентом? Говорят, они там как-то особенно одеваются.

— В Гейдельберге я носил большие сапоги со шпорами и венгерку со шнурками и волосы отрастил до самых плеч... В Берлине студенты одеваются, как все люди.

— Расскажите нам что-нибудь из вашей студенческой жизни, — промолвила Александра Павловна.

---

[1] «Erlkönig» — музыкальная композиция австрийского композитора Франца Шуберта (1797—1828) на тему баллады Гёте «Лесной царь».

Рудин начал рассказывать. Рассказывал он не совсем удачно. В описаниях его недоставало красок. Он не умел смешить. Впрочем, Рудин от рассказов своих заграничных похождений скоро перешел к общим рассуждениям о значении просвещения и науки, об университетах и жизни университетской вообще. Широкими и смелыми чертами набросал он громадную картину. Все слушали его с глубоким вниманием. Он говорил мастерски, увлекательно, не совсем ясно... но самая эта неясность придавала особенную прелесть его речам.

Обилие мыслей мешало Рудину выражаться определительно и точно. Образы сменялись образами; сравнения, то неожиданно смелые, то поразительно верные, возникали за сравнениями. Не самодовольной изысканностью опытного говоруна — вдохновением дышала его нетерпеливая импровизация. Он не искал слов: они сами послушно и свободно приходили к нему на уста, и каждое слово, казалось, так и лилось прямо из души, пылало всем жаром убеждения. Рудин владел едва ли не высшей тайной — музыкой красноречия. Он умел, ударяя по одним струнам сердец, заставлять смутно звенеть и дрожать все другие. Иной слушатель, пожалуй, и не понимал в точности, о чем шла речь; но грудь его высоко поднималась, какие-то завесы разверзались перед его глазами, что-то лучезарное загоралось впереди.

Все мысли Рудина казались обращенными в будущее; это придавало им что-то стремительное и молодое... Стоя у окна, не глядя ни на кого в особенности, он говорил, — и, вдохновенный общим сочувствием и вниманием, близостию молодых женщин, красотою ночи, увлеченный потоком собственных ощущений, он возвысился до красноречия, до поэзии. Самый звук его голоса, сосредоточенный и тихий, увеличивал обаяние; казалось, его устами говорило что-то высшее, для него самого неожиданное... Рудин говорил о том, что придает вечное значение временной жизни человека.

— Помню я одну скандинавскую легенду, — так кончил он, — царь сидит с своими воинами в темном и длинном сарае, вокруг огня. Дело происходит ночью, зимой. Вдруг небольшая птичка влетает в раскрытые двери и вылетает в другие. Царь замечает, что эта птичка, как человек в мире: прилетела из темноты и улетела в темноту, и недолго побыла в тепле и свете... «Царь, — возражает самый старый из воинов, — птичка и во тьме не пропадет и гнездо свое сыщет...» Точно, наша жизнь быстра и ничтожна; но все великое совершается через людей. Сознание быть орудием тех высших сил должно заменить человеку все другие радости: в самой смерти найдет он свою жизнь, свое гнездо...

Рудин остановился и потупил глаза с улыбкой невольного смущения.

— Vous êtes un poète[1], — вполголоса проговорила Дарья Михайловна.

И все с ней внутренне согласились — все, исключая Пигасова. Не дождавшись конца длинной речи Рудина, он тихонько взял шляпу и, уходя, озлобленно прошептал стоявшему близ двери Пандалевскому:

— Нет, поеду к дуракам!

Впрочем, никто его не удерживал и не заметил его отсутствия.

Люди внесли ужин, и, полчаса спустя, все разъехались и разошлись. Дарья Михайловна упросила Рудина остаться ночевать. Александра Павловна, возвращаясь с братом домой в карете, несколько раз принималась ахать и удивляться необыкновенному уму Рудина. Волынцев соглашался с ней, однако заметил, что он иногда выражается немного темно... то есть не совсем вразумительно, прибавил он, желая, вероятно, пояснить свою мысль; но лицо его омрачилось, и взгляд, устремленный в угол кареты, казался еще грустнее.

Пандалевский, ложась спать и снимая свои вышитые шелком помочи, проговорил вслух: «Очень ловкий человек!» — и вдруг, сурово взглянув на своего казачка-камердинера, приказал ему выйти. Басистов целую ночь не спал и не раздевался, он до самого утра все писал письмо к одному своему товарищу в Москву; а Наталья хотя и разделась и легла в постель, но тоже ни на минуту не уснула и не закрывала даже глаз. Подперши голову рукою,

---

[1] Да вы — поэт *(франц.)*.

она глядела пристально в темноту; лихорадочно бились ее жилы, и тяжелый вздох часто приподнимал ее грудь.

IV

На другое утро Рудин только что успел одеться, как явился к нему человек от Дарьи Михайловны с приглашением пожаловать к ней в кабинет и откушать с ней чай. Рудин застал ее одну. Она очень любезно с ним поздоровалась, осведомилась, хорошо ли он провел ночь, сама налила ему чашку чаю, спросила даже, довольно ли сахару, предложила ему папироску и раза два опять повторила, что удивляется, как она давно с ним не познакомилась. Рудин сел было несколько поодаль; но Дарья Михайловна указала ему на небольшое пате, стоявшее подле ее кресла, и, слегка наклонясь в его сторону, начала расспрашивать его об его семействе, об его намерениях и предположениях. Дарья Михайловна говорила небрежно, слушала рассеянно; но Рудин очень хорошо понимал, что она ухаживала за ним, чуть не льстила ему. Недаром же она устроила это утреннее свидание, недаром оделась просто, но изящно, á la madame Récamier![1] Впрочем, Дарья Михайловна скоро перестала его расспрашивать: она начала ему рассказывать о себе, о своей молодости, о людях, с которыми она зналась. Рудин с участием внимал ее разглагольствованиям, хотя — странное дело! — о каком бы лице ни заговорила Дарья Михайловна, на первом плане оставалась все-таки она, она одна, а то лицо как-то скрадывалось и исчезало. Зато Рудин узнал в подробности, что именно Дарья Михайловна говорила такому-то известному сановнику, какое она имела влияние на такого-то знаменитого поэта. Судя по рассказам Дарьи Михайловны, можно было подумать, что все замечательные люди последнего двадцатипятилетия только о том и мечтали, как бы повидаться с ней, как бы заслужить ее расположение. Она говорила о них просто, без особенных

---

[1] В стиле мадам Рекамье *(франц.).* Р е к а м ь е Жюли Аделаида (1777—1849) — жена французского банкира, салон которой посещали политические деятели и литераторы.

восторгов и похвал, как о своих, называя иных чудаками. Она говорила о них, и, как богатая оправа вокруг драгоценного камня, имена их ложились блестящей каймой вокруг главного имени — вокруг Дарьи Михайловны....

А Рудин слушал, покуривал папироску и молчал, лишь изредка вставляя в речь разболтавшейся барыни небольшие замечания. Он умел и любил говорить; вести разговор было не по нем, но он умел также слушать. Всякий, кого он только не запугивал сначала, доверчиво распускался в его присутствии: так охотно и одобрительно следил он за нитью чужого рассказа. В нем было много добродушия, — того особенного добродушия, которым исполнены люди, привыкшие чувствовать себя выше других. В спорах он редко давал высказываться своему противнику и подавлял его своей стремительной и страстной диалектикой[1].

Дарья Михайловна изъяснялась по-русски. Она щеголяла знанием родного языка, хотя галлицизмы[2], французские словечки попадались у ней частенько. Она с намерением употребляла простые народные обороты, но не всегда удачно. Ухо Рудина не оскорблялось странной пестротою речи в устах Дарьи Михайловны, да и вряд ли имел он на это ухо.

Дарья Михайловна утомилась наконец и, прислонясь головой к задней подушке кресел, устремила глаза на Рудина и умолкла.

— Я теперь понимаю, — начал медленным голосом Рудин, — я понимаю, почему вы каждое лето приезжаете в деревню. Вам этот отдых необходим; деревенская тишина, после столичной жизни, освежает и укрепляет вас. Я уверен, что вы должны глубоко сочувствовать красотам природы.

Дарья Михайловна искоса посмотрела на Рудина.

— Природа... да... да, конечно... я ужасно ее люблю; но знаете ли, Дмитрий Николаич, и в деревне нельзя без

---

[1] Диалектика — здесь в смысле умения применять логические доводы в споре.

[2] Галлицизмы — обороты речи, построенные по образцу французского языка.

людей. А здесь почти никого нет. Пигасов самый умный человек здесь.

— Вчерашний сердитый старик? — спросил Рудин.

— Да, этот. В деревне, впрочем, и он годится — хоть рассмешит иногда.

— Он человек неглупый, — возразил Рудин, — но он на ложной дороге. Я не знаю, согласитесь ли вы со мною, Дарья Михайловна, но в отрицании — в отрицании полном и всеобщем — нет благодати. Отрицайте все, и вы легко можете прослыть за умницу: это уловка известная. Добродушные люди сейчас готовы заключить, что вы стоите выше того, что отрицаете. А это часто неправда. Во-первых, во всем можно сыскать пятна, а во-вторых, если даже вы и дело говорите, вам же хуже: ваш ум, направленный на одно отрицание, беднеет, сохнет. Удовлетворяя ваше самолюбие, вы лишитесь истинных наслаждений созерцания; жизнь — сущность жизни — ускользает от вашего мелкого и желчного наблюдения, и вы кончите тем, что будете лаяться и смешить. Порицать, бранить имеет право только тот, кто любит.

— Voilà m-r Pigassoff enterré[1], — проговорила Дарья Михайловна. — Какой вы мастер определять человека! Впрочем, Пигасов, вероятно, и не понял бы вас. А любит он только собственную свою особу.

— И бранит ее для того, чтобы иметь право бранить других, — подхватил Рудин.

Дарья Михайловна засмеялась.

— С больной... как это говорится... с больного на здорового. Кстати, что вы думаете о бароне?

— О бароне? Он хороший человек, с добрым сердцем и знающий... но в нем нет характера... и он весь свой век останется полуученым, полусветским человеком, то есть дилетантом, то есть, говоря без обиняков, — ничем... А жаль!

— Я сама того же мнения, — возразила Дарья Михайловна. — Я читала его статью... Entre nous... cela a assez peu de fond[2].

---

[1] Вот господин Пигасов и уничтожен *(франц.)*.
[2] Между нами... она довольно поверхностна *(франц.)*.

— Кто же еще у вас тут есть? — спросил, помолчав, Рудин.

Дарья Михайловна отряхнула пятым пальцем пепел с пахитоски.

— Да больше почти никого нет. Липина, Александра Павловна, которую вы вчера видели: она очень мила, но и только. Брат ее — тоже прекрасный человек, un parfait honnête homme[1]. Князя Гарина вы знаете. Вот и все. Есть еще два-три соседа, но те уже совсем ничего. Либо ломаются — претензии страшные, — либо дичатся, или уж некстати развязны. Барынь я, вы знаете, не вижу. Есть еще один сосед, очень, говорят, образованный, даже ученый человек, но чудак ужасный, фантазер. Alexandrine его знает и, кажется, к нему неравнодушна... Вот вам бы заняться ею, Дмитрий Николаич: это милое существо; ее надо только развить немножко, непременно надо ее развить!

— Она очень симпатична, — заметил Рудин.

— Совершенное дитя, Дмитрий Николаич, ребенок настоящий. Она была замужем, mais c'est tout comme[2]. Если б я была мужчина, я только в таких бы женщин влюблялась.

— Неужели?

— Непременно. Такие женщины по крайней мере свежи, а уж под свежесть подделаться нельзя.

— А подо все другое можно? — спросил Рудин и засмеялся, что с ним случалось очень редко. Когда он смеялся, лицо его принимало странное, почти старческое выражение, глаза ежились, нос морщился...

— А кто же такой этот, как вы говорите, чудак, к которому госпожа Липина неравнодушна? — спросил он.

— Некто Лежнёв, Михайло Михайлыч, здешний помещик.

Рудин изумился и поднял голову.

— Лежнев, Михайло Михайлыч? — спросил он, — разве он сосед ваш?

— Да. А вы его знаете?

---

[1] Вполне порядочный человек *(франц.)*.
[2] Но это не отразилось на ней *(франц.)*.

Рудин помолчал.

— Я его знавал прежде... тому давно. Ведь он, кажется, богатый человек? — прибавил он, пощипывая рукою бахрому кресла.

— Да, богатый, хотя одевается ужасно и ездит на беговых дрожках, как приказчик. Я желала залучить его к себе: он, говорят, умен; у меня же с ним дело есть... Ведь, вы знаете, я сама распоряжаюсь моим имением?

Рудин наклонил голову.

— Да, сама, — продолжала Дарья Михайловна, — я никаких иностранных глупостей не ввожу, придерживаюсь своего, русского, и видите, дела, кажется, идут недурно, — прибавила она, проведя рукой кругом.

— Я всегда был убежден, — заметил вежливо Рудин, — в крайней несправедливости тех людей, которые отказывают женщинам в практическом смысле.

Дарья Михайловна приятно улыбнулась.

— Вы очень снисходительны, — промолвила она, — но что, бишь, я хотела сказать? О чем мы говорили? Да! о Лежневе. У меня с ним дело по размежеванию[1]. Я его несколько раз приглашала к себе, и даже сегодня я его жду; но он, бог его знает, не едет... такой чудак!

Полог перед дверью тихо распахнулся, и вошел дворецкий, человек высокого роста, седой и плешивый, в черном фраке, белом галстухе и белом жилете.

— Что ты? — спросила Дарья Михайловна и, слегка обратясь к Рудину, прибавила вполголоса: — N'est ce pas, comme il ressemble à Canning?[2]

— Михайло Михайлыч Лежнев приехали, — доложил дворецкий, — прикажете принять?

— Ах, Боже мой! — воскликнула Дарья Михайловна, — вот легок на помине. Проси!

Дворецкий вышел.

— Такой чудак, приехал наконец, и то некстати: наш разговор перервал.

---

[1] Дело по размежеванию — то есть по установлению границ земельных владений.

[2] Не правда ли, как он похож на Каннинга? *(франц.).* Каннинг Джордж (1770—1827) — английский государственный деятель.

Рудин поднялся с места, но Дарья Михайловна его остановила.

— Куда же вы? Мы можем толковать и при вас. А я желаю, чтобы вы и его определили, как Пигасова. Когда вы говорите, vous gravez comme avec un burin[1]. Останьтесь.

Рудин хотел было что-то сказать, но подумал и остался.

Михайло Михайлыч, уже знакомый читателю, вошел в кабинет. На нем было то же серое пальто, и в загорелых руках он держал ту же старую фуражку. Он спокойно поклонился Дарье Михайловне и подошел к чайному столу.

— Наконец-то вы пожаловали к нам, мосье Лежнев! — проговорила Дарья Михайловна. — Прошу садиться. Вы, я слышала, знакомы, — продолжала она, указывая на Рудина.

Лежнев взглянул на Рудина и как-то странно улыбнулся.

— Я знаю господина Рудина, — промолвил он с небольшим поклоном.

— Мы вместе были в университете, — заметил вполголоса Рудин и опустил глаза.

— Мы и после встречались, — холодно проговорил Лежнев.

Дарья Михайловна посмотрела с некоторым изумлением на обоих и попросила Лежнева сесть. Он сел.

— Вы желали меня видеть, — начал он, — насчет размежевания?

— Да, насчет размежевания, но я и так-таки желала вас видеть. Ведь мы близкие соседи и чуть ли не сродни.

— Очень вам благодарен, — возразил Лежнев, — что же касается до размежевания, то мы с вашим управляющим совершенно покончили это дело: я на все его предложения согласен.

— Я это знала.

— Только он мне сказал, что без личного свидания с вами бумаги подписать нельзя.

— Да; это у меня уж так заведено. Кстати, позвольте спросить, ведь у вас, кажется, все мужики на оброке?

---

[1] Вы точно резцом высекаете *(франц.)*.

— Точно так.

— И вы сами хлопочете о размежевании? Это похвально.

Лежнев помолчал.

— Вот я и явился для личного свидания, — проговорил он.

Дарья Михайловна усмехнулась.

— Вижу, что явились. Вы говорите это таким тоном... Вам, должно быть, очень не хотелось ко мне ехать.

— Я никуда не езжу, — возразил флегматически Лежнев.

— Никуда? А к Александре Павловне вы ездите?

— Я с ее братом давно знаком.

— С ее братом! Впрочем, я никого не принуждаю... Но, извините меня, Михайло Михайлыч, я старше вас годами и могу вас пожурить: что вам за охота жить этаким бирюком? Или собственно *мой* дом вам не нравится? я вам не нравлюсь?

— Я вас не знаю, Дарья Михайловна, и потому вы мне не нравиться не можете. Дом у вас прекрасный; но, признаюсь вам откровенно, я не люблю стеснять себя. У меня и фрака порядочного нет, перчаток нет; да я и не принадлежу к вашему кругу.

— По рождению, по воспитанию вы принадлежите к нему, Михайло Михайлыч! vous êtes des nôtres[1].

— Рождение и воспитание в сторону, Дарья Михайловна! Дело не в том...

— Человек должен жить с людьми, Михайло Михайлыч! Что за охота сидеть, как Диоген[2] в бочке?

— Во-первых, ему там было очень хорошо; а во-вторых, почему вы знаете, что я не с людьми живу?

Дарья Михайловна закусила губы.

— Это другое дело! Мне остается только сожалеть о том, что я не удостоилась попасть в число людей, с которыми вы знаетесь.

---

[1] Вы нашего круга *(франц.)*.
[2] Диоген (V век до н. э.) — древнегреческий философ, проповедовавший отречение от жизненных благ и удобств. О нем сохранилось много легендарных рассказов. Так, например, говорили, что он жил в бочке, почитая дом за роскошь.

— Мосье Лежнев, — вмешался Рудин, — кажется, преувеличивает весьма похвальное чувство — любовь к свободе.

Лежнев ничего не ответил и только взглянул на Рудина. Наступило небольшое молчание.

— Итак-с, — начал Лежнев, поднимаясь, — я могу считать наше дело поконченным и сказать вашему управляющему, чтобы он прислал ко мне бумаги.

— Можете... хотя, признаться, вы так нелюбезны... мне бы следовало отказать вам.

— Да ведь это размежевание гораздо выгоднее для вас, чем для меня.

Дарья Михайловна пожала плечами.

— Вы не хотите даже позавтракать у меня? — спросила она.

— Покорно вас благодарю: я никогда не завтракаю, да и тороплюсь домой.

Дарья Михайловна встала.

— Я вас не удерживаю, — промолвила она, подходя к окну, — не смею вас удерживать.

Лежнев начал раскланиваться.

— Прощайте, мосье Лежнев! Извините, что обеспокоила вас.

— Ничего, помилуйте, — возразил Лежнев и вышел.

— Каков? — спросила Дарья Михайловна у Рудина. — Я слыхала про него, что он чудак; но ведь уж это из рук вон!

— Он страдает той же болезнью, как и Пигасов, — проговорил Рудин, — желаньем быть оригинальным. Тот прикидывается Мефистофелем, этот — циником. Во всем этом много эгоизма, много самолюбия и мало истины, мало любви. Ведь это тоже своего рода расчет: надел на себя человек маску равнодушия и лени, авось, мол, кто-нибудь подумает: вот человек, сколько талантов в себе погубил! А поглядеть попристальнее — и талантов-то в нем никаких нет.

— Et de deux![1] — промолвила Дарья Михайловна. — Вы ужасный человек на определения. От вас не скроешься.

---

[1] Вот и о втором! *(франц.)*.

— Вы думаете? — промолвил Рудин... — Впрочем, — продолжал он, — по-настоящему, мне бы не следовало говорить о Лежневе; я его любил, любил, как друга... но потом, вследствие различных недоразумений...

— Вы рассорились?

— Нет. Но мы расстались, и расстались, кажется, навсегда.

— То-то я заметила, вы во все время его посещения были как будто не по себе... Однако я весьма вам благодарна за сегодняшнее утро. Я чрезвычайно приятно провела время. Но надо же и честь знать. Отпускаю вас до завтрака, а сама иду заниматься делами. Мой секретарь, вы его видели — Constantin, c'est lui qui est mon sécrétaire[1], — должно быть, уже ждет меня. Рекомендую его вам: он прекрасный, преуслужливый молодой человек и в совершенном восторге от вас. До свидания, cher[2] Дмитрий Николаич!! Как я благодарна барону за то, что он познакомил меня с вами!

И Дарья Михайловна протянула Рудину руку. Он сперва пожал ее, потом поднес к губам и вышел в залу, а из залы на террасу. На террасе он встретил Наталью.

V

Дочь Дарьи Михайловны, Наталья Алексеевна, с первого взгляда могла не понравиться. Она еще не успела развиться, была худа, смугла, держалась немного сутуловато. Но черты ее лица были красивы и правильны, хотя слишком велики для семнадцатилетней девушки. Особенно хорош был ее чистый и ровный лоб под тонкими, как бы надломленными посередине бровями. Она говорила мало, слушала и глядела внимательно, почти пристально, — точно она себе во всем хотела дать отчет. Она часто оставалась неподвижной, опускала руки и задумывалась; на лице ее выражалась тогда внутренняя работа мыслей... Едва заметная улыбка появится вдруг на губах и скроется; большие темные глаза тихо подымутся...

---

[1] Константин — это мой секретарь *(франц.)*
[2] Дорогой *(франц.)*.

«Qu'avez vous?»[1] — спросит ее m-lle Boncourt и начнет бранить ее, говоря, что молодой девице неприлично задумываться и принимать рассеянный вид. Но Наталья не была рассеянна: напротив, она училась прилежно, читала и работала охотно. Она чувствовала глубоко и сильно, но тайно; она и в детстве редко плакала, а теперь даже вздыхала редко и только бледнела слегка, когда что-нибудь ее огорчало. Мать ее считала добронравной, благоразумной девушкой, называла ее в шутку: mon honnête homme de fille[2], но не была слишком высокого мнения об ее умственных способностях. «Наташа у меня, к счастью, холодна, — говаривала она, — не в меня... тем лучше. Она будет счастлива». Дарья Михайловна ошибалась. Впрочем, редкая мать понимает дочь свою.

Наталья любила Дарью Михайловну и не вполне ей доверяла.

— Тебе нечего от меня скрывать, — сказала ей однажды Дарья Михайловна, — а то бы ты скрытничала: ты-таки себе на уме...

Наталья поглядела матери в лицо и подумала: «Для чего же не быть себе на уме?»

Когда Рудин встретил ее на террасе, она вместе с m-lle Boncourt шла в комнату, чтобы надеть шляпку и отправиться в сад. Утренние ее занятия уже кончились. Наталью перестали держать, как девочку, m-lle Boncourt давно уже не давала ей уроков из мифологии и географии; но Наталья должна была каждое утро читать исторические книги, путешествия и другие назидательные сочинения — при ней. Выбирала их Дарья Михайловна, будто бы придерживаясь особой, своей системы. На самом деле она просто передавала Наталье все, что ей присылал француз-книгопродавец из Петербурга, исключая, разумеется, романов Дюма-фиса[3] и Комп. Эти романы Дарья Михайловна читала сама. M-lle Boncourt особенно строго и кис-

---

[1] Что с вами? *(франц.).*
[2] Моя дочь честный малый *(франц.).*
[3] Дюма-фис — то есть Дюма (сын), французский писатель (1824—1895), сын известного романиста Александра Дюма (1803—1870), автора «Трех мушкетеров», «Графа Монте-Кристо» и многих других романов.

ло посматривала через очки свои, когда Наталья читала исторические книги: по понятиям старой француженки, вся история была наполнена непозволительными вещами, хотя она сама из великих мужей древности знала почему-то только одного Камбиза[1], а из новейших времен — Людовика XIV и Наполеона, которого терпеть не могла. Но Наталья читала и такие книги, существования которых m-lle Boncourt не подозревала: она знала наизусть всего Пушкина

Наталья слегка покраснела при встрече с Рудиным.

— Вы идете гулять? — спросил он ее.

— Да. Мы идем в сад.

— Можно идти с вами?

Наталья взглянула на m-lle Boncourt.

— Mais certainement, monsieur, avec plaisir[2], — поспешно проговорила старая дева.

Рудин взял шляпу и пошел вместе с ними. Наталье было сперва неловко идти рядом с Рудиным по одной дорожке; потом ей немного легче стало. Он начал расспрашивать ее о ее занятиях, о том, как ей нравится деревня. Она отвечала не без робости, но без той торопливой застенчивости, которую так часто и выдают и принимают за стыдливость. Сердце у ней билось.

— Вы не скучаете в деревне? — спросил Рудин, окидывая ее боковым взором.

— Как можно скучать в деревне? Я очень рада, что мы здесь. Я здесь очень счастлива.

— Вы счастливы... Это великое слово. Впрочем, это понятно: вы молоды.

Рудин произнес это последнее слово как-то странно: не то он завидовал Наталье, не то он сожалел о ней.

— Да! молодость! — прибавил он. — Вся цель науки — дойти сознательно до того, что молодости дается даром.

Наталья внимательно посмотрела на Рудина: она не поняла его.

— Я сегодня целое утро разговаривал с вашей матушкой, — продолжал он, — она необыкновенная женщина.

---

[1] Камбиз (VI век до н. э.) — персидский царь.
[2] Ну, разумеется, сударь, вы доставите нам удовольствие *(франц.)*.

Я понимаю, почему все наши поэты дорожили ее дружбой. А вы любите стихи? — прибавил он, помолчав немного.

«Он меня экзаменует», — подумала Наталья и промолвила: — Да, очень люблю.

— Поэзия — язык богов. Я сам люблю стихи. Но не в одних стихах поэзия: она разлита везде, она вокруг нас... Взгляните на эти деревья, на это небо — отовсюду веет красотою и жизнью; а где красота и жизнь, там и поэзия.

— Сядемте здесь, на скамью, — продолжал он. — Вот так. Мне почему-то кажется, что, когда вы попривыкнете ко мне (и он с улыбкой посмотрел ей в лицо), мы будем приятели с вами. Как вы полагаете?

«Он обращается со мной, как с девочкой», — подумала опять Наталья и, не зная, что сказать, спросила его, долго ли он намерен остаться в деревне.

— Все лето, осень, а может быть, и зиму. Я, вы знаете, человек очень небогатый; дела мои расстроены, да и притом мне уже наскучило таскаться с места на место. Пора отдохнуть.

Наталья изумилась.

— Неужели вы находите, что вам пора отдыхать? — спросила она робко.

Рудин повернулся лицом к Наталье.

— Что вы хотите этим сказать?

— Я хочу сказать, — возразила она с некоторым смущеньем, — что отдыхать могут другие; а вы... вы должны трудиться, стараться быть полезным. Кому же, как не вам...

— Благодарю за лестное мнение, — перебил ее Рудин. — Быть полезным... легко сказать! (Он провел рукою по лицу.) Быть полезным! — повторил он. — Если б даже было во мне твердое убеждение: как я могу быть полезным — если б я даже верил в свои силы, — где найти искренние, сочувствующие души?..

И Рудин так безнадежно махнул рукою и так печально поник головою, что Наталья невольно спросила себя: полно, его ли восторженные, дышащие надеждой речи она слышала накануне?

— Впрочем, нет, — прибавил он, внезапно встряхнув своей львиной гривой, — это вздор, и вы правы. Благодарю вас, Наталья Алексеевна, благодарю вас искренно. (Наталья решительно не знала, за что ее он благодарит.) Ваше одно слово напомнило мне мой долг, указало мне мою дорогу... Да, я должен действовать. Я не должен скрывать свой талант, если он у меня есть; я не должен растрачивать свои силы на одну болтовню, пустую, бесполезную болтовню, на одни слова...

И слова его полились рекою. Он говорил прекрасно, горячо, убедительно — о позоре малодушия и лени, о необходимости делать дело. Он осыпал самого себя упреками, доказывал, что рассуждать наперед о том, что хочешь сделать, так же вредно, как накалывать булавкой наливающийся плод, что это только напрасная трата сил и соков. Он уверял, что нет благородной мысли, которая бы не нашла себе сочувствия, что непонятыми остаются только те люди, которые либо еще сами не знают, чего хотят, либо не стоят того, чтобы их понимали. Он говорил долго и окончил тем, что еще раз поблагодарил Наталью Алексеевну и совершенно неожиданно стиснул ей руку, промолвив: «Вы прекрасное, благородное существо!»

Эта вольность поразила m-lle Boncourt, которая, несмотря на сорокалетнее пребывание в России, с трудом понимала по-русски и только удивлялась красивой быстроте и плавности речи в устах Рудина. Впрочем, он в ее глазах был чем-то вроде виртуоза или артиста; а от подобного рода людей, по ее понятиям, невозможно было требовать соблюдения приличий.

Она встала и, порывисто поправив на себе платье, объявила Наталье, что пора идти домой, тем более, что monsieur Volinsoff (так она называла Волынцева) хотел быть к завтраку.

— Да вот и он! — прибавила она, взглянув в одну из аллей, ведущих от дому.

Действительно, Волынцев показался невдалеке.

Он подошел нерешительным шагом, издали раскланялся со всеми и, с болезненным выражением на лице обратясь к Наталье, проговорил:

— А! вы гуляете?

— Да, — отвечала Наталья, — мы уже шли домой.

— А! — произнес Волынцев. — Что ж, пойдемте.

И все пошли к дому.

— Как здоровье вашей сестры? — спросил каким-то особенно ласковым голосом Рудин у Волынцева. Он и накануне был очень с ним любезен.

— Покорно благодарю. Она здорова. Она сегодня, может быть, будет... Вы, кажется, о чем-то рассуждали, когда я подошел?

— Да, у нас был разговор с Натальей Алексеевной. Она мне сказала одно слово, которое сильно на меня подействовало...

Волынцев не спросил, какое это было слово, и все в глубоком молчании возвратились в дом Дарьи Михайловны.

Перед обедом опять составился салон. Пигасов, однако, не приехал. Рудин не был в ударе; он все заставлял Пандалевского играть из Бетховена. Волынцев молчал и поглядывал на пол. Наталья не отходила от матери и то задумывалась, то принималась за работу. Басистов не спускал глаз с Рудина, все выжидая, не скажет ли он чего-нибудь умного? Так прошло часа три довольно однообразно. Александра Павловна не приехала к обеду — и Волынцев, как только встали из-за стола, тотчас велел заложить свою коляску и ускользнул, не простясь ни с кем.

Ему было тяжело. Он давно любил Наталью и все собирался сделать ей предложение... Она к нему благоволила — но сердце ее оставалось спокойным: он это ясно видел. Он и не надеялся внушить ей чувство более нежное и ждал только мгновенья, когда она совершенно привыкнет к нему, сблизится с ним. Что же могло взволновать его? какую перемену заметил он в эти два дня? Наталья обращалась с ним точно так же, как и прежде...

Запала ли ему в душу мысль, что он, быть может, вовсе не знает нрава Натальи, что она ему еще более чужда, чем он думал, ревность ли проснулась в нем, смутно ли почуял он что-то недоброе... но только он страдал, как ни уговаривал самого себя.

Когда он вошел к своей сестре, у ней сидел Лежнев.

— Что это ты так рано вернулся? — спросила Александра Павловна.

— Так! соскучилось.

— Рудин там?

— Там.

Волынцев бросил фуражку и сел.

Александра Павловна с живостью обратилась к нему.

— Пожалуйста, Сережа, помоги мне убедить этого упрямого человека (она указала на Лежнева) в том, что Рудин необыкновенно умен и красноречив.

Волынцев промычал что-то.

— Да я нисколько с вами не спорю, — начал Лежнев, — я не сомневаюсь в уме и красноречии господина Рудина; я говорю только, что он мне не нравится.

— А ты его разве видел? — спросил Волынцев.

— Видел сегодня поутру, у Дарьи Михайловны. Ведь *он* у ней теперь великим визирем. Придет время, она и с ним расстанется, — она с одним Пандалевским никогда не расстанется, — но теперь он царит. Видел его, как же! Он сидит — а она меня ему показывает: глядите, мол, батюшка, какие у нас водятся чудаки. Я не заводская лошадь — к выводке не привык. Я взял да уехал.

— Да зачем ты был у ней?

— По размежеванию; да это вздор, ей просто хотелось посмотреть на мою физиономию. Барыня — известно!

— Вас оскорбляет его превосходство — вот что! — заговорила с жаром Александра Павловна, — вот что вы ему простить не можете. А я уверена, что, кроме ума, у него и сердце должно быть отличное. Вы взгляните на его глаза, когда он...

— «О честности высокой говорит...»[1] — подхватил Лежнев.

— Вы меня рассердите, и я заплачу. Я от души сожалею, что не поехала к Дарье Михайловне и осталась с вами. Вы этого не стоите. Полноте дразнить меня, — прибавила она жалобным голосом. — Вы лучше расскажите мне об его молодости.

---

[1] «О честности высокой говорит...» — слова из монолога Репетилова в «Горе от ума» А. С. Грибоедова.

— О молодости Рудина?

— Ну да. Ведь вы мне сказали, что хорошо его знаете и давно с ним знакомы.

Лежнев встал и прошелся по комнате.

— Да, — начал он, — я его хорошо знаю. Вы хотите, чтобы я рассказал вам его молодость? Извольте. Родился он в Т...ве от бедных помещиков. Отец его скоро умер. Он остался один у матери. Она была женщина добрейшая и души в нем не чаяла: толокном одним питалась и все какие были у ней денежки употребляла на него. Получил он свое воспитание в Москве, сперва на счет какого-то дяди, а потом, когда он подрос и оперился, на счет одного богатого князька, с которым снюхался... ну извините, не буду... с которым сдружился. Потом он поступил в университет. В университете я узнал его и сошелся с ним очень тесно. О нашем тогдашнем житье-бытье я поговорю с вами когда-нибудь после. Теперь не могу. Потом он уехал за границу...

Лежнев продолжал расхаживать по комнате; Александра Павловна следила за ним взором.

— Из-за границы, — продолжал он, — Рудин писал к своей матери чрезвычайно редко и посетил ее всего один раз, дней на десять... Старушка и скончалась без него, на чужих руках, но до самой смерти не спускала глаз с его портрета. Я к ней езжал, когда проживал в Т...ве. Добрая была женщина и прегостеприимная, вишневым вареньем, бывало, все меня потчевала. Она любила своего Митю без памяти. Господа печоринской школы скажут вам, что мы всегда любим тех, которые сами мало способны любить; а *мне* так кажется, что все матери любят своих детей, особенно отсутствующих. Потом я встретился с Рудиным за границей. Там к нему одна барыня привязалась, из наших русских, синий чулок какой-то, уже немолодой и некрасивый, как оно и следует синему чулку. Он довольно долго с ней возился и, наконец, ее бросил... или нет, бишь, виноват: она его бросила. И я тогда его бросил. Вот и все.

Лежнев умолк, провел рукою по лбу и, словно усталый, опустился на кресло.

— А знаете ли что, Михайло Михайлыч, — начала Александра Павловна, — вы, я вижу, злой человек; право, вы не лучше Пигасова. Я уверена, что все, что вы сказали, правда, что вы ничего не присочинили, и между тем в каком неприязненном свете вы все это представили! Эта бедная старушка, ее преданность, ее одинокая смерть, эта барыня... К чему это все?.. Знаете ли, что можно жизнь самого лучшего человека изобразить в таких красках — и ничего не прибавляя, заметьте, — что всякий ужаснется! Ведь это тоже своего рода клевета!

Лежнев встал и опять прошелся по комнате.

— Я вовсе не желал заставить вас ужаснуться, Александра Павловна, — проговорил он наконец. — Я не клеветник. А впрочем, — прибавил он, подумав немного, — действительно, в том, что вы сказали, есть доля правды. Я не клеветал на Рудина; но — кто знает! — может быть, он с тех пор успел измениться — может быть, я несправедлив к нему.

— А! вот видите... Так обещайте же мне, что вы возобновите с ним знакомство, узнаете его хорошенько и тогда уже выскажете мне свое окончательное мнение о нем.

— Извольте... Но что же ты молчишь, Сергей Павлыч?

Волынцев вздрогнул и поднял голову, как будто его разбудили.

— Что мне говорить? Я его не знаю. Притом у меня сегодня голова болит.

— Ты, точно, что-то бледен сегодня, — заметила Александра Павловна, — здоров ли ты?

— У меня голова болит, — повторил Волынцев и вышел вон.

Александра Павловна и Лежнев посмотрели ему вслед и обменялись взглядом, но ничего не сказали друг другу. Ни для него, ни для нее не было тайной, что происходило в сердце Волынцева.

VI

Прошло два месяца, с лишком. В течение всего этого времени Рудин почти не выезжал от Дарьи Михайловны. Она не могла обойтись без него. Рассказывать ему о себе, слушать его рассуждения стало для нее потребностью. Он однажды хотел уехать, под тем предлогом, что у него вышли все деньги: она дала ему пятьсот рублей. Он занял также у Волынцева рублей двести. Пигасов гораздо реже прежнего посещал Дарью Михайловну: Рудин давил его своим присутствием. Впрочем, давление это испытывал не один Пигасов.

— Не люблю я этого умника, — говаривал он, — выражается он неестественно, ни дать ни взять, лицо из русской повести; скажет: «Я», и с умилением остановится... «Я, мол, я...» Слова употребляет всё такие длинные. Ты чихнешь — он тебе сейчас станет доказывать, почему ты именно чихнул, а не кашлянул... Хвалит он тебя — точно в чин производит... Начнет самого себя бранить, с грязью себя смешает — ну, думаешь, теперь на свет божий глядеть не станет. Какое! повеселеет даже, словно горькой водкой себя попотчевал.

Пандалевский побаивался Рудина и осторожно за ним ухаживал. Волынцев находился в странных отношениях с ним. Рудин называл его рыцарем, превозносил его в глаза и за глаза; но Волынцев не мог полюбить его и всякий раз чувствовал невольное нетерпение и досаду, когда тот принимался в его же присутствии разбирать его достоинства. «Уж не смеется ли он надо мною?» — думал он, и враждебно шевелилось в нем сердце. Волынцев старался переломить себя; но он ревновал его к Наталье. Да и сам Рудин, хотя всегда шумно приветствовал Волынцева, хотя называл его рыцарем и занимал у него деньги, едва ли был к нему расположен. Трудно было бы определить, что, собственно, чувствовали эти два человека, когда, стискивая по-приятельски один другому руки, они глядели друг другу в глаза...

Басистов продолжал благоговеть перед Рудиным и ловить на лету каждое его слово. Рудин мало обращал на него внимания. Как-то раз он провел с ним целое утро, толковал с ним о самых важных мировых вопросах и задачах и возбудил в нем живейший восторг, но потом он его бросил... Видно, он только на словах искал чистых и преданных душ. С Лежневым, который начал ездить к Дарье Михайловне, Рудин даже в спор не вступал и как будто избегал его. Лежнев также обходился с ним холодно, а впрочем, не высказывал своего окончательного мнения о нем, что очень смущало Александру Павловну. Она преклонялась перед Рудиным; но и Лежневу она верила. Все в доме Дарьи Михайловны покорялись прихоти Рудина: малейшие желания его исполнялись. Порядок дневных занятий от него зависел. Ни одна partie de plaisir¹ не составлялась без него. Впрочем, он не большой был охотник до всяких внезапных поездок и затей и участвовал в них, как взрослые в детских играх, с ласковым и слегка скучающим благоволением. Зато он входил во все: толковал с Дарьей Михайловной о распоряжениях по имению, о воспитании детей, о хозяйстве, вообще о делах; выслушивал ее предположения, не тяготился даже мелочами, предлагал преобразования и нововведения. Дарья Михайловна восхищалась ими на словах — и только. В деле хозяйства она придерживалась советов своего управляющего, пожилого одноглазого малоросса, добродушного и хитрого плута. «Старенькое-то жирненько, молоденькое худенько», — говаривал он, спокойно ухмыляясь и подмигивая своим единственным глазом.

После самой Дарьи Михайловны Рудин ни с кем так часто и так долго не беседовал, как с Натальей. Он тайком давал ей книги, поверял ей свои планы, читал ей первые страницы предполагаемых статей и сочинений. Смысл их часто оставался недоступным для Натальи. Впрочем, Рудин, казалось, и не очень заботился о том, чтобы она его понимала — лишь бы слушала его. Близость его с Натальей была не совсем по нутру Дарье Михайловне. «Но, — думала она, — пускай она с ним поболтает в деревне. Она забавляет его, как девочка. Беды большой нет, а она все-таки поумнеет... В Петербурге я это все переменю...»

Дарья Михайловна ошибалась. Не как девочка болтала Наталья с Рудиным: она жадно внимала его речам, она старалась вникнуть в их значение, она повергала на суд его свои мысли, свои сомнения; он был ее наставником, ее вождем. Пока — одна голова у ней кипела... но молодая голова недолго кипит одна. Какие сладкие мгновения

---

¹ Увеселительная прогулка *(франц.).*

переживала Наталья, когда, бывало, в саду, на скамейке, в легкой, сквозной тени ясеня, Рудин начнет читать ей гётевского «Фауста», Гофмана[1], или «Письма» Беттины[2], или Новалиса[3], беспрестанно останавливаясь и толкуя то, что ей казалось темным! Она по-немецки говорила плохо, как почти все наши барышни, но понимала хорошо, а Рудин был весь погружен в германскую поэзию, в германский романтический и философский мир и увлекал ее за собой в те заповедные страны. Неведомые, прекрасные, раскрывались они перед ее внимательным взором; со страниц книги, которую Рудин держал в руках, дивные образы, новые, светлые мысли так и лились звенящими струями ей в душу, и в сердце ее, потрясенном благородной радостью великих ощущений, тихо вспыхивала и разгоралась святая искра восторга...

— Скажите, Дмитрий Николаич, — начала она однажды, сидя у окна за пяльцами, — ведь вы на зиму поедете в Петербург?

— Не знаю, — возразил Рудин, опуская на колени книгу, которую перелистывал, — если соберусь со средствами, поеду.

Он говорил вяло: он чувствовал усталость и бездействовал с самого утра.

— Мне кажется, как не найти вам средства?

Рудин покачал головой.

— Вам так кажется!

И он значительно глянул в сторону.

Наталья хотела было что-то сказать и удержалась.

— Посмотрите, — начал Рудин и указал ей рукой в окно, — видите вы эту яблоню: она сломилась от тяжести и множества своих собственных плодов. Верная эмблема гения...

— Она сломилась оттого, что у ней не было подпоры, — возразила Наталья.

---

[1] Гофман Эрнст Теодор Амадей (1776—1822) — немецкий писатель.

[2] «Письма» Беттины — имеется в виду книга «Переписка Гёте с ребенком», написанная другом Гёте Беттиной фон Арним (1785—1859).

[3] Новалис — псевдоним немецкого поэта и писателя Фридриха фон Гарденберга (1772—1801).

— Я вас понимаю, Наталья Алексеевна; но человеку не так легко сыскать ее, эту подпору.

— Мне кажется, сочувствие других... во всяком случае, одиночество...

Наталья немного запуталась и покраснела.

— И что вы будете делать зимой в деревне? — поспешно прибавила она.

— Что я буду делать? Окончу мою большую статью — вы знаете — о трагическом в жизни и в искусстве — я вам третьего дня план рассказывал — и пришлю ее вам.

— И напечатаете?

— Нет.

— Как нет? Для кого же вы будете трудиться?

— А хоть бы для вас.

Наталья опустила глаза.

— Это не по моим силам, Дмитрий Николаич!

— О чем, позвольте спросить, статья? — скромно спросил Басистов, сидевший поодаль.

— О трагическом в жизни и в искусстве, — повторил Рудин. — Вот и господин Басистов прочтет. Впрочем, я не совсем еще сладил с основною мыслью. Я до сих пор еще не довольно уяснил самому себе трагическое значение любви.

Рудин охотно и часто говорил о любви. Сначала при слове *любовь* m-lle Boncourt вздрагивала и навастривала уши, как старый полковой конь, заслышавший трубу, но потом привыкла и только, бывало, съежит губы и с расстановкой понюхает табаку.

— Мне кажется, — робко заметила Наталья, — трагическое в любви — это несчастная любовь.

— Вовсе нет! — возразил Рудин, — это скорее комическая сторона любви... Вопрос этот надобно совсем иначе поставить... надо поглубже зачерпнуть... Любовь! — продолжал он, — в ней все тайна: как она приходит, как развивается, как исчезает. То является она вдруг, несомненная, радостная, как день; то долго тлеет, как огонь под золой, и пробивается пламенем в душе, когда уже все разрушено; то вползет она в сердце, как змея, то вдруг выскользнет из него вон... Да, да; это вопрос важный. Да и кто любит в наше время? кто дерзает любить?

И Рудин задумался.

— Что это Сергея Павлыча давно не видать? — спросил он вдруг.

Наталья вспыхнула и нагнула голову к пяльцам.

— Не знаю, — прошептала она.

— Какой это прекраснейший, благороднейший человек! — промолвил Рудин, вставая. — Это один из лучших образцов настоящего русского дворянина...

M-lle Boncourt посмотрела на него вкось своими французскими глазками.

Рудин прошелся по комнате.

— Заметили ли вы, — заговорил он, круто повернувшись на каблуках, — что на дубе — а дуб крепкое дерево — старые листья только тогда отпадают, когда молодые начнут пробиваться?

— Да, — медленно возразила Наталья, — заметила.

— Точно то же случается и с старой любовью в сильном сердце: она уже вымерла, но все ещё держится; только другая, новая любовь может ее выжить.

Наталья ничего не ответила.

«Что это значит?» — подумала она.

Рудин постоял, встряхнул волосами и удалился.

А Наталья пошла к себе в комнату. Долго сидела она в недоумении на своей кроватке, долго размышляла о последних словах Рудина и вдруг сжала руки и горько заплакала. О чем она плакала — Бог ведает! Она сама не знала, отчего у ней так внезапно полились слезы. Она утирала их, но они бежали вновь, как вода из давно накопившегося родника.

В тот же самый день и у Александры Павловны происходил разговор о Рудине с Лежневым. Сперва он все отмалчивался; но она решилась добиться толку.

— Я вижу, — сказала она ему, — вам Дмитрий Николаевич по-прежнему не нравится. Я нарочно до сих пор вас не расспрашивала; но вы теперь уже успели убедиться, произошла ли в нем перемена, и я желаю знать, почему он вам не нравится.

— Извольте, — возразил с обычной флегмой Лежнев, — коли уж вам так не терпится; только, смотрите, не сердитесь...

— Ну, начинайте, начинайте.

— И дайте мне выговорить все до конца.

— Извольте, извольте, начинайте.

— Итак-с, — начал Лежнев, медлительно опускаясь на диван, — доложу вам, мне Рудин действительно не нравится. Он умный человек...

— Еще бы!

— Он замечательно умный человек, хотя в сущности пустой...

— Это легко сказать!

— Хотя в сущности пустой, — повторил Лежнев, — но это еще не беда: все мы пустые люди. Я даже не ставлю в вину ему то, что он деспот в душе, ленив, не очень сведущ...

Александра Павловна всплеснула руками.

— Не очень сведущ! Рудин! — воскликнула она.

— Не очень сведущ, — точно тем же голосом повторил Лежнев, — любит пожить на чужой счет, разыгрывает роль, и так далее... это все в порядке вещей. Но дурно то, что он холоден, как лед.

— Он, эта пламенная душа, холоден! — перебила Александра Павловна.

— Да, холоден, как лед, и знает это и прикидывается пламенным. Худо то, — продолжал Лежнев, постепенно оживляясь, — что он играет опасную игру, опасную не для него, разумеется; сам копейки, волоска не ставит на карту — а другие ставят душу...

— О ком, о чем вы говорите? я вас не понимаю, — проговорила Александра Павловна.

— Худо то, что он не честен. Ведь он умный человек: он должен же знать цену слов своих, а произносит их так, как будто они ему что-нибудь стоят... Спору нет, он красноречив; только красноречие его не русское. Да и, наконец, красно говорить простительно юноше, а в его года стыдно тешиться шумом собственных речей, стыдно рисоваться!

— Мне кажется, Михайло Михайлыч, для слушателя все равно, рисуетесь ли вы или нет...

— Извините, Александра Павловна, не все равно. Иной скажет мне слово, меня всего проймет; другой то же самое слово скажет, или еще красивее, — я и ухом не поведу. Отчего это?

— То есть *вы* не поведете, — перебила Александра Павловна.

— Да, не поведу, — возразил Лежнев, — хотя, может быть, у меня и большие уши. Дело в том, что слова Рудина так и остаются словами и никогда не станут поступком — а между тем эти самые слова могут смутить, погубить молодое сердце.

— Да о ком, о ком вы говорите, Михайло Михайлыч? Лежнев остановился.

— Вы желаете знать, о ком я говорю? О Наталье Алексеевне.

Александра Павловна смутилась на мгновение, но тотчас же усмехнулась.

— Помилуйте, — начала она, — какие у вас всегда странные мысли! Наталья еще ребенок; да, наконец, если б что-нибудь и было, неужели вы думаете, что Дарья Михайловна...

— Дарья Михайловна, во-первых, эгоистка и живет для себя; а во-вторых, она так уверена в своем уменье воспитывать детей, что ей и в голову не приходит беспокоиться о них. Фи! как можно! одно мановенье, один величественный взгляд — и все пойдет, как по ниточке. Вот что думает эта барыня, которая и меценаткой себя воображает, и умницей, и бог знает чем, а на деле она больше ничего, как светская старушонка. А Наталья не ребенок; она, поверьте, чаще и глубже размышляет, чем мы с вами. И надобно же, чтобы эдакая честная, страстная и горячая натура наткнулась на такого актера, на такую кокетку! Впрочем, и это в порядке вещей.

— Кокетка! Это вы его называете кокеткой?

— Конечно, его... Ну, скажите сами, Александра Павловна, что за роль его у Дарьи Михайловны? Быть идолом, оракулом в доме, вмешиваться в распоряжения, в семейные сплетни и дрязги — неужели это достойно мужчины?

Александра Павловна с изумлением посмотрела Лежневу в лицо.

— Я не узнаю вас, Михайло Михайлыч, — проговорила она. — Вы покраснели, вы пришли в волнение. Право, тут что-нибудь должно скрываться другое...

— Ну, так и есть! Ты говоришь женщине дело, по убеждению; а она до тех пор не успокоится, пока не придумает какой-нибудь мелкой, посторонней причины, заставляющей тебя говорить именно так, а не иначе.

Александра Павловна рассердилась.

— Браво, мосье Лежнев! вы начинаете преследовать женщин не хуже господина Пигасова; но, воля ваша, как вы ни проницательны, все-таки мне трудно поверить, чтобы вы в такое короткое время могли всех и все понять. Мне кажется, вы ошибаетесь. По-вашему, Рудин — Тартюф[1] какой-то.

— В том-то и дело, что он даже не Тартюф. Тартюф, тот по крайней мере знал, чего добивался; а этот, при всем своем уме...

— Что же, что же он? Доканчивайте вашу речь, несправедливый, гадкий человек!

Лежнев встал.

— Послушайте, Александра Павловна, — начал он, — несправедливы-то вы, а не я. Вы досадуете на меня за мои резкие суждения о Рудине: я имею право говорить о нем резко! Я, может быть, недешевой ценой купил это право. Я хорошо его знаю; я долго жил с ним вместе. Помните, я обещался рассказать вам когда-нибудь наше житье в Москве. Видно, придется теперь это сделать. Но будете ли вы иметь терпение меня выслушать?

— Говорите, говорите!

— Ну, извольте.

Лежнев принялся ходить медленными шагами по комнате, изредка останавливаясь и наклоняя голову вперед.

---

[1] Тартюф — герой одноименной комедии Мольера (французского писателя XVII века), ханжа и лицемер, имя которого стало нарицательным.

— Вы, может быть, знаете, — заговорил он, — а может быть, и не знаете, что я осиротел рано и уже на семнадцатом году не имел над собою на́большего[1]. Я жил в доме тетки в Москве и делал, что хотел. Малый я был довольно пустой и самолюбивый, любил порисоваться и похвастать. Вступив в университет, я вел себя, как школьник, и скоро попался в историю. Я вам ее рассказывать не стану: не стоит. Я солгал, и довольно гадко солгал... Меня вывели на свежую воду, уличили, пристыдили... Я потерялся и заплакал, как дитя. Это происходило на квартире одного знакомого, в присутствии многих товарищей. Все принялись хохотать надо мною, все, исключая одного студента, который, заметьте, больше прочих негодовал на меня, пока я упорствовал и не сознавался в своей лжи. Жаль ему, что ли, меня стало, только он взял меня под руку и увел к себе.

— Это был Рудин? — спросила Александра Павловна.

— Нет, это не был Рудин... это был человек... он уже теперь умер... это был человек необыкновенный. Звали его Покорским. Описать его в немногих словах я не в силах, а начав говорить о нем, уже ни о ком другом говорить не захочешь. Это была высокая, чистая душа, и ума такого я уже не встречал потом. Покорский жил в маленькой, низенькой комнатке, в мезонине старого деревянного домика. Он был очень беден и перебивался кое-как уроками. Бывало, он даже чашкой чаю не мог попотчевать гостя; а единственный его диван до того провалился, что стал похож на лодку. Но, несмотря на эти неудобства, к нему ходило множество народа. Его все любили, он привлекал к себе сердца. Вы не поверите, как сладко и весело было сидеть в его бедной комнатке! У него я познакомился с Рудиным. Он уже отстал тогда от своего князька.

— Что же было такого особенного в этом Покорском? — спросила Александра Павловна.

— Как вам сказать? Поэзия и правда — вот что влекло всех к нему. При уме ясном, обширном он был мил и за-

---

[1] На́большего — то есть старшего.

бавен, как ребенок. У меня до сих пор звенит в ушах его светлое хохотанье, и в то же время он

> Пылал полуночной лампадой
> Перед святынею добра...

Так выразился о нем один полусумасшедший и милейший поэт нашего кружка.

— А как он говорил? — спросила опять Александра Павловна.

— Он говорил хорошо, когда был в духе, но не удивительно. Рудин и тогда был в двадцать раз красноречивее его.

Лежнев остановился и скрестил руки.

— Покорский и Рудин не походили друг на друга. В Рудине было гораздо больше блеску и треску, больше фраз и, пожалуй, больше энтузиазма. Он казался гораздо даровитее Покорского, а на самом деле он был бедняк в сравнении с ним. Рудин превосходно развивал любую мысль, спорил мастерски; но мысли его рождались не в его голове: он брал их у других, особенно у Покорского. Покорский был на вид тих и мягок, даже слаб — и любил женщин до безумия, любил покутить и не дался бы никому в обиду. Рудин казался полным огня, смелости, жизни, а в душе был холоден и чуть ли не робок, пока не задевалось его самолюбие: тут он на стены лез. Он всячески старался покорить себе людей, но покорял он их во имя общих начал и идей и действительно имел влияние сильное на многих. Правда, никто его не любил; один я, может быть, привязался к нему. Его иго носили... Покорскому все отдавались сами собой. Зато Рудин никогда не отказывался толковать и спорить с первым встречным... Он не слишком много прочел книг, но во всяком случае гораздо больше, чем Покорский и чем все мы; притом ум имел систематический, память огромную, а ведь это-то и действует на молодежь! Ей выводы подавай, итоги, хоть неверные, да итоги! Совершенно добросовестный человек на это не годится. Попытайтесь сказать молодежи, что вы не можете дать ей полной истины, потому что сами не владеете ею... молодежь вас и слушать не станет. Но обмануть вы ее тоже не можете. Надобно, чтобы вы сами хотя наполовину верили, что обладаете истиной. Оттого-то Рудин и действовал так сильно на нашего брата. Видите ли, я вам сейчас сказал, что он прочел немного, но читал он философские книги, и голова у него так была устроена, что он тотчас же из прочитанного извлекал все общее, хватался за самый корень дела и уже потом проводил от него во все стороны светлые, правильные нити мысли, открывал духовные перспективы. Наш кружок состоял тогда, говоря по совести, из мальчиков — и недоученных мальчиков. Философия, искусство, наука, самая жизнь — все это для нас были одни слова, пожалуй даже понятия, заманчивые, прекрасные, но разбросанные, разъединенные. Общей связи этих понятий, общего закона мирового мы не сознавали, не осязали, хотя смутно толковали о нем, силились отдать себе в нем отчет... Слушая Рудина, нам впервые показалось, что мы, наконец, схватили ее, эту общую связь, что поднялась, наконец, завеса! Положим, он говорил не свое — что за дело! но стройный порядок водворялся во всем, что мы знали, все разбросанное вдруг соединялось, складывалось, вырастало перед нами, точно здание, все светлело, дух веял всюду... Ничего не оставалось бессмысленным, случайным: во всем высказывалась разумная необходимость и красота, все получало значение ясное и, в то же время, таинственное, каждое отдельное явление жизни звучало аккордом, и мы сами, с каким-то священным ужасом благоговения, с сладким сердечным трепетом, чувствовали себя как бы живыми сосудами вечной истины, орудиями ее, призванными к чему-то великому... Вам все это не смешно.

— Нисколько, — медленно возразила Александра Павловна, — почему вы это думаете? Я вас не совсем понимаю, но мне не смешно.

— Мы с тех пор успели поумнеть, конечно, — продолжал Лежнев, — все это нам теперь может казаться детством... Но, я повторяю, Рудину мы тогда были обязаны многим. Покорский был несравненно выше его, бесспорно; Покорский вдыхал в нас всех огонь и силу, но он иногда чувствовал себя вялым и молчал. Человек он был нервический, нездоровый; зато когда он расправлял свои крылья — Боже! куда не залетал он! в самую глубь и лазурь неба! А в Рудине, в этом красивом и статном малом, было много мелочей; он даже сплетничал; страсть его была во все вмешиваться, все определять и разъяснять. Его хлопотливая деятельность никогда не унималась... политическая натура-с! Я о нем говорю, каким я его знал тогда. Впрочем, он, к несчастью, не изменился. Зато он и в верованиях своих не изменился... в тридцать пять лет!.. Не всякий может сказать это о себе.

— Сядьте, — проговорила Александра Павловна, — что вы, как маятник, по комнате ходите?

— Этак мне лучше, — возразил Лежнев. — Ну-с, попав в кружок Покорского, я, доложу вам, Александра Павловна, я совсем переродился: смирился, расспрашивал, учился, радовался, благоговел — одним словом, точно в храм какой вступил. Да и в самом деле, как вспомню я наши сходки, ну, ей-богу же, много в них было хорошего, даже трогательного. Вы представьте, сошлись человек пять-шесть мальчиков, одна сальная свеча горит, чай подается прескверный и сухари к нему старые-престарые; а посмотрели бы вы на все наши лица, послушали бы речи наши! В глазах у каждого восторг, и щеки пылают, и сердце бьется, и говорим мы о Боге, о правде, о будущности человечества, о поэзии — говорим мы иногда вздор, восхищаемся пустяками; но что за беда!.. Покорский сидит, поджав ноги, подпирает бледную щеку рукой, а глаза его так и светятся. Рудин стоит посередине комнаты и говорит, говорит прекрасно, ни дать ни взять молодой Демосфен перед шумящим морем; взъерошенный поэт Субботин издает по временам и как бы во сне отрывистые восклицания; сорокалетний бурш, сын немецкого пастора, Шеллер, прослывший между нами за глубочайшего мыслителя по милости своего вечного, ничем не нарушимого молчанья, как-то особенно торжественно безмолвствует; сам веселый Щитов, Аристофан наших сходок, утихает и только ухмыляется; два-три новичка слушают с восторженным наслаждением... А ночь летит тихо и плавно, как на крыльях. Вот уж и утро сереет, и мы расходимся, тронутые, веселые, честные, трезвые (вина у нас и в помине тогда не было), с какой-то приятной усталостью на душе... Помнится, идешь по пустым улицам, весь умиленный, и даже на звезды как-то доверчиво глядишь, словно они и ближе стали, и понятнее... Эх! славное было время тогда, и не хочу я верить, чтобы оно пропало даром! Да оно и не пропало, — не пропало даже для тех, которых жизнь опошлила потом... Сколько раз мне случалось встретить таких людей, прежних товарищей! Кажется, совсем зверем стал человек, а стоит только произнести при нем имя Покорского — и все остатки благородства в нем зашевелятся, точно ты в грязной и темной комнате раскупорил забытую склянку с духами...

Лежнев умолк; его бесцветное лицо раскраснелось.

— Но отчего же, когда вы поссорились с Рудиным? — заговорила Александра Павловна, с изумлением глядя на Лежнева.

— Я с ним не поссорился; я с ним расстался, когда узнал его окончательно за границей. А уже в Москве я бы мог рассориться с ним. Он со мной уже тогда сыграл недобрую штуку.

— Что такое?

— А вот что. Я... как бы это сказать?.. к моей фигуре оно нейдет... но я всегда был очень способен влюбиться.

— Вы?

— Я. Это странно, не правда ли? А между тем оно так... Ну-с, вот я и влюбился тогда в одну очень миленькую девочку... Да что вы на меня так глядите? Я бы мог сказать вам о себе вещь гораздо более удивительную.

— Какую это вещь, позвольте узнать?

— А хоть бы вот какую вещь. Я, в то, московское-то время, хаживал по ночам на свидание... с кем бы вы думали? с молодой липой на конце моего сада. Обниму ее тонкий и стройный ствол, и мне кажется, что я обнимаю всю природу, а сердце расширяется и млеет так, как будто действительно вся природа в него вливается... Вот-с я был какой!.. Да что! Вы, может, думаете, я стихов не писал? Писал-с и даже целую драму сочинил, в подражание «Манфреду»[1]. В числе действующих лиц был призрак

---

[1] «Манфред» — поэма английского поэта Байрона Джорджа Гордона (1788—1824).

с кровью на груди, и не с своей кровью, заметьте, а с кровью человечества вообще... Да-с, да-с, не извольте удивляться... Но я начал рассказывать о моей любви. Я познакомился с одной девушкой...

— И перестали ходить на свидание с липой? — спросила Александра Павловна.

— Перестал. Девушка эта была предобренькое и прехорошенькое существо, с веселыми, ясными глазками и звенящим голосом.

— Вы хорошо описываете, — заметила с усмешкой Александра Павловна.

— А вы очень строгий критик, — возразил Лежнев. — Ну-с, жила эта девушка со стариком отцом... Впрочем, я в подробности вдаваться не стану. Скажу вам только, что эта девушка была точно предобренькая — вечно, бывало, нальет тебе три четверти стакана чаю, когда ты просишь только половину!.. На третий день после первой встречи с ней я уже пылал, а на седьмой день не выдержал и во всем сознался Рудину. Молодому человеку, влюбленному, невозможно не проболтаться; а я Рудину исповедовался во всем. Я тогда находился весь под его влиянием, и это влияние, скажу без обиняков, было благотворно во многом. Он первый не побрезгал мною, обтесал меня. Покорского я любил страстно и ощущал некоторый страх перед его душевной чистотой; а к Рудину я стоял ближе. Узнав о моей любви, он пришел в восторг неописанный: поздравил, обнял меня и тотчас же пустился вразумлять меня, толковать мне всю важность моего нового положения. Я уши развесил... Ну, да ведь вы знаете, как он умеет говорить. Слова его подействовали на меня необыкновенно. Уважение я к себе вдруг возымел удивительное, вид принял серьезный и смеяться перестал. Помнится, я даже ходить начал тогда осторожнее, точно у меня в груди находился сосуд, полный драгоценной влаги, которую я боялся расплескать... Я был очень счастлив, тем более что ко мне благоволили явно. Рудин пожелал познакомиться с моим предметом; да чуть ли не я сам настоял на том, чтобы представить его.

— Ну, вижу, вижу теперь, в чем дело, — перебила Александра Павловна. — Рудин отбил у вас ваш предмет, и вы до сих пор ему простить не можете... Держу пари, что не ошиблась!

— И проиграли бы пари, Александра Павловна: вы ошибаетесь. Рудин не отбил у меня моего предмета, да он и не хотел его у меня отбивать, а все-таки он разрушил мое счастье, хотя, рассудив хладнокровно, я теперь готов сказать ему спасибо за это. Но тогда я чуть не рехнулся. Рудин нисколько не желал повредить мне, — напротив! но вследствие своей проклятой привычки каждое движение жизни, и своей и чужой, пришпиливать словом, как бабочку булавкой, он пустился обоим нам объяснять нас самих, наши отношения, как мы должны вести себя, деспотически заставлял отдавать себе отчет в наших чувствах и мыслях, хвалил нас, порицал, вступил даже в переписку с нами, вообразите!.. ну, сбил нас с толку совершенно! Я бы едва ли женился тогда на моей барышне (сколько-то во мне еще здравого смысла оставалось), но по крайней мере мы бы с ней славно провели несколько месяцев, вроде Павла и Виргинии[1]; а тут пошли недоразумения, напряженности всякие — чепуха пошла, одним словом. Кончилось тем, что Рудин в одно прекрасное утро договорился до того убеждения, что ему, как другу, предстоит священнейший долг известить обо всем старика отца, — и он это сделал.

— Неужели? — воскликнула Александра Павловна.

— Да, и, заметьте, с моего согласия сделал — вот что чудно!.. Помню до сих пор, какой хаос носил я тогда в голове: просто все кружилось и переставлялось, как в камер-обскуре: белое казалось черным, черное — белым, ложь — истиной, фантазия — долгом... Э! даже и теперь совестно вспоминать об этом! Рудин — тот не унывал... куда! носится, бывало, среди всякого рода недоразумений и путаницы, как ласточка над прудом.

— И так вы и расстались с вашей девицей? — спросила Александра Павловна, наивно склонив головку набок и приподняв брови.

— Расстался... и нехорошо расстался, оскорбительно, неловко, гласно, и без нужды гласно... Сам я плакал,

---

[1] П а в е л и В и р г и н и я — герои романа французского писателя Бернардена де Сен Пьера (1737—1814) «Поль и Виргиния».

и она плакала, и черт знает, что произошло... Гордиев узел какой-то затянулся — пришлось перерубить, а больно было! Впрочем, все на свете устраивается к лучшему. Она вышла замуж за хорошего человека и благоденствует теперь...

— А признайтесь, вы все-таки не могли простить Рудину... — начала было Александра Павловна.

— Какое! — перебил Лежнев, — я плакал, как ребенок, когда провожал его за границу. Однако, правду сказать, семя там у меня на душе залегло тогда же. И когда я встретил его потом за границей... ну, я тогда уже и постарел... Рудин предстал мне в настоящем своем свете.

— Что же именно вы открыли в нем?

— Да все то, о чем я говорил вам с час тому назад. Впрочем, довольно о нем. Может быть, все обойдется благополучно. Я только хотел доказать вам, что если я сужу о нем строго, так не потому, что его не знаю... Что же касается до Натальи Алексеевны, я не буду тратить лишних слов; но вы обратите внимание на вашего брата.

— На моего брата! А что?

— Да посмотрите на него. Разве вы ничего не замечаете?

Александра Павловна потупилась.

— Вы правы, — промолвила она, — точно... брат... с некоторых пор я его не узнаю... Но неужели вы думаете...

— Тише! он, кажется, идет сюда, — произнес шепотом Лежнев. — А Наталья не ребенок, поверьте мне, хотя, к несчастью, неопытна, как ребенок. Вы увидите, эта девочка удивит всех нас.

— Каким это образом?

— А вот каким образом... Знаете ли, что именно такие девочки топятся, принимают яду и так далее? Вы не глядите, что она такая тихая: страсти в ней сильные и характер тоже ой-ой!

— Ну уж это, мне кажется, вы в поэзию вдаетесь. Такому флегматику, как вы, пожалуй, и я покажусь вулканом.

— Ну нет! — проговорил с улыбкой Лежнев... — А что до характера — у вас, слава Богу, характера нет вовсе.

— Это еще что за дерзость?

— Это? Это величайший комплимент, помилуйте...

Волынцев вошел и подозрительно посмотрел на Лежнева и на сестру. Он похудел в последнее время. Они оба заговорили с ним; но он едва улыбался в ответ на их шутки и глядел, как выразился о нем однажды Пигасов, грустным зайцем. Впрочем, вероятно, не было еще на свете человека, который, хотя раз в жизни, не глядел еще хуже того. Волынцев чувствовал, что Наталья от него удалялась, а вместе с ней, казалось, и земля бежала у него из-под ног.

VII

На другой день было воскресенье, и Наталья поздно встала. Накануне она была очень молчалива до самого вечера, втайне стыдилась слез своих и очень дурно спала. Сидя, полуодетая, перед своим маленьким фортепьяно, она то брала аккорды, едва слышные, чтобы не разбудить m-lle Boncourt, то приникала лбом к холодным клавишам и долго оставалась неподвижной. Она все думала — не о самом Рудине, но о каком-нибудь слове, им сказанном, и погружалась вся в свою думу. Изредка приходил ей Волынцев на память. Она знала, что он ее любит. Но мысль ее тотчас его покидала... Странное она чувствовала волнение. Утром она поспешно оделась, сошла вниз и, поздоровавшись с своею матерью, улучила время и ушла одна в сад... День был жаркий, светлый, лучезарный день, несмотря на перепадавшие дождики. По ясному небу плавно неслись, не закрывая солнца, низкие, дымчатые тучи и по временам роняли на поля обильные потоки внезапного и мгновенного ливня. Крупные, сверкающие капли сыпались быстро, с каким-то сухим шумом, точно алмазы; солнце играло сквозь их мелькающую сетку; трава, еще недавно взволнованная ветром, не шевелилась, жадно поглощая влагу; орошенные деревья томно трепетали всеми своими листочками; птицы не переставали петь, и отрадно было слушать их болтливое щебетанье при свежем гуле и ропоте пробегавшего дождя. Пыльные дороги дымились и слегка пестрели под резкими ударами частых брызг. Но вот тучка пронеслась, запорхал ветерок, изумрудом и золотом начала переливать трава... Прилипая друг к дружке, засквозили листья деревьев... Сильный запах поднялся отовсюду...

Небо почти все очистилось, когда Наталья пошла в сад. От него веяло свежестью и тишиной, той кроткой и счастливой тишиной, на которую сердце человека отзывается сладким томлением тайного сочувствия и неопределенных желаний...

Наталья шла вдоль пруда по длинной аллее серебристых тополей; внезапно перед нею, словно из земли, вырос Рудин.

Она смутилась. Он посмотрел ей в лицо.

— Вы одни? — спросил он.

— Да, я одна, — отвечала Наталья, — впрочем, я вышла на минуту... Мне пора домой.

— Я вас провожу.

И он пошел с ней рядом.

— Вы как будто печальны? — промолвил он.

— Я?.. А я хотела вам заметить, что вы, мне кажется, не в духе.

— Может быть... это со мною бывает. Мне это извинительнее, чем вам.

— Почему же? Разве вы думаете, что мне не от чего быть печальной?

— В ваши годы надо наслаждаться жизнью.

Наталья сделала несколько шагов молча.

— Дмитрий Николаевич! — проговорила она.

— Что?

— Помните вы... сравнение, которое вы сделали вчера... помните... с дубом.

— Ну да, помню. Что же?

Наталья взглянула украдкой на Рудина.

— Зачем вы... что вы хотели сказать этим сравнением?

Рудин наклонил голову и устремил глаза вдаль.

— Наталья Алексеевна! — начал он с свойственным ему сдержанным и значительным выражением, которое всегда заставляло слушателя думать, что Рудин не высказывал и десятой доли того, что теснилось ему в душу, —

Наталья Алексеевна! вы могли заметить, я мало говорю о своем прошедшем. Есть некоторые струны, до которых я не касаюсь вовсе. Мое сердце... кому какая нужда знать о том, что в нем происходило? Выставлять это напоказ мне всегда казалось святотатством. Но с вами я откровенен: вы возбуждаете мое доверие... Не могу утаить от вас, что и я любил и страдал, как все... Когда и как? об этом говорить не стоит; но сердце мое испытало много радостей и много горестей...

Рудин помолчал немного.

— То, что я вам сказал вчера, — продолжал он, — может быть до некоторой степени применено ко мне, к теперешнему моему положению. Но опять-таки об этом говорить не стоит. Эта сторона жизни для меня уже исчезла. Мне остается теперь тащиться по знойной и пыльной дороге, со станции до станции, в тряской телеге... Когда я доеду, и доеду ли — Бог знает... Поговорим лучше о вас.

— Неужели же, Дмитрий Николаевич, — перебила его Наталья, — вы ничего не ждете от жизни?

— О нет! я жду многого, но не для себя... От деятельности, от блаженства деятельности я никогда не откажусь; но я отказался от наслаждения. Мои надежды, мои мечты и собственное мое счастие не имеют ничего общего. Любовь (при этом слове он пожал плечом)... любовь — не для меня; я... ее не стою; женщина, которая любит, вправе требовать всего человека, а я уж весь отдаться не могу. Притом нравиться — это дело юношей: я слишком стар. Куда мне кружить чужие головы? Дай Бог свою сносить на плечах!

— Я понимаю, — промолвила Наталья, — кто стремится к великой цели, уже не должен думать о себе; но разве женщина не в состоянии оценить такого человека? Мне кажется, напротив, женщина скорее отвернется от эгоиста... Все молодые люди, эти юноши, по-вашему, все — эгоисты, все только собою заняты, даже когда любят. Поверьте, женщина не только способна понять самопожертвование: она сама умеет пожертвовать собою.

Щеки Натальи слегка зарумянились, и глаза ее заблестели. До знакомства с Рудиным она никогда бы не произнесла такой длинной речи и с таким жаром.

— Вы не раз слышали моё мнение о призвании женщин, — возразил с снисходительной улыбкой Рудин. — Вы знаете, что, по-моему, одна Жанна д'Арк[1] могла спасти Францию... но дело не в том. Я хотел поговорить о вас. Вы стоите на пороге жизни... Рассуждать о вашей будущности и весело и не бесплодно... Послушайте: вы знаете, я ваш друг; я принимаю в вас почти родственное участие... А потому я надеюсь, вы не найдете моего вопроса нескромным: скажите, ваше сердце до сих пор совершенно спокойно?

Наталья вся вспыхнула и ничего не сказала. Рудин остановился, и она остановилась.

— Вы не сердитесь на меня? — спросил он.

— Нет, — проговорила она, — но я никак не ожидала...

— Впрочем, — продолжал он, — вы можете не отвечать мне. Ваша тайна мне известна.

Наталья почти с испугом взглянула на него.

— Да... да; я знаю, кто вам нравится. И я должен сказать — лучшего выбора вы сделать не могли. Он человек прекрасный; он сумеет оценить вас; он не измят жизнью — он прост и ясен душою... он составит ваше счастие.

— О ком говорите вы, Дмитрий Николаич?

— Будто вы не понимаете, о ком я говорю? Разумеется, о Волынцеве. Что ж? разве это неправда?

Наталья отвернулась немного от Рудина. Она совершенно растерялась.

— Разве он не любит вас? Помилуйте! он не сводит с вас глаз, следит за каждым вашим движением; да и, наконец, разве можно скрыть любовь? И вы сами разве не благосклонны к нему? Сколько я мог заметить, и матушке вашей он также нравится... Ваш выбор...

— Дмитрий Николаич! — перебила его Наталья, в смущении протягивая руку к близ стоявшему кусту, — мне,

---

[1] Жанна д'Арк (Орлеанская дева) — героиня французского народа, крестьянская девушка, жившая в XV веке. Она возглавила в ходе Столетней войны борьбу французского народа с английскими завоевателями.

право, так неловко говорить об этом; но я вас уверяю... вы ошибаетесь.

— Я ошибаюсь? — повторил Рудин. — Не думаю... Я с вами познакомился недавно; но я уже хорошо вас знаю. Что же значит перемена, которую я вижу в вас, вижу ясно? Разве вы такая, какою я застал вас шесть недель тому назад?.. Нет, Наталья Алексеевна, сердце ваше не спокойно.

— Может быть, — ответила Наталья едва внятно, — но вы все-таки ошибаетесь.

— Как это? — спросил Рудин.

— Оставьте меня, не спрашивайте меня! — возразила Наталья и быстрыми шагами направилась к дому.

Ей самой стало страшно всего того, что она вдруг почувствовала в себе.

Рудин догнал и остановил ее.

— Наталья Алексеевна! — заговорил он, — этот разговор не может так кончиться: он слишком важен и для меня... Как мне понять вас?

— Оставьте меня! — повторила Наталья.

— Наталья Алексеевна, ради Бога!

На лице Рудина изобразилось волнение. Он побледнел.

— Вы все понимаете, вы и меня должны понять! — сказала Наталья, вырвала у него руку и пошла, не оглядываясь.

— Одно только слово! — крикнул ей вслед Рудин.

Она остановилась, но не обернулась.

— Вы меня спрашивали, что я хотел сказать вчерашним сравнением. Знайте же, я обманывать вас не хочу. Я говорил о себе, о своем прошедшем — и о вас.

— Как? обо мне?

— Да, о вас; я, повторяю, не хочу вас обманывать... Вы теперь знаете, о каком чувстве, о каком новом чувстве я говорил тогда... До нынешнего дня я никогда бы не решился...

Наталья вдруг закрыла лицо руками и побежала к дому.

Она так была потрясена неожиданной развязкой разговора с Рудиным, что и не заметила Волынцева, мимо которого пробежала. Он стоял неподвижно, прислонясь спиною к дереву. Четверть часа тому назад он приехал к Дарье Михайловне и застал ее в гостиной, сказал слова два, незаметно удалился и отправился отыскивать Наталью. Руководимый чутьем, свойственным влюбленным людям, он пошел прямо в сад и наткнулся на нее и на Рудина в то самое мгновение, когда она вырвала у него руку. У Волынцева потемнело в глазах. Проводив Наталью взором, он отделился от дерева и шагнул раза два, сам не зная, куда и зачем. Рудин увидел его, поравнявшись с ним. Оба посмотрели друг другу в глаза, поклонились и разошлись молча.

«Это так не кончится», — подумали оба.

Волынцев пошел на самый конец сада. Ему горько и тошно стало; а на сердце залег свинец, и кровь по временам поднималась злобно. Дождик стал опять накрапывать. Рудин вернулся к себе в комнату. И он не был спокоен: вихрем кружились в нем мысли. Доверчивое, неожиданное прикосновение молодой, честной души смутит хоть кого.

За столом все шло как-то неладно. Наталья, вся бледная, едва держалась на стуле и не поднимала глаз. Волынцев сидел, по обыкновению, возле нее и время от времени принужденно заговаривал с нею. Случилось так, что Пигасов в тот день обедал у Дарьи Михайловны. Он больше всех говорил за столом. Между прочим, он начал доказывать, что людей, как собак, можно разделить на куцых и длиннохвостых. «Куцыми бывают люди, — говорил он, — и от рождения и по собственной вине. Куцым плохо: им ничего не удается — они не имеют самоуверенности. Но человек, у которого длинный пушистый хвост — счастливец. Он может быть и плоше и слабее куцего, да уверен в себе; распустит хвост — все любуются. И ведь вот что достойно удивления: ведь хвост совершенно бесполезная часть тела, согласитесь; на что может пригодиться хвост? а все судят о ваших достоинствах по хвосту».

— Я, — прибавил он со вздохом, — принадлежу к числу куцых, и, что досаднее всего, я сам отрубил себе хвост.

— То есть вы хотите сказать, — заметил небрежно Рудин, — что, впрочем, уже давно до вас сказал ла Рошфуко[1]: будь уверен в себе, другие в тебя поверят. К чему тут было примешивать хвост, я не понимаю.

— Позвольте же каждому, — резко заговорил Волынцев, и глаза его загорелись, — позвольте каждому выражаться, как ему вздумается. Толкуют о деспотизме... По-моему, нет хуже деспотизма так называемых умных людей. Черт бы их побрал!

Всех изумила выходка Волынцева, все притихли. Рудин посмотрел было на него, но не выдержал его взора, отворотился, улыбнулся и рта не разинул.

«Эге! да и ты куц!» — подумал Пигасов; а у Натальи душа замерла от страха. Дарья Михайловна долго, с недоумением, посмотрела на Волынцева и, наконец, первая заговорила: начала рассказывать о какой-то необыкновенной собаке ее друга, министра NN...

Волынцев уехал скоро после обеда. Раскланиваясь с Натальей, он не вытерпел и сказал ей:

— Отчего вы так смущены, словно виноваты? вы ни перед кем виноваты быть не можете!..

Наталья ничего не поняла и только посмотрела ему вслед. Перед чаем Рудин подошел к ней и, нагнувшись над столом, как будто разбирая газеты, шепнул:

— Все это как сон, не правда ли? Мне непременно нужно видеть вас наедине... хотя минуту. — Он обратился к m-lle Boncourt.. — Вот, — сказал он ей, — тот фельетон, который вы искали, — и, снова наклонясь к Наталье, прибавил шепотом: — постарайтесь быть около десяти часов возле террасы, в сиреневой беседке: я буду ждать вас...

Героем вечера был Пигасов. Рудин уступил ему поле сражения. Он очень смешил Дарью Михайловну; сперва он рассказывал об одном своем соседе, который, состоя лет тридцать под башмаком жены, до того обабился, что, переходя однажды, в присутствии Пигасова, мелкую лужицу, занес назад руку и отвел вбок фалды сюртука, как

---

[1] Ла Рошфуко Франсуа (Ларошфуко) (1613—1680) — французский писатель-моралист.

женщины это делают со своими юбками. Потом он обратился к другому помещику, который сначала был масоном[1], потом меланхоликом, потом желал быть банкиром.

— Как же это вы были масоном, Филипп Степаныч? — спросил его Пигасов.

— Известно как: я носил длинный ноготь на пятом пальце.

Но больше всего смеялась Дарья Михайловна, когда Пигасов пустился рассуждать о любви и уверять, что и о нем вздыхали, что одна пылкая немка называла его даже «аппетитным Африканчиком и хрипунчиком». Дарья Михайловна смеялась, а Пигасов не лгал: он действительно имел право хвастаться своими победами. Он утверждал, что ничего не может быть легче, как влюбить в себя какую угодно женщину: стоит только повторять ей десять дней сряду, что у ней в устах рай, а в очах блаженство и что остальные женщины перед ней простые тряпки, и на одиннадцатый день она сама скажет, что у ней в устах рай и в очах блаженство, и полюбит вас. Всё на свете бывает. Почему знать? может быть, Пигасов и прав.

В половине десятого Рудин уже был в беседке. В далекой и бледной глубине неба только что проступали звёздочки; на западе ещё алело — там и небосклон казался ясней и чище; полукруг луны блестел золотом сквозь чёрную сетку плакучей берёзы. Другие деревья либо стояли угрюмыми великанами, с тысячью просветов, наподобие глаз, либо сливались в сплошные мрачные громады. Ни один листок не шевелился; верхние ветки сиреней и акаций как будто прислушивались к чему-то и вытягивались в тёплом воздухе. Дом темнел вблизи; пятнами красноватого света рисовались на нём освещённые длинные окна. Кроток и тих был вечер; но сдержанный, страстный вздох чудился в этой тишине.

Рудин стоял, скрестив руки на груди, и слушал с напряженным вниманием. Сердце в нем билось сильно, и он невольно удерживал дыхание. Наконец ему по-

---

[1] М а с о н — член масонской организации. М а с о н с т в о — религиозно-мистическое движение, возникшее в XVIII веке в странах Европы. Масоны ставили своей целью «нравственное совершенствование».

слышались легкие, торопливые шаги, и в беседку вошла Наталья.

Рудин бросился к ней, взял ее за руки. Они были холодны, как лед.

— Наталья Алексеевна! — заговорил он трепетным шепотом, — я хотел вас видеть... я не мог дождаться завтрашнего дня. Я должен вам сказать, чего я не подозревал, чего я не сознавал даже сегодня утром: я люблю вас.

Руки Натальи слабо дрогнули в его руках.

— Я люблю вас, — повторил он, — и как я мог так долго обманываться, как я давно не догадался, что люблю вас!.. А вы?.. Наталья Алексеевна, скажите, вы?..

Наталья едва переводила дух.

— Вы видите, я пришла сюда, — проговорила она наконец.

— Нет, скажите, вы любите меня?
— Мне кажется... да... — прошептала она.

Рудин еще крепче стиснул ее руки и хотел было привлечь ее к себе...

Наталья быстро оглянулась.

— Пустите меня, мне страшно — мне кажется, кто-то нас подслушивает... Ради Бога, будьте осторожны. Волынцев догадывается.

— Бог с ним! Вы видели, я и не отвечал ему сегодня... Ах, Наталья Алексеевна, как я счастлив! Теперь уже ничто нас не разъединит!

Наталья взглянула ему в глаза.

— Пустите меня, — прошептала она, — мне пора.
— Одно мгновенье, — начал Рудин...
— Нет, пустите, пустите меня...
— Вы как будто меня боитесь?
— Нет; но мне пора...
— Так повторите по крайней мере еще раз...
— Вы говорите, вы счастливы? — спросила Наталья.
— Я? Нет человека в мире счастливее меня! Неужели вы сомневаетесь?

Наталья приподняла голову. Прекрасно было ее бледное лицо, благородное, молодое и взволнованное — в таинственной тени беседки, при слабом свете, падавшем с ночного неба.

— Знайте же, — сказала она, — я буду ваша.

— О, Боже! — воскликнул Рудин.

Но Наталья уклонилась и ушла. Рудин постоял немного, потом вышел медленно из беседки. Луна ясно осветила его лицо; на губах его блуждала улыбка.

— Я счастлив, — произнес он вполголоса. — Да, я счастлив, — повторил он, как бы желая убедить самого себя.

Он выпрямил свой стан, встряхнул кудрями и пошел проворно в сад, весело размахивая руками.

А между тем в сиреневой беседке тихонько раздвинулись кусты и показался Пандалевский. Он осторожно оглянулся, покачал головой, сжал губы, произнес значительно: «Вот как-с. Это надобно будет довести до сведения Дарьи Михайловны», — и скрылся.

VIII

Возвратясь домой, Волынцев был так уныл и мрачен, так неохотно отвечал своей сестре и так скоро заперся к себе в кабинет, что она решилась послать гонца за Лежневым. Она прибегала к нему во всех затруднительных случаях. Лежнев велел ей сказать, что приедет на следующий день.

Волынцев и к утру не повеселел. Он хотел было после чаю отправиться на работы, но остался, лег на диван и принялся читать книгу, что с ним случалось не часто. Волынцев к литературе влечения не чувствовал, а стихов просто боялся. «Это непонятно, как стихи, — говаривал он и, в подтверждение слов своих, приводил следующие строки поэта Айбулата[1]:

> И до конца печальных дней
> Ни гордый опыт, ни рассудок
> Не изомнут рукой своей
> Кровавых жизни незабудок».

Александра Павловна тревожно посматривала на своего брата, но не беспокоила его вопросами. Экипаж подъ-

---

[1] «Айбулат» — псевдоним русского поэта Е. Ф. Розена. Здесь приведено четверостишие из его стихотворения «Два вопроса».

ехал к крыльцу. «Ну, — подумала она, — слава богу, Лежнев...» Слуга вошел и доложил о приезде Рудина.

Волынцев бросил книгу на пол и поднял голову.

— Кто приехал? — спросил он.

— Рудин, Дмитрий Николаич, — повторил слуга.

Волынцев встал.

— Проси, — промолвил он, — а ты, сестра, — прибавил он, обратись к Александре Павловне, — оставь нас.

— Да почему же? — начала она.

— Я знаю, — перебил он с запальчивостью, — я прошу тебя.

Вошел Рудин. Волынцев холодно поклонился ему, стоя посреди комнаты, и не протянул ему руки.

— Вы меня не ждали, признайтесь, — начал Рудин и поставил шляпу на окно.

Губы его слегка подергивало. Ему было неловко; но он старался скрыть свое замешательство.

— Я вас не ждал, точно, — возразил Волынцев, — я скорее после вчерашнего дня мог ждать кого-нибудь — с поручением от вас.

— Я понимаю, что вы хотите сказать, — промолвил Рудин, садясь, — и очень рад вашей откровенности. Этак гораздо лучше. Я сам приехал к вам как к благородному человеку.

— Нельзя ли без комплиментов? — заметил Волынцев.

— Я желаю объяснить вам, зачем я приехал.

— Мы с вами знакомы: почему же вам и не приехать ко мне? Притом же вы не в первый раз удостоиваете меня своим посещением.

— Я приехал к вам как благородный человек к благородному человеку, — повторил Рудин, — и хочу теперь сослаться на собственный ваш суд... Я доверяю вам вполне...

— Да в чем дело? — проговорил Волынцев, который все еще стоял в прежнем положении и сумрачно глядел на Рудина, изредка подергивая концы усов.

— Позвольте... я приехал затем, чтобы объясниться, конечно; но все-таки это нельзя разом.

— Отчего же нельзя?

— Здесь замешано третье лицо...

— Какое третье лицо?
— Сергей Павлыч, вы меня понимаете.
— Дмитрий Николаич, я вас нисколько не понимаю.
— Вам угодно...
— Мне угодно, чтобы вы говорили без обиняков! — подхватил Волынцев.

Он начинал сердиться не на шутку.

Рудин нахмурился.

— Извольте... мы одни... Я должен вам сказать — впрочем, вы, вероятно, уже догадываетесь (Волынцев нетерпеливо пожал плечами), — я должен вам сказать, что я люблю Наталью Алексеевну и имею право предполагать, что и она меня любит.

Волынцев побледнел, но ничего не ответил, отошел к окну и отвернулся.

— Вы понимаете, Сергей Павлыч, — продолжал Рудин, — что если бы я не был уверен...

— Помилуйте! — поспешно перебил Волынцев, — я нисколько не сомневаюсь... Что ж! на здоровье! Только, я удивляюсь, с какого дьявола вам вздумалось ко мне с этим известием пожаловать... Я-то тут что? Что мне за дело, кого вы любите и кто вас любит? Я просто не могу понять.

Волынцев продолжал глядеть в окно. Голос его звучал глухо.

Рудин встал.

— Я вам скажу, Сергей Павлыч, почему я решился приехать к вам, почему я не почел себя даже вправе скрыть от вас нашу... наше взаимное расположение. Я слишком глубоко уважаю вас — вот почему я приехал; я не хотел... мы оба не хотели разыгрывать перед вами комедию. Чувство ваше к Наталье Алексеевне было мне известно... Поверьте, я знаю себе цену: я знаю, как мало достоин я того, чтобы заменить вас в ее сердце; но если уж этому суждено было случиться, неужели же лучше хитрить, обманывать, притворяться? Неужели лучше подвергаться недоразумениям или даже возможности такой сцены, какая произошла вчера за обедом? Сергей Павлыч, скажите сами?

Волынцев скрестил руки на груди, как бы усиливаясь укротить самого себя.

— Сергей Павлыч! — продолжал Рудин, — я огорчил вас, я это чувствую... но поймите нас... поймите, что мы не имели другого средства доказать вам наше уважение, доказать, что мы умеем ценить ваше прямодушное благородство. Откровенность, полная откровенность со всяким другим была бы неуместна, но с вами она становится обязанностью. Нам приятно думать, что наша тайна в ваших руках...

Волынцев принужденно захохотал.

— Спасибо за доверенность! — воскликнул он, — хотя, прошу заметить, я не желал ни знать вашей тайны, ни своей вам выдать, а вы ею распоряжаетесь, как своим добром. Но, позвольте, вы говорите как бы от общего лица. Стало быть, я могу предполагать, что Наталье Алексеевне известно ваше посещение и цель этого посещения?

Рудин немного смутился.

— Нет, я не сообщил Наталье Алексеевне моего намерения; но, я знаю, она разделяет мой образ мыслей.

— Все это прекрасно, — заговорил, помолчав немного, Волынцев и забарабанил пальцами по стеклу, — хотя, признаться, было бы гораздо лучше, если бы вы поменьше меня уважали. Мне, по правде сказать, ваше уважение ни к черту не нужно; но что же вы теперь хотите от меня?

— Я ничего не хочу... или нет! я хочу одного: я хочу, чтобы вы не считали меня коварным и хитрым человеком, чтобы вы поняли меня... Я надеюсь, что вы теперь уже не можете сомневаться в моей искренности... Я хочу, Сергей Павлыч, чтобы мы расстались друзьями... чтобы вы по-прежнему протянули мне руку...

И Рудин приблизился к Волынцеву.

— Извините меня, милостивый государь, — промолвил Волынцев, обернувшись и отступив шаг назад, — я готов отдать полную справедливость вашим намерениям, все это прекрасно, положим даже возвышенно, но мы люди простые, едим пряники неписаные, мы не в состоянии следить за полетом таких великих умов, каков ваш...

Что вам кажется искренним, нам кажется навязчивым и нескромным... Что для вас просто и ясно, для нас запутанно и темно... Вы хвастаетесь тем, что мы скрываем: где же нам понять вас! Извините меня: ни другом я вас считать не могу, ни руки я вам не подам... Это, может быть, мелко; да ведь я сам мелок.

Рудин взял шляпу с окна.

— Сергей Павлыч! — проговорил он печально, — прощайте; я обманулся в своих ожиданиях. Посещение мое действительно довольно странно; но я надеялся, что вы (Волынцев сделал нетерпеливое движение)... Извините, я больше говорить об этом не стану. Сообразив все, я вижу, точно: вы правы и иначе поступить не могли. Прощайте и позвольте по крайней мере еще раз, в последний раз, уверить вас в чистоте моих намерений... В вашей скромности я убежден...

— Это уже слишком! — воскликнул Волынцев и затрясся от гнева, — я нисколько не напрашивался на ваше доверие, а потому рассчитывать на мою скромность вы не имеете никакого права!

Рудин хотел что-то сказать, но только руками развел, поклонился и вышел, а Волынцев бросился на диван и повернулся лицом к стене.

— Можно войти к тебе? — послышался у двери голос Александры Павловны.

Волынцев не тотчас отвечал и украдкой провел рукой по лицу.

— Нет, Саша, — проговорил он слегка изменившимся голосом, — погоди еще немножко.

Полчаса спустя Александра Павловна опять подошла к двери.

— Михайло Михайлыч приехал, — сказала она, — хочешь ты его видеть?

— Хочу, — ответил Волынцев, — пошли его сюда.

Лежнев вошел.

— Что — ты нездоров? — спросил он, усаживаясь на кресла возле дивана.

Волынцев приподнялся, оперся на локоть, долго, долго посмотрел своему приятелю в лицо и тут же передал ему весь свой разговор с Рудиным, от слова до слова. Он никогда до тех пор и не намекал Лежневу о своих чувствах к Наталье, хотя и догадывался, что они для него не были скрыты.

— Ну, брат, удивил ты меня, — проговорил Лежнев, как только Волынцев кончил свой рассказ. — Много странностей ожидал я от него, но уж это... Впрочем, узнаю его и тут.

— Помилуй! — говорил взволнованный Волынцев, — ведь это просто наглость! Ведь я чуть-чуть его за окно не выбросил. Похвастаться, что ли, он хотел передо мной или струсил? Да с какой стати? Как решиться ехать к человеку...

Волынцев закинул руки за голову и умолк.

— Нет, брат, это не то, — спокойно возразил Лежнев. — Ты вот мне не поверишь, а ведь он это сделал из хорошего побуждения. Право... Оно, вишь ты, и благородно и откровенно, ну, да и поговорить представляется случай, красноречие в ход пустить; а ведь нам вот чего нужно, вот без чего мы жить не в состоянии. Ох, язык его — враг его... Ну, зато же он и слуга ему.

— С какой торжественностью он вошел и говорил, ты себе представить не можешь!..

— Ну, да без этого уж нельзя. Он сюртук застегивает, словно священный долг исполняет. Я бы посадил его на необитаемый остров и посмотрел бы из-за угла, как бы он там распоряжаться стал. А все толкует о простоте!

— Да скажи мне, брат, ради Бога, — спросил Волынцев, — что это такое, философия, что ли?

— Как тебе сказать? с одной стороны, пожалуй, это точно философия — а с другой, уж это совсем не то. На философию всякий вздор сваливать тоже не приходится.

Волынцев взглянул на него.

— А не солгал ли он, как ты думаешь?

— Нет, сын мой, не солгал. А впрочем, знаешь ли что? Довольно рассуждать об этом. Давай-ка, братец, закурим трубки да попросим сюда Александру Павловну... При ней и говорится лучше и молчится легче. Она нас чаем напоит.

— Пожалуй, — возразил Волынцев. — Саша, войди! — крикнул он.

Александра Павловна вошла. Он схватил ее руку и крепко прижал ее к своим губам.

Рудин вернулся домой в состоянии духа смутном и странном. Он досадовал на себя, упрекал себя в непростительной опрометчивости, в мальчишестве. Недаром сказал кто-то: нет ничего тягостнее сознания только что сделанной глупости.

Раскаяние грызло Рудина.

«Черт меня дернул, — шептал он сквозь зубы, — съездить к этому помещику! Вот пришла мысль! Только на дерзости напрашиваться!..»

А в доме Дарьи Михайловны происходило что-то необыкновенное. Сама хозяйка целое утро не показывалась и к обеду не вышла: у ней, по уверению Пандалевского, единственного допущенного до ней лица, голова болела. Наталью Рудин также почти не видал: она сидела в своей комнате с m-lle Boncourt... Встретясь с ним в столовой, она так печально на него посмотрела, что у него сердце дрогнуло. Ее лицо изменилось, словно несчастье обрушилось на нее со вчерашнего дня. Тоска неопределенных предчувствий начала томить Рудина. Чтобы как-нибудь развлечься, он занялся с Басистовым, много с ним разговаривал и нашел в нем горячего, живого малого, с восторженными надеждами и нетронутой еще верой. К вечеру Дарья Михайловна появилась часа на два в гостиной. Она была любезна с Рудиным, но держалась как-то отдаленно и то посмеивалась, то хмурилась, говорила в нос и все больше намеками... Так от нее придворной дамой и веяло. В последнее время она как будто охладела немного к Рудину. «Что за загадка?» — думал он, глядя сбоку на ее закинутую головку.

Он недолго дожидался разрешения этой загадки. Возвращаясь, часу в двенадцатом ночи, в свою комнату, шел он по темному коридору. Вдруг кто-то сунул ему в руку записку. Он оглянулся: от него удалялась девушка, как ему показалось, Натальина горничная. Он пришел к себе, услал человека, развернул записку и прочел следующие строки, начертанные рукою Натальи:

«Приходите завтра в седьмом часу утра, не позже, к Авдюхину пруду, за дубовым лесом. Всякое другое время невозможно. Это будет наше последнее свидание, и все будет кончено, если... Приходите. Надо будет решиться...

P. S.[1] Если я не приду, значит, мы не увидимся больше: тогда я вам дам знать...»

Рудин задумался, повертел записку в руках, положил ее под подушку, разделся, лег, но заснул не скоро, спал чутким сном, и не было еще пяти часов, когда он проснулся.

IX

Авдюхин пруд, возле которого Наталья назначила свидание Рудину, давно перестал быть прудом. Лет тридцать тому назад его прорвало, и с тех пор его забросили. Только по ровному и плоскому дну оврага, некогда затянутому жирным илом, да по остаткам плотины можно было догадаться, что здесь был пруд. Тут же существовала усадьба. Она давным-давно исчезла. Две огромные сосны напоминали о ней; ветер вечно шумел и угрюмо гудел в их высокой, тощей зелени... В народе ходили таинственные слухи о страшном преступлении, будто бы совершенном у их корня; поговаривали также, что ни одна из них не упадет, не причинив кому-нибудь смерти; что тут прежде стояла третья сосна, которая в бурю повалилась и задавила девочку. Все место около старого пруда считалось нечистым; пустое и голое, но глухое и мрачное даже в солнечный день, оно казалось еще мрачнее и глуше от близости дряхлого дубового леса, давно вымершего и засохшего. Редкие серые остовы громадных деревьев высились какими-то унылыми призраками над низкой порослью кустов. Жутко было смотреть на них: казалось, злые старики сошлись и замышляют что-то недоброе. Узкая, едва проторенная дорожка вилась в стороне. Без особенной нужды никто не проходил мимо Авдюхина пруда. Наталья с намерением выбрала такое уединенное место.

---

[1] Post scriptum (латинское выражение) — приписка к оконченному письму, обыкновенно обозначаемая латинскими буквами P. S.

До него от дома Дарьи Михайловны было не более полуверсты.

Солнце уже давно встало, когда Рудин пришел к Авдюхину пруду; но невеселое было утро. Сплошные тучи молочного цвета покрывали все небо; ветер быстро гнал их, свистя и взвизгивая. Рудин начал ходить взад и вперед по плотине, покрытой цепким лопушником и почернелой крапивой. Он не был спокоен. Эти свидания, эти новые ощущения занимали, но и волновали его, особенно после вчерашней записки. Он видел, что развязка приближалась, и втайне смущался духом, хотя никто бы этого не подумал, глядя, с какой сосредоточенной решимостью он скрещивал руки на груди и поводил кругом глазами. Недаром про него сказал однажды Пигасов, что его, как китайского болванчика, постоянно перевешивала голова. Но с одной головой, как бы она сильна ни была, человеку трудно узнать даже то, что в нем самом происходит... Рудин, умный, проницательный Рудин, не в состоянии был сказать наверное, любит ли он Наталью, страдает ли он, будет ли страдать, расставшись с нею. Зачем же, не прикидываясь даже Ловласом, — эту справедливость отдать ему следует, — сбил он с толку бедную девушку? Отчего ожидал ее с тайным трепетом? На это один ответ: никто так легко не увлекается, как бесстрастные люди.

Он ходил по плотине, а Наталья спешила к нему прямо через поле, по мокрой траве.

— Барышня! барышня! вы себе ноги замочите, — говорила ей ее горничная Маша, едва поспевая за ней.

Наталья не слушала ее и бежала без оглядки.

— Ах, как бы не подсмотрели нас! — твердила Маша. — Уж и тому дивиться надо, как мы из дому-то вышли. Как бы мамзель не проснулась... Благо, недалеко... А уж они ждут-с, — прибавила она, увидев внезапно статную фигуру Рудина, картинно стоявшего на плотине, — только напрасно они этак на юру стоят — сошли бы в лощину.

Наталья остановилась.

— Подожди здесь, Маша, у сосен, — промолвила она и спустилась к пруду.

Рудин подошел к ней и остановился в изумлении. Такого выражения он еще не замечал на ее лице. Брови ее были сдвинуты, губы сжаты, глаза глядели прямо и строго.

— Дмитрий Николаич, — начала она, — нам время терять некогда. Я пришла на пять минут. Я должна сказать вам, что матушка все знает. Господин Пандалевский подсмотрел нас третьего дня и рассказал ей о нашем свидании. Он всегда был шпионом у матушки. Она вчера позвала меня к себе.

— Боже мой! — воскликнул Рудин, — это ужасно... Что же сказала ваша матушка?

— Она не сердилась на меня, не бранила меня, только попеняла мне за мое легкомыслие.

— Только?

— Да, и объявила мне, что она скорее согласится видеть меня мертвою, чем вашей женою.

— Неужели она это сказала?

— Да; и еще прибавила, что вы сами нисколько не желаете жениться на мне, что вы только так, от скуки, приволокнулись за мной и что она этого от вас не ожидала; что, впрочем, она сама виновата: зачем позволила мне так часто видеться с вами... что она надеется на мое благоразумие, что я ее очень удивила... да уже я и не помню всего, что она говорила мне.

Наталья произнесла все это каким-то ровным, почти беззвучным голосом.

— А вы, Наталья Алексеевна, что вы ей ответили? — спросил Рудин.

— Что я ей ответила? — повторила Наталья. — Что *вы* теперь намерены делать?

— Боже мой! Боже мой! — возразил Рудин, — это жестоко! Так скоро!.. такой внезапный удар!.. И ваша матушка пришла в такое негодование?

— Да... да, она слышать о вас не хочет.

— Это ужасно! Стало быть, никакой надежды нет?

— Никакой.

— За что мы так несчастливы! Гнусный этот Пандалевский!.. Вы меня спрашиваете, Наталья Алексеевна, что я намерен делать? У меня голова кругом идет — я ничего сообразить не могу... Я чувствую только свое несчастие... удивляюсь, как вы можете сохранять хладнокровие!..

— Вы думаете, мне легко? — проговорила Наталья.

Рудин начал ходить по плотине. Наталья не спускала с него глаз.

— Ваша матушка вас не расспрашивала? — промолвил он наконец.

— Она меня спросила, люблю ли я вас.

— Ну... и вы?

Наталья помолчала.

— Я не солгала.

Рудин взял ее за руку.

— Всегда, во всем благородна и великодушна! О, сердце девушки — это чистое золото! Но неужели ваша матушка так решительно объявила свою волю насчет невозможности нашего брака?

— Да, решительно. Я уж вам сказала, она убеждена, что вы сами не думаете жениться на мне.

— Стало быть, она считает меня за обманщика! Чем я заслужил это?

И Рудин схватил себя за голову.

— Дмитрий Николаич! — промолвила Наталья, — мы тратим попусту время. Вспомните, я в последний раз вижусь с вами. Я пришла сюда не плакать, не жаловаться — вы видите, я не плачу, — я пришла за советом.

— Да какой совет могу я дать вам, Наталья Алексеевна?

— Какой совет? Вы мужчина; я привыкла вам верить, я до конца буду верить вам. Скажите мне, какие ваши намерения?

— Мои намерения? Ваша матушка, вероятно, откажет мне от дому.

— Может быть. Она уже вчера объявила мне, что должна будет раззнакомиться с вами... Но вы не отвечаете на мой вопрос.

— На какой вопрос?

— Как вы думаете, что нам надобно теперь делать?

— Что нам делать? — возразил Рудин, — разумеется, покориться.

— Покориться, — медленно повторила Наталья, и губы ее побледнели.

— Покориться судьбе, — продолжал Рудин. — Что же делать! Я слишком хорошо знаю, как это горько, тяжело, невыносимо; но посудите сами, Наталья Алексеевна, я беден... Правда, я могу работать, но если б я был даже богатый человек, в состоянии ли вы перенести насильственное расторжение с вашим семейством, гнев вашей матери?.. Нет, Наталья Алексеевна; об этом и думать нечего. Видно, нам не суждено было жить вместе, и то счастье, о котором я мечтал, не для меня!

Наталья вдруг закрыла лицо руками и заплакала. Рудин приблизился к ней.

— Наталья Алексеевна! милая Наталья! — заговорил он с жаром, — не плачьте, ради Бога, не терзайте меня, утешьтесь...

Наталья подняла голову.

— Вы мне говорите, чтобы я утешилась, — начала она, и глаза ее заблестели сквозь слезы, — я не о том плачу, о чем вы думаете... Мне не то больно: мне больно то, что я в вас обманулась... Как! Я прихожу к вам за советом, и в какую минуту, и первое ваше слово: покориться... Покориться! Так вот как вы применяете на деле ваши толкования о свободе, о жертвах, которые...

Ее голос прервался.

— Но, Наталья Алексеевна, — начал смущенный Рудин, — вспомните... я не отказываюсь от слов моих... только...

— Вы спрашивали меня, — продолжала она с новой силой, — что я ответила моей матери, когда она объявила мне, что скорее согласится на мою смерть, чем на брак мой с вами: я ей ответила, что скорее умру, чем выйду за другого замуж... А вы говорите: покориться! Стало быть, она была права: вы точно, от нечего делать, от скуки, пошутили со мной...

— Клянусь вам, Наталья Алексеевна... уверяю вас... — твердил Рудин.

Но она его не слушала.

— Зачем же вы не остановили меня? зачем вы сами... Или вы не рассчитывали на препятствия? Мне стыдно говорить об этом... но ведь все уже кончено.

— Вам надо успокоиться, Наталья Алексеевна, — начал было Рудин, — нам надо вдвоем подумать, какие меры...

— Вы так часто говорили о самопожертвовании, — перебила она, — но знаете ли, если б вы сказали мне сегодня, сейчас: «Я тебя люблю, но я жениться не могу, я не отвечаю за будущее, дай мне руку и ступай за мной», — знаете ли, что я бы пошла за вами, знаете ли, что я на все решилась? Но, верно, от слова до дела еще далеко, и вы теперь струсили точно так же, как струсили третьего дня за обедом перед Волынцевым!

Краска бросилась в лицо Рудину. Неожиданная восторженность Натальи его поразила; но последние слова ее уязвили его самолюбие.

— Вы слишком раздражены теперь, Наталья Алексеевна, — начал он, — вы не можете понять, как вы жестоко оскорбляете меня. Я надеюсь, что со временем вы отдадите мне справедливость; вы поймете, чего мне стоило отказаться от счастия, которое, как вы говорите сами, не налагало на меня никаких обязанностей. Ваше спокойствие дороже мне всего в мире, и я был бы человеком самым низким, если б решился воспользоваться...

— Может быть, может быть, — перебила Наталья, — может быть, вы правы; я не знаю, что говорю. Но я до сих пор вам верила, каждому вашему слову верила... Вперед, пожалуйста, взвешивайте ваши слова, не произносите их на ветер. Когда я вам сказала, что я люблю вас, я знала, что значит это слово: я на все была готова... Теперь мне остается благодарить вас за урок и проститься.

— Остановитесь, ради Бога, Наталья Алексеевна, умоляю вас. Я не заслуживаю вашего презрения, клянусь вам. Войдите же и вы в мое положение. Я отвечаю за вас и за себя. Если б я не любил вас самой преданной любовью — да Боже мой! я бы тотчас сам предложил вам бежать со мною... Рано или поздно, матушка ваша простит нас... и тогда... Но прежде чем думать о собственном счастье...

Он остановился. Взор Натальи, прямо на него устремленный, смущал его.

— Вы стараетесь мне доказать, что вы честный человек, Дмитрий Николаич, — промолвила она, — я в этом не сомневаюсь. Вы не в состоянии действовать из расчета; но разве в этом я желала убедиться, разве для этого я пришла сюда.

— Я не ожидал, Наталья Алексеевна...

— А! вот когда вы проговорились! Да, вы не ожидали всего этого — вы меня не знали. Не беспокойтесь... вы не любите меня, а я никому не навязываюсь.

— Я вас люблю! — воскликнул Рудин.

Наталья выпрямилась.

— Может быть; но как вы меня любите? Я помню все ваши слова, Дмитрий Николаич. Помните, вы мне говорили, без полного равенства нет любви... Вы для меня слишком высоки, вы не мне чета... Я поделом наказана. Вам предстоят занятия, более достойные вас. Я не забуду нынешнего дня... Прощайте...

— Наталья Алексеевна, вы уходите? Неужели мы так расстанемся?

Он протянул к ней руки. Она остановилась. Его умоляющий голос, казалось, поколебал ее.

— Нет, — промолвила она наконец, — я чувствую, что-то во мне надломилось... Я шла сюда, я говорила с вами точно в горячке; надо опомниться. Этому не должно быть, вы сами сказали, этого не будет. Боже мой, когда я шла сюда, я мысленно прощалась с моим домом, со всем моим прошедшим, — и что же? кого я встретила здесь? малодушного человека... И почему вы знали, что я не в состоянии буду перенести разлуку с семейством? «Ваша матушка не согласна... Это ужасно!» Вот все, что я слышала от вас. Вы ли это, вы ли это, Рудин? Нет! прощайте... Ах! если бы вы меня любили, я бы почувствовала это теперь, в это мгновение... Нет, нет, прощайте!..

Она быстро повернулась и побежала к Маше, которая уже давно начала беспокоиться и делать ей знаки.

— *Вы* трусите, а не я! — крикнул Рудин вслед Наталье.

Она уже не обращала на него внимания и спешила через поле домой. Она благополучно возвратилась к себе в спальню; но только лишь переступила порог, силы ей изменили, и она без чувств упала на руки Маше.

А Рудин долго еще стоял на плотине. Наконец он встрепенулся, медленными шагами добрался до дорожки и тихо пошел по ней. Он был очень пристыжен... и огорчен. «Какова? — думал он. — В восемнадцать лет!.. Нет, я ее не знал... Она замечательная девушка. Какая сила воли!.. Она права; она стоит не такой любви, какую я к ней чувствовал... Чувствовал?.. — спросил он самого себя. — Разве я уже больше не чувствую любви? Так вот как это все должно было кончиться! Как я был жалок и ничтожен перед ней!»

Легкий стук беговых дрожек заставил Рудина поднять глаза. К нему навстречу, на неизменном своем рысачке, ехал Лежнев. Рудин молча с ним раскланялся и, как пораженный внезапной мыслью, свернул с дороги и быстро пошел по направлению к дому Дарьи Михайловны.

Лежнев дал ему отойти, посмотрел вслед за ним и, подумав немного, тоже поворотил назад свою лошадь — и поехал обратно к Волынцеву, у которого провел ночь. Он застал его спящим, не велел будить его и, в ожидании чая, сел на балкон и закурил трубку.

X

Волынцев встал часу в десятом и, узнав, что Лежнев сидит у него на балконе, очень удивился и велел его попросить к себе.

— Что случилось? — спросил он его. — Ведь ты хотел к себе поехать.

— Да, хотел, да встретил Рудина... Один шагает по полю, и лицо такое расстроенное. Я взял да и вернулся.

— Ты вернулся оттого, что встретил Рудина?

— То есть, правду сказать, я сам не знаю, почему я вернулся; вероятно, потому, что о тебе вспомнил: хотелось с тобой посидеть, а к себе я еще успею.

Волынцев горько усмехнулся.

— Да, о Рудине нельзя теперь подумать, не подумав также и обо мне... Человек! — крикнул он громко, — дай нам чаю.

Приятели начали пить чай. Лежнев заговорил было о хозяйстве, о новом способе крыть амбары бумагой...

Вдруг Волынцев вскочил с кресел и с такой силой ударил по столу, что чашки и блюдечки зазвенели.

— Нет! — воскликнул он, — я этого дольше выносить не в силах! Я вызову этого умника, и пусть он меня застрелит, либо уж я постараюсь влепить пулю в его ученый лоб.

— Что ты, что ты, помилуй! — пробормотал Лежнев, — как можно так кричать! я чубук уронил... Что с тобой?

— А то, что я слышать равнодушно имени его не могу: вся кровь у меня так и заходит.

— Полно, брат, полно! как тебе не стыдно! — возразил Лежнев, поднимая с полу трубку. — Брось! Ну его!..

— Он меня оскорбил, — продолжал Волынцев, расхаживая по комнате... — да! он оскорбил меня. Ты сам должен с этим согласиться. На первых порах я не нашелся: он озадачил меня; да и кто мог ожидать этого? Но я ему докажу, что шутить со мной нельзя... Я его, проклятого философа, как куропатку застрелю.

— Много ты этим выиграешь, как же! Я уж о сестре твоей не говорю. Известно, ты обуреваем страстью... где тебе о сестре думать! Да в отношении к другой особе, — что ты думаешь, убивши философа, ты дела свои поправишь?

Волынцев бросился в кресла.

— Так уеду я куда-нибудь! А то здесь тоска мне просто сердце отдавила; просто места нигде найти не могу.

— Уедешь... вот это другое дело! Вот с этим я согласен. И знаешь ли, что я тебе предлагаю? Поедем-ка вместе — на Кавказ или так просто в Малороссию, галушки есть. Славное, брат, дело!

— Да; а сестру-то с кем оставим?

— А почему же Александре Павловне не поехать с нами? Ей-богу, отлично выйдет. Ухаживать за ней, уж за это я берусь! Ни в чем недостатка иметь не будет; коли захочет, каждый вечер серенаду под окном устрою; ямщиков одеколоном надушу, цветы по дорогам натыкаю. А уж мы, брат, с тобой просто переродимся; так наслаждаться будем, брюханами такими назад приедем, что никакая любовь нас уже не проймет!

— Ты все шутишь, Миша!

— Вовсе не шучу. Это тебе блестящая мысль в голову пришла.

— Нет! вздор! — вскрикнул опять Волынцев, — я драться, драться с ним хочу!..

— Опять! Экой ты, брат, сегодня с колером!..

Человек вошел с письмом в руке.

— От кого? — спросил Лежнев.

— От Рудина, Дмитрия Николаевича. Ласунских человек привез.

— От Рудина? — повторил Волынцев. — К кому?

— К вам-с.

— Ко мне... подай.

Волынцев схватил письмо, быстро распечатал его, стал читать. Лежнев внимательно глядел на него: странное, почти радостное изумление изображалось на лице Волынцева; он опустил руки.

— Что такое? — спросил Лежнев.

— Прочти, — проговорил Волынцев вполголоса и протянул ему письмо.

Лежнев начал читать. Вот что писал Рудин:

«Милостивый государь, Сергей Павлович! Я сегодня уезжаю из дома Дарьи Михайловны, и уезжаю навсегда. Это вас, вероятно, удивит, особенно после того, что произошло вчера. Я не могу объяснить вам, что именно заставляет меня поступить так; но мне почему-то кажется, что я должен известить вас о моем отъезде. Вы меня не любите и даже считаете меня за дурного человека. Я не намерен оправдываться: меня оправдает время. По-моему, и недостойно мужчины, и бесполезно доказывать предубежденному человеку несправедливость его предубеждений. Кто захочет меня понять, тот извинит меня, а кто понять не хочет или не может — обвинения того меня не трогают. Я ошибся в вас. В глазах моих вы по-прежнему остаетесь благородным и честным человеком; но я полагал, вы сумеете стать выше той среды, в которой развились... Я ошибся. Что делать?! Не в первый и не в последний раз. Повторяю вам: я уезжаю. Желаю вам счастия. Согласитесь, что это желание совершенно бескорыстно, и надеюсь, что вы теперь будете счастливы. Может быть, вы со временем измените свое мнение обо мне. Увидимся ли мы когда-нибудь, не знаю, но во всяком случае остаюсь искренно вас уважающий

Д. Р.».

«P. S. Должные мною вам двести рублей я вышлю, как только приеду к себе в деревню, в Т...ую губернию. Также прошу вас не говорить при Дарье Михайловне об этом письме».

«P. P. S. Еще одна последняя, но важная просьба: так как я теперь уезжаю, то, я надеюсь, вы не будете упоминать перед Натальей Алексеевной о моем посещении у вас...»

— Ну, что ты скажешь? — спросил Волынцев, как только Лежнев окончил письмо.

— Что тут сказать! — возразил Лежнев, — воскликнуть по-восточному: «Аллах! Аллах!» — и положить в рот палец изумления — вот все, что можно сделать. Он уезжает... Ну! дорога скатертью. Но вот что любопытно: ведь и это письмо он почел *за долг* написать, и являлся он к тебе по чувству долга... У этих господ на каждом шагу долг, и все долг — да долги, — прибавил Лежнев, с усмешкой указывая на post scriptum.

— А каковы он фразы отпускает! — воскликнул Волынцев. — Он ошибся во мне: он ожидал, что я стану выше какой-то среды... Что за ахинея, господи! хуже стихов!

Лежнев ничего не ответил; одни глаза его улыбнулись. Волынцев встал.

— Я хочу съездить к Дарье Михайловне, — промолвил он, — я хочу узнать, что все это значит...

— Погоди, брат: дай ему убраться. К чему тебе опять с ним сталкиваться? Ведь он исчезает — чего тебе еще? Лучше поди-ка ляг да усни; ведь ты, чай, всю ночь с боку на бок проворочался. А теперь дела твои поправляются...

— Из чего ты это заключаешь?

— Да так мне кажется. Право, усни, а я пойду к твоей сестре — посижу с ней.

— Я вовсе спать не хочу. С какой стати мне спать!.. Я лучше поеду поля осмотрю, — сказал Волынцев, одергивая полы пальто.

— И то добре. Поезжай, брат, поезжай, осмотри поля...

И Лежнев отправился на половину Александры Павловны. Он застал ее в гостиной. Она ласково его приветствовала. Она всегда радовалась его приходу; но лицо ее осталось печально. Ее беспокоило вчерашнее посещение Рудина.

— Вы от брата? — спросила она Лежнева, — каков он сегодня?

— Ничего, поехал поля осматривать.

Александра Павловна помолчала.

— Скажите, пожалуйста, — начала она, внимательно рассматривая кайму носового платка, — вы не знаете, зачем...

— Приезжал Рудин? — подхватил Лежнев. — Знаю: он приезжал проститься.

Александра Павловна подняла голову.

— Как — проститься?

— Да. Разве вы не слыхали? Он уезжает от Дарьи Михайловны.

— Уезжает?

— Навсегда; по крайней мере он так говорит.

— Да помилуйте, как же это понять, после всего того...

— А это другое дело! Понять этого нельзя, но оно так. Должно быть, что-нибудь там у них произошло. Струну слишком натянул — она и лопнула.

— Михайло Михайлыч! — начала Александра Павловна, — я ничего не понимаю; вы, мне кажется, смеетесь надо мной...

— Да ей-богу же нет... Говорят вам, он уезжает и даже письменно извещает об этом своих знакомых. Оно, если хотите, с некоторой точки зрения, недурно; но отъезд его помешал осуществиться одному удивительнейшему предприятию, о котором мы начали было толковать с вашим братом.

— Что такое? какое предприятие?

— А вот какое. Я предлагал вашему брату поехать для развлечения путешествовать и взять вас с собой. Ухаживать, собственно, за вами брался я...

— Вот прекрасно! — воскликнула Александра Павловна, — воображаю себе, как бы вы за мною ухаживали. Да вы бы меня с голоду уморили.

— Вы это потому так говорите, Александра Павловна, что не знаете меня. Вы думаете, что я чурбан, чурбан совершенный, деревяшка какая-то; а известно ли вам, что я способен таять, как сахар, дни простаивать на коленях?

— Вот это бы я, признаюсь, посмотрела!

Лежнев вдруг поднялся.

— Да выдьте за меня замуж, Александра Павловна, вы все это и увидите.

Александра Павловна покраснела до ушей.

— Что вы это такое сказали, Михайло Михайлыч? — повторила она с смущением.

— А то я сказал, — ответил Лежнев, — что уже давным-давно и тысячу раз у меня на языке было. Я проговорился, наконец, и вы можете поступить, как знаете. А чтобы не стеснять вас, я теперь выйду. Если вы хотите быть моей женою... Удаляюсь. Если вам не противно, вы только велите меня позвать: я уже пойму...

Александра Павловна хотела было удержать Лежнева, но он проворно ушел, без шапки отправился в сад, оперся на калитку и начал глядеть куда-то.

— Михайло Михайлыч! — раздался за ним голос горничной, — пожалуйте к барыне. Они вас велели позвать.

Михайло Михайлыч обернулся, взял горничную, к великому ее изумлению, обеими руками за голову, поцеловал ее в лоб и пошел к Александре Павловне.

XI

Вернувшись домой, тотчас после встречи с Лежневым, Рудин заперся в своей комнате и написал два письма: одно — к Волынцеву (оно уже известно читателям) и другое — к Наталье. Он очень долго сидел над этим вторым письмом, многое в нем перемарывал и переделывал и, тщательно списав его на тонком листе почтовой бумаги, сложил его как можно мельче и положил в карман. С грустью на лице прошелся он несколько раз взад и вперед по комнате, сел на кресло перед окном, подперся рукою; слеза тихо выступила на его ресницы... Он встал, застегнулся на все пуговицы, позвал человека и велел спросить у Дарьи Михайловны, может ли он ее видеть.

Человек скоро вернулся и доложил, что Дарья Михайловна приказала его просить. Рудин пошел к ней.

Она приняла его в кабинете, как в первый раз, два месяца тому назад. Но теперь она не была одна: у ней сидел Пандалевский, скромный, свежий, чистый и умиленный, как всегда.

Дарья Михайловна любезно встретила Рудина, и Рудин любезно ей поклонился, но при первом взгляде на улыбавшиеся лица обоих всякий хотя несколько опытный человек понял бы, что между ними если и не высказалось, то произошло что-то неладное. Рудин знал, что Дарья Михайловна на него сердится. Дарья Михайловна подозревала, что ему уже все известно.

Донесение Пандалевского очень ее расстроило. Светская спесь в ней зашевелилась. Рудин, бедный, нечиновный и пока неизвестный человек, дерзал назначить свидание ее дочери — дочери Дарьи Михайловны Ласунской!!

— Положим, он умен, он гений! — говорила она, — да что же это доказывает? После этого всякий может надеяться быть моим зятем?

— Я долго глазам своим не верил, — подхватил Пандалевский. — Как это не знать своего места, удивляюсь!

Дарья Михайловна очень волновалась, и Наталье досталось от нее.

Она попросила Рудина сесть. Он сел, но уже не как прежний Рудин, почти хозяин в доме, даже не как хороший знакомый, а как гость, и не как близкий гость. Все это сделалось в одно мгновение... Так вода внезапно превращается в твердый лед.

— Я пришел к вам, Дарья Михайловна, — начал Рудин, — поблагодарить вас за ваше гостеприимство. Я получил сегодня известие из моей деревеньки и должен непременно сегодня же ехать туда.

Дарья Михайловна пристально посмотрела на Рудина.

«Он предупредил меня, должно быть догадывается, — подумала она. — Он избавляет меня от тягостного объяснения, тем лучше. Да здравствуют умные люди!»

— Неужели? — промолвила она громко. — Ах, как это неприятно! Ну, что делать! Надеюсь увидеть вас нынешней зимой в Москве. Мы сами скоро отсюда едем.

— Я не знаю, Дарья Михайловна, удастся ли мне быть в Москве; но если соберусь со средствами, за долг почту явиться к вам.

«Ага, брат! — подумал в свою очередь Пандалевский, — давно ли ты здесь распоряжался барином, а теперь вот как пришлось выражаться!»

— Вы, стало быть, неудовлетворительные известия из вашей деревни получили? — произнес он с обычной расстановкой.

— Да, — сухо возразил Рудин.

— Неурожай, может быть?

— Нет... другое... Поверьте, Дарья Михайловна, — прибавил Рудин, — я никогда не забуду времени, проведенного мною в вашем доме.

— И я, Дмитрий Николаич, всегда с удовольствием буду вспоминать наше знакомство с вами... Когда вы едете?

— Сегодня, после обеда.

— Так скоро!.. Ну, желаю вам счастливого пути. Впрочем, если ваши дела не задержат вас, может быть, вы еще нас застанете здесь.

— Я едва ли успею, — возразил Рудин и встал. — Извините меня, — прибавил он, — я не могу тотчас выплатить мой долг вам; но как только приеду в деревню...

— Полноте, Дмитрий Николаич! — перебила его Дарья Михайловна, — как вам не стыдно!.. Но который-то час? — спросила она.

Пандалевский достал из кармана жилета золотые часики с эмалью и посмотрел на них, осторожно налегая розовой щекой на твердый и белый воротничок.

— Два часа и тридцать три минуты, — промолвил он.

— Пора одеваться, — заметила Дарья Михайловна. — До свиданья, Дмитрий Николаич!

Рудин встал. Весь разговор между ним и Дарьей Михайловной носил особый отпечаток. Актеры так репетируют свои роли, дипломаты так на конференциях меняются заранее условленными фразами...

Рудин вышел. Он теперь знал по опыту, как светские люди даже не бросают, а просто роняют человека, ставшего им ненужным: как перчатку после бала, как бумажку с конфетки, как невыигравший билет лотереи-томболы.

Он наскоро уложился и с нетерпением начал ожидать мгновения отъезда. Все в доме очень удивились, узнав об его намерении; даже люди глядели на него с недоумением. Басистов не скрывал своей горести. Наталья явно избегала Рудина. Она старалась не встречаться с ним взорами; однако он успел всунуть ей в руку свое письмо. За обедом Дарья Михайловна еще раз повторила, что надеется увидеть его перед отъездом в Москву, но Рудин ничего не отвечал ей. Пандалевский чаще всех с ним заговаривал. Рудина не раз подмывало броситься на него и поколотить его цветущее и румяное лицо. M-lle Boncourt частенько посматривала на Рудина с лукавым и странным выражением в глазах: у старых, очень умных легавых собак можно иногда заметить такое выражение... «Эге! казалось, говорила она про себя, — вот как тебя!»

Наконец пробило шесть часов и подали тарантас Рудина. Он стал торопливо прощаться со всеми. На душе у него было очень скверно. Не ожидал он, что так выедет из этого дома: его как будто выгоняли... «Как это все сделалось! и к чему было спешить? А впрочем, один конец», — вот что думал он, раскланиваясь на все стороны с принужденной улыбкой. В последний раз взглянул он на Наталью, и сердце его шевельнулось: глаза ее были устремлены на него с печальным, прощальным упреком.

Он проворно сбежал с лестницы, вскочил в тарантас. Басистов вызвался проводить его до первой станции и сел вместе с ним.

— Помните ли вы, — начал Рудин, как только тарантас выехал со двора на широкую дорогу, обсаженную елками, — помните вы, что говорит Дон-Кихот своему оруженосцу, когда выезжает из дворца герцогини? «Свобода, — говорит он, — друг мой Санчо, одно из самых драгоценных достояний человека, и счастлив тот, кому небо даровало кусок хлеба, кому не нужно быть за него обязанным другому!» Что Дон-Кихот чувствовал тогда, я чувствую теперь... Дай Бог и вам, добрый мой Басистов, испытать когда-нибудь это чувство!

Басистов стиснул руку Рудину, и сердце честного юноши забилось сильно в его растроганной груди. До самой станции говорил Рудин о достоинстве человека, о значении истинной свободы — говорил горячо, благородно и правдиво, — и, когда наступило мгновение разлуки, Басистов не выдержал, бросился ему на шею и зарыдал. У самого Рудина полились слезы, но он плакал не о том, что расставался с Басистовым, и слезы его были самолюбивые слезы.

Наталья ушла к себе и прочла письмо Рудина.

«Любезная Наталья Алексеевна, — писал он ей, — я решился уехать. Мне другого выхода нет. Я решился уехать, пока мне не сказали ясно, чтобы я удалился. Отъездом моим прекращаются все недоразумения; а сожалеть обо мне едва ли кто-нибудь будет. Чего же ждать?.. Всё так; но для чего же писать к вам?

Я расстаюсь с вами, вероятно, навсегда, и оставить вам о себе память еще хуже той, которую я заслуживаю, было бы слишком горько. Вот для чего я пишу к вам. Я не хочу ни оправдываться, ни обвинять кого бы то ни было, кроме самого себя: я хочу, по мере возможности, объясниться... Происшествия последних дней были так неожиданны, так внезапны...

Сегодняшнее свидание послужит мне памятным уроком. Да, вы правы: я вас не знал, а я думал, что знал вас! В течение моей жизни я имел дело с людьми всякого рода, я сближался со многими женщинами и девушками; но, встретясь с вами, я в первый раз встретился с душой *совершенно* честной и прямой. Мне это было не в привычку, и я не сумел оценить вас. Я почувствовал влечение к вам с первого дня нашего знакомства — вы это могли заметить. Я проводил с вами часы за часами, и я не узнал вас; я едва ли даже старался узнать вас... и я мог вообразить, что полюбил вас!! За этот грех я теперь наказан.

Я и прежде любил одну женщину, и она меня любила... Чувство мое к ней было сложно, как и ее ко мне; но так как она сама не была проста, оно и пришлось кстати. Истина мне тогда не сказалась: я не узнал ее и теперь, когда она предстала передо мною... Я ее узнал, наконец, да слишком поздно... Прошедшего не воротишь... Наши жизни могли бы слиться — и не сольются никогда. Как доказать вам, что я мог бы полюбить вас настоящей любовью — любовью сердца, не воображения, — когда я сам не знаю, способен ли я на такую любовь!

Мне природа дала много — я это знаю и из ложного стыда не стану скромничать перед вами, особенно теперь, в такие горькие, в такие постыдные для меня мгновения... Да, природа мне много дала; но я умру, не сделав ничего достойного сил моих, не оставив за собою никакого благотворного следа. Все мое богатство пропадет даром: я не увижу плодов от семян своих. Мне недостает... я сам не могу сказать, чего именно недостает мне... Мне недостает, вероятно, того, без чего так же нельзя двигать сердцами людей, как и овладеть женским сердцем; а господство над одними умами и непрочно и бесполезно. Странная, почти комическая моя судьба: я отдаюсь весь, с жадностью, вполне — и не могу отдаться. Я кончу тем, что пожертвую собой за какой-нибудь вздор, в который даже верить не буду... Боже мой! в тридцать пять лет все еще собираться что-нибудь сделать!..

Я еще ни перед кем так не высказывался — это моя исповедь.

Но довольно обо мне. Мне хочется говорить о вас, дать вам несколько советов: больше я ни на что не годен... Вы еще молоды; но, сколько бы вы ни жили, следуйте всегда внушениям вашего сердца, не подчиняйтесь ни своему, ни чужому уму. Поверьте, чем проще, чем теснее круг, по которому пробегает жизнь, тем лучше; не в том дело, чтобы отыскивать в ней новые стороны, но в том, чтобы все переходы ее совершались своевременно.

«Блажен, кто смолоду был молод...»[1] Но я замечаю, что эти советы относятся гораздо более ко мне, чем к вам.

Признаюсь вам, Наталья Алексеевна, мне очень тяжело. Я никогда не обманывал себя в свойстве того чувства, которое я внушал Дарье Михайловне; но я надеялся, что нашел хотя временную пристань... Теперь опять придется мыкаться по свету. Что мне заменит ваш разговор, ваше присутствие, ваш внимательный и умный взгляд?.. Я сам виноват; но согласитесь, что судьба как бы нарочно подсмеялась над нами. Неделю тому назад я сам едва догадывался, что люблю вас. Третьего дня, вечером, в саду, я в первый раз услыхал от вас... но к чему напоминать вам то, что вы тогда сказали — и вот уже я уезжаю сегодня, уезжаю с позором, после жестокого объяснения с вами, не унося с собой никакой надежды... И вы еще не знаете, до какой степени я виноват перед вами... Во мне есть какая-то глупая откровенность, какая-то болтливость... Но к чему говорить об этом! Я уезжаю навсегда.

(Здесь Рудин рассказал было Наталье свое посещение у Волынцева, но подумал и вымарал все это место, а в письме к Волынцеву прибавил второй post scriptum.)

Я остаюсь одинок на земле для того, чтобы предаться, как вы сказали мне сегодня поутру с жестокой усмешкой, другим, более свойственным мне занятиям. Увы! если б я мог действительно предаться этим занятиям, победить, наконец, свою лень... Но нет! я останусь тем же неоконченным существом, каким был до сих пор... Первое препятствие — и я весь рассыпался; происшествие с вами мне это доказало. Если б я по крайней мере принес мою любовь в жертву моему будущему делу, моему призванию; но я просто испугался ответственности, которая на меня падала, и потому я точно недостоин вас. Я не стою того, чтобы вы для меня отторглись от вашей сферы... А впрочем, все это, может быть, к лучшему. Из этого испытания я, может быть, выйду чище и сильней.

Желаю вам полного счастия. Прощайте! Иногда вспоминайте обо мне. Надеюсь, что вы еще услышите обо мне.

Рудин».

---

[1] «Блажен, кто смолоду был молод...» — строка из «Евгения Онегина» А. С. Пушкина.

Наталья опустила письмо Рудина к себе на колени и долго сидела неподвижно, устремив глаза на пол. Письмо это, яснее всех возможных доводов, доказало ей, как она была права, когда поутру, расставаясь с Рудиным, она невольно воскликнула, что он ее не любит! Но от этого ей не было легче. Она сидела не шевелясь; ей казалось, что какие-то темные волны без плеска сомкнулись над ее головой и она шла ко дну, застывая и немея. Всякому тяжело первое разочарование; но для души искренней, не желавшей обманывать себя, чуждой легкомыслия и преувеличения, оно почти нестерпимо. Вспомнила Наталья свое детство, когда, бывало, гуляя вечером, она всегда старалась идти по направлению к светлому краю неба, там, где заря горела, а не к темному. Темна стояла теперь жизнь перед нею, и спиной она обратилась к свету...

Слезы навернулись на глазах Натальи. Не всегда благотворны бывают слезы. Отрадны и целебны они, когда, долго накипев в груди, потекут они, наконец, — сперва с усилием, потом все легче, все слаще; немое томление тоски разрешается ими... Но есть слезы холодные, скупо льющиеся слезы: их по капле выдавливает из сердца тяжелым и недвижным бременем налегшее на него горе; они безотрадны и не приносят облегчения. Нужда плачет такими слезами; и тот еще не был несчастлив, кто не проливал их. Наталья узнала их в этот день.

Прошло часа два. Наталья собралась с духом, встала, отерла глаза, засветила свечку, сожгла на ее пламени письмо Рудина до конца и пепел выкинула за окно. Потом она раскрыла наудачу Пушкина и прочла первые попавшиеся ей строки (она часто загадывала так по нём). Вот что ей вышло:

> Кто чувствовал, того тревожит[1]
> Призрак невозвратимых дней...
> Тому уж нет очарований,
> Того змея воспоминаний,
> Того раскаянье грызет...

---

[1] «Кто чувствовал, того тревожит...» — из «Евгения Онегина» А. С. Пушкина.

Она постояла, посмотрела с холодной улыбкой на себя в зеркало и, сделав небольшое движение головою сверху вниз, сошла в гостиную.

Дарья Михайловна, как только ее увидела, повела ее в кабинет, посадила подле себя, ласково потрепала по щеке, а между тем внимательно, почти с любопытством, заглядывала ей в глаза. Дарья Михайловна чувствовала тайное недоумение: в первый раз ей пришло в голову, что она дочь свою в сущности не знает. Услышав от Пандалевского об ее свидании с Рудиным, она не столько рассердилась, сколько удивилась тому, как могла благоразумная Наталья решиться на такой поступок. Но когда она ее призвала к себе и принялась бранить ее — вовсе не так, как бы следовало ожидать от европейской женщины, а довольно крикливо и неизящно, — твердые ответы Натальи, решимость ее взоров и движений смутили, даже испугали Дарью Михайловну.

Внезапный, тоже не совсем понятный отъезд Рудина снял большую тяжесть с ее сердца; но она ожидала слез, истерических припадков... Наружное спокойствие Натальи опять ее сбило с толку.

— Ну, что, дитя, — начала Дарья Михайловна, — как ты сегодня?

Наталья посмотрела на мать свою.

— Ведь он уехал... твой предмет. Ты не знаешь, отчего он так скоро собрался?

— Маменька! — заговорила Наталья тихим голосом, — даю вам слово, что если вы сами не будете упоминать о нем, от меня вы никогда ничего не услышите.

— Стало быть, ты сознаешься, что была виновата передо мною?

Наталья, опустила голову и повторила:

— Вы от меня никогда ничего не услышите.

— Ну, смотри же! — возразила, с улыбкой Дарья Михайловна. — Я тебе верю. А третьего дня, помнишь ли ты, как... Ну, не буду. Кончено, решено и похоронено. Не правда ли? Вот я опять тебя узнаю; а то я совсем было в тупик пришла. Ну, поцелуй же меня, моя умница!..

Наталья поднесла руку Дарьи Михайловны к своим губам, а Дарья Михайловна поцеловала ее в наклоненную голову.

— Слушайся всегда моих советов, не забывай, что ты Ласунская и моя дочь, — прибавила она, — и ты будешь счастлива, А теперь ступай.

Наталья вышла молча. Дарья Михайловна поглядела ей вслед и подумала: «Она в меня — тоже будет увлекаться: mais elle aura moins d'abandon»[1]. И Дарья Михайловна погрузилась в воспоминания о прошедшем... о давно прошедшем...

Потом она велела кликнуть m-lle Boncourt и долго сидела с ней, запершись вдвоем. Отпустив ее, она позвала Пандалевского. Ей непременно хотелось узнать настоящую причину отъезда Рудина... но Пандалевский ее успокоил совершенно. Это было по его части.

На другой день Волынцев с сестрою приехал к обеду. Дарья Михайловна была всегда очень любезна с ним, а на этот раз она особенно ласково с ним обращалась. Наталье было невыносимо тяжело; но Волынцев так был почтителен, так робко с ней заговорил, что она в душе не могла не поблагодарить его.

День прошел тихо, довольно скучно, но все, разъезжаясь, почувствовали, что попали в прежнюю колею; а это много значит очень много.

Да, все попали в прежнюю колею... все, кроме Натальи. Оставшись, наконец, одна, она с трудом дотащилась до своей кровати, усталая, разбитая, упала лицом на подушки. Ей так горько, и противно, и пошло казалось жить, так стыдно ей стало самой себя, своей любви, своей печали, что в это мгновение она бы, вероятно, согласилась умереть... Много ещё предстояло ей тяжелых дней, ночей бессонных, томительных волнений; но она была молода — жизнь только что начиналась для нее, а жизнь рано или поздно свое возьмет. Какой бы удар ни поразил человека, он в тот же день, много на другой — извините за грубость выражения — поест, и вот вам уже первое утешение...

---

[1] Но она будет более сдержанна *(франц.)*.

Наталья страдала мучительно, она страдала впервые... Но первые страдания, как первая любовь, не повторяются — и слава богу!

XII

Минуло около двух лет. Настали первые дни мая. На балконе своего дома сидела Александра Павловна, но уже не Липина, а Лежнева; она более года как вышла замуж за Михайла Михайлыча. Она по-прежнему была мила, только пополнела в последнее время. Перед балконом, от которого в сад вели ступени, расхаживала кормилица с краснощеким ребенком на руках, в белой шинельке и с белым помпоном на шляпе. Александра Павловна то и дело взглядывала на него. Ребенок не пищал, с важностью сосал свой палец и спокойно посматривал кругом. Достойный сын Михайла Михайлыча уже сказывался в нем.

Возле Александры Павловны сидел на балконе старый наш знакомец, Пигасов. Он заметно поседел с тех пор, как мы расстались с ним, сгорбился, похудел и шипел, когда говорил: один передний зуб у него вывалился; шипение придавало еще более ядовитости его речам... Озлобление не уменьшалось в нем с годами, но остроты его притуплялись, и он чаще прежнего повторялся. Михайла Михайлыча не было дома; его ждали к чаю. Солнце уже село. Там, где оно закатилось, полоса бледно-золотого, лимонного цвета тянулась вдоль небосклона; на противоположной стороне их было две: одна, пониже, голубая, другая, выше, красно-лиловая. Легкие тучки таяли в вышине. Все обещало постоянную погоду.

Вдруг Пигасов засмеялся.

— Чему вы, Африкан Семеныч? — спросила Александра Павловна.

— Да так... Вчера, слышу я, один мужик говорит жене — а она, этак, разболталась: «Не скрыпи!..» Очень это мне понравилось. Не скрыпи! Да и в самом деле, о чем может рассуждать женщина? Я, вы знаете, никогда не говорю о присутствующих. Наши старики умнее нас были. У них в сказках красавица сидит под окном, во лбу звезда, а сама ни гугу. Вот это как следует. А то, посудите сами: третьего дня наша предводительша как из пистолета мне в лоб выстрелила; говорит мне, что ей не нравится моя *тенденция*! Тенденция! Ну не лучше ли было и для нее и для всех, если б каким-нибудь благодетельным распоряжением природы она лишилась вдруг употребления языка?

— А вы все такой же, Африкан Семеныч: все нападаете на нас, бедных... Знаете ли, ведь это в своем роде несчастье, право. Я о вас сожалею.

— Несчастье? Что вы это изволите говорить. Во-первых, по-моему, на свете только три несчастья и есть: жить зимой в холодной квартире, летом носить узкие сапоги да ночевать в комнате, где пищит ребенок, которого нельзя посыпать персидским порошком; а во-вторых, помилуйте, я самый смирный стал теперь человек. Хоть прописи с меня пиши! Вот как я нравственно веду себя.

— Хорошо вы ведете себя, нечего сказать! Не дальше как вчера Елена Антоновна мне на вас жаловалась.

— Вот как-с! А что она вам такое говорила, дозвольте узнать?

— Она говорила мне, что вы в течение целого утра на все ее вопросы только и отвечали, что «чего-с? чего-с?!» да еще таким писклявым голосом.

Пигасов засмеялся.

— А ведь хорошая эта была мысль, согласитесь, Александра Павловна... а?

— Удивительная! Разве можно быть этак с женщиной невежливым, Африкан Семеныч?

— Как? Елена Антоновна, по-вашему, женщина?

— Что же она, по-вашему?

— Барабан, помилуйте, обыкновенный барабан, вот по которому бьют палками...

— Ах, да! — перебила Александра Павловна, желая переменить разговор, — вас, говорят, поздравить можно?

— С чем?

— С окончанием тяжбы. Глиновские луга остались за вами...

— Да, за мною, — мрачно возразил Пигасов.

— Вы столько лет этого добивались, а теперь словно недовольны.

— Доложу вам, Александра Павловна, — медленно промолвил Пигасов, — ничего не может быть хуже и обиднее слишком поздно пришедшего счастья. Удовольствия оно все-таки вам доставить не может, а зато лишает вас права, драгоценнейшего права — браниться и проклинать судьбу. Да, сударыня, горькая и обидная штука — позднее счастие.

Александра Павловна только плечами пожала.

— Нянюшка, — начала она, — я думаю, Мише пора спать лечь. Подай его сюда.

И Александра Павловна занялась своим сыном, а Пигасов отошел, ворча, на другой угол балкона.

Вдруг невдалеке, по дороге, идущей вдоль сада, показался Михайло Михайлыч на своих беговых дрожках. Перед лошадью его бежали две огромные дворные собаки: одна желтая, другая серая; он недавно завел их. Они беспрестанно грызлись и жили в неразлучной дружбе. Им навстречу вышла из ворот старая шавка, раскрыла рот, как бы собираясь залаять, а кончила тем, что зевнула и отправилась назад, дружелюбно повиливая хвостом.

— Глядь-ка, Саша, — закричал Лежнев издали своей жене, — кого я тебе везу...

Александра Павловна не сразу узнала человека, сидевшего за спиной ее мужа.

— А! господин Басистов! — воскликнула она наконец.

— Он, он, — отвечал Лежнев, — и какие славные вести привез. Вот погоди, сейчас узнаешь.

И он въехал на двор.

Несколько мгновений спустя он с Басистовым явился на балконе.

— Ура! — воскликнул он и обнял жену. — Сережа женится!

— На ком? — с волнением спросила Александра Павловна.

— Разумеется, на Наталье... Вот приятель привез это известие из Москвы, и письмо к тебе есть... Слышишь, Мишук? — прибавил он, схватив сына на руки, — дядя твой женится!.. Экая флегма злодейская! и тут только глазами хлопает!

— Они спать хотят, — заметила няня.

— Да-с, — промолвил Басистов, подойдя к Александре Павловне, — я сегодня приехал из Москвы, по поручению Дарьи Михайловны — счеты по имению ревизовать. А вот и письмо.

Александра Павловна поспешно распечатала письмо своего брата. Оно состояло в нескольких строках. В первом порыве радости он уведомлял сестру, что сделал предложение Наталье, получил ее согласие и Дарьи Михайловны, обещался больше написать с первой почтой и заочно всех обнимал и целовал. Видно было, что он писал в каком-то чаду.

Подали чай, усадили Басистова. Расспросы посыпались на него градом. Всех, даже Пигасова, обрадовало известие, привезенное им.

— Скажите, пожалуйста, — сказал между прочим Лежнев, — до нас доходили слухи о каком-то господине Корчагине. Стало быть, это был вздор?

(Корчагин был красивый молодой человек — светский лев, чрезвычайно надутый и важный: он держался необыкновенно величественно, точно он был не живой человек, а собственная своя статуя, воздвигнутая по общественной подписке.)

— Ну, нет, не совсем вздор, — с улыбкой возразил Басистов. — Дарья Михайловна очень к нему благоволила; но Наталья Алексеевна и слышать о нем не хотела.

— Да ведь я его знаю, — подхватил Пигасов, — ведь он махровый болван, с треском болван... помилуйте! Ведь если б все люди были на него похожи, надо бы большие деньги брать, чтобы согласиться жить... помилуйте!

— Может быть, — возразил Басистов, — а в свете он играет роль не из последних.

— Ну, все равно! — воскликнула Александра Павловна, — Бог с ним! Ах, как я рада за брата!.. И Наталья весела, счастлива?

— Да-с. Она спокойна, как всегда — вы ведь ее знаете, — но, кажется, довольна.

Вечер прошел в приятных и оживленных разговорах. Сели за ужин.

— Да, кстати, — спросил Лежнев у Басистова, наливая ему лафиту[1], — вы знаете, где Рудин?

— Теперь наверное не знаю. Он приезжал прошлой зимой в Москву на короткое время, потом отправился с одним семейством в Симбирск; мы с ним некоторое время переписывались: в последнем письме своем он извещал меня, что уезжает из Симбирска — не сказал куда, — и вот с тех пор я ничего о нем не слышу.

— Не пропадет! — подхватил Пигасов, — где-нибудь сидит да проповедует. Этот господин всегда найдет себе двух или трех поклонников, которые будут его слушать разиня рот и давать ему взаймы деньги. Посмотрите, он кончит тем, что умрет где-нибудь в Царевококшайске или в Чухломе — на руках престарелой девы в парике, которая будет думать о нем как о гениальнейшем человеке в мире...

— Вы очень резко о нем отзываетесь, — заметил вполголоса и с неудовольствием Басистов.

— Ничуть не резко! — возразил Пигасов, — а совершенно справедливо. По моему мнению, он просто не что иное, как лизоблюд. Я забыл вам сказать, — продолжал он, обращаясь к Лежневу, — ведь я познакомился с этим Терлаховым, с которым Рудин за границу ездил. Как же! как же! Что он мне рассказывал о нем, вы себе представить не можете — умора просто! Замечательно, что все друзья и последователи Рудина со временем становятся его врагами.

— Прошу меня исключить из числа таких друзей! — с жаром перебил Басистов.

— Ну вы — другое дело! О вас и речи нет.

— А что такое вам рассказывал Терлахов? — спросила Александра Павловна.

— Да многое рассказывал: всего не упомнишь. Но самый лучший вот какой случился с Рудиным анекдот. Беспрерывно развиваясь (эти господа всё развиваются; другие, например, просто спят или едят, — а они находятся

---

[1] Лафит — сорт красного виноградного вина.

в моменте развития спанья или еды; не так ли, господин Басистов? — Басистов ничего не ответил)... Итак, развиваясь постоянно, Рудин дошел путем философии до того умозаключения, что ему должно влюбиться. Начал он отыскивать предмет, достойный такого удивительного умозаключения. Фортуна ему улыбнулась. Познакомился он с одной француженкой, прехорошенькой модисткой. Дело происходило в одном немецком городе, на Рейне, заметьте. Начал он ходить к ней, носить ей разные книги, говорить ей о природе и Гегеле. Можете себе представить положение модистки? Она считала его за астронома. Однако, вы знаете, малый он из себя ничего; ну — иностранец, русский — понравился. Вот, наконец, назначает он свидание, и очень поэтическое свидание: в гондоле на реке. Француженка согласилась: приоделась получше и поехала с ним в гондоле. Так они катались часа два. Чем же, вы думаете, занимался он все это время? Гладил француженку по голове, задумчиво глядел в небо и несколько раз повторил, что чувствует к ней отеческую нежность. Француженка вернулась домой взбешенная, и сама потом все рассказала Терлахову. Вот он какой господин!

И Пигасов засмеялся.

— Вы старый циник! — заметила с досадой Александра Павловна, — а я более и более убеждаюсь в том, что про Рудина даже те, которые его бранят, ничего дурного сказать не могут.

— Ничего дурного? Помилуйте! а его вечное житье на чужой счет, его займы... Михайло Михайлыч! ведь он и у вас, наверное, занимал?

— Послушайте, Африкан Семеныч! — начал Лежнев, и лицо его приняло серьезное выражение, — послушайте: вы знаете, и жена моя знает, что я в последнее время особенного расположения к Рудину не чувствовал и даже часто осуждал его. Со всем тем (Лежнев разлил шампанское по бокалам) вот что я вам предлагаю: мы сейчас пили за здоровье дорогого нашего брата и его невесты; я предлагаю вам выпить теперь за здоровье Дмитрия Рудина!

Александра Павловна и Пигасов с изумлением посмотрели на Лежнева, а Басистов встрепенулся весь, покраснел от радости и глаза вытаращил.

— Я знаю его хорошо, — продолжал Лежнев, — недостатки его мне хорошо известны. Они тем более выступают наружу, что сам он не мелкий человек.

— Рудин — гениальная натура! — подхватил Басистов.

— Гениальность в нем, пожалуй, есть, — возразил Лежнев, — а натура... В том-то вся его беда, что натуры-то, собственно, в нем нет... Но не в этом дело. Я хочу говорить о том, что в нем есть хорошего, редкого. В нем есть энтузиазм; а это, поверьте мне, флегматическому человеку, самое драгоценное качество в наше время. Мы все стали невыносимо рассудительны, равнодушны и вялы; мы заснули, мы застыли, и спасибо тому, кто хоть на миг нас расшевелит и согреет! Пора! Помнишь, Саша, я раз говорил с тобой о нем и упрекал его в холодности. Я был прав и неправ тогда. Холодность эта у него в крови — это не его вина, — а не в голове. Он не актер, как я называл его, не надувало, не плут; он живет на чужой счет не как проныра, а как ребенок... Да, он действительно умрет где-нибудь в нищете и в бедности; но неужели ж и за это пускать в него камнем? Он не сделает сам ничего именно потому, что в нем натуры, крови нет; но кто вправе сказать, что он не принесет, не принес уже пользы? что его слова не заронили много добрых семян в молодые души, которым природа не отказала, как ему, в силе деятельности, в умении исполнять собственные замыслы? Да я сам, я первый, все это испытал на себе... Саша знает, чем был для меня в молодости Рудин. Я, помнится, также утверждал, что слова Рудина не могут действовать на людей; но я говорил тогда о людях, подобных мне, в теперешние мои годы, о людях, уже поживших и поломанных жизнью. Один фальшивый звук в речи — и вся ее гармония для нас исчезла; а в молодом человеке, к счастью, слух еще не так развит, не так избалован. Если сущность того, что он слышит, ему кажется прекрасной, что ему за дело до тона! Тон он сам в себе найдет.

— Браво! браво! — воскликнул Басистов, — как это справедливо сказано! А что касается до влияния Рудина, клянусь вам, этот человек не только умел потрясти тебя, он с места тебя сдвигал, он не давал тебе останавливаться, он до основания переворачивал, зажигал тебя!

— Вы слышите? — продолжал Лежнев, обращаясь к Пигасову, — какого вам еще доказательства нужно? Вы нападаете на философию; говоря о ней, вы не находите довольно презрительных слов. Я сам ее не больно жалую и плохо ее понимаю; но не от философии наши главные невзгоды! Философические хитросплетения и бредни никогда не привьются к русскому: на это у него слишком много здравого смысла; но нельзя же допустить, чтобы под именем философии нападали на всякое честное стремление к истине и к сознанию. Несчастье Рудина состоит в том, что он России не знает, и это точно большое несчастье. Россия без каждого из нас обойтись может, но никто из нас без нее не может обойтись. Горе тому, кто это думает, двойное горе тому, кто действительно без нее обходится! Космополитизм — чепуха, космополит — нуль, хуже нуля; вне народности ни художества, ни истины, ни жизни, ничего нет. Без физиономии нет даже идеального лица; только пошлое лицо возможно без физиономии. Но опять-таки скажу, это не вина Рудина: это его судьба, судьба горькая и тяжелая, за которую мы-то уж винить его не станем. Нас бы очень далеко повело, если бы мы хотели разобрать, отчего у нас являются Рудины. А за то, что в нем есть хорошего, будем же ему благодарны. Это легче, чем быть несправедливым к нему, а мы были к нему несправедливы. Наказывать его не наше дело, да и не нужно: он сам себя наказал гораздо жесточе, чем заслуживал... И дай Бог, чтобы несчастье вытравило из него все дурное и оставило одно прекрасное в нем! Пью за здоровье Рудина! Пью за здоровье товарища моих лучших годов, пью за молодость, за ее надежды, за ее стремления, за ее доверчивость и честность, за все то, от чего и в двадцать лет бились наши сердца, и лучше чего мы все-таки ничего не узнали и не узнаем в жизни... Пью за тебя, золотое время, пью за здоровье Рудина!

Все чокнулись с Лежневым. Басистов сгоряча чуть не разбил своего стакана и осушил его разом, а Александра Павловна пожала Лежневу руку.

— Я, Михайло Михайлыч, и не подозревал, что вы так красноречивы, — заметил Пигасов, — хоть бы самому господину Рудину под стать; даже меня проняло.

— Я вовсе не красноречив, — возразил Лежнев не без досады, — а вас, я думаю, пронять мудрено. Впрочем, довольно о Рудине; давайте говорить о чем-нибудь другом... Что... как бишь его?.. Пандалевский все у Дарьи Михайловны живет? — прибавил он, обратясь к Басистову.

— Как же, все у ней! Она выхлопотала ему очень выгодное место.

Лежнев усмехнулся.

— Вот этот не умрет в нищете, за это можно поручиться.

Ужин кончился. Гости разошлись. Оставшись наедине с своим мужем, Александра Павловна с улыбкой посмотрела ему в лицо.

— Как ты хорош был сегодня, Миша! — промолвила она, лаская его рукою по лбу, — как ты умно и благородно говорил! Но сознайся, что ты немного увлекся в пользу Рудина, как прежде увлекался против него...

— Лежачего не бьют... а я тогда боялся, как бы он тебе голову не вскружил.

— Нет, — простодушно возразила Александра Павловна, — он мне казался всегда слишком ученым, я боялась его и не знала, что говорить в его присутствии. А ведь Пигасов довольно зло посмеялся над ним сегодня, сознайся?

— Пигасов? — проговорил Лежнев. — Я оттого именно и заступился так горячо за Рудина, что Пигасов был тут. Он смеет называть Рудина лизоблюдом! А по-моему, его роль, роль Пигасова, во сто раз хуже. Имеет независимое состояние, надо всем издевается, а уж как льнет к знатным да к богатым! Знаешь ли, что этот Пигасов, который с таким озлоблением все и всех ругает, и на философию нападает, и на женщин, — знаешь ли ты, что он, когда служил, брал взятки, и как еще! А! Вот то-то вот и есть!

— Неужели? — воскликнула Александра Павловна. — Этого я никак не ожидала!.. Послушай, Миша, — прибавила она, помолчав немного, — что я хочу у тебя спросить...

— Что?

— Как ты думаешь? будет ли брат счастлив с Натальей?

— Как тебе сказать... вероятности все есть... Командовать будет она — между нами таить это не для чего, — она умней его; но он славный человек и любит ее от души. Чего же больше? Ведь вот мы друг друга любим и счастливы, не правда ли?

Александра Павловна улыбнулась и стиснула руку Михайле Михайлычу.

В тот самый день, когда все, рассказанное нами, происходило в доме Александры Павловны, — в одной из отдаленных губерний России тащилась, в самый зной, по большой дороге, плохенькая рогожная кибитка, запряженная тройкой обывательских лошадей[1]. На облучке торчал, упираясь искоса ногами в валёк, седой мужичок в дырявом армяке и то и дело подергивал веревочными вожжами и помахивал кнутиком; а в самой кибитке сидел, на тощем чемодане, человек высокого роста в фуражке и старом запыленном плаще. То был Рудин. Он сидел понурив голову и нахлобучив козырек фуражки на глаза. Неровные толчки кибитки бросали его с стороны на сторону, он казался совершенно бесчувственным, словно дремал. Наконец он выпрямился.

— Когда же это мы до станции доедем? — спросил он мужика, сидевшего на облучке.

— А вот, батюшка, — заговорил мужик и еще сильнее задергал вожжами, — как на взволочек взберемся, версты две останется, не боле... Ну, ты! думай... Я тебе подумаю, — прибавил он тоненьким голосом, принимаясь стегать правую пристяжную.

— Ты, кажется, очень плохо едешь, — заметил Рудин, — мы с самого утра тащимся и никак доехать не можем. Ты бы хоть спел что-нибудь.

— Да что будешь делать, батюшка! лошади, вы сами видите, заморенные... опять жара. А петь мы не можем: мы не ямщики... Барашек, а барашек! — воскликнул вдруг

[1] Обывательские лошади — то есть принадлежащие местному населению.

мужичок, обращаясь к прохожему в бурой свитчонке и стоптанных лаптишках, — посторонись, барашек.

— Вишь ты... кучер! — пробормотал ему вслед прохожий и остановился. — Московская косточка! — прибавил он голосом, исполненным укоризны, тряхнул головой и заковылял далее.

— Куда ты! — подхватил мужичок с расстановкой, дергая коренную, — ах ты, лукавая! право, лукавая...

Измученные лошаденки кое-как доплелись, наконец, до почтового двора. Рудин вылез из кибитки, расплатился с мужиком (который ему не поклонился и деньги долго пошвыривал на ладони — знать, на водку мало досталось) и сам внес чемодан в станционную комнату.

Один мой знакомый, много покатавшийся на своем веку по России, сделал замечание, что если в станционной комнате на стенах висят картинки, изображающие сцены из «Кавказского пленника» или русских генералов, то лошадей скоро достать можно; но если на картинках представлена жизнь неизвестного игрока Жоржа де Жермани[1], то путешественнику нечего надеяться на быстрый отъезд: успеет он налюбоваться на закрученный кок, белый раскидной жилет и чрезвычайно узкие и короткие панталоны игрока в молодости, на его исступленную физиономию, когда он, будучи уже старцем, убивает, высоко взмахнув стулом, в хижине с крутою крышей, своего сына. В комнате, куда вошел Рудин, висели именно эти картины из «Тридцати лет, или Жизни игрока». На крик его явился смотритель, заспанный (кстати — видел ли кто-нибудь смотрителя не заспанного?), и, не выждав даже вопроса Рудина, вялым голосом объявил, что лошадей нет.

— Как же вы говорите, что лошадей нет, — промолвил Рудин, — а даже не знаете, куда я еду? Я сюда на обывательских приехал.

— У нас никуда лошадей нет, — отвечал смотритель. — А вы куда едете?

---

[1] Жорж де Жермани — герой мелодрамы «Тридцать лет, или Жизнь игрока». Авторы ее — французские писатели XIX века В. Дюканж и Дино.

— В ...ск.

— Нет лошадей, — повторил смотритель и вышел вон.

Рудин с досадой приблизился к окну и бросил фуражку на стол. Он не много изменился, но пожелтел в последние два года; серебряные нити заблистали кое-где в кудрях, и глаза, все еще прекрасные, как будто потускнели; мелкие морщины, следы горьких и тревожных чувств, легли около губ, на щеках, на висках.

Платье на нем было изношенное и старое, и белья не виднелось нигде. Пора его цветения, видимо, прошла: он, как выражаются садовники, пошел в семя.

Он принялся читать надписи по стенам... известное развлечение скучающих путешественников... вдруг дверь заскрипела, и вошел смотритель.

— Лошадей в ...ск нет и долго еще не будет, — заговорил он, — а вот в ...ов есть обратные.

— В ...ов? — промолвил Рудин. — Да помилуйте! это мне совсем не по дороге. Я еду в Пензу, а ...ов лежит, кажется, в направлении к Тамбову.

— Что ж? вы из Тамбова можете тогда проехать, а не то из ...ова как-нибудь свернете.

Рудин подумал.

— Ну, пожалуй, — проговорил он наконец, — велите закладывать лошадей. Мне все равно; поеду в Тамбов.

Лошадей скоро подали. Рудин вынес свой чемоданчик, взлез на телегу, сел, понурился по-прежнему. Было что-то беспомощное и грустно-покорное в его нагнутой фигуре... И тройка поплелась неторопливой рысью, отрывисто позвякивая бубенчиками.

ЭПИЛОГ

Прошло еще несколько лет.

Был осенний холодный день. К крыльцу главной гостиницы губернского города С...а подъехала дорожная коляска; из нее, слегка потягиваясь и покряхтывая, вылез господин, еще не пожилой, но уже успевший приобресть ту полноту в туловище, которую привыкли называть почтенной. Поднявшись по лестнице во второй этаж, он остановился у входа в широкий коридор и, не видя никого перед собою, громким голосом спросил себе нумер. Дверь где-то стукнула, из-за низких ширмочек выскочил длинный лакей и пошел вперед проворной, боковой походкой, мелькая в полутьме коридоров глянцевитой спиной и подвороченными рукавами. Войдя в нумер, проезжий тотчас сбросил с себя шинель и шарф, сел на диван и, опершись в колени кулаками, сперва поглядел кругом, как бы спросонья, потом велел позвать своего слугу. Лакей сделал уклончивое движение и исчез. Приезжий этот был не кто иной, как Лежнев. Рекрутский набор вызвал его из деревни в С...

Слуга Лежнева, малый молодой, курчавый и краснощекий, в серой шинели, подпоясанной голубым кушачком, и мягких валенках, вошел в комнату.

— Ну вот, брат, мы и доехали, — промолвил Лежнев, — а ты все боялся, что шина с колеса соскочит.

— Доехали! — возразил слуга, силясь улыбнуться через поднятый воротник шинели, — а уж отчего эта шина не соскочила...

— Никого здесь нет? — раздался голос в коридоре.

Лежнев вздрогнул и стал прислушиваться.

— Эй! кто там? — повторил голос.

Лежнев встал, подошел к двери и быстро отворил ее.

Перед ним стоял человек высокого роста, почти совсем седой и сгорбленный, в старом плисовом сюртуке с бронзовыми пуговицами. Лежнев узнал его тотчас.

— Рудин! — воскликнул он с волнением.

Рудин обернулся. Он не мог разобрать черты Лежнева, стоявшего к свету спиною, и с недоумением глядел на него.

— Вы меня не узнаете? — заговорил Лежнев.

— Михайло Михайлыч! — воскликнул Рудин и протянул руку, но смутился и отвел ее было назад.

Лежнев поспешно ухватился за нее своими обеими.

— Войдите, войдите ко мне! — сказал он Рудину и ввел его в нумер.

— Как вы изменились! — произнес Лежнев, помолчав и невольно понизив голос.

— Да, говорят! — возразил Рудин, блуждая по комнате взором. — Года... А вот вы — ничего. Как здоровье Александры... вашей супруги?

— Благодарствуйте, хорошо. Но какими судьбами вы здесь?

— Я? Это долго рассказывать. Собственно, сюда я зашел случайно. Я искал одного знакомого. Впрочем, я очень рад...

— Где вы обедаете?

— Я? Не знаю. Где-нибудь в трактире. Я должен сегодня же выехать отсюда.

— Должны?

Рудин значительно усмехнулся.

— Да-с, должен. Меня отправляют к себе в деревню на жительство.

— Пообедайте со мной.

Рудин в первый раз взглянул прямо в глаза Лежневу.

— Вы мне предлагаете с собой обедать? — проговорил он.

— Да, Рудин, по-старинному, по-товарищески. Хотите? Не ожидал я вас встретить, и Бог знает, когда мы увидимся опять. Не расстаться же нам с вами так!

— Извольте, я согласен.

Лежнев пожал Рудину руку, кликнул слугу, заказал обед и велел поставить бутылку шампанского.

В течение обеда Лежнев и Рудин, как бы сговорившись, все толковали о студенческом своем времени, припоминали многое и многих — мертвых и живых. Сперва Рудин говорил неохотно, но он выпил несколько рюмок вина, и кровь в нем разгорелась. Наконец лакей вынес последнее блюдо. Лежнев встал, запер дверь и, вернувшись к столу, сел прямо напротив Рудина и тихонько оперся подбородком на обе руки.

— Ну, теперь, — начал он, — рассказывайте-ка мне все, что с вами случилось с тех пор, как я вас не видал.

Рудин посмотрел на Лежнева.

«Боже мой! — подумал опять Лежнев, — как он изменился, бедняк!»

Черты Рудина изменились мало, особенно с тех пор, как мы видели его на станции, хотя печать приближающейся старости уже успела лечь на них; но выражение их стало другое. Иначе глядели глаза; во всем существе его, в движениях, то замедленных, то бессвязно порывистых, в похолодевшей, как бы разбитой речи высказывалась усталость окончательная, тайная и тихая скорбь, далеко различная от той полупритворной грусти, которою он щеголял, бывало, как вообще щеголяет ею молодежь, исполненная надежд и доверчивого самолюбия.

— Рассказать вам все, что со мною случилось? — заговорил он. — Всего рассказать нельзя и не стоит... Маялся я много, скитался не одним телом — душой скитался. В чем и в ком я не разочаровался, Бог мой! с кем не сближался! Да, с кем! — повторил Рудин, заметив, что Лежнев с каким-то особенным участием посмотрел ему в лицо. — Сколько раз мои собственные слова становились мне противными — не говорю уже в моих устах, но и в устах людей, разделявших мои мнения! Сколько раз переходил я от раздражительности ребенка к тупой бесчувственности лошади, которая уже и хвостом не дрыгает, когда ее сечет кнут... Сколько раз я радовался, надеялся, враждовал и унижался напрасно! Сколько раз вылетал соколом — и возвращался ползком, как улитка, у которой раздавили раковину!.. Где не бывал я, по каким дорогам не ходил!.. А дороги бывают грязные, — прибавил Рудин и слегка отвернулся. — Вы знаете... — продолжал он...

— Послушайте, — перебил его Лежнев, — мы когда-то говорили «ты» друг другу... Хочешь? возобновим старину... Выпьем на *ты*!

Рудин встрепенулся, приподнялся, а в глазах его промелькнуло что-то, чего слово выразить не может.

— Выпьем, — сказал он, — спасибо тебе, брат, выпьем.

Лежнев и Рудин выпили по бокалу.

— *Ты* знаешь, — начал опять с ударением на слове «ты» и с улыбкою Рудин, — во мне сидит какой-то червь, который грызет меня и гложет и не даст мне успокоиться до конца. Он наталкивает меня на людей — они сперва подвергаются моему влиянию, а потом...

Рудин провел рукой по воздуху.

— С тех пор, как я расстался с вами... с тобою, я переиспытал и переизведал многое... Начинал я жить, принимался за новое раз двадцать — и вот видишь!

— Выдержки в тебе не было, — проговорил, как бы про себя, Лежнев.

— Как ты говоришь, выдержки во мне не было!.. Строить я никогда ничего не умел; да и мудрено, брат, строить, когда и почвы-то под ногами нету, когда самому приходится собственный свой фундамент создавать! Всех моих похождений, то есть, собственно говоря, всех моих неудач, я тебе описывать не буду. Передам тебе два-три случая... те случаи из моей жизни, когда, казалось, успех уже улыбался мне, или нет, когда я начинал надеяться на успех — что не совсем одно и то же...

Рудин откинул назад свои седые и уже жидкие волосы тем самым движением руки, каким он некогда отбрасывал свои темные и густые кудри.

— Ну, слушай, — начал он. — Сошелся я в Москве с одним довольно странным господином. Он был очень богат и владел обширными поместьями; не служил. Главная, единственная его страсть была любовь к науке, к науке вообще. До сих пор я постигнуть не могу, почему эта страсть в нем проявилась! Шла она к нему, как к корове седло. Сам он с усилием держался на высоте ума и говорить почти не умел, только поводил выразительно глазами и значительно покачивал головой. Я, брат, не встречал бездарнее и бедней его природы... В Смоленской губернии есть такие места — песок и больше ничего, да изредка трава, которую ни одно животное есть не станет. Ничего ему в руки не давалось — все так и ползло от него прочь, подальше; а он еще помешан был на том, чтобы все легкое делать трудным. Если бы это зависело от его распоряжений, у него бы люди ели пятками, право. Работал, писал и читал он неутомимо. Он ухаживал за наукой с какой-то упрямой настойчивостью, с терпением страшным; самолюбие в нем было огромное, и характер он имел железный. Он жил один и слыл чудаком. Я познакомился с ним... ну, и понравился ему. Я, признаюсь, скоро его понял, но рвение его меня тронуло. Притом он владел такими средствами, столько можно было через него сделать добра, принести пользы существенной... Я поселился у него и уехал с ним, наконец, в его деревню. Планы, брат, у меня были громадные: я мечтал о разных усовершенствованиях, нововведениях...

— Как у Ласунской, помнишь, — заметил Лежнев с добродушной улыбкой.

— Какое! там я знал, в душе, что из слов моих ничего не выйдет; а тут... тут совсем другое поле раскрывалось передо мною... Я навез с собою агрономических книг... правда, я до конца не прочел ни одной... ну, и приступил к делу. Сначала оно не пошло, как я и ожидал, а потом оно как будто и пошло. Мой новый друг все помалчивал да посматривал, не мешал мне, то есть до известной степени не мешал мне. Он принимал мои предложения и исполнял их, но с упорством, туго, с тайной недоверчивостью, и все гнул на свое. Он чрезвычайно дорожил каждой своей мыслью. Взберется на нее с усилием, как божия коровка на конец былинки, и сидит, сидит на ней, все как будто крылья расправляет и полететь собирается — и вдруг свалится, и опять полезет... Не удивляйся всем этим сравнениям. Они еще тогда накипели у меня на душе. Так я вот и бился года два. Дело подвигалось плохо, несмотря на все мои хлопоты. Начал я уставать, приятель мой надоедал мне, я стал язвить его, он давил меня, словно перина; недоверчивость его перешла в глухое раздражение, неприязненное чувство охватывало нас обоих, мы уже не могли говорить ни о чем; он исподтишка, но беспрестанно старался доказать мне, что не подчиняется моему влиянию; распоряжения мои либо искажались, либо отменялись вовсе... Я заметил, наконец, что состою у господина помещика в качестве приживальщика по части умственных упражнений. Горько мне стало тратить попусту время и силы, горько почувствовать, что я опять и опять обманулся в своих ожиданиях. Я знал очень хорошо, что́ я терял, уезжая; но я не мог сладить с собой и в один день, вследствие тяжелой и возмутительной сцены, которой я был свидетелем и которая показала мне моего приятеля со стороны уже слишком невыгодной, я рассорился с ним окончательно и уехал, бросил барича-педанта, вылепленного из степной муки с примесью немецкой патоки...

— То есть бросил насущный кусок хлеба, — проговорил Лежнев и положил обе руки на плечи Рудину.

— Да, и очутился опять легок и гол в пустом пространстве. Лети, мол, куда хочешь... Эх, выпьем!

— За твое здоровье! — промолвил Лежнев, приподнялся и поцеловал Рудина в лоб. — За твое здоровье и в память Покорского... Он также умел остаться нищим.

— Вот тебе и нумер первый моих похождений, — начал спустя немного Рудин. — Продолжать, что ли?

— Продолжай, пожалуйста.

— Эх! да говорить-то не хочется. Устал я говорить, брат... Ну, однако, так и быть. Потолкавшись еще по разным местам... кстати, я бы мог рассказать тебе, как я попал было в секретари к благонамеренному сановному лицу и что из этого вышло; но это завело бы нас слишком далеко... Потолкавшись по разным местам, я решился сделаться, наконец... не смейся, пожалуйста... деловым человеком, практическим. Случай такой вышел: я сошелся с одним... ты, может быть, слыхал о нем... с одним Курбеевым... нет?

— Нет, не слыхал. Но, помилуй, Рудин, как же ты, с своим умом, не догадался, что твое дело не в том состоит, чтобы быть... извини за каламбур... деловым человеком?

— Знаю, брат, что не в том; а впрочем, в чем оно состоит-то?.. Но если б ты видел Курбеева! Ты, пожалуйста, не воображай его себе каким-нибудь пустым болтуном. Говорят, я был красноречив когда то. Я перед ним просто ничего не значу. Это был человек удивительно ученый, знающий, голова, творческая, брат, голова в деле промышленности и предприятий торговых. Проекты самые смелые, самые неожиданные так и кипели у него на уме. Мы соединились с ним и решились употребить свои силы на общее полезное дело...

— На какое, позволь узнать?

Рудин опустил глаза.

— Ты засмеешься.

— Почему же? Нет, не засмеюсь.

— Мы решились одну реку в К...ой губернии превратить в судоходную, — проговорил Рудин с неловкой улыбкой.

— Вот как! Стало быть, этот Курбеев капиталист?

— Он был беднее меня, — возразил Рудин и тихо поникнул своей седой головой.

Лежнев захохотал, но вдруг остановился и взял за руку Рудина.

— Извини меня, брат, пожалуйста, — заговорил он, — но я этого никак не ожидал. Ну, что ж, это предприятие ваше так и осталось на бумаге?

— Не совсем. Начало исполнения было. Мы наняли работников... ну, и приступили. Но тут встретились различные препятствия. Во-первых, владельцы мельниц никак не хотели понять нас, да, сверх того, мы с водой без машины справиться не могли, а на машину не хватило денег. Шесть месяцев прожили мы в землянках. Курбеев одним хлебом питался, я тоже недоедал. Впрочем, я об этом не сожалею: природа там удивительная. Мы бились, бились, уговаривали купцов, письма писали, циркуляры. Кончилось тем, что я последний грош свой добил на этом проекте.

— Ну! — заметил Лежнев, — я думаю, добить твой последний грош было не мудрено.

— Не мудрено, точно.

Рудин глянул в окно.

— А проект, ей-богу, был недурен и мог бы принести огромные выгоды.

— Куда же Курбеев этот делся? — спросил Лежнев.

— Он? он в Сибири теперь, золотопромышленником сделался. И ты увидишь, он себе составит состояние; он не пропадет.

— Может быть; но ты вот уж наверное состояния себе не составишь.

— Я? Что делать! Впрочем, я знаю, я всегда в глазах твоих был пустым человеком.

— Ты? Полно, брат!.. Было время, точно, когда мне в глаза бросались одни твои темные стороны; но теперь, поверь мне, я научился ценить тебя. Ты себе состояния не составишь... Да я люблю тебя за это... помилуй!

Рудин слабо усмехнулся.

— В самом деле?

— Я уважаю тебя за это! — повторил Лежнев, — понимаешь ли ты меня?

Оба помолчали.

— Что ж, переходить к нумеру третьему? — спросил Рудин.

— Сделай одолжение.

— Изволь. Нумер третий, и последний. С этим нумером я только теперь разделался. Но не наскучил ли я тебе?

— Говори, говори.

— Вот видишь ли, — начал Рудин, — я однажды подумал на досуге... досуга-то у меня всегда много было... я подумал: сведений у меня довольно, желания добра... Послушай, ведь и ты не станешь отрицать во мне желания добра?

— Еще бы!

— На других всех пунктах я более или менее срезался... отчего бы мне не сделаться педагогом, или, говоря попросту, учителем... чем так жить даром...

Рудин остановился и вздохнул.

— Чем жить даром, не лучше ли постараться передать другим, что я знаю: может быть, они извлекут из моих познаний хотя некоторую пользу. Способности мои недюжинные же, наконец, языком я владею... Вот я и решился посвятить себя этому новому делу. Хлопотно мне было достать место; частных уроков давать я не хотел; в низших училищах мне делать было нечего. Наконец мне удалось достать место преподавателя в здешней гимназии.

— Преподавателя — чего? — спросил Лежнев.

— Преподавателя русской словесности. Скажу тебе, ни за одно дело не принимался я с таким жаром, как за это. Мысль действовать на юношество меня воодушевила. Три недели просидел я над составлением вступительной лекции.

— Ее нет у тебя? — перебил Лежнев.

— Нет: затерялась куда-то. Она вышла недурна и понравилась. Как теперь вижу лица моих слушателей, —

лица добрые, молодые, с выражением чистосердечного внимания, участия, даже изумления. Взошел я на кафедру, прочел лекцию в лихорадке; я думал, ее хватит на час с лишком, а я ее в двадцать минут кончил. Инспектор тут же сидел — сухой старик в серебряных очках и коротком парике, — он изредка наклонял голову в мою сторону. Когда я кончил и соскочил с кресел, он мне сказал: «Хорошо-с, только высоко немножко, темновато, да и о самом предмете мало сказано». А гимназисты с уважением проводили меня взорами... право. Ведь вот чем драгоценна молодежь! Вторую лекцию я принес написанную, и третью тоже... потом я стал импровизировать.

— И имел успех? — спросил Лежнев.

— Имел большой успех. Слушатели приходили толпами. Я им передавал все, что у меня было в душе. Между ними было три-четыре мальчика действительно замечательных; остальные меня понимали плохо. Впрочем, сознаться надо, что и те, которые меня понимали, иногда смущали меня своими вопросами. Но я не унывал. Любить-то меня все любили; я на репетициях ставил полные баллы всем. Но тут началась против меня интрига... или нет! никакой интриги не было, а я просто попал не в свою сферу. Я стеснял других, и меня теснили. Я читал гимназистам, как и студентам не всегда читают; слушатели мои выносили мало из моих лекций... факты я сам знал плохо. Притом я не удовлетворялся кругом действий, который был мне назначен... уж это, ты знаешь, моя слабость. Я хотел коренных преобразований, и, клянусь тебе, эти преобразования были и дельны и легки. Я надеялся провести их через директора, доброго и честного человека, на которого я сначала имел влияние. Его жена мне помогала. Я, брат, в жизни своей не много встречал таких женщин. Ей уже было лет под сорок; но она верила в добро, любила все прекрасное, как пятнадцатилетняя девушка, и не боялась высказывать свои убеждения перед кем бы то ни было. Я никогда не забуду ее благородной восторженности и чистоты. По ее совету я написал было план... Но тут под меня подкопались, очернили меня перед ней. Особенно повредил мне учитель математики, маленький человек, острый, желчный и ни во что не веривший, вроде Пигасова, только гораздо дельнее его... Кстати, что Пигасов, жив?

— Жив и, вообрази, женился на мещанке, которая, говорят, его бьет.

— Поделом! Ну, а Наталья Алексеевна здорова?
— Да.
— Счастлива?
— Да.

Рудин помолчал.

— О чем, бишь, я говорил... да! об учителе математики. Он меня возненавидел, сравнивал мои лекции с фейерверком, подхватывал на лету каждое не совсем ясное выражение, раз даже сбил меня на каком-то памятнике XVI века... главное, он заподозрил мои намерения; последний мой мыльный пузырь наткнулся на него, как на булавку, и лопнул. Инспектор, с которым я сразу не поладил, восстановил против меня директора; вышла сцена, я не хотел уступить, погорячился, дело дошло до сведения начальства; я принужден был выйти в отставку. Я этим не ограничился, я хотел показать, что со мной нельзя поступить так... но со мной можно было поступить, как угодно... Я теперь должен выехать отсюда.

Наступило молчание. Оба приятеля сидели, понурив головы.

Первый заговорил Рудин.

— Да, брат, — начал он, — я теперь могу сказать с Кольцовым: «До чего ты, моя молодость, довела меня, домыкала, что уж шагу ступить некуда...»[1] И между тем неужели я ни на что не был годен, неужели для меня так-таки нет дела на земле? Часто я ставил себе этот вопрос, и, как я ни старался себя унизить в собственных глазах, не мог же я не чувствовать в себе присутствия сил, не всем людям данных! Отчего же эти силы остаются бесплодными? И вот еще что: помнишь, когда мы с тобой были за границей, я был тогда самонадеян и ложен... Точно, я тогда ясно не сознавал, чего я хотел, я упивался словами и верил в призраки; но теперь, клянусь тебе,

---

[1] «До чего ты, моя молодость...» — из стихотворения А. В. Кольцова «Перепутье».

я могу громко, перед всеми высказать все, чего я желаю. Мне решительно скрывать нечего: я вполне, и в самой сущности слова, человек благонамеренный; я смиряюсь, хочу примениться к обстоятельствам, хочу малого, хочу достигнуть цели близкой, принести хотя ничтожную пользу. Нет! не удается! Что это значит? Что мешает мне жить и действовать, как другие?.. Я только об этом теперь и мечтаю. Но едва успею я войти в определенное положение, остановиться на известной точке, судьба так и сопрет меня с нее долой... Я стал бояться ее — моей судьбы... Отчего все это? Разреши мне эту загадку!

— Загадку! — повторил Лежнев. — Да, это правда. Ты и для меня был всегда загадкой. Даже в молодости, когда, бывало, после какой-нибудь мелочной выходки, ты вдруг заговоришь так, что сердце дрогнет, а там опять начнешь... ну, ты знаешь, что я хочу сказать... даже тогда я тебя не понимал: оттого-то я разлюбил тебя... Сил в тебе так много, стремление к идеалу такое неутомимое...

— Слова, всё слова! дел не было! — прервал Рудин.

— Дел не было! Какие же дела...

— Какие дела? Слепую бабку и все ее семейство своими трудами прокормить, как, помнишь, Пряженцев... Вот тебе и дело.

— Да; но доброе слово — тоже дело.

Рудин посмотрел молча на Лежнева и тихо покачал головой.

Лежнев хотел было что-то сказать и провел рукой по лицу.

— Итак, ты едешь в деревню? — спросил он наконец.

— В деревню.

— Да разве у тебя осталась деревня?

— Там что-то такое осталось. Две души с половиною. Угол есть, где умереть. Ты, может быть, думаешь в эту минуту: «И тут не обошелся без фразы!» Фраза, точно, меня сгубила, она заела меня, я до конца не мог от нее отделаться. Но то, что я сказал, не фраза. Не фраза, брат, эти белые волосы, эти морщины; эти прорванные локти — не фраза. Ты всегда был строг ко мне, и ты был справедлив; но не до строгости теперь, когда уже все кончено, и масла в лампаде нет, и сама лампада разбита, и вот-вот сейчас докурится фитиль... Смерть, брат, должна примирить наконец...

Лежнев вскочил.

— Рудин! — воскликнул он, — зачем ты мне это говоришь? Чем я заслужил это от тебя? Что я за судья такой, и что бы я был за человек, если б, при виде твоих впалых щек и морщин, слово: фраза — могло прийти в голову? Ты хочешь знать, что я думаю о тебе? Изволь! Я думаю: вот человек... с его способностями чего бы не мог он достигнуть, какими земными выгодами не обладал бы теперь, если б захотел!.. а я его встречаю голодным, без пристанища...

— Я возбуждаю твое сожаление, — промолвил глухо Рудин.

— Нет, ты ошибаешься. Ты уважение мне внушаешь — вот что. Кто тебе мешал проводить годы за годами у этого помещика, твоего приятеля, который, я вполне уверен, если б ты только захотел под него подлаживаться, упрочил бы твое состояние? Отчего ты не мог ужиться в гимназии, отчего ты — странный человек! — с какими бы помыслами ни начинал дело, всякий раз непременно кончал его тем, что жертвовал своими личными выгодами, не пускал корней в недобрую почву, как она жирна ни была?

— Я родился перекати-полем, — продолжал Рудин с унылой усмешкой. — Я не могу остановиться.

— Это правда; но ты не можешь остановиться не оттого, что в тебе червь живет, как ты сказал мне сначала... Не червь в тебе живет, не дух праздного беспокойства: огонь любви к истине в тебе горит, и, видно, несмотря на все твои дрязги, он горит в тебе сильнее, чем во многих, которые даже не считают себя эгоистами, а тебя, пожалуй, называют интриганом. Да я первый на твоем месте давно бы заставил замолчать в себе этого червя и примирился бы со всем; а в тебе даже желчи не прибавилось, и ты, я уверен, сегодня же, сейчас, готов опять приняться за новую работу, как юноша.

— Нет, брат, я теперь устал, — проговорил Рудин. — С меня довольно.

— Устал! Другой бы умер давно. Ты говоришь, смерть примиряет, а жизнь, ты думаешь, не примиряет? Кто пожил, да не сделался снисходительным к другим, тот сам не заслуживает снисхождения. А кто может сказать, что он в снисхождении не нуждается? Ты сделал, что мог, боролся, пока мог... Чего же больше? Наши дороги разошлись...

— Ты, брат, совсем другой человек, нежели я, — перебил Рудин со вздохом.

— Наши дороги разошлись, — продолжал Лежнев, — может быть, именно оттого, что, благодаря моему состоянию, холодной крови да другим счастливым обстоятельствам, ничто мне не мешало сидеть сиднем да оставаться зрителем, сложив руки, а ты должен был выйти на поле, засучить рукава, трудиться, работать. Наши дороги разошлись... но посмотри, как мы близки друг другу. Ведь мы говорим с тобой почти одним языком, с полунамека понимаем друг друга, на одних чувствах выросли. Ведь уж мало нас остается, брат; ведь мы с тобой последние могикане! Мы могли расходиться, даже враждовать в старые годы, когда еще много жизни оставалось впереди; но теперь, когда толпа редеет вокруг нас, когда новые поколения идут мимо нас, к не нашим целям, нам надобно крепко держаться друг за друга. Чокнемся, брат, и давай-ка, по-старинному: Gaudeamus igitur![1]

Приятели чокнулись стаканами и пропели растроганными и фальшивыми, прямо русскими голосами старинную студенческую песню.

— Вот ты теперь в деревню едешь, — заговорил опять Лежнев. — Не думаю, чтоб ты долго в ней остался, и не могу себе представить, чем, где и как ты кончишь... Но помни, что бы с тобою ни случилось, у тебя всегда есть место, есть гнездо, куда ты можешь укрыться. Это мой дом... слышишь, старина? У мысли тоже есть свои инвалиды: надобно, чтоб и у них был приют.

Рудин встал.

— Спасибо тебе, брат, — продолжал он. — Спасибо! Не забуду я тебе этого. Да только приюта я не стою. Испортил я свою жизнь и не служил мысли, как следует...

---

[1] Давайте веселиться! *(лат.)*

— Молчи! — продолжал Лежнев. — Каждый остается тем, чем сделала его природа, и больше требовать от него нельзя! Ты назвал себя Вечным Жидом...[1] А почему ты знаешь, может быть, тебе и следует так вечно странствовать, может быть, ты исполняешь этим высшее, для тебя самого неизвестное назначение: народная мудрость гласит недаром, что все мы под Богом ходим... Ты едешь, — продолжал Лежнев, видя, что Рудин брался за шапку. — Ты не останешься ночевать?

— Еду! Прощай. Спасибо... А кончу я скверно.

— Это знает Бог... Ты решительно едешь?

— Еду. Прощай. Не поминай меня лихом.

— Ну, не поминай же лихом и меня... и не забудь, что я сказал тебе. Прощай...

Приятели обнялись. Рудин быстро вышел.

Лежнев долго ходил взад и вперед по комнате, остановился перед окном, подумал, промолвил вполголоса: «бедняк!» — и, сев за стол, начал писать письмо к своей жене.

А на дворе поднялся ветер и завыл зловещим завываньем, тяжело и злобно ударяясь в звенящие стекла. Наступила долгая, осенняя ночь. Хорошо тому, кто в такие ночи сидит под кровом дома, у кого есть теплый уголок... И да поможет Господь всем бесприютным скитальцам!

В знойный полдень 26 июня 1848 года, в Париже, когда уже восстание «национальных мастерских» было почти подавлено, в одном из тесных переулков предместия св. Антония баталион линейного войска брал баррикаду. Несколько пушечных выстрелов уже разбили ее; ее защитники, оставшиеся в живых, ее покидали и только думали о собственном спасении, как вдруг на самой ее вершине, на продавленном кузове поваленного омнибуса, появился высокий человек в старом сюртуке, подпоясанном красным шарфом, и соломенной шляпе на седых, растрепанных волосах. В одной руке он держал красное

---

[1] В е ч н ы й ж и д — выражение, обозначающее вечного скитальца, возникшее из средневековой легенды об еврее Агасфере, обреченном на вечное скитание.

знамя, в другой — кривую и тупую саблю и кричал что-то напряженным, тонким голосом, карабкаясь кверху и помахивая и знаменем и саблей. Венсенский стрелок[1] прицелился в него — выстрелил... Высокий человек выронил знамя — и, как мешок, повалился лицом вниз, точно в ноги кому-то поклонился... Пуля прошла ему сквозь самое сердце.

— Tiens![2] — сказал один из убегавших insurgès[3] другому, — on vient de tuer le Polonais[4].

— Bigre![5] — ответил тот, и оба бросились в подвал дома, у которого все ставни были закрыты и стены пестрели следами пуль и ядер.

Этот «Polonais» был — Дмитрий Рудин.

---

[1] Венсенский стрелок — воспитанник военно-стрелковой школы, находившейся в Венсене, предместье Парижа.
[2] Смотрите-ка! *(франц.)*
[3] Инсургентов *(франц.).*
[4] Поляка убили *(франц.).*
[5] Черт возьми! *(франц.).*

Дворянское гнездо
роман

I

Весенний, светлый день клонился к вечеру, небольшие розовые тучки стояли высоко в ясном небе и, казалось, не плыли мимо, а уходили в самую глубь лазури.

Перед раскрытым окном красивого дома, в одной из крайних улиц губернского города О... (дело происходило в 1842 году), сидели две женщины: одна лет пятидесяти, другая уже старушка, семидесяти лет.

Первую из них звали Марьей Дмитриевной Калитиной. Ее муж, бывший губернский прокурор, известный в свое время делец, — человек бойкий и решительный, желчный и упрямый, — умер лет десять тому назад. Он получил изрядное воспитание, учился в университете, но, рожденный в сословии бедном, рано понял необходимость проложить себе дорогу и набить деньгу. Марья Дмитриевна вышла за него по любви: он был недурен собою, умен и, когда хотел, очень любезен. Марья Дмитриевна (в девицах Пестова) еще в детстве лишилась родителей, провела несколько лет в Москве, в институте, и, вернувшись оттуда, жила в пятидесяти верстах от О..., в родовом своем селе Покровском, с теткой да с старшим братом. Брат этот скоро переселился в Петербург на службу и держал и сестру и тетку в черном теле, пока внезапная смерть не положила предела его поприщу. Марья Дмитриевна наследовала Покровское, но недолго жила в нем; на второй же год после ее свадьбы с Калитиным, который в несколько дней успел покорить ее сердце, Покровское было променено на другое имение, гораздо более доходное, но некрасивое и без усадьбы, и в то же время Калитин приобрел дом в городе О..., где и поселился с женою на постоянное жительство. При доме находился большой сад; одной стороной он выходил прямо в поле, за город. «Стало быть, — решил Калитин, большой неохотник до сельской тишины, — в деревню таскаться незачем». Марья Дмитриевна не раз в душе пожалела о своем хорошеньком Покровском с веселой речкой, широкими лугами и зелеными рощами; но она ни в чем не прекословила мужу и благоговела пред его умом и знанием света. Когда же, после пятнадцатилетнего брака, он умер, оставив сына и двух дочерей, Марья Дмитриевна уже до того привыкла к своему дому и к городской жизни, что сама не захотела выехать из О...

Марья Дмитриевна в молодости пользовалась репутацией миленькой блондинки; и в пятьдесят лет черты ее не были лишены приятности, хотя немного распухли и сплылись. Она была более чувствительна, нежели добра, и до зрелых лет сохранила институтские замашки; она избаловала себя, легко раздражалась и даже плакала, когда нарушались ее привычки; зато она была очень ласкова и любезна, когда все ее желания исполнялись и никто ей не прекословил. Дом ее принадлежал к числу приятнейших в городе. Состояние у ней было весьма хорошее, не столько наследственное, сколько благоприобретенное мужем. Обе дочери жили с нею; сын воспитывался в одном из лучших казенных заведений в Петербурге.

Старушка, сидевшая с Марьей Дмитриевной под окошком, была та самая тетка, сестра ее отца, с которою она провела некогда несколько уединенных лет в Покровском. Звали ее Марфой Тимофеевной Пестовой. Она слыла чудачкой, нрав имела независимый, говорила всем правду в глаза и при самых скудных средствах держалась так, как будто за ней водились тысячи. Она терпеть не могла покойного Калитина и, как только ее племянница вышла за него замуж, удалилась в свою деревушку, где прожила целых десять лет у мужика в курной избе [1]. Ма-

---

[1] Курная изба — изба, отопляемая печью без трубы.

рья Дмитриевна ее побаивалась. Черноволосая и быстроглазая даже в старости, маленькая, востроносая, Марфа Тимофеевна ходила живо, держалась прямо и говорила скоро и внятно, тонким и звучным голоском. Она постоянно носила белый чепец и белую кофту.

— О чем ты это? — спросила она вдруг Марью Дмитриевну. — О чем вздыхаешь, мать моя?

— Так, — промолвила та. — Какие чудесные облака!

— Так тебе их жалко, что ли?

Марья Дмитриевна ничего не отвечала.

— Что это Гедеоновский нейдет? — проговорила Марфа Тимофеевна, проворно шевеля спицами (она вязала большой шерстяной шарф). — Он бы повздыхал вместе с тобою, — не то соврал бы что-нибудь.

— Как вы всегда строго о нем отзываетесь! Сергей Петрович — почтенный человек.

— Почтенный! — повторила с укоризной старушка.

— И как он покойному мужу был предан! — проговорила Марья Дмитриевна, — до сих пор вспомнить о нем равнодушно не может.

— Еще бы! тот его за уши из грязи вытащил, — проворчала Марфа Тимофеевна, и спицы еще быстрее заходили в ее руках.

— Глядит таким смиренником, — начала она снова, — голова вся седая, а что рот раскроет, то солжет или насплетничает. А еще статский советник! Ну, и то сказать: попович!

— Кто же без греха, тетушка? Эта слабость в нем есть, конечно. Сергей Петрович воспитания, конечно, не получил, по-французски не говорит; но он, воля ваша, приятный человек.

— Да, он ручки у тебя все лижет. По-французски не говорит, — эка беда! Я сама не сильна во французском «диалехте». Лучше бы он ни по-каковски не говорил: не лгал бы. Да вот он, кстати, легок на помине, — прибавила Марфа Тимофеевна, глянув на улицу. — Вон он шагает, твой приятный человек. Экой длинный, словно аист!

Марья Дмитриевна поправила свои локоны. Марфа Тимофеевна с усмешкой посмотрела на нее.

— Что это у тебя, никак, седой волос, мать моя? Ты побрани свою Палашку. Чего она смотрит?

— Уж вы, тетушка, всегда... — пробормотала с досадой Марья Дмитриевна и застучала пальцами по ручке кресел.

— Сергей Петрович Гедеоновский! — пропищал краснощекий казачок, выскочив из-за двери.

II

Вошел человек высокого роста, в опрятном сюртуке, коротеньких панталонах, серых замшевых перчатках и двух галстуках — одном черном сверху, другом белом снизу. Все в нем дышало приличием и пристойностью, начиная с благообразного лица и гладко причесанных висков до сапогов без каблуков и без скрипу. Он поклонился сперва хозяйке дома, потом Марфе Тимофеевне и, медленно стащив перчатки, подошел к ручке Марьи Дмитриевны. Поцеловав ее почтительно и два раза сряду, он сел не торопясь в кресла и с улыбкой, потирая самые кончики пальцев, проговорил:

— А Елизавета Михайловна здоровы?

— Да, — отвечала Марья Дмитриевна, — она в саду.

— И Елена Михайловна?

— Леночка в саду тоже. Нет ли чего новенького?

— Как не быть-с, как не быть-с, — возразил гость, медленно моргая и вытягивая губы. — Гм!.. да вот пожалуйте, есть новость, и преудивительная: Лаврецкий Федор Иваныч приехал.

— Федя! — воскликнула Марфа Тимофеевна. — Да ты, полно, не сочиняешь ли, отец мой?

— Никак нет-с, я их самолично видел.

— Ну, это еще не доказательство.

— Очень поздоровели, — продолжал Гедеоновский, показывая вид, будто не слышал замечания Марфы Тимофеевны, — в плечах еще шире стали, и румянец во всю щеку.

— Поздоровел, — произнесла с расстановкой Марья Дмитриевна, — кажется, с чего бы ему здороветь?

— Да-с, — возразил Гедеоновский, — другой на его месте и в свет-то показаться посовестился бы.

— Это отчего? — перебила Марфа Тимофеевна, — это что за вздор? Человек возвратился на родину — куда ж ему деться прикажете? И благо он в чем виноват был!

— Муж всегда виноват, сударыня, осмелюсь вам доложить, когда жена нехорошо ведет себя.

— Это ты, батюшка, оттого говоришь, что сам женат не был.

Гедеоновский принужденно улыбнулся.

— Позвольте полюбопытствовать, — спросил он после небольшого молчания, — кому назначается этот миленький шарф?

Марфа Тимофеевна быстро взглянула на него.

— А тому назначается, — возразила она, — кто никогда не сплетничает, не хитрит и не сочиняет, если только есть на свете такой человек. Федю я знаю хорошо; он только тем и виноват, что баловал жену. Ну, да и женился он по любви, а из этих из любовных свадеб ничего путного никогда не выходит, — прибавила старушка, косвенно взглянув на Марью Дмитриевну и вставая. — А ты теперь, мой батюшка, на ком угодно зубки точи, хоть на мне; я уйду, мешать не буду. — И Марфа Тимофеевна удалилась.

— Вот она всегда так, — проговорила Марья Дмитриевна, проводив свою тетку глазами, — всегда!

— Лета ихние! Что делать-с! — заметил Гедеоновский. — Вот они изволят говорить: кто не хитрит. Да кто нонеча не хитрит? Век уж такой. Один мой приятель, препочтенный и, доложу вам, не малого чина человек, говаривал: что нонеча мол, курица, и та с хитростью к зерну приближается — все норовит, как бы сбоку подойти. А как погляжу я на вас, моя барыня, нрав-то у вас истинно ангельский; пожалуйте-ка мне вашу белоснежную ручку.

Марья Дмитриевна слабо улыбнулась и протянула Гедеоновскому свою пухлую руку с отделенным пятым пальчиком. Он приложился к ней губами, а она пододвинула к нему свое кресло и, слегка нагнувшись, спросила вполголоса:

— Так видели вы его? В самом деле он — ничего, здоров, весел?

— Весел-с, ничего-с, — возразил Гедеоновский шепотом.

— А не слыхали вы, где его жена теперь?

— В последнее время в Париже была-с; теперь, слышно, в итальянское государство переселилась.

— Это ужасно, право, — Федино положение; я не знаю, как он переносит. Случаются, точно, несчастья со всяким; но ведь его, можно сказать, на всю Европу распубликовали.

Гедеоновский вздохнул.

— Да-с, да-с. Ведь она, говорят, и с артистами, и с пианистами, и, как там по-ихнему, со львами да со зверями знакомство вела. Стыд потеряла совершенно...

— Очень, очень жалко, — проговорила Марья Дмитриевна. — По родственному, ведь он мне, Сергей Петрович, вы знаете, внучатный племянник.

— Как же-с, как же-с. Как мне не знать-с всего, что до вашего семейства относится? Помилуйте-с.

— Придет он к нам, как вы думаете?

— Должно полагать-с; а впрочем, они, слышно, к себе в деревню собираются.

Марья Дмитриевна подняла глаза к небу.

— Ах, Сергей Петрович, Сергей Петрович, как я подумаю, как нам, женщинам, нужно осторожно вести себя!

— Женщина женщине розь, Марья Дмитриевна. Есть, к несчастию, такие — нрава непостоянного... ну, и лета; опять правила не внушены сызмала. (Сергей Петрович достал из кармана клетчатый синий платок и начал его развертывать.) Такие женщины, конечно, бывают. (Сергей Петрович поднес угол платка поочередно к своим глазам.) Но вообще говоря, если рассудить, то есть... Пыль в городе необыкновенная, — заключил он.

— *Maman, maman,* — вскричала, вбегая в комнату, смазливая девочка лет одиннадцати, — к нам Владимир Николаич верхом едет!

Марья Дмитриевна встала; Сергей Петрович тоже встал и поклонился. «Елене Михайловне наше нижайшее», —

проговорил он и, отойдя в угол для приличия, принялся сморкать свой длинный и правильный нос.

— Какая у него чудесная лошадь! — продолжала девочка. — Он сейчас был у калитки и сказал нам с Лизой, что к крыльцу подъедет.

Послышался топот копыт, и стройный всадник на красивом гнедом коне показался на улице и остановился перед раскрытым окном.

III

— Здравствуйте, Марья Дмитриевна! — воскликнул звучным и приятным голосом всадник. — Как вам нравится моя новая покупка?

Марья Дмитриевна подошла к окну.

— Здравствуйте, Woldemar! Ах, какая славная лошадь! У кого вы ее купили?

— У ремонтера...[1] Дорого взял, разбойник.

— Как ее зовут?

— Орландом... Да это имя глупо; я хочу переменить... Eh bien, eh bien, mon garcon...[2] Какой неугомонный!

Конь фыркал, переступал ногами и махал опененною мордой.

— Леночка, погладьте ее, не бойтесь...

Девочка протянула из окна руку, но Орланд вдруг взвился на дыбы и бросился в сторону. Всадник не потерялся, взял коня в шенкеля, вытянул его хлыстом по шее и, несмотря на его сопротивление, поставил его опять перед окном.

— Prenez garde, prenez garde[3], — твердила Марья Дмитриевна.

— Леночка, поласкайте его, — возразил всадник, — я не позволю ему вольничать.

Девочка опять протянула руку и робко коснулась трепетавших ноздрей Орланда, который беспрестанно вздрагивал и грыз удила.

---

[1] Ремонтер — в дореволюционной русской армии — офицер, уполномоченный производить закупку лошадей по вольным ценам для ремонта, то есть для пополнения убыли лошадей в войсках.

[2] Ну, ну, мой мальчик... *(франц.)*

[3] Осторожнее, осторожнее *(франц.)*.

— Браво! — воскликнула Марья Дмитриевна, — а теперь слезьте и придите к нам.

Всадник лихо повернул коня, дал ему шпоры и, проскакав коротким галопом по улице, въехал на двор. Минуту спустя он вбежал, помахивая, хлыстиком, из дверей передней в гостиную; в то же время на пороге другой двери показалась стройная, высокая черноволосая девушка лет девятнадцати — старшая дочь Марьи Дмитриевны, Лиза.

IV

Молодой человек, с которым мы только что познакомили читателей, прозывался Владимиром Николаичем Паншиным. Он служил в Петербурге чиновником по особым поручениям в министерстве внутренних дел. В город О... он приехал для исполнения временного казенного поручения и состоял в распоряжении губернатора, генерала Зонненберга, которому доводился дальним родственником. Отец Паншина, отставной штабс-ротмистр, известный игрок, человек с сладкими глазами, помятым лицом и нервической дерготней в губах, весь свой век терся между знатью, посещал английские клубы обеих столиц и слыл за ловкого, не очень надежного, но милого и задушевного малого. Несмотря на всю свою ловкость, он находился почти постоянно на самом рубеже нищеты и оставил своему единственному сыну состояние небольшое и расстроенное. Зато он, по-своему, заботился об его воспитании: Владимир Николаич говорил по-французски прекрасно, по-английски хорошо, по-немецки дурно. Так оно и следует: порядочным людям стыдно говорить хорошо по-немецки; но пускать в ход германское словцо в некоторых, большею частью забавных, случаях — можно, c'est meme très chic [1], как выражаются петербургские парижане. Владимир Николаич с пятнадцатилетнего возраста уже умел не смущаясь войти в любую гостиную, приятно повертеться в ней и кстати удалиться. Отец Пан-

---

[1] Это — самый шик *(франц.)*.

шина доставил сыну своему много связей; тасуя карты между двумя рробберами [1] или после удачного «большого шлема» [2], он не пропускал случая запустить словечко о своем «Володьке» какому-нибудь важному лицу, охотнику до коммерческих игр. С своей стороны, Владимир Николаич во время пребывания в университете, откуда он вышел с чином действительного студента, познакомился с некоторыми знатными молодыми людьми и стал вхож в лучшие дома. Его везде охотно принимали; он был очень недурен собою, развязен, забавен, всегда здоров и на все готов; где нужно — почтителен, где можно — дерзок, отличный товарищ, un charmant garcon [3]. Заветная область раскрылась перед ним. Паншин скоро понял тайну светской науки; он умел проникнуться действительным уважением к ее уставам, умел с полунасмешливой важностью заниматься вздором и показать вид, что почитает все важное за вздор; танцевал отлично, одевался по-английски. В короткое время он прослыл одним из самых любезных и ловких молодых людей в Петербурге. Паншин был действительно очень ловок, — не хуже отца; но он был также очень даровит. Все ему далось: он мило пел, бойко рисовал, писал стихи, весьма недурно играл на сцене. Ему всего пошел двадцать восьмой год, а он был уже камер-юнкером и чин имел весьма изрядный. Паншин твердо верил в себя, в свой ум, в свою проницательность; он шел вперед смело и весело, полным махом; жизнь его текла как по маслу. Он привык нравиться всем, старому и малому, и воображал, что знает людей, особенно женщин: он хорошо знал их обыденные слабости. Как человек не чуждый художеству, он чувствовал в себе и жар, и некоторое увлечение, и восторженность, и вследствие этого позволял себе разные отступления от правил: кутил, знакомился с лицами, не принадлежавшими к свету, и вооб-

---

[1] Роббер — в некоторых карточных играх круг игры, состоящий из трех отдельных партий.

[2] «Большой шлем» — положение в карточной игре, при котором противнику не дано ни одной взятки.

[3] Прелестный юноша *(франц.)*.

ще держался вольно и просто; но в душе он был холоден и хитер, и во время самого буйного кутежа его умный карий глазок все караулил и высматривал; этот смелый, этот свободный юноша никогда не мог забыться и увлечься вполне. К чести его должно сказать, что он никогда не хвастался своими победами. В дом Марьи Дмитриевны он попал тотчас по приезде в О... и скоро освоился в нем совершенно. Марья Дмитриевна в нем души не чаяла.

Паншин любезно раскланялся со всеми находившимися в комнате, пожал руку у Марьи Дмитриевны и у Лизаветы Михайловны, слегка потрепал Гедеоновского по плечу и, повернувшись на каблуках, поймал Леночку за голову и поцеловал ее в лоб.

— И вы не боитесь ездить на такой злой лошади? — спросила его Марья Дмитриевна.

— Помилуйте, она пресмирная; а вот, я доложу вам, чего я боюсь: я боюсь играть в преферанс с Сергеем Петровичем; вчера у Беленицыных он обыграл меня в пух.

Гедеоновский засмеялся тоненьким и подобострастным смехом: он заискивал в молодом блестящем чиновнике из Петербурга, губернаторском любимце. В разговорах своих с Марьей Дмитриевной он часто упоминал о замечательных способностях Паншина. Ведь вот, рассуждал он, как не похвалить? И в высшей сфере жизни успевает молодой человек, и служит примерно, и гордости ни малейшей. Впрочем, Паншина и в Петербурге считали дельным чиновником: работа кипела у него в руках; он говорил о ней шутя, как оно и следует светскому человеку, не придающему особенного значения своим трудам, но был «исполнитель». Начальники любят таких подчиненных; сам он не сомневался в том, что, если захочет, будет со временем министром.

— Вы изволите говорить, что я обыграл вас, — промолвил Гедеоновский, — а на прошлой неделе кто у меня выиграл двенадцать рублей? да еще...

— Злодей, злодей, — перебил его Паншин с ласковой, но чуть-чуть презрительной небрежностью и, не обращая более на него внимания, подошел к Лизе.

— Я не мог найти здесь увертюру Оберона [1], — начал он. — Беленицына только хвасталась, что у ней вся классическая музыка, — на деле у ней, кроме полек и вальсов, ничего нет; но я уже написал в Москву, и через неделю вы будете иметь эту увертюру. Кстати, — продолжал он, — я написал вчера новый романс; слова тоже мои. Хотите, я вам спою? Не знаю, что из этого вышло; Беленицына нашла его премиленьким, но ее слова ничего не значат, — я желаю знать ваше мнение. Впрочем, я думаю, лучше после.

— Зачем же после? — вмешалась Марья Дмитриевна, — отчего же не теперь?

— Слушаю-с, — промолвил Паншин с какой-то светлой и сладкой улыбкой, которая у него и появлялась и пропадала вдруг, — пододвинул коленом стул, сел за фортепьяно и, взявши несколько аккордов, запел, четко отделяя слова, следующий романс:

> Луна плывет высоко над землею [2]
> Меж бледных туч;
> Но движет с вышины волной морскою
> Волшебный луч.
>
> Моей души тебя призвало море
> Своей луной,
> И движется — и в радости и в горе —
> Тобой одной.
>
> Тоской любви, тоской немых стремлений
> Душа полна;
> Мне тяжело... Но ты чужда смятений,
> Как та луна.

Второй куплет был спет Паншиным с особенным выражением и силой; в бурном аккомпанементе слышались переливы волн. После слов: «Мне тяжело...» он вздохнул слегка, опустил глаза и понизил голос — morendo [3]. Когда

---

[1] Оберон — название оперы немецкого композитора Карла Марии Вебера (1786—1826).

[2] «Луна плывет высоко над землею...» — юношеское стихотворение Тургенева (1840).

[3] Замирая *(итал.)*.

он кончил, Лиза похвалила мотив, Марья Дмитриевна сказала: «Прелестно», а Гедеоновский даже крикнул: «Восхитительно! и поэзия и гармония одинаково восхитительны!..» Леночка с детским благоговением посмотрела на певца. Словом, всем присутствовавшим очень понравилось произведение молодого дилетанта; но за дверью гостиной в передней стоял только что пришедший, уже старый человек, которому, судя по выражению его потупленного лица и движениям плечей, романс Паншина, хотя и премиленький, не доставил удовольствия. Подождав немного и смахнув пыль с сапогов толстым носовым платком, человек этот внезапно съежил глаза, угрюмо сжал губы, согнул свою, и без того сутулую, спину и медленно вошел в гостиную.

— А! Христофор Федорыч, здравствуйте! — воскликнул прежде всех Паншин и быстро вскочил со стула. — Я и не подозревал, что вы здесь, — я бы при вас ни за что не решился спеть свой романс. Я знаю, вы не охотник до легкой музыки.

— Я не слушиль, — произнес дурным русским языком вошедший человек и, раскланявшись со всеми, неловко остановился посреди комнаты.

— Вы, мосье Лемм, — сказала Марья Дмитриевна, — пришли дать урок музыки Лизе?

— Нет, не Лисафет Михайловне, а Елен Михайловне.

— А! Ну, что ж — прекрасно. Леночка, ступай наверх с господином Леммом.

Старик пошел было вслед за девочкой; но Паншин остановил его.

— Не уходите после урока, Христофор Федорыч, — сказал он, — мы с Лизаветой Михайловной сыграем бетховенскую сонату в четыре руки.

Старик проворчал себе что-то под нос, а Паншин продолжал по-немецки, плохо выговаривая слова:

— Мне Лизавета Михайловна показала духовную кантату [1], которую вы ей поднесли, — прекрасная вещь! Вы, пожалуйста, не думайте, что я не умею ценить серьезную

---

[1] Кантата — вокальная пьеса для одного или нескольких голосов и чаще для хора, отличающаяся торжественностью.

музыку, — напротив: она иногда скучна, но зато очень пользительна.

Старик покраснел до ушей, бросил косвенный взгляд на Лизу и торопливо вышел из комнаты.

Марья Дмитриевна попросила Паншина повторить романс; но он объявил, что не желает оскорблять ушей ученого немца, и предложил Лизе заняться бетховенскою сонатой. Тогда Марья Дмитриевна вздохнула и, с своей стороны, предложила Гедеоновскому пройтись с ней по саду. «Мне хочется, — сказала она, — еще поговорить и посоветоваться с вами о бедном нашем Феде». Гедеоновский оскалился, поклонился, взял двумя пальцами свою шляпу с аккуратно положенными на одном из ее полей перчатками и удалился вместе с Марьей Дмитриевной. В комнате остались Паншин и Лиза: она достала и раскрыла сонату; оба молча сели за фортепьяно. Сверху доносились слабые звуки гамм, разыгрываемых неверными пальчиками Леночки.

V

Христофор Теодор Готлиб Лемм родился в 1786 году, в королевстве Саксонском, в городе Хемнице, от бедных музыкантов. Отец его играл на валторне, мать на арфе; сам он уже по пятому году упражнялся на трех различных инструментах. Восьми лет он осиротел, а с десяти начал зарабатывать себе кусок хлеба своим искусством. Он долго вел бродячую жизнь, играл везде — и в трактирах, и на ярмарках, и на крестьянских свадьбах, и на балах; наконец попал в оркестр и, подвигаясь все выше и выше, достиг дирижерского места. Исполнитель он был довольно плохой; но музыку знал основательно. На двадцать восьмом году переселился он в Россию. Его выписал большой барин, который сам терпеть не мог музыки, но держал оркестр из чванства. Лемм прожил у него лет семь в качестве капельмейстера и отошел от него с пустыми руками: барин разорился, хотел дать ему на себя вексель, но впоследствии отказал ему и в этом, — словом, не заплатил ему ни копейки. Ему советовали уехать; но он не хотел вернуться домой нищим из России, из великой России, этого золотого дна артистов; он решился остаться и испытать свое счастье. В течение двадцати лет бедный немец пытал свое счастие: побывал у различных господ, жил и в Москве, и в губернских городах, терпел и сносил многое, узнал нищету, бился, как рыба об лед; но мысль о возвращении на родину не покидала его среди всех бедствий, которым он подвергался; она только одна его и поддерживала. Судьбе, однако, не было угодно порадовать его этим последним и первым счастием: пятидесяти лет, больной, до времени одряхлевший, застрял он в городе О... и остался в нем навсегда, уже окончательно потеряв всякую надежду покинуть ненавистную ему Россию и кое-как поддерживая уроками свое скудное существование. Наружность Лемма не располагала в его пользу. Он был небольшого роста, сутуловат, с криво выдавшимися лопатками и втянутым животом, с большими плоскими ступнями, с бледно-синими ногтями на твердых, не разгибавшихся пальцах жилистых красных рук; лицо имел морщинистое, впалые щеки и сжатые губы, которыми он беспрестанно двигал и жевал, что, при его обычной молчаливости, производило впечатление почти зловещее; седые его волосы висели клочьями над невысоким лбом; как только что залитые угольки, глухо тлели его крошечные, неподвижные глазки; ступал он тяжело, на каждом шагу перекидывая свое неповоротливое тело. Иные его движения напоминали неуклюжее охорашивание совы в клетке, когда она чувствует, что на нее глядят, а сама едва видит своими огромными, желтыми, пугливо и дремотно моргающими глазами. Застарелое, неумолимое горе положило на бедного музикуса свою неизгладимую печать, искривило и обезобразило его и без того невзрачную фигуру; но для того, кто умел не останавливаться на первых впечатлениях, что-то доброе, честное, что-то необыкновенное виднелось в этом полуразрушенном существе. Поклонник Баха[1] и Генделя[2], знаток своего дела, ода-

---

[1] Бах Иоганн Себастьян (1685—1750) — немецкий композитор.
[2] Гендель Георг Фридрих (1685—1759) — немецкий композитор.

ренный живым воображением и той смелостью мысли, которая доступна одному германскому племени, Лемм со временем — кто знает? — стал бы в ряду великих композиторов своей родины, если б жизнь иначе его повела; но не под счастливой звездой он родился! Он много написал на своем веку — и ему не удалось увидеть ни одного своего произведения изданным; не умел он приняться за дело, как следовало, поклониться кстати, похлопотать вовремя. Как-то, давным-давно тому назад, один его поклонник и друг, тоже немец и тоже бедный, издал на свой счет две его сонаты, — да и те остались целиком в подвалах музыкальных магазинов; глухо и бесследно провалились они, словно их ночью кто в реку бросил. Лемм, наконец, махнул рукой на все; притом и годы брали свое: он зачерствел, одеревенел, как пальцы его одеревенели. Один, с старой кухаркой, взятой им из богадельни (он никогда женат не был), проживал он в О... в небольшом домишке, недалеко от калитинского дома; много гулял, читал библию, да собрание протестантских псалмов, да Шекспира в шлегелевском переводе [1]. Он давно ничего не сочинял; но, видно, Лиза, лучшая его ученица, умела его расшевелить: он написал для нее кантату, о которой упомянул Паншин. Слова этой кантаты были им заимствованы из собрания псалмов; некоторые стихи он сам присочинил. Ее пели два хора — хор счастливцев и хор несчастливцев; оба они к концу примирялись и пели вместе: «Боже милостивый, помилуй нас, грешных, и отжени от нас всякие лукавые мысли и земные надежды». На заглавном листе, весьма тщательно написанном и даже разрисованном, стояло: «Только праведные правы. Духовная кантата. Сочинена и посвящена девице Елизавете Калитиной, моей любезной ученице, ее учителем, Х. Т. Г. Леммом». Слова: «Только праведные правы» и «Елизавете Калитиной» были окружены лучами. Внизу было приписано: «Для вас одних, für Sie allein». — Оттого-то Лемм

---

[1] Шекспир в шлегелевском переводе. — Речь идет о переводах на немецкий язык произведений Шекспира немецким поэтом, переводчиком и критиком Августом Шлегелем (1767—1845).

и покраснел и взглянул искоса на Лизу; ему было очень больно, когда Паншин заговорил при нем об его кантате.

VI

Паншин громко и решительно взял первые аккорды сонаты (он играл вторую руку), но Лиза не начинала своей партии. Он остановился и посмотрел на нее. Глаза Лизы, прямо на него устремленные, выражали неудовольствие; губы ее не улыбались, все лицо было строго, почти печально.

— Что с вами? — спросил он.

— Зачем вы не сдержали своего слова? — сказала она. — Я вам показала кантату Христофора Федорыча под тем условием, чтоб вы не говорили ему о ней.

— Виноват, Лизавета Михайловна, — к слову пришлось.

— Вы его огорчили — и меня тоже. Теперь он и мне доверять не будет.

— Что прикажете делать, Лизавета Михайловна! От младых ногтей не могу видеть равнодушно немца: так и подмывает меня его подразнить.

— Что вы это говорите, Владимир Николаич! Этот немец, бедный, одинокий, убитый человек — и вам его не жаль? Вам хочется дразнить его?

Паншин смутился.

— Вы правы, Лизавета Михайловна, — промолвил он. — Всему виною — моя вечная необдуманность. Нет, не возражайте мне; я себя хорошо знаю. Много зла мне наделала моя необдуманность. По ее милости я прослыл за эгоиста.

Паншин помолчал. С чего бы ни начинал он разговор, он обыкновенно кончал тем, что говорил о самом себе, и это выходило у него как-то мило и мягко, задушевно, словно невольно.

— Вот и в вашем доме, — продолжал он, — матушка ваша, конечно, ко мне благоволит — она такая добрая; вы... впрочем, я не знаю вашего мнения обо мне; зато ваша тетушка просто меня терпеть не может. Я ее тоже, должно быть, обидел каким-нибудь необдуманным, глупым словом. Ведь она меня не любит, не правда ли?

— Да, — произнесла Лиза с небольшой запинкой, — вы ей не нравитесь.

Паншин быстро провел пальцами по клавишам; едва заметная усмешка скользнула по его губам.

— Ну, а вы? — промолвил он, — я вам тоже кажусь эгоистом?

— Я вас еще мало знаю, — возразила Лиза, — но я вас не считаю за эгоиста; я, напротив, должна быть благодарна вам...

— Знаю, знаю, что вы хотите сказать, — перебил ее Паншин и снова пробежал пальцами по клавишам, — за ноты, за книги, которые я вам приношу, за плохие рисунки, которыми я украшаю ваш альбом, и так далее, и так далее. Я могу все это делать — и все-таки быть эгоистом. Смею думать, что вы не скучаете со мною и что вы не считаете меня за дурного человека, но все же вы полагаете, что я — как, бишь, это сказано? — для красного словца не пожалею ни отца, ни приятеля.

— Вы рассеянны и забывчивы, как все светские люди, — промолвила Лиза, — вот и все.

Паншин немного нахмурился.

— Послушайте, — сказал он, — не будемте больше говорить обо мне; станемте разыгрывать нашу сонату. Об одном только прошу я вас, — прибавил он, разглаживая рукою листы лежавшей на пюпитре тетради: — думайте обо мне, что хотите, называйте меня даже эгоистом — так и быть! но не называйте меня светским человеком: эта кличка мне нестерпима... Anch'io sono pittore [1]. Я тоже артист, хотя плохой, и это, а именно то, что я плохой артист, — я вам докажу сейчас же на деле. Начнем же.

— Начнем, пожалуй, — сказала Лиза. Первое adagio [2] прошло довольно благополучно; хотя Паншин неоднократно ошибался. Свое и заученное он играл очень мило,

---

[1] И я тоже художник *(итал.)*.
[2] А д а ж и о *(итал.)* — медленный темп в музыкальном произведении.

но разбирал плохо. Зато вторая часть сонаты — довольно быстрое allegro [1] — совсем не пошла: на двадцатом такте Паншин, отставший такта на два, не выдержал и со смехом отодвинул свой стул.

— Нет! — воскликнул он, — я не могу сегодня играть; хорошо, что Лемм нас не слышал: он бы в обморок упал.

Лиза встала, закрыла фортепьяно и обернулась к Паншину.

— Что же мы будем делать? — спросила она.

— Узнаю вас в этом вопросе! Вы никак не можете сидеть сложа руки. Что ж, если хотите, давайте рисовать, пока еще не совсем стемнело. Авось другая муза — муза рисования, как, бишь, ее звали? позабыл... будет ко мне благосклоннее. Где ваш альбом? Помнится, там мой пейзаж не кончен.

Лиза пошла в другую комнату за альбомом, а Паншин, оставшись один, достал из кармана батистовый платок, потер себе ногти и посмотрел, как-то скосясь, на свои руки. Они у него были очень красивы и белы; на большом пальце левой руки носил он винтообразное золотое кольцо. Лиза вернулась; Паншин уселся к окну, развернул альбом.

— Ага! — воскликнул он, — я вижу, вы начали срисовывать мой пейзаж — и прекрасно. Очень хорошо! Вот тут только — дайте-ка карандаш — не довольно сильно положены тени. Смотрите.

И Паншин размашисто проложил несколько длинных штрихов. Он постоянно рисовал один и тот же пейзаж: на первом плане большие растрепанные деревья, в отдаленье поляну и зубчатые горы на небосклоне. Лиза глядела через его плечо на его работу.

— В рисунке, да и вообще в жизни, — говорил Паншин, сгибая голову то направо, то налево, — легкость и смелость — первое дело.

В это мгновение вошел в комнату Лемм и, сухо поклонившись, хотел удалиться; но Паншин бросил альбом и карандаш в сторону и преградил ему дорогу.

---

[1] А л л е г р о *(итал.)* — быстрый темп в музыкальном произведении.

— Куда же вы, любезный Христофор Федорыч? разве вы не остаетесь чай пить?

— Мне домой, — проговорил Лемм угрюмым голосом, — голова болит.

— Ну, что за пустяки, — останьтесь. Мы с вами поспорим о Шекспире.

— Голова болит, — повторил старик.

— А мы без вас принялись было за бетховенскую сонату, — продолжал Паншин, любезно взяв его за талию и светло улыбаясь, — но дело совсем на лад не пошло. Вообразите, я не мог две ноты сряду взять верно.

— Вы бы опять спел сфой романце лутчи, — возразил Лемм, отводя руки Паншина, и вышел вон.

Лиза побежала вслед за ним. Она догнала его на крыльце.

— Христофор Федорыч, послушайте, — сказала она ему по-немецки, провожая его до ворот по зеленой короткой травке двора, — я виновата перед вами — простите меня.

Лемм ничего не отвечал.

— Я показала Владимиру Николаевичу вашу кантату; я была уверена, что он ее оценит, — и она, точно, очень ему понравилась.

Лемм остановился.

— Это ничего, — сказал он по-русски и потом прибавил на родном своем языке: — но он не может ничего понимать; как вы этого не видите? Он дилетант — и все тут!

— Вы к нему несправедливы, — возразила Лиза, — он все понимает и сам почти все сможет сделать.

— Да, все второй нумер, легкий товар, спешная работа. Это нравится, и он нравится, и сам он этим доволен — ну и браво. А я не сержусь; это кантата и я — мы оба старые дураки; мне немножко стыдно, но это ничего.

— Простите меня, Христофор Федорыч, — проговорила снова Лиза.

— Ничего, ничего, — повторил он опять по-русски, — вы добрая девушка... а вот кто-то к вам идет. Прощайте. Вы очень добрая девушка.

И Лемм уторопленным шагом направился к воротам, в которые входил какой-то незнакомый ему господин, в сером пальто и широкой соломенной шляпе. Вежливо поклонившись ему (он кланялся всем новым лицам в городе О...; от знакомых он отворачивался на улице — такое уж он положил себе правило), Лемм прошел мимо и исчез за забором. Незнакомец с удивлением посмотрел ему вслед и, вглядевшись в Лизу, подошел прямо к ней.

VII

— Вы меня не узнаете, — промолвил он, снимая шляпу, — а я вас узнал, даром что уже восемь лет минуло с тех пор, как я вас видел в последний раз. Вы были тогда ребенок. Я Лаврецкий. Матушка ваша дома? Можно ее видеть?

— Матушка будет очень рада, — возразила Лиза, — она слышала о вашем приезде.

— Ведь вас, кажется, зовут Елизаветой? — промолвил Лаврецкий, взбираясь по ступеням крыльца.

— Да.

— Я помню вас хорошо; у вас уже тогда было такое лицо, которого не забываешь; я вам тогда возил конфеты.

Лиза покраснела и подумала: какой он странный. Лаврецкий остановился на минуту в передней. Лиза вошла в гостиную, где раздавался голос и хохот Паншина; он сообщал какую-то городскую сплетню Марье Дмитриевне и Гедеоновскому, уже успевшим вернуться из сада, и сам громко смеялся тому, что рассказывал. При имени Лаврецкого Марья Дмитриевна вся всполошилась, побледнела и пошла к нему навстречу.

— Здравствуйте, здравствуйте, мой милый cousin! [1] — воскликнула она растянутым и почти слезливым голосом, — как я рада вас видеть!

— Здравствуйте, моя добрая кузина, — возразил Лаврецкий и дружелюбно пожал ее протянутую руку. — Как вас Господь милует?

---
[1] Кузен *(франц.).*

— Садитесь, садитесь, мой дорогой Федор Иваныч. Ах, как я рада! Позвольте, во-первых, представить вам мою дочь, Лизу...

— Я уж сам отрекомендовался Лизавете Михайловне, — перебил ее Лаврецкий.

— Мсье Паншин... Сергей Петрович Гедеоновский... Да садитесь же! Гляжу на вас и, право, даже глазам не верю. Как здоровье ваше?

— Как изволите видеть: процветаю. Да и вы, кузина, — как бы вас не сглазить, — не похудели в эти восемь лет.

— Как подумаешь, сколько времени не видались, — мечтательно промолвила Марья Дмитриевна. — Вы откуда теперь? Где вы оставили... то есть я хотела сказать, — торопливо подхватила она, — я хотела сказать, надолго ли вы к нам?

— Я приехал теперь из Берлина, — возразил Лаврецкий, — и завтра же отправляюсь в деревню — вероятно, надолго.

— Вы, конечно, в Лавриках жить будете?

— Нет, не в Лавриках; а есть у меня, верстах в двадцати пяти отсюда, деревушка; так я туда еду.

— Это деревушка, что вам от Глафиры Петровны досталась?

— Та самая.

— Помилуйте, Федор Иваныч! У вас в Лавриках такой чудесный дом!

Лаврецкий чуть-чуть нахмурил брови.

— Да... но и в той деревушке есть флигелек; а мне пока больше ничего не нужно. Это место — для меня теперь самое удобное.

Марья Дмитриевна опять до того смешалась, что даже выпрямилась и руки развела. Паншин пришел ей на помощь и вступил в разговор с Лаврецким. Марья Дмитриевна успокоилась, опустилась на спинку кресел и лишь изредка вставляла свое словечко; но при этом так жалостливо глядела на своего гостя, так значительно вздыхала и так уныло покачивала головой, что тот, наконец, не вытерпел и довольно резко спросил ее: здорова ли она?

— Слава Богу, — возразила Марья Дмитриевна, — а что?
— Так, мне показалось, что вам не по себе.

Марья Дмитриевна приняла вид достойный и несколько обиженный. «А коли так, — подумала она, — мне совершенно все равно; видно, тебе, мой батюшка, все как с гуся вода; иной бы с горя исчах, а тебя еще разнесло». Марья Дмитриевна сама с собой не церемонилась; вслух она говорила изящнее.

Лаврецкий действительно не походил на жертву рока. От его краснощекого, чисто русского лица, с большим белым лбом, немного толстым носом и широкими правильными губами, так и веяло степным здоровьем, крепкой, долговечной силой. Сложен он был на славу, и белокурые волосы вились на его голове, как у юноши. В одних только его глазах, голубых, навыкате, и несколько неподвижных, замечалась не то задумчивость, не то усталость, и голос его звучал как-то слишком ровно.

Паншин между тем продолжал поддерживать разговор. Он навел речь на выгоды сахароварства, о котором недавно прочел две французские брошюрки, и с спокойной скромностью принялся излагать их содержание, не упоминая, впрочем, о них ни единым словом.

— А ведь это Федя! — раздался вдруг в соседней комнате за полураскрытой дверью голос Марфы Тимофеевны,. — Федя, точно! — И старушка проворно вошла в гостиную. Лаврецкий не успел еще подняться со стула, как уж она обняла его. — Покажи-ка себя, покажи-ка, — промолвила она, отодвигаясь от его лица. — Э! да какой же ты славный. Постарел, а не подурнел нисколько, право. Да что ты руки у меня целуешь — ты меня самое целуй, коли тебе мои сморщенные щеки не противны. Небось не спросил обо мне: что, дескать, жива ли тетка? А ведь ты у меня на руках родился, пострел эдакой! Ну, да это все равно; где тебе было обо мне вспомнить! Только ты умница, что приехал. А что, мать моя, — прибавила она, обращаясь к Марье Дмитриевне, — угостила ты его чем-нибудь?

— Мне ничего не нужно, — поспешно проговорил Лаврецкий.

— Ну, хоть чаю напейся, мой батюшка. Господи боже мой! Приехал невесть откуда, и чашки чаю ему не дадут. Лиза, пойди похлопочи, да поскорей. Я помню, маленький он был обжора страшный, да и теперь, должно быть, покушать любит.

— Мое почтение, Марфа Тимофеевна, — промолвил Паншин, приближаясь сбоку к расходившейся старушке и низко кланяясь.

— Извините меня, государь мой, — возразила Марфа Тимофеевна, — не заметила вас на радости. На мать ты свою похож стал, на голубушку, — продолжала она, снова обратившись к Лаврецкому, — только нос у тебя отцовский был, отцовским и остался. Ну — и надолго ты к нам?

— Я завтра еду, тетушка.

— Куда?

— К себе, в Васильевское.

— Завтра?

— Завтра.

— Ну коли завтра, так завтра. С Богом, — тебе лучше знать. Только ты, смотри, зайди проститься. — Старушка потрепала его по щеке. — Не думала я дождаться тебя; и не то чтоб я умирать собиралась; нет — меня еще годов на десять, пожалуй, хватит: все мы, Пестовы, живучи; дед твой покойный, бывало, двужильными нас прозывал; да ведь Господь тебя знал, сколько б ты еще за границей проболтался. Ну, а молодец ты, молодец; чай, по-прежнему десять пудов одной рукой поднимаешь? Твой батюшка покойный, извини, уж на что был вздорный, а хорошо сделал, что швейцарца тебе нанял; помнишь, вы с ним на кулачки бились; гимнастикой, что ли, это прозывается? Но, однако, что это я так раскудахталась; только господину Паншину́ (она никогда не называла его, как следовало, Па́ншиным) рассуждать помешала. А впрочем, станемте-ка лучше чай пить; да на террасу пойдемте его, батюшку, пить; у нас сливки славные — не то что в ваших Лондонах да Парижах. Пойдемте, пойдемте, а ты, Федюша, дай мне руку. О! да какая же она у тебя толстая! Небось с тобой не упадешь.

Все встали и отправились на террасу, за исключением Гедеоновского, который втихомолку удалился. Во все продолжение разговора Лаврецкого с хозяйкой дома, Паншиным и Марфой Тимофеевной он сидел в уголке, внимательно моргая и с детским любопытством вытянув губы: он спешил теперь разнести весть о новом госте по городу.

В тот же день, в одиннадцать часов вечера, вот что происходило в доме г-жи Калитиной. Внизу, на пороге гостиной, улучив удобное мгновение, Владимир Николаич прощался с Лизой и говорил ей, держа ее за руку: «Вы знаете, кто меня привлекает сюда; вы знаете, зачем я беспрестанно езжу в ваш дом; к чему тут слова, когда и так все ясно». Лиза ничего не отвечала ему и, не улыбаясь, слегка приподняв брови и краснея, глядела на пол, но не отнимала своей руки; а наверху, в комнате Марфы Тимофеевны, при свете лампадки, висевшей перед тусклыми старинными образами, Лаврецкий сидел на креслах, облокотившись на колени и положив лицо на руки; старушка, стоя перед ним, изредка и молча гладила его по волосам. Более часу провел он у ней, простившись с хозяйкой дома; он почти ничего не сказал своей старинной доброй приятельнице, и она его не расспрашивала... Да и к чему было говорить, о чем расспрашивать? Она и так все понимала, она и так сочувствовала всему, чем переполнялось его сердце.

VIII

Федор Иванович Лаврецкий (мы должны попросить у читателя позволение перервать на время нить нашего рассказа) происходил от старинного дворянского племени. Родоначальник Лаврецких выехал в княжение Василия Темного из Пруссии и был пожалован двумястами четвертями земли в Бежецком верху. Многие из его потомков числились в разных службах, сидели под князьями и людьми именитыми на отдаленных воеводствах, но ни один из них не поднялся выше стольника и не приобрел значительного достояния. Богаче и замечательнее всех Лаврецких был родной прадед Федора Иваныча, Андрей, человек жестокий, дерзкий, умный и лукавый. До нынешнего дня не умолкла молва об его самоуправстве, о бешеном его нраве, безумной щедрости и алчности неутолимой. Он был очень толст и высок ростом, из лица смугл и безбород, картавил и казался сонливым; но чем он тише говорил, тем больше трепетали все вокруг него. Он и жену достал себе под стать. Пучеглазая, с ястребиным носом, с круглым желтым лицом, цыганка родом, вспыльчивая и мстительная, она ни в чем не уступала мужу, который чуть не уморил ее и которого она не пережила, хотя вечно с ним грызлась. Сын Андрея, Петр, Федоров дед, не походил на своего отца: это был простой степной барин, довольно взбалмошный, крикун и копотун, грубый, но не злой, хлебосол и псовый охотник. Ему было за тридцать лет, когда он наследовал от отца две тысячи душ в отличном порядке, но он скоро их распустил, частью продал свое именье, дворню избаловал. Как тараканы, сползались со всех сторон знакомые и незнакомые мелкие людишки в его обширные, теплые и неопрятные хоромы; все это наедалось чем попало, но досыта, напивалось допьяна и тащило вон, что могло, прославляя и величая ласкового хозяина; и хозяин, когда был не в духе, тоже величал своих гостей — дармоедами и прохвостами, а без них скучал. Жена Петра Андреича была смиренница; он взял ее из соседнего семейства, по отцовскому выбору и приказанию; звали ее Анной Павловной. Она ни во что не вмешивалась, радушно принимала гостей и охотно сама выезжала, хотя пудриться, по ее словам, было для нее смертью. Поставят тебе, рассказывала она в старости, войлочный шлык на голову, волосы все зачешут кверху, салом вымажут, мукой посыплют, железных булавок натыкают — не отмоешь потом; а в гости без пудры нельзя — обидятся, — му́ка! Она любила кататься на рысаках, в карты готова была играть с утра до вечера и всегда, бывало, закрывала рукой записанный на нее копеечный выигрыш, когда муж подходил к игорному столу: а все свое приданое, все деньги отдала ему в безответное распоряжение. Она прижила с ним двух детей: сына Ивана, Федорова отца, и дочь Глафиру. Иван воспитывался не дома, а у богатой старой тетки, княжны Кубенской: она назначила его своим наследником (без этого отец бы его не отпустил); одевала его, как куклу, нанимала ему всякого рода учителей, приставила к нему гувернера, француза, бывшего аббата, ученика Жан-Жака Руссо [1], некоего m-r Courtin de Vaucelles [2], ловкого и тонкого проныру, — самую, как она выражалась, fine fleur [3] эмиграции, — и кончила тем, что чуть не семидесяти лет вышла замуж за этого финь-флёра; перевела на его имя все свое состояние и вскоре потом, разрумяненная, раздушенная амброй à la Richelieu [4], окруженная арапчонками, тонконогими собачками и крикливыми попугаями, умерла на шелковом кривом диванчике времен Людовика XV, с эмалевой табакеркой работы Петито́ в руках, — и умерла, оставленная мужем: вкрадчивый господин Куртен предпочел удалиться в Париж с ее деньгами. Ивану пошел всего двадцатый год, когда этот неожиданный удар — мы говорим о браке княжны, не об ее смерти — над ним разразился; он не захотел остаться в теткином доме, где он из богатого наследника внезапно превратился в приживальщика; в Петербурге общество, в котором он вырос, перед ним закрылось; к службе с низких чинов, трудной и темной, он чувствовал отвращение (все это происходило в самом начале царствования императора Александра); пришлось ему, поневоле, вернуться в деревню, к отцу. Грязно, бедно, дрянно показалось его родимое гнездо; глушь и копоть степного житья-бытья на каждом шагу его оскорбляли; скука его грызла; зато и на него все в доме, кроме матери, недружелюбно глядели. Отцу не нравились его столичные привычки, его фраки, жабо [5], книги, его флейта, его опрятность, в которой недаром чуя-

---

[1] Руссо Жан-Жак (1712—1778) — французский философ.
[2] Господина Куртена де Восселя *(франц.).*
[3] Самый цвет *(франц.).*
[4] На манер Ришелье *(франц.).* Ришелье Арман Жан дю Плесси — французский государственный деятель XVII века, герцог, кардинал, первый министр Людовика XIII.
[5] Жабо — кружевные или кисейные оборки у воротника мужской сорочки.

лась ему гадливость; он то и дело жаловался и ворчал на сына. «Все здесь не по нем, — говаривал он, — за столом привередничает, не ест, людского запаху, духоты переносить не может, вид пьяных его расстраивает, драться при нем тоже не смей, служить не хочет: слаб, вишь, здоровьем; фу ты, неженка эдакой! А все оттого, что Во́лтер [1] в голове сидит». Старик особенно не жаловал Вольтера да еще «изувера» Дидерота [2], хотя ни одной строки из их сочинений не прочел: читать было не по его части. Петр Андреич не ошибался: точно, и Дидерот и Вольтер сидели в голове его сына, и не они одни — и Руссо, и Рейналь [3], и Гельвеций [4], и много других, подобных им, сочинителей сидели в его голове, — но в одной только голове. Бывший наставник Ивана Петровича, отставной аббат и энциклопедист, удовольствовался тем, что влил целиком в своего воспитанника всю премудрость XVIII века, и он так и ходил наполненный ею; она пребывала в нем, не смешавшись с его кровью, не проникнув в его душу, не сказавшись крепким убеждением... Да и возможно ли было требовать убеждений от молодого малого пятьдесят лет тому назад, когда мы еще и теперь не доросли до них? Посетителей отцовского дома Иван Петрович тоже стеснял; он ими гнушался, они его боялись, а с сестрой Глафирой, которая была двенадцатью годами старше его, он не сошелся вовсе. Эта Глафира была странное существо: некрасивая, горбатая, худая, с широко раскрытыми строгими глазами и сжатым тонким ртом, она лицом, голосом, угловатыми быстрыми движениями напоминала свою бабку, цыганку, жену Андрея. Настойчивая, властолюбивая, она и слышать не хотела о замужестве. Возвращение Ивана Петровича ей пришлось не по нутру; пока княжна Кубенская держала его у себя, она надеялась по-

---

[1] Во́лтер — Вольтер Франсуа-Мари (1694—1778) — французский писатель и философ.
[2] Дидерот — Дидро Дени (1713—1784) — французский писатель и философ-материалист.
[3] Рейналь (Реналь) Гильом-Тома — французский публицист XVIII века.
[4] Гельвеций Клод Адриан (1715—1771) — философ-материалист.

лучить по крайней мере половину отцовского имения: она и по скупости вышла в бабку. Сверх того, Глафира завидовала брату; он так был образован, так хорошо говорил по-французски, с парижским выговором, а она едва умела сказать «бонжур» да «коман ву порте ву?». Правда, родители ее по-французски вовсе не разумели, да от этого ей не было легче. Иван Петрович не знал, куда деться от тоски и скуки; невступно год провел он в деревне, да и тот показался ему за десять лет. Только с матерью своею он и отводил душу и по целым часам сиживал в ее низких покоях, слушая незатейливую болтовню доброй женщины и наедаясь вареньем. Случилось так, что в числе горничных Анны Павловны находилась одна очень хорошенькая девушка, с ясными, кроткими глазками и тонкими чертами лица, по имени Маланья, умница и скромница. Она с первого разу приглянулась Ивану Петровичу; и он полюбил ее: он полюбил ее робкую походку, стыдливые ответы, тихий голосок, тихую улыбку; с каждым днем она ему казалась милей. И она привязалась к Ивану Петровичу всей силою души, как только русские девушки умеют привязаться — и отдалась ему. В помещичьем деревенском доме никакая тайна долго держаться не может: скоро все узнали о связи молодого барина с Маланьей; весть об этой связи дошла, наконец, до самого Петра Андреича. В другое время он, вероятно, не обратил бы внимания на такое маловажное дело; но он давно злился на сына и обрадовался случаю пристыдить петербургского мудреца и франта. Поднялся гвалт, крик и гам: Маланью заперли в чулан; Ивана Петровича потребовали к родителю. Анна Павловна тоже прибежала на шум. Она попыталась было укротить мужа, но Петр Андреич уже ничего не слушал. Ястребом напустился он на сына, упрекая его в безнравственности, в безбожии, в притворстве; кстати выместил на нем всю накипевшую досаду против княжны Кубенской, осыпал его обидными словами. Сначала Иван Петрович молчал и крепился, но, когда отец вздумал грозить ему постыдным наказаньем, он не вытерпел. «Изувер Дидерот опять на сцене, — подумал он, — так пущу же я его в дело, постойте; я вас всех удивлю». И тут же спокойным, ровным голосом, хотя с внутренней дрожью во всех членах, Иван Петрович объявил отцу, что он напрасно укоряет его в безнравственности; что хотя он не намерен оправдывать свою вину, но готов ее исправить, и тем охотнее, что чувствует себя выше всяких предрассудков, а именно — готов жениться на Маланье. Произнеся эти слова, Иван Петрович, бесспорно, достиг своей цели: он до того изумил Петра Андреича, что тот глаза вытаращил и онемел на мгновенье; но тотчас же опомнился и как был в тулупчике на беличьем меху и в башмаках на босу ногу, так и бросился с кулаками на Ивана Петровича, который, как нарочно, в тот день причесался à la Titus[1] и надел новый английский синий фрак, сапоги с кисточками и щегольские лосиные панталоны в обтяжку. Анна Павловна закричала благим матом и закрыла лицо руками, а сын ее побежал через весь дом, выскочил на двор, бросился в огород, в сад, через сад вылетел на дорогу и все бежал без оглядки, пока наконец перестал слышать за собою тяжелый топот отцовских шагов и его усиленные прерывистые крики... «Стой, мошенник! — вопил он, — стой! прокляну!» Иван Петрович спрятался у соседнего однодворца, а Петр Андреич вернулся домой весь изможенный и в поту, объявил, едва переводя дыхание, что лишает сына благословения и наследства, приказал сжечь все его дурацкие книги, а девку Маланью немедленно сослать в дальнюю деревню. Нашлись добрые люди, отыскали Ивана Петровича, известили его обо всем. Пристыженный, взбешенный, он поклялся отомстить отцу и в ту же ночь, подкараулив крестьянскую телегу, на которой везли Маланью, отбил ее силой, поскакал с нею в ближайший город и обвенчался с ней. Деньгами его снабдил сосед, вечно пьяный и добрейший отставной моряк, страшный охотник до всякой, как он выражался, благородной истории. На другой день Иван Петрович написал язвительно холодное и учтивое письмо Петру Андреичу, а сам отправился в деревню, где жил его троюродный брат Дмитрий Пестов, с своею сестрой, уже знакомою читате-

---

[1] На манер Тита *(франц.)*. Т и т (39—81) — римский император.

лям, Марфой Тимофеевной. Он рассказал им все, объявил, что намерен ехать в Петербург искать места, и упросил их хоть на время приютить его жену. При слове «жена» он всплакнул горько и, несмотря на свое столичное образование и философию, униженно, беднячком-русачком поклонился своим родственникам в ноги и даже стукнул о пол лбом. Пестовы, люди жалостливые и добрые, охотно согласились на его просьбу; он прожил у них недели три, втайне ожидая ответа от отца; но ответа не пришло, — и прийти не могло. Петр Андреич, узнав о свадьбе сына, слег в постель и запретил упоминать при себе имя Ивана Петровича; только мать, тихонько от мужа, заняла у благочинного и прислала пятьсот рублей ассигнациями да образок его жене; написать она побоялась, но велела сказать Ивану Петровичу через посланного сухопарого мужичка, умевшего уходить в сутки по шестидесяти верст, чтоб он не очень огорчался, что, Бог даст, все устроится и отец переложит гнев на милость; что и ей другая невестка была бы желательнее, но что, видно, Богу так было угодно, а что она посылает Маланье Сергеевне свое родительское благословение. Сухопарый мужичок получил рубль, попросил позволенья повидаться с новою барыней, которой он доводился кумом, поцеловал у ней ручку и побежал восвояси.

А Иван Петрович отправился в Петербург с легким сердцем. Неизвестная будущность его ожидала; бедность, быть может, грозила ему, но он расстался с ненавистною деревенской жизнью, а главное — не выдал своих наставников, действительно «пустил в ход» и оправдал на деле Руссо, Дидерота и la Déclaration des droits de l'homme [1]. Чувство совершенного долга, торжества, чувство гордости наполняло его душу; да и разлука с женой не очень пугала его; его бы скорее смутила необходимость постоянно жить с женою. То дело было сделано; надобно было приняться за другие дела. В Петербурге, вопреки его соб-

---

[1] Декларация прав человека *(франц.).* — Речь идет о «Декларации прав человека и гражданина», провозглашенной Учредительным собранием во Франции 26 августа 1789 года в начале французской буржуазной революции.

ственным ожиданиям, ему повезло: княжна Кубенская, — которую мусье Куртен успел уже бросить, но которая не успела еще умереть, — чтобы чем-нибудь загладить свою вину перед племянником, отрекомендовала его всем своим друзьям и подарила ему пять тысяч рублей — едва ли не последние свои денежки — да лепиковские часы с его вензелем в гирлянде амуров. Не прошло трех месяцев, как уж он получил место при русской миссии в Лондоне и с первым отходившим английским кораблем (пароходов тогда еще в помине не было) уплыл за море. Несколько месяцев спустя получил он письмо от Пестова. Добрый помещик поздравил Ивана Петровича с рождением сына, явившегося на свет в селе Покровском 20 августа 1807 года и нареченного Федором в честь святого мученика Феодора Стратилата. По причине большой слабости Маланья Сергеевна приписывала только несколько строк; но и эти немногие строки удивили Ивана Петровича: он не знал, что Марфа Тимофеевна выучила его жену грамоте. Впрочем, Иван Петрович недолго предавался сладостному волнению родительских чувств: он ухаживал за одной из знаменитых тогдашних Фрин или Лаис (классические названия еще процветали в то время); Тильзитский мир[1] был только что заключен, и все спешило наслаждаться, все крутилось в каком-то бешеном вихре; черные глаза бойкой красавицы вскружили и его голову. Денег у него было очень мало; но он счастливо играл в карты, заводил знакомства, участвовал во всех возможных увеселениях, словом, плыл на всех парусах.

IX

Старик Лаврецкий долго не мог простить сыну его свадьбу; если б, пропустя полгода, Иван Петрович явился к нему с повинной головой и бросился ему в ноги, он бы, пожалуй, помиловал его, выбранив его сперва хорошенько и постучав по нем для страха клюкою; но Иван Петро-

---

[1] Тильзитский мир — мирный договор Франции с Россией, заключенный 25 июня (7 июля) 1807 года в Тильзите.

вич жил за границей и, по-видимому, в ус себе не дул. «Молчи! не смей! — твердил Петр Андреич всякий раз жене, как только та пыталась склонить его на милость, — ему, щенку, должно вечно за меня Бога молить, что я клятвы на него не положил; покойный батюшка из собственных рук убил бы его, негодного, и хорошо бы сделал». Анна Павловна, при таких страшных речах, только крестилась украдкой. Что же касается до жены Ивана Петровича, то Петр Андреич сначала и слышать о ней не хотел и даже в ответ на письмо Пестова, в котором тот упоминал о его невестке, велел ему сказать, что он никакой якобы своей невестки не вcдаст, а что законами воспрещается держать беглых девок, о чем он считает долгом его предупредить; но потом, узнав о рождении внука, смягчился, приказал под рукой осведомиться о здоровье родильницы и послал ей, тоже будто не от себя, немного денег. Феде еще году не минуло, как Анна Павловна занемогла смертельною болезнью. За несколько дней до кончины, уже не вставая с постели, с робкими слезинками на погасающих глазах, объявила она мужу при духовнике, что желает повидаться и проститься с невесткой, благословить внука. Огорченный старик успокоил ее и тотчас же послал собственный свой экипаж за невесткой, в первый раз называя ее Маланьей Сергеевной. Она приехала с сыном и с Марфой Тимофеевной, которая ни за что не хотела отпустить ее одну и не дала бы ее в обиду. Полуживая от страха вошла Маланья Сергеевна в кабинет Петра Андреича. Нянька несла за ней Федю. Петр Андреич молча поглядел на нее; она подошла к его руке; ее трепетные губы едва сложились в беззвучный поцелуй.

— Ну, сыромолотная дворянка, — проговорил он наконец, — здравствуй; пойдем к барыне.

Он встал и нагнулся к Феде; ребенок улыбнулся и протянул к нему свои бледные ручонки. Старика перевернуло.

— Ох, — промолвил он, — сиротливый! Умолил ты меня за отца; не оставлю я тебя, птенчик.

Маланья Сергеевна как вошла в спальню Анны Павловны, так и стала на колени возле двери. Анна Павловна подманила ее к постели, обняла ее, благословила ее сына; потом, обратив обглоданное жестокою болезнью лицо к своему мужу, хотела было заговорить...

— Знаю, знаю, о чем ты просить хочешь, — промолвил Петр Андреич, — не печалься: она останется у нас, и Ваньку для нее помилую.

Анна Павловна с усилием поймала руку мужа и прижалась к ней губами. В тот же вечер ее не стало.

Петр Андреич сдержал свое слово. Он известил сына, что для смертного часа его матери, для младенца Федора он возвращает ему свое благословение и Маланью Сергеевну оставляет у себя в доме. Ей отвели две комнаты в антресолях [1], он представил ее своим почтеннейшим гостям, кривому бригадиру Скурехину и жене его; подарил ей двух девок и казачка для посылок. Марфа Тимофеевна с ней простилась: она возненавидела Глафиру и в течение одного дня раза три поссорилась с нею.

Тяжело и неловко было сперва бедной женщине; но потом она обтерпелась и привыкла к своему тестю. Он тоже привык к ней, даже полюбил ее, хотя почти никогда не говорил с ней, хотя в самых его ласках к ней замечалось какое-то невольное пренебрежение. Больше всего терпела Маланья Сергеевна от своей золовки. Глафира еще при жизни матери успела понемногу забрать весь дом в руки: все, начиная с отца, ей покорялись; без ее разрешения куска сахару не выдавалось; она скорее согласилась бы умереть, чем поделиться властью с другой хозяйкой, — и какою еще хозяйкой! Свадьба брата раздражила ее еще больше, чем Петра Андреевича: она взялась проучить выскочку, и Маланья Сергеевна с первого же часа стала ее рабой. Да и где ж ей было бороться с самовольной, надменной Глафирой, ей, безответной, постоянно смущенной и запуганной, слабой здоровьем? Дня не проходило, чтоб Глафира не напомнила ей прежнего ее положения, не похвалила бы ее за то, что она не забывается. Маланья Сергеевна охотно помирилась бы на этих напоминовениях и похвалах, как горьки они ни

---

[1] А н т р е с о л и — низкие комнаты, составляющие верхний полуэтаж квартиры.

были... но Федю у нее отняли: вот что ее сокрушало. Под предлогом, что она не в состоянии заниматься его воспитанием, ее почти не допускали до него; Глафира взялась за это дело; ребенок поступил в ее полное распоряжение. Маланья Сергеевна с горя начала в своих письмах умолять Ивана Петровича, чтобы он вернулся поскорее; сам Петр Андреич желал видеть своего сына; но он все только отписывался, благодарил отца за жену, за присылаемые деньги, обещал приехать вскоре — и не ехал. Двенадцатый год вызвал его, наконец, из-за границы. Увидавшись в первый раз после шестилетней разлуки, отец с сыном обнялись и даже словом не помянули о прежних раздорах; не до того было тогда: вся Россия поднималась на врага, и оба они почувствовали, что русская кровь течет в их жилах. Петр Андреич на свой счет одел целый полк ратников. Но война кончилась, опасность миновалась; Иван Петрович опять заскучал, опять потянуло его вдаль, в тот мир, с которым он сросся и где чувствовал себя дома. Маланья Сергеевна не могла удержать его; она слишком мало для него значила. Даже надежды ее не сбылись: муж ее также нашел, что гораздо приличнее поручить Глафире воспитание Феди. Бедная жена Ивана Петровича не перенесла этого удара, не перенесла вторичной разлуки: безропотно, в несколько дней угасла она. В течение всей своей жизни не умела она ничему сопротивляться, и с недугом она не боролась. Она уже не могла говорить, уже могильные тени ложились на ее лицо, но черты ее по-прежнему выражали терпеливое недоумение и постоянную кротость смирения; с той же немой покорностью глядела она на Глафиру, и как Анна Павловна на смертном одре поцеловала руку Петра Андреича, так и она приложилась к Глафириной руке, поручая ей, Глафире, своего единственного сына. Так кончило свое земное поприще тихое и доброе существо, Бог знает зачем выхваченное из родной почвы и тотчас же брошенное, как вырванное деревцо, корнями на солнце; оно увяло, оно пропало без следа, это существо, и никто не горевал о нем. Пожалели о Маланье Сергеевне ее горничные да еще Петр Андреич. Старику недоставало ее молчаливого присутствия. «Прости — прощай, моя безответная!» — прошептал он, кланяясь ей в последний раз, в церкви. Он плакал, бросая горсть земли в ее могилу.

Он сам недолго пережил ее, не более пяти лет. Зимой 1819 года он тихо скончался в Москве, куда переехал с Глафирой и внуком, и завещал похоронить себя рядом с Анной Павловной да с «Малашей». Иван Петрович находился тогда в Париже, для своего удовольствия; он вышел в отставку скоро после 1815 года. Узнав о смерти отца, он решился возвратиться в Россию. Надобно было подумать об устройстве имения, да и Феде, по письму Глафиры, минуло двенадцать лет и наступило время серьезно заняться его воспитанием.

X

Иван Петрович вернулся в Россию англоманом [1]. Коротко остриженные волосы, накрахмаленное жабо, долгополый гороховый сюртук со множеством воротничков, кислое выражение лица, что-то резкое и вместе равнодушное в обращении, произношение сквозь зубы, деревянный внезапный хохот, отсутствие улыбки, исключительно политический и политико-экономический разговор, страсть к кровавым ростбифам и портвейну — всё в нем так и веяло Великобританией; весь он казался пропитан ее духом. Но — чудное дело! превратившись в англомана, Иван Петрович стал в то же время патриотом, по крайней мере он называл себя патриотом, хотя Россию знал плохо, не придерживался ни одной русской привычки и по-русски изъяснялся странно: в обыкновенной беседе речь его, неповоротливая и вялая, вся пестрела галлицизмами; но чуть разговор касался предметов важных, у Ивана Петровича тотчас являлись выражения вроде: «оказать новые опыты самоусердия», «сие не согласуется с самою натурою обстоятельства» и т. д. Иван Петрович привез с собою несколько рукописных планов, касавшихся до устройства и улучшения государства; он

---

[1] Англоман — имеющий пристрастие ко всему английскому.

очень был недоволен всем, что видел, — отсутствие системы в особенности возбуждало его желчь. При свидании с сестрою он с первых же слов объявил ей, что он намерен ввести коренные преобразования, что впредь у него всё будет идти по новой системе. Глафира Петровна ничего не отвечала Ивану Петровичу, только зубы стиснула и подумала: «Куда же я-то денусь?» Впрочем, приехавши в деревню вместе с братом и племянником, она скоро успокоилась. В доме точно произошли некоторые перемены: приживальщики и тунеядцы подверглись немедленному изгнанию; в числе их пострадали две старухи, одна — слепая, другая — разбитая параличом, да еще дряхлый майор очаковских времен, которого, по причине его действительно замечательной жадности, кормили одним черным хлебом да чечевицей. Также вышел приказ не принимать прежних гостей: всех их заменил дальний сосед, какой-то белокурый золотушный барон, очень хорошо воспитанный и очень глупый человек. Появились новые мебели из Москвы; завелись плевательницы, колокольчики, умывальные столики; завтрак стал иначе подаваться; иностранные вина изгнали водки и наливки; людям пошли новые ливреи; к фамильному гербу прибавилась подпись: «in recto virtus...» [1] В сущности же власть Глафиры нисколько не уменьшилась: все выдачи, покупки по-прежнему от нее зависели; вывезенный из-за границы камердинер из эльзасцев попытался было с нею потягаться — и лишился места, несмотря на то, что барин ему покровительствовал. Что же до хозяйства, до управления имениями (Глафира Петровна входила и в эти дела), то, несмотря на неоднократно выраженное Иваном Петровичем намерение: вдохнуть новую жизнь в этот хаос, — все осталось по-старому, только оброк кой-где прибавился, да барщина стала потяжелее, да мужикам запретили обращаться прямо к Ивану Петровичу: патриот очень уж презирал своих сограждан. Система Ивана Петровича в полной силе своей применена была только к Феде: воспитание его действительно подверглось «коренному преобразованию»: отец исключительно занялся им.

---

[1] В законности — добродетель *(лат.).*

XI

До возвращения Ивана Петровича из-за границы Федя находился, как уже было сказано, на руках Глафиры Петровны. Ему не было восьми лет, когда мать его скончалась; он видел ее не каждый день и полюбил ее страстно: память о ней, об ее тихом и бледном лице, об ее унылых взглядах и робких ласках навеки запечатлелась в его сердце; но он смутно понимал ее положение в доме; он чувствовал, что между им и ею существовала преграда, которую она не смела и не могла разрушить. Отца он дичился, да и сам Иван Петрович никогда не ласкал его; дедушка изредка гладил его по головке и допускал к руке, но называл его букой и считал дурачком. После смерти Маланьи Сергеевны тетка окончательно забрала его в руки. Федя боялся ее, боялся ее светлых и зорких глаз, ее резкого голоса; он не смел пикнуть при ней; бывало, он только что зашевелится на своем стуле, уж она и шипит: «Куда? сиди смирно». По воскресеньям, после обедни, позволяли ему играть, то есть давали ему толстую книгу, таинственную книгу, сочинение некоего Максимовича-Амбодика[1], под заглавием «Символы и эмблемы»[2]. В этой книге помещалось около тысячи частью весьма загадочных рисунков, с столь же загадочными толкованиями на пяти языках. Купидон с голым и пухлым телом играл большую роль в этих рисунках. К одному из них, под названием: «Шафран и радуга», относилось толкование: «Действие сего есть большее»; против другого, изображавшего «Цаплю, летящую с фиалковым цветком во рту», стояла надпись: «Тебе все они суть известны». «Купидон и медведь, лижущий своего медвежонка», означали: «Мало-помалу». Федя рассматривал эти рисунки; все были ему знакомы до малейших подробностей; некоторые, всегда одни и те же, заставляли его задумываться и будили его воображение; других развлечений он не знал. Когда

---

[1] Максимович-Амбодик Нестор Михайлович (1744—1812) — автор ряда книг по медицине и ботанике.
[2] «Символы и эмблемы» — не точно переданное Тургеневым заглавие книги «Эмблемы и символы избранные...».

наступила пора учить его языкам и музыке, Глафира Петровна наняла за бесценок старую девицу, шведку с заячьими глазами, которая с грехом пополам говорила по-французски и по-немецки, кое-как играла на фортепьяно да, сверх того, отлично солила огурцы. В обществе этой наставницы, тетки да старой сенной девушки Васильевны провел Федя целых четыре года. Бывало, сидит он в уголку с своими «Эмблемами» — сидит... сидит; в низкой комнате пахнет гераниумом, тускло горит одна сальная свечка, сверчок трещит однообразно, словно скучает, маленькие стенные часы торопливо чикают на стене, мышь украдкой скребется и грызет за обоями, а три старые девы, словно Па́рки [1], молча и быстро шевелят спицами, тени от рук их то бегают, то странно дрожат в полутьме, и странные, также полутемные мысли роятся в голове ребенка. Никто бы не назвал Федю интересным дитятей: он был довольно бледен, но толст, нескладно сложен и неловок, — настоящий мужик, по выражению Глафиры Петровны; бледность скоро бы исчезла с его лица, если б его почаще выпускали на воздух. Учился он порядочно, хотя часто ленился; он никогда не плакал; зато по временам находило на него дикое упрямство; тогда уже никто не мог с ним сладить. Федя не любил никого из окружавших его... Горе сердцу, не любившему смолоду!

Таким-то нашел его Иван Петрович и, не теряя времени, принялся применять к нему свою систему. «Я из него хочу сделать человека прежде всего, un homme [2], — сказал он Глафире Петровне, — и не только человека, но спартанца». Исполнение своего намерения Иван Петрович начал с того, что одел сына по-шотландски; двенадцатилетний малый стал ходить с обнаженными икрами и с петушьим пером на складном картузе; шведку заменил молодой швейцарец, изучивший гимнастику до совершенства; музыку, как занятие, недостойное мужчины,

---

[1] Па́рки — в древнеримской мифологии богини человеческой судьбы, прявшие нить жизни. Одна начинала ее, другая развертывала, третья перерезывала, что и влекло за собою смерть. Иногда изображались в виде безобразных старух.

[2] Человек *(франц.).*

изгнали навсегда; естественные науки, международное право, математика, столярное ремесло, по совету Жан-Жака Руссо, и геральдика [1], для поддержания рыцарских чувств, — вот чем должен был заниматься будущий «человек»; его будили в четыре часа утра, тотчас окачивали холодною водой и заставляли бегать вокруг высокого столба на веревке; ел он раз в день по одному блюду, ездил верхом, стрелял из арбалета [2]; при всяком удобном случае упражнялся, по примеру родителя, в твердости воли и каждый вечер вносил в особую книгу отчет прошедшего дня и свои впечатления; а Иван Петрович, с своей стороны, писал ему наставления по-французски, в которых он называл его mon fils [3] и говорил ему vous [4]. По-русски Федя говорил отцу: «ты», но в его присутствии не смел садиться. «Система» сбила с толку мальчика, поселила путаницу в его голове, притиснула ее; но зато на его здоровье новый образ жизни благодетельно подействовал: сначала он схватил горячку, но вскоре оправился и стал молодцом. Отец гордился и называл его на своем странном наречии: сын натуры, произведение мое. Когда Феде минул шестнадцатый год, Иван Петрович почел за долг заблаговременно поселить в него презрение к женскому полу, — и молодой спартанец, с робостью на душе, с первым пухом на губах, полный соков, сил и крови, уже старался казаться равнодушным, холодным и грубым.

Между тем время шло да шло. Иван Петрович большую часть года проводил в Лавриках (так называлось главное его родовое имение), а по зимам приезжал в Москву один, останавливался в трактире, прилежно посещал клуб, ораторствовал и развивал свои планы в гостиных и более чем когда-либо держался англоманом, брюзгой и государственным человеком. Но настал 1825 год и много принес с собою горя. Близкие знакомые и приятели Ивана Петровича подверглись тяжким испытаниям.

---

[1] Геральдика — описание гербов в их истории.

[2] Арбалет — старинное оружие особого устройства, лук для метания стрел, камней и пр., самострел.

[3] Мой сын *(франц.)*.

[4] Вы *(франц.)*.

Иван Петрович поспешил удалиться в деревню и заперся в своем доме. Прошел еще год, и Иван Петрович вдруг захилел, ослабел, опустился; здоровье ему изменило. Вольнодумец — начал ходить в церковь и заказывал молебны; европеец — стал париться в бане, обедать в два часа, ложиться в девять, засыпать под болтовню старого дворецкого; государственный человек — сжег все свои планы, всю переписку, трепетал перед губернатором и егозил перед исправником; человек с закаленной волей — хныкал и жаловался, когда у него вскакивал веред [1], когда ему подавали тарелку холодного супа. Глафира Петровна опять завладела всем в доме; опять начали ходить с заднего крыльца приказчики, бурмистры [2], простые мужики к «старой колотовке» [3], — так прозывали ее дворовые люди. Перемена в Иване Петровиче сильно поразила его сына; ему уже пошел девятнадцатый год, и он начинал размышлять и высвобождаться из-под гнета давившей его руки. Он и прежде замечал разладицу между словами и делами отца, между его широкими либеральными теориями и черствым, мелким деспотизмом; но он не ожидал такого крутого перелома. Застарелый эгоист вдруг выказался весь. Молодой Лаврецкий собирался ехать в Москву, подготовиться в университет, — неожиданное, новое бедствие обрушилось на голову Ивана Петровича: он ослеп, и ослеп безнадежно, в один день.

Не доверяя искусству русских врачей, он стал хлопотать о позволении отправиться за границу. Ему отказали. Тогда он взял с собою сына и целых три года проскитался по России от одного доктора к другому, беспрестанно переезжая из города в город и приводя в отчаяние врачей, сына, прислугу своим малодушием и нетерпением. Совершенной тряпкой, плаксивым и капризным ребенком воротился он в Лаврики. Наступили горькие денечки, натерпелись от него все. Иван Петрович утихал только, пока обедал; никогда он так жадно и так много не

---

[1] Веред — нарыв.
[2] Бурмистр — при крепостном праве доверенный от помещика, староста над крестьянами.
[3] Колотовка — драчливая, сварливая женщина.

ел; все остальное время он ни себе, ни кому не давал покоя. Он молился, роптал на судьбу, бранил себя, бранил политику, свою систему, бранил все, чем хвастался и кичился, все, что ставил некогда сыну в образец; твердил, что ни во что не верит, и молился снова; не выносил ни одного мгновенья одиночества и требовал от своих домашних, чтоб они постоянно, днем и ночью, сидели возле его кресел и занимали его рассказами, которые он то и дело прерывал восклицаниями: «Вы всё врете — экая чепуха!»

Особенно доставалось Глафире Петровне; он решительно не мог обойтись без нее — и она до конца исполняла все прихоти больного, хотя иногда не тотчас решалась отвечать ему, чтобы звуком голоса не выдать душившей ее злобы. Так проскрипел он еще два года и умер в первых числах мая, вынесенный на балкон, на солнце. «Глаша! Глашка! бульонцу, бульонцу, старая дур...» — пролепетал его коснеющий язык и, не договорив последнего слова, умолк навеки. Глафира Петровна, которая только что выхватила чашку бульону из рук дворецкого, остановилась, посмотрела брату в лицо, медленно, широко перекрестилась и удалилась молча; а тут же находившийся сын тоже ничего не сказал, оперся на перила балкона и долго глядел в сад, весь благовонный и зеленый, весь блестевший в лучах золотого весеннего солнца. Ему было двадцать три года; как страшно, как незаметно скоро пронеслись эти двадцать три года!.. Жизнь открывалась перед ним.

XII

Схоронив отца и поручив той же неизменной Глафире Петровне заведование хозяйством и надзор за приказчиками, молодой Лаврецкий отправился в Москву, куда влекло его темное, но сильное чувство. Он сознавал недостатки своего воспитания и вознамерился по возможности воротить упущенное. В последние пять лет он много прочел и кое-что увидел; много мыслей перебродило в его голове; любой профессор позавидовал бы некоторым его познаниям, но в то же время он не знал многого, что каждому гимназисту давным-давно известно. Лаврецкий сознавал, что он не свободен; он втайне чувствовал себя чудаком. Недобрую шутку сыграл англоман с своим сыном; капризное воспитание принесло свои плоды. Долгие годы он безотчетно смирялся перед отцом своим; когда же, наконец, он разгадал его, дело уже было сделано, привычки вкоренились. Он не умел сходиться с людьми: двадцати трех лет от роду, с неукротимой жаждой любви в пристыженном сердце, он еще ни одной женщине не смел взглянуть в глаза. При его уме, ясном и здравом, но несколько тяжелом, при его наклонности к упрямству, созерцанию и лени ему бы следовало с ранних лет попасть в жизненный водоворот, а его продержали в искусственном уединении... И вот заколдованный круг расторгся, а он продолжал стоять на одном месте, замкнутый и сжатый в самом себе. Смешно было в его года надеть студенческий мундир; но он не боялся насмешек: его спартанское воспитание хоть на то пригодилось, что развило в нем пренебрежение к чужим толкам, — и он надел, не смущаясь, студенческий мундир. Он поступил в физико-математическое отделение. Здоровый, краснощекий, уже с заросшей бородой, молчаливый, он производил странное впечатление на своих товарищей; они не подозревали того, что в этом суровом муже, аккуратно приезжавшем на лекции в широких деревенских санях парой, таился чуть не ребенок. Он им казался каким-то мудреным педантом, они в нем не нуждались и не искали в нем, он избегал их. В течение первых двух лет, проведенных им в университете, он сблизился только с одним студентом, у которого брал уроки в латинском языке. Студент этот, по имени Михалевич, энтузиаст и стихотворец, искренно полюбил Лаврецкого и совершенно случайно стал виновником важной перемены в его судьбе.

Однажды, в театре (Мочалов[1] находился тогда на высоте своей славы, и Лаврецкий не пропускал ни одного представления), увидел он в ложе бельэтажа девушку, —

---

[1] Мочалов Павел Степанович (1800—1848) — русский трагический актер.

и хотя ни одна женщина не проходила мимо его угрюмой фигуры, не заставив дрогнуть его сердце, никогда еще оно так сильно не забилось. Облокотясь на бархат ложи, девушка не шевелилась; чуткая, молодая жизнь играла в каждой черте ее смуглого, круглого, миловидного лица; изящный ум сказывался в прекрасных глазах, внимательно и мягко глядевших из-под тонких бровей, в быстрой усмешке выразительных губ, в самом положении ее головы, рук, шеи; одета она была прелестно. Рядом с нею сидела сморщенная и желтая женщина лет сорока пяти, декольте, в черном токе, с беззубою улыбкой на напряженно озабоченном и пустом лице, а в углублении ложи виднелся пожилой мужчина, в широком сюртуке и высоком галстухе, с выражением тупой величавости и какой-то заискивающей подозрительности в маленьких глазках, с крашеными усами и бакенбардами, незначительным огромным лбом и измятыми щеками, по всем признакам, отставной генерал. Лаврецкий не отводил взора от поразившей его девушки; вдруг дверь ложи отворилась, и вошел Михалевич. Появление этого человека, почти единственного его знакомого во всей Москве, появление его в обществе единственной девушки, поглотившей все его внимание, показалось Лаврецкому знаменательно и странно. Продолжая посматривать на ложу, он заметил, что все находившиеся в ней лица обращались с Михалевичем, как с старинным приятелем. Представление на сцене переставало занимать Лаврецкого; сам Мочалов, хотя и был в тот вечер «в ударе», не производил на него обычного впечатления. В одном очень патетическом месте Лаврецкий невольно взглянул на свою красавицу: она вся наклонилась вперед, щеки ее пылали; под влиянием его упорного взора глаза ее, устремленные на сцену, медленно обратились и остановились на нем... Всю ночь мерещились ему эти глаза. Прорвалась, наконец, искусственно возведенная плотина: он и дрожал, и горел, и на другой же день отправился к Михалсвичу. Он узнал от него, что красавицу звали Варварой Павловной Коробьиной; что старик и старуха, сидевшие с ней в ложе, были отец ее и мать и что сам он, Михалевич, познакомился с ними год тому назад, во время своего пребывания в подмосковной на «кондиции»[1] у графа Н. С величайшей похвалой отозвался энтузиаст о Варваре Павловне. «Это, брат ты мой, — воскликнул он со свойственною ему порывистой певучестью в голосе, — эта девушка — изумительное, гениальное существо, артистка в настоящем смысле слова, и притом предобрая». Заметив из расспросов Лаврецкого, какое впечатление произвела на него Варвара Павловна, он сам предложил ему познакомить его с нею, прибавив, что он у них, как свой; что генерал человек совсем не гордый, а мать так глупа, что только тряпки не сосет. Лаврецкий покраснел, пробормотал что-то невнятное и убежал. Целых пять дней боролся он с своею робостью; на шестой день молодой спартанец надел новенький мундир и отдался в распоряжение Михалевичу, который, будучи своим человеком, ограничился тем, что причесал себе волосы, — и оба отправились к Коробьиным.

XIII

Отец Варвары Павловны, Павел Петрович Коробьин, генерал-майор в отставке, весь свой век провел в Петербурге на службе, слыл в молодости ловким танцором и фрунтовиком[2], находился, по бедности, адъютантом при двух-трех невзрачных генералах, женился на дочери одного из них, взяв тысяч двадцать пять приданого, до тонкости постиг всю премудрость учений и смотров; тянул, тянул лямку и, наконец, годиков через двадцать добился генеральского чина, получил полк. Тут бы ему отдохнуть и упрочить, не спеша, свое благосостояние; он на это и рассчитывал, да немножко неосторожно повел дело: он придумал было новое средство пустить в оборот казенные деньги, — средство оказалось отличное, но он не вовремя поскупился: на него донесли; вышла более чем неприятная, вышла скверная история. Кое-как отвертелся гене-

---

[1] «Кондиция» — здесь: временное место домашнего учителя, то есть нанятого на определенный срок.

[2] Фрунтовик — человек, обладающий военной выправкой.

рал от истории, но карьера его лопнула: ему посоветовали выйти в отставку. Года два потолкался он еще в Петербурге, в надежде, не наскочит ли на него тепленькое статское место; но место на него не наскакивало; дочь вышла из института, расходы увеличивались с каждым днем... Скрепя сердце решился он переехать в Москву на дешевые хлеба, нанял в Старой Конюшенной крошечный низенький дом с саженным гербом на крыше и зажил московским отставным генералом, тратя две тысячи семьсот пятьдесят рублей в год. Москва — город хлебосольный, рада принимать встречных и поперечных, а генералов и подавно; грузная, но не без военной выправки, фигура Павла Петровича скоро стала появляться в лучших московских гостиных. Его голый затылок с косицами крашеных волос, и засаленной анненской лентой на галстухе цвета воронова крыла стал хорошо известен всем скучливым и бледным юношам, угрюмо скитающимся во время танцев вокруг игорных столов. Павел Петрович сумел поставить себя в обществе; говорил мало, но, по старой привычке, в нос, — конечно, не с лицами чинов высших; осторожно играл в карты, дома ел умеренно, а в гостях за шестерых. О жене его почти сказать нечего: звали ее Каллиопой Карловной; из левого ее глаза сочилась слезинка, в силу чего Каллиопа Карловна (притом же она была немецкого происхождения) сама считала себя за чувствительную женщину; она постоянно чего-то все боялась, словно не доела, и носила узкие бархатные платья, ток[1] и тусклые дутые браслеты. Единственной дочери Павла Петровича и Каллиопы Карловны, Варваре Павловне, только что минул семнадцатый год, когда она вышла из ...ского института, где считалась если не первою красавицей, то уж наверное первою умницей и лучшею музыкантшей и где получила шифр[2]; ей еще девятнадцати лет не было, когда Лаврецкий увидел ее в первый раз.

---

[1] Т о к — высокий прямой, без полей, женский головной убор.

[2] Ш и ф р — знак отличия в виде вензеля царицы — высшая награда отлично окончившим курс институткам.

XIV

Ноги подкашивались у спартанца, когда Михалевич ввел его в довольно плохо убранную гостиную Коробьиных и представил хозяевам. Но овладевшее им чувство робости скоро исчезло: в генерале врожденное всем русским добродушие еще усугублялось тою особенного рода приветливостью, которая свойственна всем немного замаранным людям; генеральша как-то скоро стушевалась; что же касается до Варвары Павловны, то она так была спокойна и самоуверенно-ласкова, что всякий в ее присутствии тотчас чувствовал себя как бы дома; притом от всего ее пленительного тела, от улыбавшихся глаз, от невинно-покатых плечей и бледно-розовых рук, от легкой и в то же время как бы усталой походки, от самого звука ее голоса, замедленного, сладкого, — веяло неуловимой, как тонкий запах, вкрадчивой прелестью, мягкой, пока еще стыдливой, негой, чем-то таким, что словами передать трудно, но что трогало и возбуждало, — и уже, конечно, возбуждало не робость. Лаврецкий навел речь на театр, на вчерашнее представление; она тотчас сама заговорила о Мочалове и не ограничилась одними восклицаниями и вздохами, но произнесла несколько верных и женски проницательных замечаний насчет его игры. Михалевич упомянул о музыке; она, не чинясь, села за фортепьяно и отчетливо сыграла несколько шопеновских мазурок, тогда только что входивших в моду. Настал час обеда; Лаврецкий хотел удалиться, но его удержали; за столом генерал потчевал его хорошим лафитом, за которым генеральский лакей на извозчике скакал к Депре. Поздно вечером вернулся Лаврецкий домой и долго сидел, не раздеваясь и закрыв глаза рукою, в оцепенении очарования. Ему казалось, что он теперь только понимал, для чего стоит жить; все его предположения, намерения, весь этот вздор и прах, исчезли разом; вся душа его слилась в одно чувство, в одно желание, в желание счастья, обладания, любви, сладкой женской любви. С того дня он часто стал ходить к Коробьиным. Полгода спустя он объяснился Варваре Павловне и предложил ей свою руку. Предложение его было принято; генерал давным-давно, чуть ли не накануне первого посещения Лаврецкого, спросил у Михалевича, сколько у него, Лаврецкого, душ; да и Варваре Павловне, которая во все время ухаживания молодого человека и даже в самое мгновение признания сохранила обычную безмятежность и ясность души, и Варваре Павловне хорошо было известно, что жених ее богат; а Каллиопа Карловна подумала: «Meine Tochter macht eine schöne Partie» [1], — и купила себе новый ток.

XV

Итак, предложение его было принято, но с некоторыми условиями. Во-первых, Лаврецкий должен был немедленно оставить университет: кто же выходит за студента, да и что за странная мысль — помещику, богатому, в двадцать шесть лет брать уроки, как школьнику? Во-вторых, Варвара Павловна взяла на себя труд заказать и закупить приданое, выбрать даже жениховы подарки. У ней было много практического смысла, много вкуса и очень много любви к комфорту, много уменья доставлять себе этот комфорт. Это уменье особенно поразило Лаврецкого, когда, тотчас после свадьбы, он вдвоем с женой отправился в удобной, ею купленной каретке, в Лаврики. Как все, что окружало его, было обдумано, предугадано, предусмотрено Варварой Павловной! Какие появились в разных уютных уголках прелестные дорожные несессеры [2], какие восхитительные туалетные ящики и кофейники, и как мило Варвара Павловна сама варила кофе по утрам! Впрочем, Лаврецкому было тогда не до наблюдений: он блаженствовал, упивался счастием; он предавался ему, как дитя... Он и был невинен, как дитя, этот юный Алкид [3]. Недаром веяло прелестью от всего существа его молодой жены; недаром сулила она чувству тайную роскошь неизведанных наслаждений; она сдержала

---

[1] Моя дочь делает прекрасную партию *(нем.)*.
[2] Несессер — коробка с туалетными принадлежностями.
[3] Алкид *(греч. миф.)* — одно из имен Геракла, или Геркулеса, героя эпических преданий, олицетворявшего физическую мощь.

больше, чем сулила. Приехавши в Лаврики в самый разгар лета, она нашла дом грязным и темным, прислугу смешною и устарелою, но не почла за нужное даже намекнуть о том мужу. Если бы она располагала основаться в Лавриках, она бы все в них переделала, начиная, разумеется, с дома; но мысль остаться в этом степном захолустье ни на миг не приходила ей в голову; она жила в нем, как в палатке, кротко перенося все неудобства и забавно подтрунивая над ними. Марфа Тимофеевна приехала повидаться с своим воспитанником; она очень понравилась Варваре Павловне, но ей Варвара Павловна не понравилась. С Глафирой Петровной новая хозяйка тоже не поладила; она бы ее оставила в покое, но старику Коробьину захотелось запустить руки в дела зятя: управлять имением такого близкого родственника, говорил он, не стыдно даже генералу. Полагать должно, что Павел Петрович не погнушался бы заняться имением и вовсе чуждого ему человека. Варвара Павловна повела свою атаку весьма искусно; не выдаваясь вперед, по-видимому вся погруженная в блаженство медовых месяцев, в деревенскую тихую жизнь, в музыку и чтение, она понемногу довела Глафиру до того, что та в одно утро вбежала, как бешеная, в кабинет Лаврецкого и, швырнув связку ключей на стол, объявила, что не в силах больше заниматься хозяйством и не хочет оставаться в деревне. Надлежащим образом подготовленный, Лаврецкий тотчас согласился на ее отъезд. Этого Глафира Петровна не ожидала. «Хорошо, — сказала она, и глаза ее потемнели, — я вижу, что я здесь лишняя! знаю, кто меня отсюда гонит, с родового моего гнезда. Только ты помяни мое слово, племянник: не свить же и тебе гнезда нигде, скитаться тебе век. Вот тебе мой завет». В тот же день она удалилась в свою деревеньку, а через неделю прибыл генерал Коробьин и, с приятною меланхолией во взглядах и движениях, принял управление всем имением на свои руки.

В сентябре месяце Варвара Павловна увезла своего мужа в Петербург. Две зимы провела она в Петербурге (на лето они переселялись в Царское Село), в прекрасной, светлой, изящно меблированной квартире; много завели они знакомств в средних и даже высших кругах общества, много выезжали и принимали, давали прелестнейшие музыкальные и танцевальные вечеринки. Варвара Павловна привлекала гостей, как огонь бабочек. Федору Иванычу не совсем-то нравилась такая рассеянная жизнь. Жена советовала ему вступить на службу; он, по старой отцовской памяти, да и по своим понятиям, не хотел служить, но в угоду Варваре Павловне оставался в Петербурге. Впрочем, он скоро догадался, что никто не мешал ему уединиться, что недаром у него самый покойный и уютный кабинет во всем Петербурге, что заботливая жена даже готова помочь ему уединяться, — и с тех пор все пошло прекрасно. Он принялся опять за собственное, по его мнению недоконченное, воспитание, опять стал читать, приступил даже к изучению английского языка. Странно было видеть его могучую, широкоплечую фигуру, вечно согнутую над письменным столом, его полное, волосатое, румяное лицо, до половины закрытое листами словаря или тетради. Каждое утро он проводил за работой, обедал отлично (Варвара Павловна была хозяйка хоть куда), а по вечерам вступал в очаровательный, пахучий, светлый мир, весь населенный молодыми веселыми лицами, — и средоточием этого мира была та же рачительная хозяйка, его жена. Она порадовала его рождением сына, но бедный мальчик жил недолго; он умер весной, а летом, по совету врачей, Лаврецкий повез жену за границу, на воды. Рассеяние было ей необходимо после такого несчастья, да и здоровье ее требовало теплого климата. Лето и осень они провели в Германии и Швейцарии, а на зиму, как оно и следовало ожидать, поехали в Париж. В Париже Варвара Павловна расцвела, как роза, и так же скоро и ловко, как в Петербурге, сумела свить себе гнездышко. Квартиру она нашла премиленькую, в одной из тихих, но модных улиц Парижа; мужу сшила такой шлафрок [1], какого он еще и не нашивал; наняла щегольскую служанку, отличную повариху, расторопного лакея; приобрела восхитительную каретку, прелестный

---

[1] Шлафрок — домашний халат.

пианино. Не прошло недели, как уже она перебиралась через улицу, носила шаль, раскрывала зонтик и надевала перчатки не хуже самой чистокровной парижанки. И знакомыми она скоро обзавелась. Сперва к ней ездили одни русские, потом стали появляться французы, весьма любезные, учтивые, холостые, с прекрасными манерами, с благозвучными фамилиями; все они говорили скоро и много, развязно кланялись, приятно щурили глаза; белые зубы сверкали у всех под розовыми губами, — и как они умели улыбаться! Каждый из них приводил своих друзей, и la belle madame de Lavretzki¹ скоро стала известна от Chaussée d'Antin до Rue de Lille². В те времена (дело происходило в 1836 году) еще не успело развестись племя фельетонистов и хроникеров, которое теперь кишит повсюду, как муравьи в разрытой кочке; но уж тогда появлялся в салоне Варвары Павловны некто m-r Jules, неблаговидной наружности господин, с скандалезной репутацией, наглый и низкий, как все дуэлисты и битые люди. Этот m-r Jules был очень противен Варваре Павловне, но она его принимала, потому что он пописывал в разных газетах и беспрестанно упоминал о ней, называя ее то m-me de L...tzki, то m-me de ***, cette grande dame russe si distinguée, qui demeure rue de P...³; рассказывал всему свету, то есть нескольким сотням подписчиков, которым не было никакого дела до m-me L...tzki, как эта дама, настоящая по уму француженка (une vraie française par l'ésprit) — выше этого у французов похвал нет — мила и любезна, какая она необыкновенная музыкантша и как она удивительно вальсирует (Варвара Павловна действительно так вальсировала, что увлекала все сердца за краями своей легкой, улетающей одежды)... словом, пускал о ней молву по миру — а ведь это, что ни говорите, приятно. Девица Марс уже сошла тогда со сцены, а девица Рашель еще не появлялась; тем не менее Варвара Павловна прилежно посещала театры. Она приходила в восторг

---

¹ Очаровательная мадам Лаврецкая *(франц.)*.
² От шоссе Антан до улицы Лилль *(франц.)*.
³ Г-жа ***, эта знатная русская дама, столь изысканная, которая живет по улице П... *(франц.)*.

от итальянской музыки и смеялась над развалинами Одри [1], прилично зевала во Французской Комедии и плакала от игры г-жи Дорваль в какой-нибудь ультраромантической мелодраме; а главное, Лист [2] у ней играл два раза и так был мил, так прост — прелесть! В таких приятных ощущениях прошла зима, к концу которой Варвара Павловна была даже представлена ко двору. Федор Иваныч, с своей стороны, не скучал, хотя жизнь подчас тяжела становилась у него на плечах, — тяжела, потому что пуста. Он читал газеты, слушал лекции в Sorbonne Collége de France [3], следил за прениями палат, принялся за перевод известного ученого сочинения об ирригациях [4]. «Я не теряю времени, — думал он, — все это полезно; но к будущей зиме надобно непременно вернуться в Россию и приняться за дело». Трудно сказать, ясно ли он сознавал, в чем, собственно, состояло это дело, и бог знает, удалось ли бы ему вернуться в Россию к зиме; пока он ехал с женою в Баден-Баден... Неожиданный случай разрушил все его планы.

XVI

Войдя однажды в отсутствие Варвары Павловны в ее кабинет, Лаврецкий увидал на полу маленькую, тщательно сложенную бумажку. Он машинально ее поднял, машинально развернул и прочел следующее, написанное на французском языке:

«Милый ангел Бетси! (я никак не решаюсь назвать тебя Barbe или Варвара — Varvara). Я напрасно прождал тебя на углу бульвара; приходи завтра к половине второго на нашу квартирку. Твой добрый толстяк (ton gros bonhomme de mari) об эту пору обыкновенно зарывается

---

[1] Развалины Одри — Одри Жак Шарль (1781—1888) — французский комический актер, производивший особый комический эффект крайней ветхостью своих театральных костюмов.
[2] Лист Ференц (1811—1886) — венгерский пианист и композитор.
[3] Сорбонна и Коллеж де Франс (франц.) — высшие учебные заведения в Париже.
[4] Ирригация — искусственное орошение.

в свои книги; мы опять споем ту песенку вашего поэта *Пускина* (de votre poëte Pouskin), которой ты меня научила: Старый муж, грозный муж!¹ — Тысяча поцелуев твоим ручкам и ножкам. Я жду тебя.

Эрнест».

Лаврецкий не сразу понял, что такое он прочел, прочел во второй раз — и голова у него закружилась, пол заходил под ногами, как палуба корабля во время качки. Он и закричал, и задохнулся, и заплакал в одно мгновение.

Он обезумел. Он так слепо доверял своей жене; возможность обмана, измены никогда не представлялась его мысли. Этот Эрнест, этот любовник его жены, был белокурый смазливый мальчик лет двадцати трех, со вздернутым носиком и тонкими усиками, едва ли не самый ничтожный изо всех ее знакомых. Прошло несколько минут, прошло полчаса; Лаврецкий все стоял, стискивая роковую записку в руке и бессмысленно глядя на пол; сквозь какой-то темный вихрь мерещились ему бледные лица; мучительно замирало сердце; ему казалось, что он падал, падал, падал... и конца не было. Знакомый легкий шум шелкового платья вывел его из оцепенения; Варвара Павловна, в шляпе и шали, торопливо возвращалась с прогулки. Лаврецкий затрепетал весь и бросился вон; он почувствовал, что в это мгновенье он был в состоянии истерзать ее, избить ее до полусмерти, по-мужицки, задушить ее своими руками. Изумленная Варвара Павловна хотела остановить его; он мог только прошептать: «Бетси», — и выбежал из дому.

Лаврецкий взял карету и велел везти себя за город. Весь остаток дня и всю ночь до утра пробродил он, беспрестанно останавливаясь и всплескивая руками: он то безумствовал, то ему становилось как будто смешно, даже как будто весело. Утром он прозяб и зашел в дрянной загородный трактир, спросил комнату и сел на стул перед

---

¹ «Старый муж, грозный муж...» — романс А. А. Алябьева (1787—1851) на слова из поэмы Пушкина «Цыганы» (песня Земфиры).

окном. Судорожная зевота напала на него. Он едва держался на ногах, тело его изнемогало, а он и не чувствовал усталости, — зато усталость брала свое: он сидел, глядел и ничего не понимал; не понимал, что с ним такое случилось, отчего он очутился один, с одеревенелыми членами, с горечью во рту, с камнем на груди, в пустой незнакомой комнате; он не понимал, что заставило ее, Варю, отдаться этому французу и как могла она, зная себя неверной, быть по-прежнему спокойной, по-прежнему ласковой и доверчивой с ним! «Ничего не понимаю! — шептали его засохшие губы. — Кто мне поручится теперь, что в Петербурге...» И он не доканчивал вопроса и зевал опять, дрожа и пожимаясь всем телом. Светлые и темные воспоминания одинаково его терзали; ему вдруг пришло в голову, что на днях она при нем и при Эрнесте села за фортепьяно и спела: «Старый муж, грозный муж!» Он вспомнил выражение ее лица, странный блеск глаз и краску на щеках, — и он поднялся со стула, он хотел пойти, сказать им: «Вы со мной напрасно пошутили; прадед мой мужиков за ребра вешал, а дед мой сам был мужик», — да убить их обоих. То вдруг ему казалось, что все, что с ним делается, сон, и даже не сон, а так, вздор какой-то; что стоит только встряхнуться, оглянуться... Он оглядывался, и, как ястреб когтит пойманную птицу, глубже и глубже врезывалась тоска в его сердце. К довершению всего Лаврецкий через несколько месяцев надеялся быть отцом... Прошедшее, будущее, вся жизнь была отравлена. Он вернулся, наконец, в Париж, остановился в гостинице и послал Варваре Павловне записку г-на Эрнеста с следующим письмом:

«Прилагаемая бумажка вам объяснит все. Кстати скажу вам, что я не узнал вас: вы, такая всегда аккуратная, роняете такие важные бумаги. (Эту фразу бедный Лаврецкий готовил и лелеял в течение нескольких часов.) Я не могу больше вас видеть; полагаю, что и вы не должны желать свидания со мною. Назначаю вам пятнадцать тысяч франков в год; больше дать не могу. Присылайте ваш адрес в деревенскую контору. Делайте, что хотите; живите, где хотите. Желаю вам счастья. Ответа не нужно».

Лаврецкий написал жене, что не нуждается в ответе... но он ждал, он жаждал ответа, объяснения этого непонятного, непостижимого дела. Варвара Павловна в тот же день прислала ему большое французское письмо. Оно его доконало; последние его сомнения исчезли — и ему стало стыдно, что у него оставались еще сомнения. Варвара Павловна не оправдывалась: она желала только увидать его, умоляла не осуждать ее безвозвратно. Письмо было холодно и напряженно, хотя кой-где виднелись пятна слез. Лаврецкий усмехнулся горько и велел сказать через посланного, что все очень хорошо. Три дня спустя его уже не было в Париже: но он поехал не в Россию, а в Италию. Он сам не знал, почему он выбрал именно Италию; ему в сущности было все равно, куда ни ехать, — лишь бы не домой. Он послал предписание своему бурмистру насчет жениной пенсии, приказывая ему в то же время немедленно принять от генерала Коробьина все дела по имению, не дожидаясь сдачи счетов, и распорядиться о выезде его превосходительства из Лавриков; живо представил он себе смущение, тщетную величавость изгоняемого генерала и, при всем своем горе, почувствовал некоторое злобное удовольствие. Тогда же попросил он в письме Глафиру Петровну вернуться в Лаврики и отправил на ее имя доверенность; Глафира Петровна в Лаврики не вернулась и сама припечатала в газетах об уничтожении доверенности, что было совершенно излишне. Скрываясь в небольшом итальянском городке, Лаврецкий еще долго не мог заставить себя не следить за женою. Из газет он узнал, что она из Парижа поехала, как располагала, в Баден-Баден; имя ее скоро появилось в статейке, подписанной тем же мусье Жюлем. В этой статейке сквозь обычную игривость проступало какое-то дружественное соболезнование; очень гадко сделалось на душе Федора Иваныча при чтении этой статейки. Потом он узнал, что у него родилась дочь; месяца через два получил он от бурмистра извещение о том, что Варвара Павловна вытребовала себе первую треть своего жалованья. Потом стали ходить все более и более дурные слухи; наконец с шумом пронеслась по всем журналам трагикомическая история, в которой жена его играла незавидную роль. Все было кончено: Варвара Павловна стала «известностью».

Лаврецкий перестал следить за нею, но не скоро мог с собою сладить. Иногда такая брала его тоска по жене, что он, казалось, все бы отдал, даже, пожалуй... простил бы ее, лишь бы услышать снова ее ласковый голос, почувствовать снова ее руку в своей руке. Однако время шло недаром. Он не был рождён страдальцем; его здоровая природа вступила в свои права. Многое стало ему ясно; самый удар, поразивший его, не казался ему более непредвиденным; он понял свою жену, — близкого человека только тогда и поймешь вполне, когда с ним расстанешься. Он опять мог заниматься, работать, хотя уже далеко не с прежним рвением: скептицизм, подготовленный опытами жизни, воспитанием, окончательно забрался в его душу. Он стал очень равнодушен ко всему. Прошло года четыре, и он почувствовал себя в силах возвратиться на родину, встретиться с своими. Не останавливаясь ни в Петербурге, ни в Москве, прибыл он в город О..., где мы расстались с ним и куда мы просим теперь благосклонного читателя вернуться вместе с нами.

XVII

На другое утро, после описанного нами дня, часу в десятом, Лаврецкий всходил на крыльцо калитинского дома. Ему навстречу вышла Лиза в шляпке и в перчатках.

— Куда вы? спросил он ее.
— К обедне. Сегодня воскресенье.
— А разве вы ходите к обедне?

Лиза молча, с изумлением посмотрела на него.

— Извините, пожалуйста, — проговорил Лаврецкий, — я... я не то хотел сказать, я пришел проститься с вами, я через час еду в деревню.

— Ведь это отсюда недалеко? — спросила Лиза.
— Верст двадцать пять.

На пороге двери появилась Леночка в сопровождении горничной.

— Смотрите, не забывайте нас, — промолвила Лиза и спустилась с крыльца.

— И вы не забывайте меня. Да послушайте, — прибавил он, — вы идете в церковь: помолитесь кстати и за меня.

Лиза остановилась и обернулась к нему.

— Извольте, — сказала она, прямо глядя ему в лицо, — я помолюсь и за вас. Пойдем, Леночка.

В гостиной Лаврецкий застал Марью Дмитриевну одну. От нее пахло одеколоном и мятой. У ней, по ее словам, болела голова, и ночь она провела беспокойно. Она приняла его с обычною своею томной любезностью и понемногу разговорилась.

— Не правда ли, — спросила она его, — какой Владимир Николаич приятный молодой человек!

— Какой это Владимир Николаич?

— Да Паншин, — вот что вчера здесь был. Вы ему ужасно понравились; я вам скажу по секрету, mon cher cousin[1], он просто без ума от моей Лизы. Что ж? Он хорошей фамилии, служит прекрасно, умен, ну, камер-юнкер, и если на то будет воля Божия... я, с своей стороны, как мать, очень буду рада. Ответственность, конечно, большая; конечно, от родителей зависит счастие детей, да ведь и то сказать: до сих пор худо ли, хорошо ли, а ведь все я, везде я одна, как есть: и воспитала-то детей, и учила их, все я... я вот и теперь мамзель от госпожи Болюс выписала...

Марья Дмитриевна пустилась в описание своих забот, стараний, своих материнских чувств. Лаврецкий слушал ее молча и вертел в руках шляпу. Его холодный, тяжелый взгляд смутил разболтавшуюся барыню.

— А Лиза как вам нравится? — спросила она.

— Лизавета Михайловна прекраснейшая девица, — возразил Лаврецкий, встал, откланялся и зашел к Марфе Тимофеевне. Марья Дмитриевна с неудовольствием посмотрела ему вслед и подумала: «Экой тюлень, мужик! Ну, теперь я понимаю, почему его жена не могла остаться ему верной».

---

[1] Мой дорогой кузен *(франц.)*.

Марфа Тимофеевна сидела у себя в комнате, окруженная своим штатом. Он состоял из пяти существ, почти одинаково близких ее сердцу: из толстозобого ученого снегиря, которого она полюбила за то, что он перестал свистать и таскать воду, маленькой, очень пугливой и смирной собачонки Роски, сердитого кота Матроса, черномазой вертлявой девочки лет девяти, с огромными глазами и вострым носиком, которую звали Шурочкой, и пожилой женщины лет пятидесяти пяти, в белом чепце и коричневой кургузой кацавейке на темном платье, по имени Настасьи Карповны Огарковой. Шурочка была мещаночка, круглая сирота. Марфа Тимофеевна взяла ее к себе из жалости, как и Роску: и собачонку и девочку она нашла на улице; обе были худы и голодны, обеих мочил осенний дождь; за Роской никто не погнался, а Шурочку даже охотно уступил Марфе Тимофеевне ее дядя, пьяный башмачник, который сам недоедал и племянницу не кормил, а колотил по голове колодкой. С Настасьей Карповной Марфа Тимофеевна свела знакомство на богомолье, в монастыре; сама подошла к ней в церкви (она понравилась Марфе Тимофеевне за то, что, по ее словам, очень вкусно молилась), сама с ней заговорила и пригласила ее к себе на чашку чаю. С того дня она уже не расставалась с ней. Настасья Карповна была женщина самого веселого и кроткого нрава, вдова, бездетная, из бедных дворянок; голову имела круглую, седую, мягкие белые руки, мягкое лицо с крупными, добрыми чертами и несколько смешным, вздернутым носом; она благоговела перед Марфой Тимофеевной, и та ее очень любила, хотя подтрунивала над ее нежным сердцем: она чувствовала слабость ко всем молодым людям и невольно краснела, как девочка, от самой невинной шутки. Весь ее капиталец состоял из тысячи двухсот рублей ассигнациями; она жила на счет Марфы Тимофеевны, но на ровной с ней ноге: Марфа Тимофеевна не вынесла бы подобострастья.

— А! Федя! — начала она, как только увидала его. — Вчера вечером ты не видел моей семьи: полюбуйся. Мы все к чаю собрались; это у нас второй, праздничный чай. Всех поласкать можешь; только Шурочка не дастся, а кот оцарапает. Ты сегодня едешь?

— Сегодня. — Лаврецкий присел на низкое стульце. — Я уже с Марьей Дмитриевной простился. Я и Лизавету Михайловну видел.

— Зови её Лизой, отец мой, что за Михайловна она для тебя? Да сиди смирно, а то ты Шурочкин стул сломаешь.

— Она к обедне шла, — продолжал Лаврецкий. — Разве она богомольна?

— Да, Федя, очень. Больше нас с тобою, Федя.

— А вы разве не богомольны? — заметила, пришепетывая, Настасья Карповна. — И сегодня к ранней обедне не пошли, а к поздней пойдёте.

— Ан нет, — ты одна пойдёшь: обленилась я, мать моя, — возразила Марфа Тимофеевна, — чаем уж очень себя балую. — Она говорила Настасье Карповне «ты», хотя и жила с ней на ровной ноге — недаром же она была Пестова: трое Пестовых значатся в синодике [1] Ивана Васильевича Грозного; Марфа Тимофеевна это знала.

— Скажите, пожалуйста, — начал опять Лаврецкий, — мне Марья Дмитриевна сейчас говорила об этом... как бишь его?.. Паншине. Что это за господин?

— Экая она болтушка, прости Господи! — проворчала Марфа Тимофеевна, — чай, под секретом тебе сообщила, что вот, мол, какой навёртывается жених. Шушукала бы с своим поповичем; нет, видно, ей мало. И ведь нет ещё ничего, да и слава Богу! а она уже болтает.

— Почему же слава Богу? — спросил Лаврецкий.

— А потому, что молодец мне не нравится; да и чему тут радоваться?

— Не нравится он вам?

— Да, не всех же ему пленять. Будет с него и того, что вот Настасья Карповна в него влюблена.

Бедная вдова вся всполошилась.

— Что вы это, Марфа Тимофеевна, Бога вы не боитесь! — воскликнула она, и румянец мгновенно разлился у ней по лицу и по шее.

---

[1] Синодик — книжка с записями имён умерших для поминания их во время богослужения.

— И ведь знает, плут, — перебила ее Марфа Тимофеевна, — знает, чем ее прельстить: табакерку ей подарил. Федя, попроси у ней табачку понюхать; ты увидишь, табакерка какая славная: на крышке гусар на коне представлен. Уж ты лучше, мать моя, не оправдывайся.

Настасья Карповна только руками отмахивалась.

— Ну, а Лиза, — спросил Лаврецкий, — к нему неравнодушна?

— Кажется, он ей нравится, а впрочем, Господь ее ведает! Чужая душа, ты знаешь, темный лес, а девичья и подавно. Вот и Шурочкину душу — поди разбери! Зачем она прячется, а не уходит, с тех пор как ты пришел?

Шурочка фыркнула подавленным смехом и выскочила вон, а Лаврецкий поднялся с своего места.

— Да, — промолвил он с расстановкой, — девичью душу не разгадаешь.

Он стал прощаться.

— Что ж? скоро мы тебя увидим? — спросила Марфа Тимофеевна.

— Как придется, тетушка: тут ведь недалеко.

— Да, ведь ты в Васильевское едешь. Ты не хочешь жить в Лавриках, — ну, это твое дело; только съезди ты, поклонись гробу матери твоей, да и бабкину гробу кстати. Ты там, за границей, всякого ума набрался, а кто знает, может быть, они и почувствуют в своих могилах, что ты к ним пришел. Да не забудь, Федя, по Глафире Петровне тоже панафиду [1] отслужить; вот тебе и целковый. Возьми, возьми, это я по ней хочу отслужить панафиду. Я ее при жизни не любила, а нечего сказать, с характером была девка. Умница была; ну и тебя не обидела. А теперь ступай с Богом, а то я тебе надоем.

И Марфа Тимофеевна обняла своего племянника.

— А Лизе за Паншиным не быть, не беспокойся; не такого мужа она стоит.

— Да я нисколько и не беспокоюсь, — отвечал Лаврецкий и удалился.

---

[1] Панафида (искаженное: панихида) — церковная служба по умершим.

XVIII

Часа четыре спустя он ехал домой. Тарантас его быстро катился по проселочной, мягкой дороге. Недели две как стояла засуха; тонкий туман разливался молоком в воздухе и застилал отдаленные леса; от него пахло гарью. Множество темноватых тучек с неясно обрисованными краями расползались по бледно-голубому небу; довольно крепкий ветер мчался сухой непрерывной струей, не разгоняя зноя. Приложившись головой к подушке и скрестив на груди руки, Лаврецкий глядел на пробегавшие веером загоны полей, на медленно мелькавшие ракиты, на глупых ворон и грачей, с тупой подозрительностью взиравших боком на проезжавший экипаж, на длинные межи, заросшие чернобыльником, полынью и полевой рябиной; он глядел... и эта свежая, степная, тучная голь и глушь, эта зелень, эти длинные холмы, овраги с приземистыми дубовыми кустами, серые деревеньки, жидкие березы — вся эта, давно им невиданная, русская картина навевала на его душу сладкие и в то же время почти скорбные чувства, давила грудь его каким-то приятным давлением. Мысли его медленно бродили; очертания их были так же неясны и смутны, как очертания тех высоких, тоже как будто бы бродивших, тучек. Вспомнил он свое детство, свою мать, вспомнил, как она умирала, как поднесли его к ней и как она, прижимая его голову к своей груди, начала было слабо голосить над ним, да взглянула на Глафиру Петровну — и умолкла. Вспомнил он отца, сперва бодрого, всем недовольного, с медным голосом, потом слепого, плаксивого, с неопрятной седой бородой; вспомнил, как он однажды за столом, выпив лишнюю рюмку вина и залив себе салфетку соусом, вдруг засмеялся и начал, мигая ничего не видевшими глазами и краснея, рассказывать про свои победы; вспомнил Варвару Павловну — и невольно прищурился, как щурится человек от мгновенной внутренней боли, и встряхнул головой. Потом мысль его остановилась на Лизе.

«Вот, — подумал он, — новое существо только что вступает в жизнь. Славная девушка, что-то из нее выйдет? Она и собой хороша. Бледное, свежее лицо, глаза и губы такие серьезные, и взгляд честный и невинный. Жаль, она, кажется, восторженна немножко. Рост славный, и так легко ходит, и голос тихий. Очень я люблю, когда она вдруг остановится, слушает со вниманием, без улыбки, потом задумается и откинет назад свои волосы. Точно, мне самому сдается, Паншин ее не стоит. Однако чем же он дурен? А впрочем, чего я размечтался? Побежит и она по той же дорожке, по какой все бегают. Лучше я сосну». И Лаврецкий закрыл глаза.

Заснуть он не мог, но погрузился в дремотное дорожное онемение. Образы прошедшего по-прежнему, не спеша, поднимались, всплывали в его душе, мешаясь и путаясь с другими представлениями. Лаврецкий, бог знает почему, стал думать о Роберте Пиле...[1], о французской истории... о том, как бы он выиграл сражение, если б он был генералом; ему чудились выстрелы и крики... Голова его скользила набок, он открывал глаза... Те же поля, те же степные виды; стертые подковы пристяжных попеременно сверкают сквозь волнистую пыль; рубаха ямщика, желтая, с красными ластовицами, надувается от ветра... «Хорош возвращаюсь я на родину», — промелькнуло у Лаврецкого в голове, и он закричал: «Пошел!» — запахнулся в шинель и плотнее прижался к подушке. Тарантас толкнуло: Лаврецкий выпрямился и широко раскрыл глаза. Перед ним на пригорке тянулась небольшая деревенька; немного вправо виднелся ветхий господский домик с закрытыми ставнями и кривым крылечком; по широкому двору, от самых ворот, росла крапива, зеленая и густая, как конопля; тут же стоял дубовый, еще крепкий амбарчик. Это было Васильевское.

Ямщик повернул к воротам, остановил лошадей; лакей Лаврецкого приподнялся на козлах и, как бы готовясь соскочить, закричал: «Гей!» Раздался сиплый, глухой лай, но даже собаки не показалось; лакей снова приготовился соскочить и снова закричал: «Гей!» Повторился дряхлый лай, и, спустя мгновенье, на двор, неизвестно

---

[1] Пиль Роберт (1787—1850) — английский государственный деятель.

откуда, выбежал человек в нанковом кафтане, с белой, как снег, головой; он посмотрел, защищая глаза от солнца, на тарантас, ударил себя вдруг обеими руками по ляжкам, сперва немного заметался на месте, потом бросился отворять ворота. Тарантас въехал на двор, шурша колесами по крапиве, и остановился перед крыльцом. Белоголовый человек, весьма, по-видимому, юркий, уже стоял, широко и криво расставив ноги на последней ступеньке, отстегнул передок, судорожно дернув кверху кожу, и, помогая барину спуститься на землю, поцеловал у него руку.

— Здравствуй, здравствуй, брат, — проговорил Лаврецкий, — тебя, кажется, Антоном зовут? Ты жив еще?

Старик молча поклонился и побежал за ключами. Пока он бегал, ямщик сидел неподвижно, сбочась и поглядывая на запертую дверь; а лакей Лаврецкого как спрыгнул, так и остался в живописной позе, закинув одну руку на козлы. Старик принес ключи и, без всякой нужды изгибаясь, как змея, высоко поднимая локти, отпер дверь, посторонился и опять поклонился в пояс.

«Вот я и дома, вот я и вернулся», — подумал Лаврецкий, входя в крошечную переднюю, между тем как ставни со стуком и визгом отворялись один за другим и дневной свет проникал в опустелые покои.

XIX

Небольшой домик, куда приехал Лаврецкий и где два года тому назад скончалась Глафира Петровна, был выстроен в прошлом столетии, из прочного соснового леса; он на вид казался ветхим, но мог простоять еще лет пятьдесят или более. Лаврецкий обошел все комнаты и, к великому беспокойству старых, вялых мух с белой пылью на спине, неподвижно сидевших под притолоками, велел всюду открыть окна: с самой смерти Глафиры Петровны никто не отпирал их. Все в доме осталось, как было: тонконогие белые диванчики в гостиной, обитые глянцевитым серым штофом [1], протертые и продавленные, живо

---

[1] Штоф — тяжелая шерстяная или шелковая ткань, употребляемая для обивки мебели, для гардин, портьер.

напоминали екатерининские времена; в гостиной же стояло любимое кресло хозяйки, с высокой и прямой спинкой, к которой она и в старости не прислонялась. На главной стене висел старинный портрет Федорова прадеда, Андрея Лаврецкого; темное, желчное лицо едва отделялось от почерневшего и покоробленного фона; небольшие злые глаза угрюмо глядели из-под нависших, словно опухших век; черные волосы без пудры щеткой вздымались над тяжелым, изрытым лбом. На угле портрета висел венок из запыленных иммортелей [1]. «Сами Глафира Петровна изволили плести», — доложил Антон. В спальне возвышалась узкая кровать, под пологом из стародавней, весьма добротной полосатой материи; горка полинялых подушек и стеганое жидкое одеяльце лежали на кровати, а у изголовья висел образ Введение во храм Пресвятой Богородицы, тот самый образ, к которому старая девица, умирая одна и всеми забытая, в последний раз приложилась уже холодеющими губами. Туалетный столик из штучного дерева, с медными бляхами и кривым зеркальцем, с почернелой позолотой, стоял у окна. Рядом со спальней находилась образная [2], маленькая комнатка, с голыми стенами и тяжелым киотом [3] в угле; на полу лежал истертый, закапанный воском коверчик; Глафира Петровна клала на нем земные поклоны. Антон отправился с лакеем Лаврецкого отпирать конюшню и сарай; на место его явилась старушка, чуть ли не ровесница ему, повязанная платком по самые брови; голова ее тряслась, и глаза глядели тупо, но выражали усердие, давнишнюю привычку служить безответно, и в то же время — какое-то почтительное сожаление. Она подошла к ручке Лаврецкого и остановилась у двери в ожидании приказаний. Он решительно не помнил, как ее звали, не помнил даже, видел ли ее когда-нибудь; оказалось, что ее звали Апраксеей; лет сорок тому назад та же Глафира Петровна со-

---

[1] Иммортели — растение, у которого цветы не увядают; то же, что бессмертник.

[2] Образная — комната с образами (иконами), предназначенная для моления.

[3] Киот — ящик со стеклом или небольшой шкаф для икон.

слала ее с барского двора и велела ей быть птичницей; впрочем, она говорила мало, словно из ума выжила, а глядела подобострастно. Кроме этих двух стариков да трех пузатых ребятишек в длинных рубашонках, Антоновых правнуков, жил еще на барском дворе однорукий бестягольный [1] мужичонка, он бормотал, как тетерев, и не был способен ни на что; не многим полезнее его была дряхлая собака, приветствовавшая лаем возвращение Лаврецкого: она уже лет десять сидела на тяжелой цепи, купленной по распоряжению Глафиры Петровны, и едва-едва была в состоянии двигаться и влачить свою ношу. Осмотрев дом, Лаврецкий вышел в сад и остался им доволен. Он весь зарос бурьяном, лопухами, крыжовником и малиной; но в нем было много тени, много старых лип, которые поражали своею громадностью и странным расположением сучьев; они были слишком тесно посажены и когда-то — лет сто тому назад — стрижены. Сад оканчивался небольшим светлым прудом с каймой из высокого красноватого тростника. Следы человеческой жизни глохнут очень скоро: усадьба Глафиры Петровны не успела одичать, но уже казалась погруженной в ту тихую дрему, которой дремлет все на земле, где только нет людской, беспокойной заразы. Федор Иваныч прошелся также по деревне; бабы глядели на него с порогу своих изб, подпирая щеку рукою; мужики издали кланялись, дети бежали прочь, собаки равнодушно лаяли. Ему, наконец, захотелось есть; но он ожидал свою прислугу и повара только к вечеру; обоз с провизией из Лавриков еще не прибывал, — пришлось обратиться к Антону. Антон сейчас распорядился: поймал, зарезал и ощипал старую курицу; Апраксея долго терла и мыла ее, стирая ее, как белье, прежде чем положила ее в кастрюлю; когда она, наконец, сварилась, Антон накрыл и убрал стол, поставил перед прибором почерневшую солонку аплике [2] о трех

---

[5] Б е с т я г о л ь н ы й — освобожденный от крепостной повинности — барщины, оброка и т. п.

[6] А п л и к е — накладное серебро; металлические изделия, покрытые тонким слоем серебра.

ножках и граненый графинчик с круглой стеклянной пробкой и узким горлышком; потом доложил Лаврецкому певучим голосом, что кушанье готово, — и сам стал за его стулом, обвернув правый кулак салфеткой и распространяя какой-то крепкий, древний запах, подобный запаху кипарисового дерева. Лаврецкий отведал супу и достал курицу; кожа ее была вся покрыта крупными пупырушками; толстая жила шла по каждой ноге, мясо отзывалось древесиной и щелоком. Пообедав, Лаврецкий сказал, что он выпил бы чаю, если... «Сею минуту-с подам-с», — перебил его старик — и сдержал свое обещание. Сыскалась щепотка чаю, завернутая в клочок красной бумажки; сыскался небольшой, но прерьяный и шумливый самоварчик, сыскался и сахар в очень маленьких, словно обтаявших кусках. Лаврецкий напился чаю из большой чашки; он еще с детства помнил эту чашку: игорные карты были изображены на ней, из нее пили только гости, — и он пил из нее, словно гость. К вечеру прибыла прислуга; Лаврецкому не захотелось лечь в теткиной кровати; он велел постлать себе постель в столовой. Погасив свечку, он долго глядел вокруг себя и думал невеселую думу; он испытывал чувство, знакомое каждому человеку, которому приходится в первый раз ночевать в давно необитаемом месте; ему казалось, что обступившая его со всех сторон темнота не могла привыкнуть к новому жильцу, что самые стены дома недоумевают. Наконец он вздохнул, натянул на себя одеяло и заснул. Антон дольше всех остался на ногах; он долго шептался с Апраксеей, охал вполголоса, раза два перекрестился; они оба не ожидали, чтобы барин поселился у них в Васильевском, когда у него под боком было такое славное имение с отлично устроенной усадьбой; они и не подозревали, что самая эта усадьба была противна Лаврецкому; она возбуждала в нем тягостные воспоминания. Нашептавшись вдоволь, Антон взял палку, поколотил по висячей, давно безмолвной доске у амбара и тут же прикорнул на дворе, ничем не прикрыв свою белую голову. Майская ночь была тиха и ласкова, — и сладко спалось старику.

XX

На другой день Лаврецкий встал довольно рано, потолковал со старостой, побывал на гумне, велел снять цепь с дворовой собаки, которая только полаяла немного, но даже не отошла от своей конуры, — и, вернувшись домой, погрузился в какое-то мирное оцепенение, из которого не выходил целый день. «Вот когда я попал на самое дно реки», — сказал он самому себе не однажды. Он сидел под окном, не шевелился и словно прислушивался к теченью тихой жизни, которая его окружала, к редким звукам деревенской глуши. Вот где-то за крапивой кто-то напевает тонким-тонким голоском; комар словно вторит ему. Вот он перестал, а комар все пищит; сквозь дружное, назойливо жалобное жужжанье мух раздается гуденье толстого шмеля, который то и дело стучится головой о потолок; петух на улице закричал, хрипло вытягивая последнюю ноту, простучала телега, на деревне скрипят ворота. «Чего?» — задребезжал вдруг бабий голос. «Ох ты, мой сударик», — говорит Антон двухлетней девочке, которую нянчил на руках. «Квас неси», — повторяет тот же бабий голос, — и вдруг находит тишина мертвая; ничто не стукнет, не шелохнется; ветер листком не шевельнет; ласточки несутся без крика одна за другой по земле, и печально становится на душе от их безмолвного налета. «Вот когда я на дне реки, — думает опять Лаврецкий. — И всегда, во всякое время тиха и неспешна здесь жизнь, — думает он, — кто входит в ее круг, — покоряйся: здесь незачем волноваться, нечего мутить; здесь только тому и удача, кто прокладывает свою тропинку не торопясь, как пахарь борозду плугом. И какая сила кругом, какое здоровье в этой бездейственной тиши! Вот тут, под окном, коренастый лопух лезет из густой травы, над ним вытягивает зоря свой сочный стебель, богородицыны слезки еще выше выкидывают свои розовые кудри; а там, дальше, в полях, лоснится рожь, и овес уже пошел в трубочку, и ширится во всю ширину свою каждый лист на каждом дереве, каждая травка на своем стебле. На женскую любовь ушли мои лучшие года, — продолжает думать Лаврецкий, — пусть же вытрезвит меня здесь скука, пусть успокоит меня, подготовит к тому, чтобы и я умел не спеша делать дело». И он снова принимается прислушиваться к тишине, ничего не ожидая, — и в то же время как будто беспрестанно ожидая чего-то: тишина обнимает его со всех сторон, солнце катится тихо по спокойному синему небу, и облака тихо плывут по нем; кажется, они знают, куда и зачем они плывут. В то самое время в других местах на земле кипела, торопилась, грохотала жизнь; здесь та же жизнь текла неслышно, как вода по болотным травам; и до самого вечера Лаврецкий не мог оторваться от созерцания этой уходящей, утекающей жизни; скорбь о прошедшем таяла в его душе, как весенний снег, — и странное дело! — никогда не было в нем так глубоко и сильно чувство родины.

XXI

В течение двух недель Федор Иваныч привел домик Глафиры Петровны в порядок, расчистил двор, сад; из Лавриков привезли ему удобную мебель, из города вино, книги, журналы; на конюшне появились лошади; словом, Федор Иваныч обзавелся всем нужным и начал жить — не то помещиком, не то отшельником. Дни его проходили однообразно; но он не скучал, хотя никого не видел; он прилежно и внимательно занимался хозяйством, ездил верхом по окрестностям, читал. Впрочем, он читал мало: ему приятнее было слушать рассказы старика Антона. Обыкновенно Лаврецкий садился с трубкой табаку и чашкой холодного чаю к окну; Антон становился у двери, заложив назад руки, и начинал свои неторопливые рассказы о стародавних временах, о тех баснословных временах, когда овес и рожь продавались не мерками, а в больших мешках, по две и по три копейки за мешок; когда во все стороны, даже под городом, тянулись непроходимые леса, нетронутые степи. «А теперь, — жаловался старик, которому уже стукнуло лет за восемьдесят, — так все вырубили да распахали, что проехать негде». Также рассказывал Антон много о своей госпоже, Глафире Петровне: какие они были рассудительные и бережливые; как некоторый господин, молодой сосед, подделывался было к ним, часто стал наезжать, и как они для него изволили даже надевать свой праздничный чепец с лентами цвету массака́ и желтое платье из трю-трю-левантина; но как потом, разгневавшись на господина соседа за неприличный вопрос: «Что, мол, должо́н быть у вас, сударыня, капитал?» — приказали ему от дому отказать, и как они тогда же приказали, чтоб все после их кончины, до самомалейшей тряпицы, было представлено Федору Ивановичу. И точно, Лаврецкий нашел весь теткин скарб в целости, не выключая праздничного чепца с лентами цвета массака́ и желтого платья из трю-трю-левантина. Старинных бумаг и любопытных документов, на которые рассчитывал Лаврецкий, не оказалось никаких, кроме одной ветхой книжки, в которую дедушка его, Петр Андреич, вписывал — то «Празднование в городе Санкт-Петербурге замирения [1], заключенного с Турецкой империей его сиятельством князем Александр Александровичем Прозоровским» [2], то рецепт грудного *декохта* [3] с примечанием: «Сие наставление дано генеральше Прасковье Федоровне Салтыковой от протопресвитера [4] церкви Живоначальныя Троицы Феодора Авксентьевича»; то политическую новость следующего рода: «О тиграх французах что-то замолкло» [5], — и тут же рядом: «В Московских ведомостях показано, что скончался господин премьер-маиор Михаил Петрович Колычев. Не Петра ли Васильевича Колычева сын?» Лаврецкий нашел также несколько старых календарей и сонников и таинственное сочинение г. Амбодика; много воспоминаний возбудили в нем давно

---

[1] «Празднование в городе Санкт-Петербурге замирения...» — Кучук-Кайнарджийского мира, заключенного 10 июля 1774 года.

[2] П р о з о р о в с к и й Александр Александрович (1732—1809) — генерал-фельдмаршал, участник первой турецкой войны (1769—1774).

[3] Д е к о х т (правильно: декокт) — отвар из лекарственных трав.

[4] П р о т о п р е с в и т е р — звание главного священника в большом соборе.

[5] «О тиграх французах что-то замолкло» — подразумеваются известия о событиях французской революции конца XVIII века.

забытые, но знакомые «Символы и эмблемы». В туалетном столике Глафиры Петровны Лаврецкий нашел небольшой пакет, завязанный черной ленточкой, запечатанный черным сургучом и засунутый в самую глубь ящика. В пакете лежали лицом к лицу пастелевый портрет его отца в молодости, с мягкими кудрями, рассыпанными по лбу, с длинными томными глазами и полураскрытым ртом, и почти стертый портрет бледной женщины в белом платье, с белым розаном в руке, — его матери. С самой себя Глафира Петровна никогда не позволяла снять портрета. «Я, батюшка Федор Иваныч, — говаривал Лаврецкому Антон, — хоша и в господских хоромах тогда жительства не имел, а вашего прадедушку, Андрея Афанасьевича, помню, как же: мне, когда они скончались, восьмнадцатый годочек пошел. Раз я им в саду встрелся, — так даже поджилки затряслись; однако они ничего, только спросили, как зовут, и в свои покои за носовым платком послали. Барин был, что и говорить — и старшего над собой не знал. Потому была, доложу вам, у вашего прадедушки чудная така ладонка[1]; с Афонской горы им монах ту ладонку подарил. И сказал он ему этта монах-то: «За твое, боярин, радушие сие тебе дарю; носи — и суда не бойся». Ну, да ведь тогда, батюшка, известно, какие были времена: что барин восхотел, то и творил. Бывало, кто даже из господ вздумает им перечить, так они только посмотрят на него да скажут: «Мелко плаваешь», — самое это у них было любимое слово. И жил он, ваш блаженныя памяти прадедушка, в хоромах деревянных малых; а что добра после себя оставил, серебра что, всяких запасов, все подвалы битком набиты были. Хозяин был. Тот-то графинчик, что вы похвалить изволили, их был: из него водку кушали. А вот дедушка ваш, Петр Андреич, и палаты себе поставил каменные, а добра не нажил ; все у них пошло *хинею*[2]; и жили они хуже па-

---

[1] Ладонка (правильно: ладанка) — сумочка, маленький мешочек с ладаном (ароматическая смола) или каким-нибудь талисманом, который носили на груди и которому приписывали магическую силу, оберегающую от зла.

[2] Все у них пошло хинею (от слова: хинь — ахинея) — то есть без толку, понапрасну.

пенькиного, и удовольствий никаких себе не производили, — а денежки все порешил, и помянуть его нечем, ложки серебряной от них не осталось, и то еще, спасибо, Глафира Петровна порадела».

— А правда ли, — перебивал его Лаврецкий, — ее старой колотовкой звали?

— Да ведь кто звал! — возражал с неудовольствием Антон.

— А что, батюшка, — решился спросить однажды старик, — что наша барынька, где изволит свое пребывание иметь?

— Я развелся с женою, — проговорил с усилием Лаврецкий, — пожалуйста, не спрашивай о ней.

— Слушаю-с, — печально возразил старик. По прошествии трех недель Лаврецкий поехал верхом в О... к Калитиным и провел у них вечер. Лемм был у них; он очень понравился Лаврецкому. Хотя, по милости отца, он ни на каком инструменте не играл, однако страстно любил музыку, музыку дельную, классическую. Паншина в тот вечер у Калитиных не было. Губернатор услал его куда-то за город. Лиза играла одна и очень отчетливо; Лемм оживился, расходился, свернул бумажку трубочкой и дирижировал. Марья Дмитриевна сперва смеялась, глядя на него, потом ушла спать; по ее словам, Бетховен слишком волновал ее нервы. В полночь Лаврецкий проводил Лемма на квартиру и просидел у него до трех часов утра. Лемм много говорил; сутулина его выпрямилась, глаза расширились и заблистали; самые волосы приподнялись над лбом. Уже так давно никто не принимал в нем участья, а Лаврецкий видимо интересовался им, заботливо и внимательно расспрашивал его. Старика это тронуло; он кончил тем, что показал гостю свою музыку, сыграл и даже спел мертвенным голосом некоторые отрывки из своих сочинений, между прочим целую положенную им на музыку балладу Шиллера [1]: «Фридолин». Лаврецкий похвалил его, заставил кое-что повторить и, уезжая, при-

---

[1] Шиллер Иоганн Фридрих (1759—1805) — немецкий поэт и драматург.

гласил его к себе погостить на несколько дней. Лемм, проводивший его до улицы, тотчас согласился и крепко пожал его руку; но, оставшись один на свежем и сыром воздухе, при только что занимавшейся заре, оглянулся, прищурился, съежился и, как виноватый, побрел в свою комнатку. «Ich bin wohl nicht klug» (я не в своем уме), — пробормотал он, ложась в свою жесткую и короткую постель. Он попытался сказаться больным, когда, несколько дней спустя, Лаврецкий заехал за ним в коляске, но Федор Иваныч вошел к нему в комнату и уговорил его. Сильнее всего подействовало на Лемма то обстоятельство, что Лаврецкий собственно для него велел привезти к себе в деревню фортепьяно из города. Они вдвоем отправились к Калитиным и провели у них вечер, но уже не так приятно, как в последний раз. Паншин был там, много рассказывал о своей поездке, очень забавно передразнивал и представлял виденных им помещиков; Лаврецкий смеялся, но Лемм не выходил из своего угла, молчал, тихо шевелился весь, как паук, глядел угрюмо и тупо и оживился только тогда, когда Лаврецкий стал прощаться. Даже сидя в коляске, старик продолжал дичиться и ежиться; но тихий, теплый воздух, легкий ветерок, легкие тени, запах травы, березовых почек, мирное сиянье безлунного звездного неба, дружный топот и фырканье лошадей — все обаяния дороги, весны, ночи спустились в душу бедного немца, и он сам первый заговорил с Лаврецким.

XXII

Он стал говорить о музыке, о Лизе, потом опять о музыке. Он как будто медленнее произносил слова, когда говорил о Лизе. Лаврецкий навел речь на его сочинения и, полушутя, предложил ему написать для него либретто.

— Гм, либретто! — возразил Лемм, — нет, это не по мне: у меня уже нет той живости, той игры воображения, которая необходима для оперы; я уже теперь лишился сил моих... Но если б я мог еще что-нибудь сделать, я бы удовольствовался романсом; конечно, я желал бы хороших слов...

Он умолк и долго сидел неподвижно и подняв глаза на небо.

— Например, — проговорил он наконец, — что-нибудь в таком роде: вы, звезды, о вы, чистые звезды!..,

Лаврецкий слегка обернулся к нему лицом и стал глядеть на него.

— Вы, звезды, чистые звезды, — повторил Лемм... — Вы взираете одинаково на правых и на виновных... но одни невинные сердцем, — или что-нибудь в этом роде... вас понимают, то есть нет, — вас любят. Впрочем, я не поэт, куда мне! Но что-нибудь в этом роде, что-нибудь высокое.

Лемм отодвинул шляпу на затылок; в тонком сумраке светлой ночи лицо его казалось бледнее и моложе.

— И вы тоже, — продолжал он постепенно утихавшим голосом, — вы знаете, кто любит, кто умеет любить, потому что вы, чистые, вы одни можете утешить... Нет, это все не то! Я не поэт, — промолвил он, — но что-нибудь в этом роде...

— Мне жаль, что и я не поэт, — заметил Лаврецкий.

— Пустые мечтанья! — возразил Лемм и углубился в угол коляски. Он закрыл глаза, как бы собираясь заснуть.

Прошло несколько мгновений... Лаврецкий прислушался... «Звезды, чистые звезды, любовь», — шептал старик.

«Любовь», — повторил про себя Лаврецкий, задумался, — и тяжело стало у него на душе.

— Прекрасную вы написали музыку на Фридолина, Христофор Федорыч, — промолвил он громко, — а как вы полагаете, этот Фридолин, после того как граф привел его к жене, ведь он тут-то и сделался ее любовником, а?

— Это вы так думаете, — возразил Лемм, — потому что, вероятно, опыт... — Он вдруг умолк и в смущении отвернулся. Лаврецкий принужденно засмеялся, тоже отвернулся и стал глядеть на дорогу.

Звезды уже начинали бледнеть и небо серело, когда коляска подъехала к крыльцу домика в Васильевском. Лаврецкий проводил своего гостя в назначенную ему комнату, вернулся в кабинет и сел перед окном. В саду пел соловей свою последнюю, передрассветную песнь:

Лаврецкий вспомнил, что и у Калитиных в саду пел соловей; он вспомнил также тихое движение Лизиных глаз, когда, при первых его звуках, они обратились к темному окну. Он стал думать о ней, и сердце в нем утихло. «Чистая девушка, — проговорил он вполголоса, — чистые звезды», — прибавил он с улыбкой и спокойно лег спать.

А Лемм долго сидел на своей кровати с нотной тетрадкой на коленях. Казалось, небывалая, сладкая мелодия собиралась посетить его: он уже горел и волновался, он чувствовал уже истому и сладость ее приближения... но он не дождался ее...

— Не поэт и не музыкант! — прошептал он наконец...
И усталая голова его тяжело опустилась на подушку.

XXIII

На другое утро хозяин и гость пили чай в саду под старой липой.

— Маэстро![1] — сказал между прочим Лаврецкий, — вам придется скоро сочинять торжественную кантату.

— По какому случаю?

— А по случаю бракосочетания господина Паншина с Лизой. Заметили ли вы, как он вчера за ней ухаживал? Кажется, у них уже все идет на лад.

— Этого не будет! — воскликнул Лемм.

— Почему?

— Потому что это невозможно. Впрочем, — прибавил он погодя немного, — на свете все возможно. Особенно здесь у вас, в России.

— Россию мы оставим пока в стороне; но что же дурного находите вы в этом браке?

— Все дурно, все. Лизавета Михайловна девица справедливая, серьезная, с возвышенными чувствами, а он... он ди-ле-тант, одним словом.

— Да ведь она его любит?

Лемм встал со скамейки.

---

[1] Маэстро — почетное название композитора, музыканта-виртуоза.

— Нет, она его не любит, то есть она очень чиста сердцем и не знает сама, что это значит: любить. Мадам фон-Калитин ей говорит, что он хороший молодой человек, а она слушается мадам фон-Калитин, потому что она еще совсем дитя, хоть ей и девятнадцать лет: молится утром, молится вечером — и это очень похвально; но она его не любит. Она может любить одно прекрасное, а он не прекрасен, то есть душа его не прекрасна.

Лемм произнес всю эту речь связно и с жаром, расхаживая маленькими шагами взад и вперед перед чайным столиком и бегая глазами по земле.

— Дражайший маэстро! — воскликнул вдруг Лаврецкий, — мне сдается, что вы сами влюблены в мою кузину.

Лемм вдруг остановился.

— Пожалуйста, — начал он неверным голосом, — не шутите так надо мною. Я не безумец: я в темную могилу гляжу, не в розовую будущность.

Лаврецкому стало жаль старика; он попросил у него прощения. Лемм после чая сыграл ему свою кантату, а за обедом, вызванный самим Лаврецким, опять разговорился о Лизе. Лаврецкий слушал его со вниманием и любопытством.

— Как вы думаете, Христофор Федорыч, — сказал он наконец, — ведь у нас теперь, кажется, все в порядке, сад в полном цвету... Не пригласить ли ее сюда на день вместе с ее матерью и моей старушкой теткой, а? Вам это будет приятно?

Лемм наклонил голову над тарелкой.

— Пригласите, — проговорил он чуть слышно.

— А Паншина не надобно?

— Не надобно, — возразил старик с почти детской улыбкой.

Два дня спустя Федор Иваныч отправился в город к Калитиным.

XXIV

Он застал всех дома, но он не тотчас объявил им о своем намерении; он хотел сперва переговорить наедине с Лизой. Случай помог ему: их оставили вдвоем в гостиной. Они разговорились; она успела уже привыкнуть к нему, — да она и вообще никого не дичилась. Он слушал ее, глядел ей в лицо и мысленно твердил слова Лемма, соглашался с ним. Случается иногда, что два уже знакомых, но не близких друг другу человека внезапно и быстро сближаются в течение нескольких мгновений, — и сознание этого сближения тотчас выражается в их взглядах, в их дружелюбных и тихих усмешках, в самых их движениях. Именно это случилось с Лаврецким и Лизой. «Вот он какой», — подумала она, ласково глядя на него; «вот ты какая», — подумал и он. А потому он не очень удивился, когда она, не без маленькой, однако, запинки, объявила ему, что давно имеет на сердце сказать ему что-то, но боится его рассердить.

— Не бойтесь, говорите, — промолвил он и остановился перед ней.

Лиза подняла на него свои ясные глаза.

— Вы такие добрые, — начала она и в то же время подумала: «Да, он, точно, добрый...» — Вы извините меня, я бы не должна сметь говорить об этом с вами... но как могли вы... отчего вы расстались с вашей женой?

Лаврецкий дрогнул, поглядел на Лизу и подсел к ней.

— Дитя мое, — заговорил он, — не прикасайтесь, пожалуйста, к этой ране; руки у вас нежные, а все-таки мне будет больно.

— Я знаю, — продолжала Лиза, как будто не расслушав его, — она перед вами виновата, я не хочу ее оправдывать; но как же можно разлучать то, что Бог соединил?

Наши убеждения на этот счет слишком различны, Лизавета Михайловна, — произнес Лаврецкий довольно резко, — мы не поймем друг друга.

Лиза побледнела; все тело ее слегка затрепетало, но она не замолчала.

— Вы должны простить, — промолвила она тихо, — если хотите, чтобы и вас простили.

— Простить! — подхватил Лаврецкий. — Вы бы сперва должны были узнать, за кого вы просите? Простить эту женщину, принять ее опять в свой дом, ее, это пустое, бессердечное существо! И кто вам сказал, что она хочет возвратиться ко мне? Помилуйте, она совершенно довольна своим положением... Да что тут толковать! Имя ее не должно быть произносимо вами. Вы слишком чисты, вы не в состоянии даже понять такое существо.

— Зачем оскорблять! — с усилием проговорила Лиза. Дрожь ее рук становилась видимой. — Вы сами ее оставили, Федор Иваныч.

— Но я же вам говорю, — возразил с невольным взрывом нетерпенья Лаврецкий, — вы не знаете, какое это создание!

— Так зачем же вы женились на ней? — прошептала Лиза и потупила глаза.

Лаврецкий быстро поднялся со стула.

— Зачем я женился? Я был тогда мо́лод и неопытен; я обманулся, я увлекся красивой внешностью. Я не знал женщин, я ничего не знал. Дай вам Бог заключить более счастливый брак! но поверьте, ни за что нельзя ручаться.

— И я могу так же быть несчастной, — промолвила Лиза (голос ее начал прерываться), — но тогда надо будет покориться; я не умею говорить, но если мы не будем покоряться...

Лаврецкий стиснул руки и топнул ногой.

— Не сердитесь, простите меня, — торопливо произнесла Лиза.

В это мгновение вошла Марья Дмитриевна. Лиза встала и хотела удалиться.

— Постойте, — неожиданно крикнул ей вслед Лаврецкий. — У меня есть до вашей матушки и до вас великая просьба: посетите меня на моем новоселье. Вы знаете, я завел фортепьяно; Лемм гостит у меня; сирень теперь цветет; вы подышите деревенским воздухом и можете вернуться в тот же день, — согласны вы?

Лиза взглянула на мать, а Марья Дмитриевна приняла болезненный вид; но Лаврецкий не дал ей разинуть рта и тут же поцеловал у ней обе руки. Марья Дмитриевна, всегда чувствительная на ласку и уже вовсе не ожидавшая такой любезности от «тюленя», умилилась душою и согласилась. Пока она соображала, какой бы назначить день, Лаврецкий подошел к Лизе и, все еще взволнованный, украдкой шепнул ей: «Спасибо, вы добрая девушка; я виноват...» И ее бледное лицо зарделось веселой и стыдливой улыбкой; глаза ее тоже улыбнулись, — она до того мгновенья боялась, не оскорбила ли она его.

— Владимир Николаич с нами может ехать? — спросила Марья Дмитриевна.

— Конечно, — возразил Лаврецкий, — но не лучше ли нам быть в своем семейном кружке?

— Да ведь кажется... — начала было Марья Дмитриевна. — Впрочем, как хотите, — прибавила она.

Решено было взять Леночку и Шурочку. Марфа Тимофеевна отказалась от поездки.

— Тяжело мне, свет, — сказала она, — кости старые ломать; и ночевать у тебя, чай, негде, да мне и не спится в чужой постели. Пусть эта молодежь скачет.

Лаврецкому уже не удалось более побывать наедине с Лизой; но он так глядел на нее, что ей и хорошо становилось, и стыдно немножко, и жалко его. Прощаясь с ней, он крепко пожал ей руку; она задумалась, оставшись одна.

XXV

Когда Лаврецкий вернулся домой, его встретил на пороге гостиной человек высокого роста и худой, в затасканном синем сюртуке, с морщинистым, но оживленным лицом, с растрепанными седыми бакенбардами, длинным прямым носом и небольшими воспаленными глазками. Это был Михалевич, бывший его товарищ по университету. Лаврецкий сперва не узнал его, но горячо его обнял, как только тот назвал себя. Они не виделись с Москвы. Посыпались восклицания, расспросы; выступили на свет Божий давно заглохшие воспоминания. Торопливо выкуривая трубку за трубкой, отпивая по глотку чаю и размахивая длинными руками, Михалевич рассказал Лаврецкому свои похождения; в них не было ничего очень веселого, удач в предприятиях своих он похвастаться не мог, — а он беспрестанно смеялся сиплым нервическим хохотом. Месяц тому назад получил он место в частной конторе богатого откупщика[1], верст за триста от города О... и, уз-

---

[1] Откупщик — купец, капиталист, за деньги приобретший право на какой-нибудь род государственных доходов.

нав о возвращении Лаврецкого из-за границы, свернул с дороги, чтобы повидаться с старым приятелем. Михалевич говорил так же порывисто, как и в молодости, шумел и кипел по-прежнему. Лаврецкий упомянул было о своих обстоятельствах, но Михалевич перебил его, поспешно пробормотав: «Слышал, брат, слышал, — кто это мог ожидать?» — и тотчас перевел разговор в область общих рассуждений.

— Я, брат, — промолвил он, — завтра должен ехать; сегодня мы, уж ты извини меня, ляжем поздно. Мне хочется непременно узнать, что ты, какие твои мнения, убежденья, чем ты стал, чему жизнь тебя научила? (Михалевич придерживался еще фразеологии тридцатых годов.) Что касается до меня, я во многом изменился, брат: волны жизни упали на мою грудь, — кто, бишь, это сказал? — хотя в важном, существенном я не изменился; я по-прежнему верю в добро, в истину; но я не только верю, — я верую теперь, да — я верую, верую. Послушай, ты знаешь, я пописываю стихи; в них поэзии нет, но есть правда. Я тебе прочту мою последнюю пиесу: в ней я выразил самые задушевные мои убеждения. Слушай. — Михалевич принялся читать свое стихотворение; оно было довольно длинно и оканчивалось следующими стихами:

> Новым чувствам всем сердцем отдался,
> Как ребенок, душою я стал:
> И я сжег все, чему поклонялся,
> Поклонился всему, что сжигал.

Произнося последние два стиха, Михалевич чуть не заплакал; легкие судороги — признак сильного чувства — пробежали по его широким губам, некрасивое лицо его просветлело. Лаврецкий слушал его, слушал... дух противоречия зашевелился в нем: его раздражала всегда готовая, постоянно кипучая восторженность московского студента. Четверти часа не прошло, как уже загорелся между ними спор, один из тех нескончаемых споров, на который способны только русские люди. С о́ника [1], после многолетней разлуки, проведенной в двух различных ми-

---

[1] С о́ника — в азартных карточных играх — с первой ставки, сразу.

рах, не понимая ясно ни чужих, ни даже собственных мыслей, цепляясь за слова и возражая одними словами, заспорили они о предметах самых отвлеченных, — и спорили так, как будто дело шло о жизни и смерти обоих: голосили и вопили так, что все люди всполошились в доме, а бедный Лемм, который с самого приезда Михалевича заперся у себя в комнате, почувствовал недоуменье и начал даже чего-то смутно бояться.

— Что же ты после этого? разочарованный? — кричал Михалевич в первом часу ночи.

— Разве разочарованные такие бывают? — возражал Лаврецкий, — те все бывают бледные и больные, — а хочешь я тебя одной рукой подниму?

— Ну, если не *разочарований,* то *скептык,* это еще хуже (выговор Михалевича отзывался его родиной, Малороссией). А с какого права можешь ты быть скептиком? Тебе в жизни не повезло, положим; в этом твоей вины не было: ты был рожден с душой страстной, любящей, а тебя насильственно отводили от женщин: первая попавшаяся женщина должна была тебя обмануть.

— Она и тебя обманула, — заметил угрюмо Лаврецкий.

— Положим, положим; я был тут орудием судьбы, — впрочем, что это я вру, — судьбы тут нету; старая привычка неточно выражаться. Но что ж это доказывает?

— Доказывает то, что меня с детства вывихнули.

— А ты себя вправь! на то ты человек, ты мужчина; энергии тебе не занимать стать! — Но как бы то ни было, разве можно, разве позволительно — частный, так сказать, факт возводить в общий закон, в непреложное правило?

— Какое тут правило? — перебил Лаврецкий, — я не признаю...

— Нет, это твое правило, правило, — перебивал его в свою очередь Михалевич.

— Ты эгоист, вот что! — гремел он час спустя, — ты желал самонаслажденья, ты желал счастья в жизни, ты хотел жить только для себя...

— Что такое самонаслажденье?

— И все тебя обмануло; все рухнуло под твоими ногами.

— Что такое самонаслажденье, спрашиваю я тебя?

— И оно должно было рухнуть. Ибо ты искал опоры там, где ее найти нельзя, ибо ты строил свой дом на зыбком песке...

— Говори ясней, без сравнений, *ибо я* тебя не понимаю.

— Ибо, — пожалуй, смейся, — ибо нет в тебе веры, нет теплоты сердечной; ум, все один только копеечный ум... ты просто жалкий, отсталый вольтериянец [1] — вот ты кто!

— Кто, я вольтериянец?

— Да, такой же, как твой отец, и сам того не подозреваешь.

— После этого, — воскликнул Лаврецкий, — я вправе сказать, что ты фанатик! [2]

— Увы! — возразил с сокрушеньем Михалевич, — я, к несчастью, ничем не заслужил еще такого высокого наименования...

— Я теперь нашел, как тебя назвать, — кричал тот же Михалевич в третьем часу ночи, — ты не скептик, не разочарованный, не вольтериянец, ты — байбак, и ты злостный байбак, байбак с сознаньем, не наивный байбак. Наивные байбаки лежат себе на печи и ничего не делают, потому что не умеют ничего делать; они и не думают ничего, а ты мыслящий человек — и лежишь; ты мог бы что-нибудь делать — и ничего не делаешь; лежишь сытым брюхом кверху и говоришь: так оно и следует, лежать-то, потому что все, что люди ни делают, — все вздор и ни к чему не ведущая чепуха.

— Да с чего ты взял, что я лежу? — твердил Лаврецкий, — почему ты предполагаешь во мне такие мысли?

— А сверх того, вы все, вся ваша братия, — продолжал неугомонный Михалевич, — начитанные байбаки. Вы

---

[1] Вольтериянец (вольтерьянец) — последователь учения Вольтера, вольнодумец.

[2] Фанатик — человек, предающийся с исключительной страстностью какому-нибудь делу, необычайно приверженный какой-либо идее.

знаете, на какую ножку немец хромает, знаете, что плохо у англичан и у французов, — и вам ваше жалкое знание в подспорье идет, лень вашу постыдную, бездействие ваше гнусное оправдывает. Иной даже гордится тем, что я, мол, вот умница, — лежу, а те, дураки, хлопочут. Да! А то есть у нас такие господа — впрочем, я это говорю не на твой счет, — которые всю жизнь свою проводят в каком-то млении скуки, привыкают к ней, сидят в ней, как... как гриб в сметане, — подхватил Михалевич и сам засмеялся своему сравнению. — О, это мление скуки — гибель русских людей! Весь век собирается работать, противный байбак...

— Да что ж ты бранишься? — вопил в свою очередь Лаврецкий. — Работать... делать... Скажи лучше, что делать, а не бранись, Демосфен[1] полтавский!

— Вишь, чего захотел! Это я тебе не скажу, брат; это всякий сам должен знать, — возражал с иронией Демосфен. — Помещик, дворянин — и не знает, что делать! Веры нет, а то бы знал; веры нет — и нет откровения.

— Дай же по крайней мере отдохнуть, черт; дай оглядеться, — молил Лаврецкий.

— Ни минуты отдыха, ни секунды! — возражал с повелительным движением руки Михалевич. — Ни одной секунды! Смерть не ждет, и жизнь ждать не должна.

— И когда же, где же вздумали люди обайбачиться? — кричал он в четыре часа утра, но уже несколько осипшим голосом, — у нас! теперь! в России! когда на каждой отдельной личности лежит долг, ответственность великая перед Богом, перед народом, перед самим собою! Мы спим, а время уходит; мы спим...

— Позволь мне тебе заметить, — промолвил Лаврецкий, — что мы вовсе не спим теперь, а скорее другим не даем спать. Мы, как петухи, дерем горло. Послушай-ка, это, никак, уже третьи кричат.

Эта выходка рассмешила и успокоила Михалевича. «До завтра», — проговорил он с улыбкой и всунул трубку

---

[1] Демосфен (384—322 гг. до н. э.) — знаменитый афинский оратор и политический деятель.

в кисет. «До завтра», — повторил Лаврецкий. Но друзья еще более часу беседовали... Впрочем, голоса их не возвышались более, и речи их были тихие, грустные, добрые речи.

Михалевич уехал на другой день, как ни удерживал его Лаврецкий. Федору Ивановичу не удалось убедить его остаться; но наговорился он с ним досыта. Оказалось, что у Михалевича гроша за душой не было. Лаврецкий уже накануне с сожалением заметил в нем все признаки и привычки застарелой бедности: сапоги у него были сбиты, сзади на сюртуке недоставало одной пуговицы, руки его не ведали перчаток, в волосах торчал пух; приехавши, он и не подумал попросить умыться, а за ужином ел, как акула, раздирая руками мясо и с треском перегрызая кости своими крепкими черными зубами. Оказалось также, что служба не пошла ему впрок, что все надежды свои он возлагал на откупщика, который взял его единственно для того, чтобы иметь у себя в конторе «образованного человека». Со всем тем Михалевич не унывал и жил себе циником, идеалистом, поэтом, искренно радея и сокрушаясь о судьбах человечества, о собственном призвании, — и весьма мало заботясь о том, как бы не умереть с голоду. Михалевич женат не был, но влюблялся без счету и писал стихотворения на всех своих возлюбленных; особенно пылко воспел он одну таинственную, чернокудрую «панну»... Ходили, правда, слухи, будто эта панна была простая жидовка, хорошо известная многим кавалерийским офицерам... но, как подумаешь, — разве это не все равно?

С Леммом Михалевич не сошелся: немца, с непривычки, запугали его многошумные речи, его резкие манеры... Горемыка издали тотчас чует другого горемыку, но под старость редко сходится с ним, и это нисколько не удивительно: ему с ним нечем делиться, — даже надеждами.

Перед отъездом Михалевич еще долго беседовал с Лаврецким, пророчил ему гибель, если он не очнется, умолял его серьезно заняться бытом своих крестьян, ставил себя в пример, говоря, что он очистился в горниле бед, — и тут же несколько раз назвал себя счастливым человеком, сравнил себя с птицей небесной, с лилией долины...

— С черной лилией, во всяком случае, — заметил Лаврецкий.

— Э, брат, не аристократничай, — возразил добродушно Михалевич, — а лучше благодари Бога, что и в твоих жилах течет честная плебейская кровь. Но я вижу, тебе нужно теперь какое-нибудь чистое, неземное существо, которое исторгло бы тебя из твоей апатии...

— Спасибо, брат, — промолвил Лаврецкий, — с меня будет этих неземных существ.

— Молчи, *цынык*! — воскликнул Михалевич.

— «Ципик», — поправил его Лаврецкий.

— Именно цынык, — повторил, не смущаясь, Михалевич.

Даже сидя в тарантасе, куда вынесли его плоский, желтый, до странности легкий чемодан, он еще говорил; окутанный в какой-то испанский плащ с порыжелым воротником и львиными лапами вместо застежек, он еще развивал свои воззрения на судьбы России и водил смуглой рукой по воздуху, как бы рассеивая семена будущего благоденствия. Лошади тронулись наконец... «Помни мои последние три слова, — закричал он, высунувшись всем телом из тарантаса и стоя на балансе, — религия, прогресс, человечность!.. Прощай!» Голова его, с нахлобученной на глаза фуражкой, исчезла. Лаврецкий остался один на крыльце — и пристально глядел вдаль по дороге, пока тарантас пе скрылся из виду «А ведь он, пожалуй, прав, — думал он, возвращаясь в дом, — пожалуй, что я байбак». Многие из слов Михалевича неотразимо вошли ему в душу, хоть он и спорил и не соглашался с ним. Будь только человек добр, — его никто отразить не может.

XXVI

Два дня спустя Марья Дмитриевна, по обещанию, прибыла со всей своей молодежью в Васильевское. Девочки побежали тотчас в сад, а Марья Дмитриевна томно прошлась по комнатам и томно все похвалила. Визит свой Лаврецкому она считала знаком великого снисхожденья, чуть не добрым поступком. Она приветливо улыбнулась, когда Антон и Апраксея, по старинной дворовой привычке, подошли к ней к ручке, — и расслабленным голосом, в нос, попросила напиться чаю. К великой досаде Антона, надевшего вязаные белые перчатки, чай подал приезжей барыне не он, а наемный камердинер Лаврецкого, не понимавший, по словам старика, никаких порядков. Зато Антон за обедом взял свое: твердой стопою стал он за кресло Марьи Дмитриевны — и уже никому не уступил своего места. Давно небывалое появление гостей в Васильевском и встревожило и обрадовало старика; ему было приятно видеть, что с его барином хорошие господа знаются. Впрочем, не он один волновался в тот день: Лемм волновался тоже. Он надел коротенький табачного цвета фрак с острым хвостиком, туго затянул свой шейный платок и беспрестанно откашливался и сторонился с приятным и приветливым видом. Лаврецкий с удовольствием заметил, что сближение между им и Лизой продолжалось: она, как только вошла, дружелюбно протянула ему руку. После обеда Лемм достал из заднего кармана фрака, куда он то и дело запускал руку, небольшой сверток нотной бумаги и, сжав губы, молча положил его на фортепьяно. Это был романс, сочиненный им накануне на старомодные немецкие слова, в которых упоминалось о звездах. Лиза тотчас села за фортепьяно и разобрала романс... Увы! музыка оказалась запутанной и неприятно напряженной; видно было, что композитор силился выразить что-то страстное, глубокое, но ничего не вышло: усилие так и осталось одним усилием. Лаврецкий и Лиза оба это почувствовали — и Лемм это понял: ни слова не сказав, положил он свой романс обратно в карман и, в ответ на предложение Лизы сыграть его еще раз, покачав только головой, значительно сказал: «Теперь — баста!» — сгорбился, съежился и отошел.

К вечеру пошли всем обществом ловить рыбу. В пруде за садом водилось много карасей и гольцов. Марью Дмитриевну посадили на кресло возле берега, в тени, постлали ей ковер под ноги, дали лучшую удочку; Антон, как старый опытный рыболов, предложил ей свои услуги. Он усердно насаживал червяков, шлепал по ним рукою, плевал на них и даже сам закидывал удочку, грациозно наклоняясь вперед всем корпусом. Марья Дмитриевна в тот же день отозвалась о нем Федору Иванычу следующей фразой на институтско-французском языке: «Il n'y a plus maintenant de ces gens comme ça comme autrefois» [1]. Лемм с двумя девочками отправился подальше, к самой плотине; Лаврецкий поместился возле Лизы. Рыба клевала беспрестанно; выхваченные караси то и дело сверкали в воздухе своими то золотыми, то серебряными боками; радостные восклицания девочек не умолкали; сама Марья Дмитриевна изнеженно взвизгнула раза два. Реже всех бралось у Лаврецкого и у Лизы; вероятно, это происходило от того, что они меньше других обращали внимания на ловлю и дали поплавкам своим подплыть к самому берегу. Красноватый высокий камыш тихо шелестел вокруг них, впереди тихо сияла неподвижная вода, и разговор у них шел тихий. Лиза стояла на маленьком плоту; Лаврецкий сидел на наклоненном стволе ракиты; на Лизе было белое платье, перехваченное вокруг пояса широкой, тоже белой лентой; соломенная шляпа висела у ней на одной руке, — другою она с некоторым усилием поддерживала гнуткое удилище. Лаврецкий глядел на ее чистый, несколько строгий профиль, на закинутые за уши волосы, на нежные щеки, которые загорели у ней, как у ребенка, и думал: «О, как мило стоишь ты над моим прудом!» Лиза не оборачивалась к нему, а смотрела на воду и не то щурилась, не то улыбалась. Тень от близкой липы падала на обоих.

— А знаете ли, — начал Лаврецкий, — я много размышлял о нашем последнем разговоре с вами и пришел к тому заключению, что вы чрезвычайно добры.

— Я совсем не с тем намерением... — возразила было Лиза — и застыдилась.

— Вы добры, — повторил Лаврецкий. — Я топорный человек, а чувствую, что все должны вас любить. Вот хоть бы Лемм; он просто влюблен в вас.

---

[1] Теперь больше нет людей таких, как бывало *(франц.)*.

Брови у Лизы не то чтобы нахмурились, а дрогнули; это с ней всегда случалось, когда она слышала что-нибудь неприятное.

— Очень он мне был жалок сегодня, — подхватил Лаврецкий, — с своим неудавшимся романсом. Быть молодым и не уметь — это сносно; но состариться и не быть в силах — это тяжело. И ведь обидно то, что не чувствуешь, когда уходят силы. Старику трудно переносить такие удары!.. Берегитесь, у вас клюет... Говорят, — прибавил Лаврецкий, помолчав немного, — Владимир Николаич написал очень милый романс.

— Да, — отвечала Лиза, — это безделка, но недурная.

— А как, по-вашему, — спросил Лаврецкий, — хороший он музыкант?

— Мне кажется, у него большие способности к музыке; но он до сих пор не занимался ею как следует.

— Так. А человек он хороший?

Лиза засмеялась и быстро взглянула на Федора Иваныча.

— Какой странный вопрос! — воскликнула она, вытащила удочку и далеко закинула ее снова.

— Отчего же странный? Я спрашиваю о нем у вас как человек, недавно сюда приехавший, как родственник.

— Как родственник?

— Да. Ведь я вам, кажется, довожусь дядей?

— У Владимира Николаича доброе сердце, — заговорила Лиза, — он умен, maman его очень любит.

— А вы его любите?

— Он хороший человек; отчего же мне его не любить?

— А! — промолвил Лаврецкий и умолк. Полупечальное, полунасмешливое выражение промелькнуло у него на лице. Упорный взгляд его смущал Лизу, но она продолжала улыбаться. — Ну и дай бог им счастья! — пробормотал он, наконец, как будто про себя, и отворотил голову.

Лиза покраснела.

— Вы ошибаетесь, Федор Иваныч, — сказала она, — вы напрасно думаете... А разве вам Владимир Николанч не нравится? — спросила она вдруг.

— Не нравится.

— Отчего же?

— Мне кажется, сердца-то у него и нету.

Улыбка сошла с лица Лизы.

— Вы привыкли строго судить людей, — промолвила она после долгого молчанья.

— Я не думаю. Какое право имею я строго судить других, помилуйте, когда я сам нуждаюсь в снисхождении? Или вы забыли, что надо мной один ленивый не смеется?.. А что, — прибавил он, — сдержали вы свое обещание?

— Какое?

— Помолились вы за меня?

— Да, я за вас молилась и молюсь каждый день. А вы, пожалуйста, не говорите легко об том.

Лаврецкий начал уверять Лизу, что ему это и в голову не приходило, что он глубоко уважает всякие убеждения; потом он пустился толковать о религии, о ее значении в истории человечества, о значении христианства...

— Христианином нужно быть, — заговорила не без некоторого усилия Лиза, — не для того, чтобы познавать небесное... там... земное, а для того, что каждый человек должен умереть.

Лаврецкий с невольным удивлением поднял глаза на Лизу и встретил ее взгляд.

— Какое это вы промолвили слово! — сказал он.

— Это слово не мое, — отвечала она.

— Не ваше... Но почему вы заговорили о смерти?

— Не знаю. Я часто о ней думаю.

— Часто?

— Да.

— Этого не скажешь, глядя на вас теперь: у вас такое веселое, светлое лицо, вы улыбаетесь...

— Да, мне очень весело теперь, — наивно возразила Лиза.

Лаврецкому захотелось взять ее обе руки и крепко стиснуть их...

— Лиза, Лиза, — закричала Марья Дмитриевна, — поди сюда, посмотри, какого карася я поймала.

— Сейчас, maman, — отвечала Лиза и пошла к ней, а Лаврецкий остался на своей раките. «Я говорю с ней, словно я не отживший человек», — думал он. Уходя, Лиза повесила свою шляпу на ветку; с странным, почти нежным чувством посмотрел Лаврецкий на эту шляпу, на ее длинные, немного помятые ленты. Лиза скоро к нему вернулась и опять стала на плот.

— Почему же вам кажется, что у Владимира Николаича сердца нет? — спросила она несколько мгновений спустя.

— Я вам уже сказал, что я мог ошибиться; а впрочем, время все покажет.

Лиза задумалась. Лаврецкий заговорил о своем житье-бытье в Васильевском, о Михалевиче, об Антоне; он чувствовал потребность говорить с Лизой, сообщить ей все, что приходило ему в душу: она так мило, так внимательно его слушала; ее редкие замечания и возражения казались ему так просты и умны. Он даже сказал ей это.

Лиза удивилась.

— Право? — промолвила она, — а я так думала, что у меня, как у моей горничной Насти, *своих* слов нет. Она однажды сказала своему жениху: тебе должно быть скучно со мною; ты мне говоришь все такое хорошее, а у меня своих слов нету.

«И слава Богу!» — подумал Лаврецкий.

XXVII

Между тем вечер наступал, и Марья Дмитриевна изъявила желание возвратиться домой. Девочек с трудом оторвали от пруда, снарядили. Лаврецкий объявил, что проводит гостей до полдороги, и велел оседлать себе лошадь. Усаживая Марью Дмитриевну в карету, он хватился Лемма; но старика нигде не могли найти. Он тотчас исчез, как только кончилось уженье. Антон, с замечательной для его лет силой, захлопнул дверцы и сурово закричал: «Пошел, кучер!» Карета тронулась. На задних местах помещались Марья Дмитриевна и Лиза; на передних — девочки и горничная. Вечер стоял теплый и тихий, и окна с обеих сторон были опущены. Лаврецкий ехал рысью возле кареты со стороны Лизы, положив руку на дверцы — он бросил поводья на шею плавно бежавшей лошади —

и изредка меняясь двумя-тремя словами с молодой девушкой. Заря исчезла; наступила ночь, а воздух даже потеплел. Марья Дмитриевна скоро задремала; девочки и горничная заснули тоже. Быстро и ровно катилась карета; Лиза наклонилась вперед; только что поднявшийся месяц светил ей в лицо, ночной пахучий ветерок дышал ей в глаза и щеки. Ей было хорошо. Рука ее опиралась на дверцы кареты рядом с рукою Лаврецкого. И ему было хорошо: он несся по спокойной ночной теплыни, не спуская глаз с доброго молодого лица, слушая молодой и в шепоте звеневший голос, говоривший простые, добрые вещи; он и не заметил, как проехал полдороги. Он не захотел будить Марью Дмитриевну, пожал слегка руку Лизы и сказал: «Ведь мы друзья теперь, не правда ли?» Она кивнула головой, он остановил лошадь. Карета покатилась дальше, тихонько колыхаясь и ныряя; Лаврецкий отправился шагом домой. Обаянье летней ночи охватило его; все вокруг казалось так неожиданно странно и в то же время так давно и так сладко знакомо; вблизи и вдали, — а далеко было видно, хотя глаз многого не понимал из того, что видел, — все покоилось; молодая расцветающая жизнь сказывалась в самом этом покое. Лошадь Лаврецкого бодро шла, мерно раскачиваясь направо и налево; большая черная тень ее шла с ней рядом; было что-то таинственно приятное в топоте ее копыт, что-то веселое и чудное в гремящем крике перепелок. Звезды исчезали в каком-то светлом дыме; неполный месяц блестел твердым блеском; свет его разливался голубым потоком по небу и падал пятном дымчатого золота на проходившие близко тонкие тучки; свежесть воздуха вызывала легкую влажность на глаза, ласково охватывала все члены, лилась вольною струею в грудь. Лаврецкий наслаждался и радовался своему наслаждению. «Ну, мы еще поживем, — думал он, — не совсем еще нас заела...» Он не договорил: кто или что... Потом он стал думать о Лизе, о том, что вряд ли она любит Паншина; что встреться он с ней при других обстоятельствах, — Бог знает, что могло бы из этого выйти; что она понимает Лемма, хотя у ней «своих» слов нет. Да и это неправда: у ней есть свои слова... «Не говорите об этом легкомысленно», — вспомнилось Лаврецкому. Он долго ехал, понурив голову, потом выпрямился, медленно произнес:

> И я сжег все, чему поклонялся,
> Поклонился всему, что сжигал... —

но тотчас же ударил лошадь хлыстом и скакал вплоть до дому.

Слезая с коня, он в последний раз оглянулся с невольной благодарной улыбкой. Ночь, безмолвная, ласковая ночь, лежала на холмах и на долинах; издали, из ее благовонной глубины, Бог знает откуда — с неба ли, с земли, — тянуло тихим и мягким теплом. Лаврецкий послал последний поклон Лизе и взбежал на крыльцо.

Следующий день прошел довольно вяло. С утра падал дождь; Лемм глядел исподлобья и все крепче и крепче стискивал губы, точно он давал себе зарок никогда не открывать их. Ложась спать, Лаврецкий взял с собою на постель целую груду французских журналов, которые уже более двух недель лежали у него на столе нераспечатанные. Он принялся равнодушно рвать куверты и пробегать столбцы газет, в которых, впрочем, не было ничего нового. Он уже хотел бросить их — и вдруг вскочил с постели, как ужаленный. В фельетоне одной из газет известный уже нам мусье Жюль сообщал своим читателям «горестную новость»: прелестная, очаровательная москвитянка, — писал он, — одна из цариц моды, украшение парижских салонов Madame de Lavretzki скончалась почти внезапно, — и весть эта, к сожалению, слишком верная, только что дошла до него, г-на Жюля. Он был, — так продолжал он, — можно сказать, другом покойницы...

Лаврецкий оделся, вышел в сад и до самого утра ходил взад и вперед все по одной аллее.

XXVIII

На следующее утро, за чаем, Лемм попросил Лаврецкого дать ему лошадей для того, чтобы возвратиться в город. «Мне пора приняться за дело, то есть за уроки, — заметил старик, — а то я здесь только даром время теряю». Лаврецкий не сразу отвечал ему: он казался рассеянным. «Хорошо, — сказал он наконец, — я с вами сам поеду». Без помощи слуги, кряхтя и сердясь, уложил Лемм небольшой свой чемодан, изорвал и сжег несколько листов нотной бумаги. Подали лошадей. Выходя из кабинета, Лаврецкий положил в карман вчерашний нумер газеты. Во все время дороги и Лемм и Лаврецкий мало говорили друг с другом: каждого из них занимали собственные мысли, и каждый был рад, что другой его не беспокоит. И расстались они довольно сухо, что, впрочем, часто случается между приятелями на Руси. Лаврецкий подвез старика к его домику: тот вылез, достал свой чемодан и, не протягивая своему приятелю руки (он держал чемодан обеими руками перед грудью), не глядя даже на него, сказал ему по-русски: «Прощайте-с!» — «Прощайте», — повторил Лаврецкий и велел кучеру ехать к себе на квартиру. Он нанимал на всякий случай квартиру в городе О... Написавши несколько писем и наскоро пообедав, Лаврецкий отправился к Калитиным. Он застал у них в гостиной одного Паншина, который объявил ему, что Марья Дмитриевна сейчас выйдет, и тотчас с самой радушной любезностью вступил с ним в разговор. До того дня Паншин обращался с Лаврецким не то чтоб свысока, а снисходительно; но Лиза, рассказывая Паншину свою вчерашнюю поездку, отозвалась о Лаврецком как о прекрасном и умном человеке; этого было довольно: следовало завоевать «прекрасного» человека. Паншин начал с комплиментов Лаврецкому, с описания восторга, с которым, по его словам, все семейство Марьи Дмитриевны отзывалось о Васильевском, и потом, по обыкновению своему, ловко перейдя к самому себе, начал говорить о своих занятиях, о воззрениях своих на жизнь, на свет и на службу; сказал слова два о будущности России, о том, как следует губернаторов в руках держать; тут же весело подтрунил над самим собою и прибавил, что, между прочим, ему в Петербурге поручили «de populariser l'idée du cadastre» [1]. Он говорил довольно долго, с небрежной са-

---

[1] Популяризировать идею кадастра (франц.). Кадастр — опись земельных владений, проводимая в целях налогового обложения.

моуверенностью разрешая все затруднения и, как фокусник шарами, играя самыми важными административными и политическими вопросами. Выражения: «Вот что бы я сделал, если б я был правительством»; «Вы, как умный человек, тотчас со мной согласитесь», — не сходили у него с языка. Лаврецкий холодно слушал разглагольствования Паншина: не нравился ему этот красивый, умный и непринужденно изящный человек, с своей светлой улыбкой, вежливым голосом и пытливыми глазами. Паншин скоро догадался, с свойственным ему быстрым пониманием ощущений другого, что не доставляет особенного удовольствия своему собеседнику, и под благовидным предлогом скрылся, решив про себя, что Лаврецкий, может быть, и прекрасный человек, но несимпатичный, «aigri»[1] и «en somme»[2] несколько смешной. Марья Дмитриевна появилась в сопровождении Гедеоновского; потом пришла Марфа Тимофеевна с Лизой, за ними пришли остальные домочадцы; потом приехала и любительница музыки, Беленицына, маленькая, худенькая дама, с почти ребяческим, усталым и красивым личиком, в шумящем черном платье, с пестрым веером и толстыми золотыми браслетами; приехал и муж ее, краснощекий, пухлый человек, с большими ногами и руками, с белыми ресницами и неподвижной улыбкой на толстых губах; в гостях жена никогда с ним не говорила, а дома, в минуты нежности, называла его своим поросеночком; Паншин вернулся: очень стало людно и шумно в комнатах. Лаврецкому такое множество народа было не по нутру; особенно сердила его Беленицына, которая то и дело глядела на него в лорнет. Он бы тотчас ушел, если б не Лиза: ему хотелось сказать ей два слова наедине, но он долго не мог улучить удобное мгновенье и довольствовался тем, что с тайной радостью следил за нею взором; никогда ее лицо не казалось ему благородней и милей. Она много выигрывала от близости Беленицыной. Та беспрестанно двигалась на стуле, поводила своими узкими плечиками, смеялась изнеженным смехом и то щурилась, то вдруг широко раскрывала глаза. Лиза сидела смирно, глядела

---

[1] Озлобленный *(франц.).*
[2] В конце концов *(франц.).*

прямо и вовсе не смеялась. Хозяйка села играть в карты с Марфой Тимофеевной, Беленицыным и Гедеоновским, который играл очень медленно, беспрестанно ошибался, моргал глазами и утирал лицо платком. Паншин принял меланхолический вид, выражался кратко, многозначительно и печально, — ни дать ни взять невысказавшийся художник, — но, несмотря на просьбы Беленицыной, которая очень с ним кокетничала, не соглашался спеть свой романс: Лаврецкий его стеснял. Федор Иваныч тоже говорил мало; особенно выражение его лица поразило Лизу, как только он вошел в комнату: она тотчас почувствовала, что он имеет сообщить ей что-то, но, сама не зная почему, боялась расспросить его. Наконец, переходя в залу наливать чай, она невольно поворотила голову в его сторону. Он тотчас пошел вслед за ней.

— Что с вами? — промолвила она, ставя чайник на самовар.

— А разве вы что заметили? — проговорил он.

— Вы сегодня не такой, каким я вас видела до сих пор.

Лаврецкий наклонился над столом.

— Я хотел, — начал он, — передать вам одно известие, но теперь невозможно. Впрочем, прочтите вот, что отмечено карандашом в этом фельетоне, — прибавил он, подавая ей нумер взятого с собою журнала. — Прошу хранить это в тайне, я зайду завтра утром.

Лиза изумилась... Паншин показался на пороге двери: она положила журнал к себе в карман.

— Читали вы Обермана [1], Лизавета Михайловна? — задумчиво спросил ее Паншин.

Лиза отвечала ему вскользь и пошла из залы наверх. Лаврецкий вернулся в гостиную и приблизился к игорному столу. Марфа Тимофеевна, распустив ленты чепца и покраснев, начала ему жаловаться на своего партнера Гедеоновского, который, по ее словам, ступить не умел.

— Видно, в карты играть, — говорила она, — не то, что выдумки сочинять.

---

[1] «О б е р м а н» — роман французского писателя Этьена Сенанкура (1770—1846).

Тот продолжал моргать глазами и утираться. Лиза пришла в гостиную и села в угол; Лаврецкий посмотрел на нее, она на него посмотрела — и обоим стало почти жутко. Он прочел недоумение и какой-то тайный упрек на ее лице. Поговорить с нею, как бы ему хотелось, он не мог; оставаться в одной комнате с нею, гостем в числе других гостей, — было тяжело: он решился уйти. Прощаясь с нею, он успел повторить, что придет завтра, и прибавил, что надеется на ее дружбу.

— Приходите, — отвечала она с тем же недоумением на лице.

Паншин оживился по уходе Лаврецкого; он начал давать советы Гедеоновскому, насмешливо любезничал с Беленицыной и, наконец, спел свой романс. Но с Лизой он говорил и глядел на нее по-прежнему: значительно и немного печально.

А Лаврецкий опять не спал всю ночь. Ему не было грустно, он не волновался, он затих весь; но он не мог спать. Он даже не вспоминал прошедшего времени; он просто глядел в свою жизнь: сердце его билось тяжело и ровно, часы летели, он и не думал о сне. По временам только всплывала у него в голове мысль: «Да это неправда, это все вздор», — и он останавливался, поникал головою и снова принимался глядеть в свою жизнь.

XXIX

Марья Дмитриевна не слишком ласково приняла Лаврецкого, когда он явился к ней на следующий день. «Вишь, повадился», — подумала она. Он ей сам по себе не очень нравился, да и Паншин, под влиянием которого она находилась, весьма коварно и небрежно похвалил его накануне. Так как она не считала его гостем и не полагала нужным занимать родственника, почти домашнего человека, то и получаса не прошло, как он уже шел с Лизой в саду по аллее. Леночка и Шурочка бегали в нескольких шагах от них по цветнику.

Лиза была спокойна по обыкновению, но более обыкновенного бледна. Она достала из кармана и протянула Лаврецкому мелко сложенный лист журнала.

— Это ужасно! — промолвила она.

Лаврецкий ничего не отвечал.

— Да может быть, это еще и неправда, — прибавила Лиза.

— Оттого-то я и просил вас не говорить об этом никому.

Лиза прошлась немного.

— Скажите, — начала она, — вы не огорчены? нисколько?

— Я сам не знаю, что я чувствую, — отвечал Лаврецкий.

— Но ведь вы ее любили прежде?

— Любил.

— Очень?

— Очень.

— И не огорчены ее смертью?

— Она не теперь для меня умерла.

— Это грешно, что вы говорите... Не сердитесь на меня. Вы меня называете своим другом: друг все может говорить. Мне, право, даже страшно... Вчера у вас такое нехорошее было лицо... Помните, недавно, как вы жаловались на нее? — а ее уже тогда, может быть, на свете не было. Это страшно. Точно это вам в наказание послано.

Лаврецкий горько усмехнулся.

— Вы думаете?.. По крайней мере я теперь свободен.

Лиза слегка вздрогнула.

— Полноте, не говорите так. На что вам ваша свобода? Вам не об этом теперь надо думать, а о прощении...

— Я давно ее простил, — перебил Лаврецкий и махнул рукой.

— Нет, не то, — возразила Лиза и покраснела. — Вы не так меня поняли. Вы должны позаботиться о том, чтобы вас простили...

— Кому меня прощать?

— Кому? Богу. Кто же может нас простить, кроме Бога.

Лаврецкий схватил ее за руку.

— Ах, Лизавета Михайловна, поверьте, — воскликнул он, — я и так довольно был наказан. Я уже все искупил, поверьте.

— Это вы не можете знать, — проговорила Лиза вполголоса. — Вы забыли, — еще недавно, вот когда вы со мной говорили, — вы не хотели ее прощать.

Оба молча прошлись по аллее.

— А что же ваша дочь? — спросила вдруг Лиза и остановилась.

Лаврецкий встрепенулся.

— О, не беспокойтесь! Я уже послал письма во все места. Будущность моей дочери, как вы ее... как вы говорите... обеспечена. Не беспокойтесь.

Лиза печально улыбнулась.

— Но вы правы, — продолжал Лаврецкий, — что мне делать с моей свободой? На что мне она?

— Когда вы получили этот журнал? — промолвила Лиза, не отвечая на его вопрос.

— На другой день после вашего посещения.

— И неужели... неужели вы даже не заплакали?

— Нет. Я был поражен; но откуда было взяться слезам? Плакать о прошедшем — да ведь оно у меня все выжжено!.. Самый проступок ее не разрушил мое счастие, а доказал мне только, что его вовсе никогда не бывало. О чем же тут было плакать? Впрочем, кто знает? Я, может быть, был бы более огорчен, если б я получил это известие двумя неделями раньше...

— Двумя неделями? — возразила Лиза. — Да что ж такое случилось в эти две недели?

Лаврецкий ничего не отвечал, а Лиза вдруг покраснела еще пуще прежнего.

— Да, да, вы угадали, — подхватил внезапно Лаврецкий, — в течение этих двух недель я узнал, что значит чистая женская душа, и мое прошедшее еще больше от меня отодвинулось.

Лиза смутилась и тихонько пошла в цветник к Леночке и Шурочке.

— А я доволен тем, что показал вам этот журнал, — говорил Лаврецкий, идя за нею следом, — я уже привык ничего не скрывать от вас и надеюсь, что и вы отплатите мне таким же доверием.

— Вы думаете? — промолвила Лиза и остановилась. — В таком случае я бы должна была... да нет! Это невозможно.

— Что такое? Говорите, говорите.

— Право, мне кажется, я не должна... А, впрочем, — прибавила Лиза и с улыбкой оборотилась к Лаврецкому, — что за откровенность вполовину? Знаете ли? я получила сегодня письмо.

— От Паншина?

— Да, от него... Почему вы знаете?

— Он просит вашей руки?

— Да, — произнесла Лиза и прямо и серьезно посмотрела Лаврецкому в глаза.

Лаврецкий в свою очередь серьезно посмотрел на Лизу.

— Ну, и что же вы ему отвечали? — проговорил он наконец.

— Я не знаю, что отвечать, — возразила Лиза и опустила сложенные руки

— Как? Ведь вы его любите?

— Да, он мне нравится; он, кажется, хороший человек.

— Вы то же самое и в тех же самых выражениях сказали мне четвертого дня. Я желаю знать, любите ли вы его тем сильным, страстным чувством, которое мы привыкли называть любовью?

— Как *вы* понимаете, — нет.

— Вы в него не влюблены?

— Нет. Да разве это нужно?

— Как?

— Маменьке он нравится, — продолжала Лиза, — он добрый; я ничего против него не имею.

— Однако вы колеблетесь?

— Да... и, может быть, — вы, ваши слова тому причиной. Помните, что вы третьего дня говорили? Но это слабость...

— О дитя мое! — воскликнул вдруг Лаврецкий, и голос его задрожал, — не мудрствуйте лукаво, не называйте слабостью крик вашего сердца, которое не хочет отдаться без любви. Не берите на себя такой страшной ответственности перед тем человеком, которого вы не любите и которому хотите принадлежать...

— Я слушаюсь, я ничего не беру на себя, — произнесла было Лиза...

— Слушайтесь вашего сердца; оно одно вам скажет правду, — перебил ее Лаврецкий... — Опыт, рассудок — все это прах и суета! Не отнимайте у себя лучшего, единственного счастья на земле.

— Вы ли это говорите, Федор Иваныч? Вы сами женились по любви — и были ли вы счастливы?

Лаврецкий всплеснул руками.

— Ах, не говорите обо мне! Вы и понять не можете всего того, что молодой, неискушенный, безобразно воспитанный мальчик может принять за любовь!.. Да и, наконец, к чему клеветать на себя? Я сейчас вам говорил, что я не знал счастья... нет! я был счастлив!

— Мне кажется, Федор Иваныч, — произнесла, понизив голос, Лиза (когда она не соглашалась с своим собеседником, она всегда понижала голос; притом она чувствовала большое волнение), — счастье на земле зависит не от нас...

— От нас, от нас, поверьте мне (он схватил ее за обе руки; Лиза побледнела и почти с испугом, но внимательно глядела на него), лишь бы мы не портили сами своей жизни. Для иных людей брак по любви может быть несчастьем; но не для вас, с вашим спокойным нравом, с вашей ясной душой! Умоляю вас, не выходите замуж без любви, по чувству долга, отреченья, что ли... Это то же безверие, тот же расчет, — и еще худший. Поверьте мне — я имею право это говорить: я дорого заплатил за это право. И если ваш Бог...

В это мгновенье Лаврецкий заметил, что Леночка и Шурочка стояли подле Лизы и с немым изумленьем уставились на него. Он выпустил Лизины руки, торопливо проговорил: «Извините меня, пожалуйста», — и направился к дому.

— Об одном только прошу я вас, — промолвил он, возвращаясь к Лизе, — не решайтесь тотчас, подождите, подумайте о том, что я вам сказал. Если б даже вы не поверили мне, если б вы решились на брак по рассудку, — и в таком случае не за господина Паншина вам выходить:

он не может быть вашим мужем... Не правда ли, вы обещаетесь мне не спешить?

Лиза хотела ответить Лаврецкому — и ни слова не вымолвила, не оттого, что она решилась «спешить»; но оттого, что сердце у ней слишком сильно билось и чувство, похожее на страх, захватило дыхание.

XXX

Уходя от Калитиных, Лаврецкий встретился с Паншиным; они холодно поклонились друг другу. Лаврецкий пришел к себе на квартиру и заперся. Он испытывал ощущения, едва ли когда-нибудь им испытанные. Давно ли находился он в состоянии «мирного оцепенения»? давно ли чувствовал себя, как он выражался, на самом дне реки? Что же изменило его положение? что вынесло его наружу, на поверхность? самая обыкновенная, неизбежная, хотя всегда неожиданная случайность: смерть? Да; но он не столько думал о смерти жены, о своей свободе, сколько о том, какой ответ даст Паншину Лиза? Он чувствовал, что в течение трех последних дней он стал глядеть на нее другими глазами; он вспомнил, как, возвращаясь домой и думая о ней в тиши ночи, он говорил самому себе: «Если бы!..» Это «если бы», отнесенное им к прошедшему, к невозможному, сбылось, хоть и не так, как он полагал, — но одной его свободы было мало. «Она послушается матери, — думал он, — она выйдет за Паншина; но если даже она ему откажет, — не все ли равно для меня?» Проходя перед зеркалом, он мельком взглянул на свое лицо и пожал плечами.

День пронесся быстро в этих размышлениях; настал вечер. Лаврецкий отправился к Калитиным. Он шел поспешно, но к дому их приблизился замедленными шагами. Перед крыльцом стояли дрожки Паншина. «Ну, — подумал Лаврецкий, — не буду эгоистом», — и вошел в дом. В доме он никого не встретил, и в гостиной было тихо; он отворил дверь и увидел Марью Дмитриевну, игравшую в пикет[1] с Паншиным. Паншин молча ему по-

---

[1] Пикет — старинная игра в карты.

клонился, а хозяйка дома воскликнула: «Вот неожиданно!» — и слегка нахмурила брови. Лаврецкий подсел к ней и стал глядеть ей в карты.

— Вы разве умеете в пикет? — спросила она его с какою-то скрытой досадой и тут же объявила, что разнеслась.

Паншин счел девяносто и начал учтиво и спокойно брать взятки, с строгим и достойным выражением на лице. Так должны играть дипломаты; вероятно, так и он играл в Петербурге с каким-нибудь сильным сановником, которому желал внушить выгодное мнение о своей солидности и зрелости. «Сто один, сто два, черви, сто три», — мерно раздавался его голос, и Лаврецкий не мог понять, чем он звучал: укоризной или самодовольствием.

— Можно видеть Марфу Тимофеевну? — спросил он, замечая, что Паншин с большим достоинством принимался тасовать карты. Художника в нем уже не замечалось и тени.

— Я думаю, можно. Она у себя, наверху, — отвечала Марья Дмитриевна, — осведомьтесь.

Лаврецкий отправился наверх. И Марфу Тимофеевну он застал за картами: она играла в дурачки с Настасьей Карповной. Роска залаяла на него; но обе старушки приветливо его приняли, особенно Марфа Тимофеевна казалась в духе.

— А! Федя! Милости просим, — промолвила она, — садись, мой батюшка. А мы сейчас доиграем. Хочешь варенья? Шурочка, достань ему банку с клубникой. Не хочешь? Ну, так сиди так; а курить — не кури: не могу я табачища вашего терпеть, да и Матрос от него чихает.

Лаврецкий поспешил объявить, что вовсе не желает курить.

— Был ты внизу? — продолжала старушка, — кого там видел? Паншин все там торчит? А Лизу видел? Нет? Она сюда хотела прийти... Да вот и она; легка на помине.

Лиза вошла в комнату и, увидев Лаврецкого, покраснела.

— Я к вам на минутку, Марфа Тимофеевна, — начала было она...

— Зачем на минутку? — возразила старушка. — Что это вы все, молодые девки, за непоседы за такие? Ты видишь, у меня гость: покалякай с ним, займи его.

Лиза присела на край стула, подняла глаза на Лаврецкого — и почувствовала, что ей нельзя было не дать ему знать, чем кончилось ее свидание с Паншиным. Но как это сделать? Ей и стыдно было и неловко. Давно ли она познакомилась с ним, с этим человеком, который и в церковь редко ходит, и так равнодушно переносит кончину жены, — и вот уже она сообщает ему свои тайны... Правда, он принимает в ней участие; она сама верит ему и чувствует к нему влеченье; но все-таки ей стыдно стало, точно чужой вошел в ее девическую, чистую комнату.

Марфа Тимофеевна пришла на помощь.

— Ведь если ты его занимать не будешь, — заговорила она, — кто ж его, бедненького, займет? Я для него слишком стара, он для меня слишком умен, а для Настасьи Карповны он слишком стар: ей все молоденьких подавай.

— Чем же я могу занять Федора Иваныча? — промолвила Лиза. — Если он хочет, я лучше ему что-нибудь на фортепьяно сыграю, — прибавила она нерешительно.

— И прекрасно; ты у меня умница, — возразила Марфа Тимофеевна. — Ступайте, мои милые, вниз; когда кончите, приходите; а я вот в дурах осталась, мне обидно, я отыграться хочу.

Лиза встала. Лаврецкий пошел за ней. Спускаясь с лестницы, Лиза остановилась.

— Правду говорят, — начала она, — что сердце людское исполнено противоречий. Ваш пример должен был испугать меня, сделать меня недоверчивой к бракам по любви, а я...

— Вы отказали ему? — перебил Лаврецкий.

— Нет, но и не согласилась. Я ему все сказала, все, что я чувствовала, и попросила его подождать. Довольны вы? — прибавила она с быстрой улыбкой и, слегка трогая перила рукою, сбежала с лестницы.

— Что мне сыграть вам? — спросила она, поднимая крышку фортепьяно.

— Что хотите, — отвечал Лаврецкий и сел так, что мог смотреть на нее.

Лиза начала играть и долго не отводила глаз от своих пальцев. Она взглянула, наконец, на Лаврецкого и остановилась: так чудно и странно показалось ей его лицо.

— Что с вами? — спросила она.

— Ничего, — возразил он, — мне очень хорошо; я рад за вас, я рад вас видеть, продолжайте.

— Мне кажется, — говорила Лиза несколько мгновений спустя, — если бы он точно меня любил, он бы не написал этого письма; он должен был бы чувствовать, что я не могу отвечать ему теперь.

— Это не важно, — промолвил Лаврецкий, — важно то, что вы его не любите.

— Перестаньте, что это за разговор! Мне все мерещится ваша покойная жена, и вы мне страшны.

— Не правда ли, Вольдемар, как мило играет моя Лизет? — говорила в то же время Марья Дмитриевна Паншину.

— Да, — отвечал Паншин, — очень мило.

Марья Дмитриевна с нежностью посмотрела на молодого своего партнера; но тот принял еще более важный и озабоченный вид и объявил четырнадцать королей.

XXXI

Лаврецкий не был молодым человеком; он не мог долго обманываться на счет чувства, внушенного ему Лизой; он окончательно в тот же день убедился в том, что полюбил ее. Не много радости принесло ему это убеждение. «Неужели, — подумал он, — мне в тридцать пять лет нечего другого делать, как опять отдать свою душу в руки женщины? Но Лиза не чета *той*: она бы не потребовала от меня постыдных жертв; она не отвлекала бы меня от моих занятий; она бы сама воодушевила меня на честный, строгий труд, и мы пошли бы оба вперед, к прекрасной цели. Да, — кончил он свои размышления, — все это хорошо, но худо то, что она вовсе не захочет пойти со мной. Недаром она сказала мне, что я ей страшен. Зато и Паншина она не любит... Слабое утешение!»

Лаврецкий поехал в Васильевское; но и четырех дней там не выжил, — так ему показалось скучно. Его томило также ожидание: известие, сообщенное г-м Жюлем, требовало подтверждения, а он не получал никаких писем. Он вернулся в город и просидел вечер у Калитиных. Ему легко было заметить, что Марья Дмитриевна была против него восстановлена; но ему удалось несколько умилостивить ее, проиграв ей рублей пятнадцать в пикет, и он провел около получаса почти наедине с Лизой, несмотря на то что мать ей еще накануне советовала не быть слишком фамильярной с человеком «qui a un si grand ridicule» [1]. Он нашел в ней перемену: она стала как будто задумчивее, попеняла ему за его отсутствие и спросила его, не пойдет ли он на другой день к обедне? (На другой день было воскресенье.)

— Ступайте, — сказала она прежде, чем он успел ответить, — мы вместе помолимся за упокой ее души. — Потом она прибавила, что не знает, как ей быть, не знает, имеет ли она право заставлять Паншина долее ждать ее решения.

— Почему же? — спросил Лаврецкий.

— Потому, — сказала она, — что я уже теперь начинаю подозревать, какое будет это решение.

Она объявила, что голова у ней болит, и ушла к себе наверх, нерешительно протянув Лаврецкому кончики пальцев.

На другой день Лаврецкий отправился к обедне. Лиза уже была в церкви, когда он пришел. Она заметила его, хотя не обернулась к нему. Она усердно молилась: тихо светились ее глаза, тихо склонялась и поднималась ее голова. Он почувствовал, что она молилась и за него, — и чудное умиление наполнило его душу. Ему было и хорошо и немного совестно. Чинно стоявший народ, родные лица, согласное пение, запах ладану, длинные косые лучи от окон, самая темнота стен и сводов — все говорило его сердцу. Давно не был он в церкви, давно не обращался к Богу: он и теперь не произнес никаких молитвенных слов, — он без слов даже не молился, — но хотя на мгно-

---

[1] ...который попал в такое нелепое положение *(франц.)*.

венье если не телом, то всем помыслом своим повергнулся ниц и приник смиренно к земле. Вспомнилось ему, как в детстве он всякий раз в церкви до тех пор молился, пока не ощущал у себя на лбу как бы чьего-то свежего прикосновения; это, думал он тогда, ангел-хранитель принимает меня, кладет на меня печать избрания. Он взглянул на Лизу... «Ты меня сюда привела, — подумал он, — коснись же меня, коснись моей души». Она все так же тихо молилась; лицо ее показалось ему радостным, и он умилился вновь, он попросил другой душе — покоя, своей — прощенья...

Они встретились на паперти; она приветствовала его с веселой и ласковой важностью. Солнце ярко освещало молодую траву на церковном дворе, пестрые платья и платки женщин; колокола соседних церквей гудели в вышине; воробьи чирикали по заборам. Лаврецкий стоял с непокрытой головой и улыбался; легкий ветерок вздымал его волосы и концы лент Лизиной шляпы. Он посадил Лизу и бывшую с ней Леночку в карету, роздал все свои деньги нищим и тихонько побрел домой.

XXXII

Настали трудные дни для Федора Иваныча. Он находился в постоянной лихорадке. Каждое утро отправлялся он на почту, с волненьем распечатывал письма, журналы — и нигде не находил ничего, что бы могло подтвердить или опровергнуть роковой слух. Иногда он сам себе становился гадок: «Что это я, — думал он, — жду, как ворон крови, верной вести о смерти жены!» К Калитиным он ходил каждый день; но и там ему не становилось легче: хозяйка явно дулась на него, принимала его из снисхождения; Паншин обращался с ним преувеличенно вежливо; Лемм напустил на себя мизантропию и едва кланялся ему, — а главное: Лиза как будто его избегала. Когда же ей случалось остаться с ним наедине, в ней, вместо прежней доверчивости, проявлялось замешательство; она не знала, что сказать ему, и он сам чувствовал смущение. Лиза в несколько дней стала не та, какою он ее знал: в ее движениях, голосе, в самом смехе замечалась тайная тревога, небывалая прежде неровность. Марья Дмитриевна, как истая эгоистка, ничего не подозревала; но Марфа Тимофеевна начинала присматривать за своей любимицей. Лаврецкий не раз упрекнул себя в том, что показал Лизе полученный им нумер журнала: он не мог не сознаться, что в его душевном состоянии было что-то возмутительное для чистого чувства. Он полагал также, что перемена в Лизе происходила от ее борьбы с самой собою, от ее сомнений: какой ответ дать Паншину? Однажды она принесла ему книгу, роман Вальтер Скотта[1], который она сама у него спросила.

— Вы прочли эту книгу? — проговорил он.

— Нет; мне теперь не до книг, — отвечала она и хотела уйти.

— Постойте на минуту; я с вами так давно не был наедине. Вы словно меня боитесь.

— Да.

— Отчего же, помилуйте?

— Не знаю.

Лаврецкий помолчал.

— Скажите, — начал он, — вы еще не решились?

— Что вы хотите сказать? — промолвила она, не поднимая глаз.

— Вы понимаете меня...

Лиза вдруг вспыхнула.

— Не спрашивайте меня ни о чем, — произнесла она с живостью, — я ничего не знаю; я сама себя не знаю...

И она тотчас же удалилась.

На следующий день Лаврецкий приехал к Калитиным после обеда и застал у них все приготовления ко всенощной. В углу столовой на четырехугольном столе, покрытом чистой скатертью, уже находились прислоненные к стене небольшие образа в золотых окладах, с маленькими тусклыми алмазами на венчиках. Старый слуга, в сером фраке и башмаках, прошел, не спеша и не стуча каблуками, через всю комнату, поставил две восковые свечи в тонких подсвечниках перед образами, перекрестился, по-

---

[1] Скотт Вальтер (1771—1832) — английский писатель.

клонился и тихо вышел. Неосвещенная гостиная была пуста. Лаврецкий походил по столовой, спросил — не именинница ли кто? Ему отвечали шепотом, что нет, а что всенощную заказали по желанию Лизаветы Михайловны да Марфы Тимофеевны; что хотели было чудотворную икону поднять, но что она уехала за тридцать верст к бо́льному. Скоро прибыл вместе с дьячками и священник, человек уже не молодой, с большой лысиной, и громко кашлянул в передней; дамы тотчас вереницей потянулись из кабинета и подошли к нему под благословение; Лаврецкий молча им поклонился; они ему поклонились молча. Священник постоял немного, еще раз откашлянулся и спросил вполголоса басом:

— Приступать прикажете?

— Приступите, батюшка, — возразила Марья Дмитриевна.

Он начал облачаться; дьячок в стихаре подобострастно попросил уголька; запахло ладаном. Из передней вышли горничные и лакеи и остановились сплошной кучкой перед дверями. Роска, никогда не сходившая сверху, вдруг появилась в столовой: ее стали выгонять — она испугалась, завертелась и села; лакей подхватил ее и унес. Всенощная началась. Лаврецкий прижался в уголок; ощущения его были странны, почти грустны; он сам не мог хорошенько разобрать, что он чувствовал. Марья Дмитриевна стояла впереди всех, перед креслами; она крестилась изнеженно-небрежно, по-барски — то оглядывалась, то вдруг поднимала взоры кверху: она скучала. Марфа Тимофеевна казалась озабоченной; Настасья Карловна клала земные поклоны и вставала с каким-то скромным и мягким шумом; Лиза, как стала, так и не двигалась с места и не шевелилась; по сосредоточенному выражению ее лица можно было догадаться, что она пристально и горячо молилась. Прикладываясь ко кресту по окончании всенощной, она также поцеловала большую красную руку священника. Марья Дмитриевна пригласила его откушать чаю; он снял епитрахиль, принял несколько светский вид и вместе с дамами перешел в гостиную. Начался разговор, не слишком оживленный. Священник выпил четыре чашки, беспрестанно отирая платком свою лысину, рассказал, между прочим, что купец Авошников пожертвовал семьсот рублей на позолоту церковного «кумпола», и сообщил верное средство против веснушек. Лаврецкий подсел было к Лизе, но она держалась строго, почти сурово, и ни разу не взглянула на него. Она как будто с намерением его не замечала; какая-то холодная, важная восторженность нашла на нее. Лаврецкому почему-то все хотелось улыбнуться и сказать что-нибудь забавное; но на сердце у него было смущение, и он ушел, наконец, тайно недоумевая... Он чувствовал: что-то было в Лизе, куда он проникнуть не мог.

В другой раз Лаврецкий, сидя в гостиной и слушая вкрадчивые, но тяжелые разглагольствования Гедеоновского, внезапно, сам не зная почему, оборотился и уловил глубокий, внимательный, вопросительный взгляд в глазах Лизы... Он был устремлен на него, этот загадочный взгляд. Лаврецкий целую ночь потом о нем думал. Он любил не как мальчик, не к лицу ему было вздыхать и томиться, да и сама Лиза не такого рода чувство возбуждала; но любовь на всякий возраст имеет свои страданья, — и он испытал их вполне.

XXXIII

Однажды Лаврецкий, по обыкновению своему, сидел у Калитиных. После томительно жаркого дня наступил такой прекрасный вечер, что Марья Дмитриевна, несмотря на свое отвращение к сквозному ветру, велела отворить все окна и двери в сад и объявила, что в карты играть не станет, что в такую погоду в карты играть грех, а должно наслаждаться природой. Из гостей был один Паншин. Настроенный вечером и не желая петь перед Лаврецким, но чувствуя прилив художнических ощущений, он пустился в поэзию: прочел хорошо, но слишком сознательно и с ненужными тонкостями, несколько стихотворений Лермонтова (тогда Пушкин не успел еще опять войти в моду) — и вдруг, как бы устыдясь своих излияний, начал, по поводу известной «Думы»[1], укорять

---

[1] «Дума» — стихотворение М. Ю. Лермонтова 1838 года.

и упрекать новейшее поколение; причем, не упустил случая изложить, как бы он все повернул по-своему, если б власть у него была в руках. «Россия, — говорил он, — отстала от Европы; нужно подогнать ее. Уверяют, что мы молоды — это вздор; да и притом у нас изобретательности нет; сам Хомяков [1] признается в том, что мы даже мышеловки не выдумали. Следовательно, мы поневоле должны заимствовать у других. Мы больны, говорит Лермонтов, — я согласен с ним; но мы больны оттого, что только наполовину сделались европейцами; чем мы ушиблись, тем мы и лечиться должны («Le cadastre», — подумал Лаврецкий.) У нас, — продолжал он, — лучшие головы — les meilleures têtes — давно в этом убедились; все народы в сущности одинаковы; вводите только хорошие учреждения — и дело с концом. Пожалуй, можно приноравливаться к существующему народному быту; это наше дело, дело людей... (он чуть не сказал: государственных) служащих; но, в случае нужды, не беспокойтесь: учреждения переделают самый этот быт». Марья Дмитриевна с умилением поддакивала Паншину. «Вот какой, — думала она, — умный человек у меня беседует». Лиза молчала, прислонившись к окну; Лаврецкий молчал тоже; Марфа Тимофеевна, игравшая в уголке в карты с своей приятельницей, ворчала себе что-то под нос. Паншин расхаживал по комнате и говорил красиво, но с тайным озлоблением: казалось, он бранил не целое поколенье, а нескольких известных ему людей. В саду Калитиных, в большом кусте сирени, жил соловей; его первые вечерние звуки раздавались в промежутках красноречивой речи; первые звезды зажигались на розовом небе над неподвижными верхушками лип. Лаврецкий поднялся и начал возражать Паншину; завязался спор. Лаврецкий отстаивал молодость и самостоятельность России; отдавал себя, свое поколение на жертву, — но заступался за новых людей, за их убеждения и желания; Паншин возражал раздражительно и резко, объявил, что умные люди должны все переделать, и занесся, наконец, до того, что, за-

---

[1] Хомяков Алексей Степанович (1804—1860) — поэт и публицист-славянофил.

быв свое камер-юнкерское звание и чиновничью карьеру, назвал Лаврецкого отсталым консерватором, даже намекнул — правда, весьма отдаленно — на его ложное положение в обществе. Лаврецкий не рассердился, не возвысил голоса (он вспомнил, что Михалевич тоже называл его отсталым — только вольтерианцем) — и покойно разбил Паншина на всех пунктах. Он доказал ему невозможность скачков и надменных переделок, не оправданных ни знанием родной земли, ни действительной верой в идеал, хотя бы отрицательный; привел в пример свое собственное воспитание, требовал прежде всего признания народной правды и смирения перед нею — того смирения, без которого и смелость противу лжи невозможна; не отклонился, наконец, от заслуженного, по его мнению, упрека в легкомысленной растрате времени и сил.

— Все это прекрасно! — воскликнул, наконец, раздосадованный Паншин, — вот вы вернулись в Россию, — что же вы намерены делать?

— Пахать землю, — отвечал Лаврецкий, — и стараться как можно лучше ее пахать.

— Это очень похвально, бесспорно, — возразил Паншин, — и мне сказывали, что вы уже большие сделали успехи по этой части; но согласитесь, что не всякий способен на такого рода занятия...

— Une nature poétique [1], — заговорила Марья Дмитриевна, — конечно, не может пахать... et puis [2], вы призваны, Владимир Николаич, делать все en grand [3].

Этого было слишком даже для Паншина: он замялся — и замял разговор. Он попытался перевести его на красоту звездного неба, на музыку Шуберта — все как-то не клеилось; он кончил тем, что предложил Марье Дмитриевне сыграть с ней в пикет. «Как! в такой вечер?» — слабо возразила она; однако велела принести карты.

Паншин с треском разорвал новую колоду, а Лиза и Лаврецкий, словно сговорившись, оба встали и поместились возле Марфы Тимофеевны. Им сделалось вдруг

---

[1] Поэтическая натура *(франц.)*.
[2] И к тому же *(франц.)*.
[3] В большом масштабе *(франц.)*.

так хорошо обоим, что они даже побоялись остаться вдвоем, — и в то же время они почувствовали оба, что испытанное ими в последние дни смущение исчезло и не возвратится более. Старушка потрепала украдкой Лаврецкого по щеке, лукаво прищурилась и несколько раз покачала головой, приговаривая шепотом: «Отделал умника, спасибо». Все затихло в комнате; слышалось только слабое потрескивание восковых свечей, да иногда стук руки по столу, да восклицание или счет очков, да широкой волной вливалась в окна, вместе с росистой прохладой, могучая, до дерзости звонкая, песнь соловья.

XXXIV

Лиза не вымолвила ни одного слова в течение спора между Лаврецким и Паншиным, но внимательно следила за ним и вся была на стороне Лаврецкого. Политика ее занимала очень мало; но самонадеянный тон светского чиновника (он никогда еще так не высказывался) ее отталкивал; его презрение к России ее оскорбило. Лизе и в голову не приходило, что она патриотка; но ей было по душе с русскими людьми; русский склад ума ее радовал; она, не чинясь, по целым часам беседовала с старостой материнского имения, когда он приезжал в город, и беседовала с ним, как с ровней, без всякого барского снисхождения. Лаврецкий все это чувствовал: он бы не стал возражать одному Паншину; он говорил только для Лизы. Друг другу они ничего не сказали, даже глаза их редко встречались; но оба они поняли, что тесно сошлись в этот вечер, поняли, что и любят и не любят одно и то же. В одном только они расходились; но Лиза втайне надеялась привести его к Богу. Они сидели возле Марфы Тимофеевны и, казалось, следили за ее игрой; да они и действительно за ней следили, — а между тем у каждого из них сердце росло в груди, и ничего для них не пропадало: для них пел соловей, и звезды горели, и деревья тихо шептали, убаюканные и сном, и негой лета, и теплом. Лаврецкий отдавался весь увлекавшей его волне — и радовался; но слово не выразит того, что происходило в чистой душе девушки: оно было тайной для нее самой; пусть же оно останется и для всех тайной. Никто не знает, никто не видел и не увидит никогда, как, призванное к жизни и расцветанию, наливается и зреет зерно в лоне земли.

Пробило десять часов. Марфа Тимофеевна отправилась к себе наверх с Настасьей Карловной; Лаврецкий и Лиза прошлись по комнате, остановились перед раскрытой дверью сада, взглянули в темную даль, потом друг на друга — и улыбнулись; так, кажется, взялись бы они за руки, наговорились бы досыта. Они вернулись к Марье Дмитриевне и к Паншину, у которых пикет затянулся. Последний «король» кончился наконец, и хозяйка встала, кряхтя и охая, с обложенного подушками кресла; Паншин взял шляпу, поцеловал у Марьи Дмитриевны руку, заметил, что иным счастливцам теперь ничто не мешает спать или наслаждаться ночью, а ему придется до утра просидеть над глупыми бумагами, холодно раскланялся с Лизой (он не ожидал, что в ответ на его предложение она попросит подождать, — и потому дулся на нее) — и удалился. Лаврецкий отправился вслед за ним. У ворот они расстались; Паншин разбудил своего кучера, толкнув его концом палки в шею, сел на дрожки и покатил. Лаврецкому не хотелось идти домой: он вышел из города в поле. Ночь была тиха и светла, хотя луны не было; Лаврецкий долго бродил по росистой траве; узкая тропинка попалась ему; он пошел по ней. Она привела его к длинному забору, к калитке; он попытался, сам не зная зачем, толкнуть ее: она слабо скрипнула и отворилась, словно ждала прикосновения его руки. Лаврецкий очутился в саду, сделал несколько шагов по липовой аллее и вдруг остановился в изумлении: он узнал сад Калитиных.

Он тотчас же вошел в черное пятно тени, падавшей от густого орехового куста, и долго стоял неподвижно, дивясь и пожимая плечами.

«Это недаром», — подумал он.

Все было тихо кругом; со стороны дома не приносилось никакого звука. Он осторожно пошел вперед. Вот, на повороте аллеи, весь дом вдруг глянул на него своим темным фасом; в двух только окнах наверху мерцал свет:

у Лизы горела свеча за белым занавесом, да у Марфы Тимофеевны в спальне перед образом теплилась красным огоньком лампадка, отражаясь ровным сиянием на золоте оклада; внизу дверь на балкон широко зевала, раскрытая настежь. Лаврецкий сел на деревянную скамейку, подперся рукою и стал глядеть на эту дверь да на окно Лизы. В городе пробило полночь; в доме маленькие часики тонко прозвенели двенадцать; сторож дробно поколотил по доске. Лаврецкий ничего не думал, ничего не ждал; ему приятно было чувствовать себя вблизи Лизы, сидеть в ее саду на скамейке, где и она сидела не однажды... Свет исчез в Лизиной комнате.

«Спокойной ночи, моя милая девушка», — прошептал Лаврецкий, продолжая сидеть неподвижно и не сводя взора с потемневшего окна.

Вдруг свет появился в одном из окон нижнего этажа, перешел в другое, в третье... Кто-то шел со свечкой по комнатам. «Неужели Лиза? Не может быть!..» Лаврецкий приподнялся... Мелькнул знакомый облик, и в гостиной появилась Лиза. В белом платье, с нерасплетенными косами по плечам, она тихонько подошла к столу, нагнулась над ним, поставила свечку и чего-то поискала; потом, обернувшись лицом к саду, она приблизилась к раскрытой двери и, вся белая, легкая, стройная, остановилась на пороге. Трепет пробежал по членам Лаврецкого.

— Лиза! — сорвалось едва внятно с его губ.

Она вздрогнула и начала всматриваться в темноту.

— Лиза! — повторил Лаврецкий громче и вышел из тени аллеи.

Лиза с испугом вытянула голову и пошатнулась назад: она узнала его. Он назвал ее в третий раз и протянул к ней руки. Она отделилась от двери и вступила в сад.

— Вы? — проговорила она. — Вы здесь?

— Я... я... выслушайте меня, — прошептал Лаврецкий и, схватив ее руку, повел ее к скамейке.

Она шла за ним без сопротивления; ее бледное лицо, неподвижные глаза, все ее движения выражали несказанное изумление. Лаврецкий посадил ее на скамейку и сам стал перед ней.

— Я не думал прийти сюда, — начал он, — меня привело... Я... я... я люблю вас, — произнес он с невольным ужасом.

Лиза медленно взглянула на него; казалось, она только в это мгновение поняла, где она и что с нею. Она хотела подняться, не могла и закрыла лицо руками.

— Лиза, — произнес Лаврецкий, — Лиза, — повторил он и склонился к ее ногам...

Ее плечи начали слегка вздрагивать, пальцы бледных рук крепче прижались к лицу.

— Что с вами? — промолвил Лаврецкий и услышал тихое рыдание. Сердце его захолонуло... Он понял, что значили эти слезы. — Неужели вы меня любите? — прошептал он и коснулся ее коленей...

— Встаньте, — послышался ее голос, — встаньте, Федор Иваныч. Что мы это делаем с вами?

Он встал и сел подле нее на скамейку. Она уже не плакала и внимательно глядела на него своими влажными глазами.

— Мне страшно; что это мы делаем? — повторила она.

— Я вас люблю, — проговорил он снова, — я готов отдать вам всю жизнь мою.

Она опять вздрогнула, как будто ее что-то ужалило, и подняла взоры к небу.

— Это все в Божьей власти, — промолвила она.

— Но вы меня любите, Лиза? Мы будем счастливы?

Она опустила глаза; он тихо привлек ее к себе, и голова ее упала к нему на плечи... Он отклонил немного свою голову и коснулся ее бледных губ.

**

Полчаса спустя Лаврецкий стоял уже перед калиткой сада. Он нашел ее запертою и принужден был перепрыгнуть через забор. Он вернулся в город и пошел по заснувшим улицам. Чувство неожиданной, великой радости наполняло его душу; все сомнения в нем замерли. «Исчезни, прошедшее, темный призрак, — думал он, — она меня любит, она будет моя». Вдруг ему почудилось, что в воздухе над его головою разлились какие-то дивные, торжествующие звуки; он остановился: звуки загремели еще великолепней; певучим, сильным потоком струились они, — и в них, казалось, говорило и пело все его счастье. Он оглянулся: звуки неслись из двух верхних окон небольшого дома.

— Лемм! — вскрикнул Лаврецкий и побежал к дому. — Лемм! Лемм! — повторил он громко.

Звуки замерли, и фигура старика в шлафроке, с раскрытой грудью и растрепанными волосами, показалась в окне.

— Ага! — проговорил он с достоинством, — это вы?
— Христофор Федорыч, что это за чудная музыка! ради Бога, впустите меня.

Старик, ни слова не говоря, величественным движением руки кинул из окна ключ от двери на улицу. Лаврецкий проворно вбежал наверх, вошел в комнату и хотел было броситься к Лемму; но тот повелительно указал ему на стул, отрывисто сказал по-русски: «Садитесь и слушить»; сам сел за фортепьяно, гордо и строго взглянул кругом и заиграл. Давно Лаврецкий не слышал ничего подобного: сладкая, страстная мелодия с первого звука охватывала сердце; она вся сияла, вся томилась вдохновением, счастьем, красотою, она росла и таяла; она касалась всего, что есть на земле дорогого, тайного, святого; она дышала бессмертной грустью и уходила умирать в небеса. Лаврецкий выпрямился и стоял, похолоделый и бледный от восторга. Эти звуки так и впивались в его душу, только что потрясенную счастьем любви; они сами пылали любовью. «Повторите», — прошептал он, как только раздался последний аккорд. Старик бросил на его орлиный взор, постучал рукой по груди и, проговорив, не спеша, на родном своем языке: «Это я сделал, ибо я великий музыкант», — снова сыграл свою чудную композицию. В комнате не было свечей; свет поднявшейся луны косо падал в окна; звонко трепетал чуткий воздух; маленькая, бедная комнатка казалась святилищем, и высоко, и вдохновенно поднималась в серебристой полутьме голова старика. Лаврецкий подошел к нему и обнял его. Сперва Лемм не отвечал на его объятие, даже отклонил его локтем; долго, не шевелясь ни одним членом, глядел он все так же строго, почти грубо, и только раза два промычал: «ага!» Наконец его преобразившееся лицо успокоилось, опустилось, и он, в ответ на горячие поздравления Лаврецкого, сперва улыбнулся немного, потом заплакал, слабо всхлипывая, как дитя.

— Это удивительно, — сказал .он, — что вы именно теперь пришли; но я знаю, все знаю.

— Вы все знаете? — произнес с смущением Лаврецкий.

— Вы меня слышали, — возразил Лемм, — разве вы не поняли, что я все знаю?

Лаврецкий до утра не мог заснуть; он всю ночь просидел на постели. И Лиза не спала: она молилась.

XXXV

Читатель знает, как вырос и развивался Лаврецкий; скажем несколько слов о воспитании Лизы. Ей минул десятый год, когда отец ее умер; но он мало занимался ею. Заваленный делами, постоянно озабоченный приращением своего состояния, желчный, резкий, нетерпеливый, он не скупясь давал деньги на учителей, гувернеров, на одежду и прочие нужды детей; но терпеть не мог, как он выражался, нянчиться с писклятами, — да и некогда ему было нянчиться с ними: он работал, возился с делами, спал мало, изредка играл в карты, опять работал; он сам себя сравнивал с лошадью, запряженной в молотильную машину. «Скоренько жизнь моя проскочила», промолвил он на смертном одре с горькой усмешкой на высохших губах. Марья Дмитриевна в сущности не много больше мужа занималась Лизой, хотя она и хвасталась перед Лаврецким, что одна воспитала детей своих: она одевала ее, как куколку, при гостях гладила ее по головке и называла в глаза умницей и душкой — и только: ленивую барыню утомляла всякая постоянная забота. При жизни отца Лиза находилась на руках гувернантки, девицы Моро́ из Парижа; а после его смерти поступила в ведение Марфы Тимофеевны. Марфу Тимофеевну читатель знает;

а девица Моро была крошечное сморщенное существо с птичьими ухватками и птичьим умишком. В молодости она вела жизнь очень рассеянную, а под старость у ней остались только две страсти — к лакомству да к картам. Когда она была сыта, не играла в карты и не болтала, — лицо у ней тотчас принимало выражение почти мертвенное: сидит, бывало, смотрит, дышит — и так и видно, что никакой мысли не пробегает в голове. Ее даже нельзя было назвать доброю: не бывают же добры птицы. Вследствие ли легкомысленно проведенной молодости, от парижского ли воздуха, которым она надышалась с детства, — в ней гнездилось что-то вроде всеобщего дешевенького скептицизма, выражавшегося обыкновенно словами: «Tout ça c'ets des bêtises» [1]. Она говорила неправильным, но чисто парижским жаргоном, не сплетничала и не капризничала — чего же больше можно желать от гувернантки? На Лизу она имела мало влияния; тем сильнее было влияние на нее ее няни, Агафьи Власьевны.

Судьба этой женщины была замечательна. Она происходила из крестьянского семейства; шестнадцати лет ее выдали за мужика; но от своих сестер-крестьянок она отличалась резко. Отец ее лет двадцать был старостой, нажил денег много и баловал ее. Красавица она была необыкновенная, первая щеголиха по всему околотку [2], умница, речистая, смелая. Ее барин, Дмитрий Пестов, отец Марьи Дмитриевны, человек скромный и тихий, увидал ее однажды на молотьбе, поговорил с ней и страстно в нее влюбился. Она скоро овдовела; Пестов, хотя и женатый был человек, взял ее к себе в дом, одел ее подворовому. Агафья тотчас освоилась с новым своим положением, точно она век свой иначе не жила. Она побелела, пополнела; руки у ней под кисейными рукавами стали «крупичатые», как у купчихи; самовар не сходил со стола; кроме шелку да бархату, она ничего носить не хотела, спала на пуховых перинах. Лет пять продолжалась эта блаженная жизнь, но Дмитрий Пестов умер; вдова его, барыня добрая, жалея память покойника, не хотела по-

---

[1] Все это глупости *(франц.)*.
[2] О к о л о т о к (околодок) — окружность, окрестность.

ступить с своей соперницей нечестно, тем более что Агафья никогда перед ней не забывалась; однако выдала ее за скотника и сослала с глаз долой. Прошло года три. Раз как-то, в жаркий летний день, барыня заехала к себе на скотный двор. Агафья попотчевала ее такими славными холодными сливками, так скромно себя держала и сама была такая опрятная, веселая, всем довольная, что барыня объявила ей прощение и позволила ходить в дом; а месяцев через шесть так к ней привязалась, что произвела ее в экономки и поручила ей все хозяйство. Агафья опять вошла в силу, опять раздобрела и побелела; барыня совсем ей вверилась. Так прошло еще лет пять. Несчастье вторично обрушилось на Агафью. Муж ее, которого она вывела в лакеи, запил, стал пропадать из дому и кончил тем, что украл шесть господских серебряных ложек и запрятал их — до случая — в женин сундук. Это открылось. Его опять повернули в скотники, а на Агафью наложили опалу; из дома ее не выгнали, но разжаловали из экономок в швеи и велели ей вместо чепца носить на голове платок. К удивлению всех, Агафья с покорным смирением приняла поразивший ее удар. Ей уже было тогда за тридцать лет, дети у ней все померли, и муж жил недолго. Пришла ей пора опомниться: она опомнилась. Она стала очень молчалива и богомольна, не пропускала ни одной заутрени, ни одной обедни, раздарила все свои хорошие платья. Пятнадцать лет провела она тихо, смиренно, степенно, ни с кем не ссорясь, всем уступая. Нагрубит ли ей кто — она только поклонится и поблагодарит за учение. Барыня давно ей простила, и опалу сложила с нее, и с своей головы чепец подарила; но она сама не захотела снять свой платок и все ходила в темном платье; а после смерти барыни она стала еще тише и ниже. Русский человек боится и привязывается легко; но уважение его заслужить трудно: дается оно не скоро и не всякому. Агафью все в доме очень уважали; никто и не вспоминал о прежних грехах, словно их вместе с старым барином в землю похоронили.

Сделавшись мужем Марьи Дмитриевны, Калитин хотел было поручить Агафье домашнее хозяйство; но она отказалась «ради соблазна»; он прикрикнул на нее: она низко поклонилась и вышла вон. Умный Калитин понимал людей; он и Агафью понял и не забыл ее. Переселившись в город, он, с ее согласия, приставил ее в качестве няни к Лизе, которой только что пошел пятый год.

Лизу сперва испугало серьезное и строгое лицо новой няни; но она скоро привыкла к ней и крепко полюбила. Она сама была серьезный ребенок; черты ее напоминали резкий и правильный облик Калитина; только глаза у ней были не отцовские; они светились тихим вниманием и добротой, что редко в детях. Она в куклы не любила играть, смеялась негромко и недолго, держалась чинно. Она задумывалась не часто, но почти всегда недаром; помолчав немного, она обыкновенно кончала тем, что обращалась к кому-нибудь старшему с вопросом, показывавшим, что голова ее работала над новым впечатлением. Она очень скоро перестала картавить и уже на четвертом году говорила совершенно чисто. Отца она боялась; чувство ее к матери было неопределенно, — она не боялась ее и не ласкалась к ней; впрочем, она и к Агафье не ласкалась, хотя только ее одну и любила. Агафья с ней не расставалась. Странно было видеть их вдвоем. Бывало, Агафья, вся в черном, с темным платком на голове, с похудевшим, как воск прозрачным, но все еще прекрасным и выразительным лицом, сидит прямо и вяжет чулок; у ног ее, на маленьком креслице, сидит Лиза и тоже трудится над какой-нибудь работой или, важно поднявши светлые глазки, слушает, что рассказывает ей Агафья; а Агафья рассказывает ей не сказки: мерным и ровным голосом рассказывает она житие Пречистой Девы, житие отшельников, угодников божиих, святых мучениц; говорит она Лизе, как жили святые в пустынях, как спасались, голод терпели и нужду, — и царей не боялись, Христа исповедовали; как им птицы небесные корм носили и звери их слушались; как на тех местах, где кровь их падала, цветы вырастали. «Желтофиоли?» — спросила однажды Лиза, которая очень любила цветы... Агафья говорила с Лизой важно и смиренно, точно она сама чувствовала, что не ей бы произносить такие высокие и святые слова. Лиза ее слушала — и образ вездесущего, всезнающего Бога с какой-то сладкой силой втеснялся в ее душу, наполнял ее чистым, благоговейным страхом, а Христос становился ей чем-то близким, знакомым, чуть не родным; Агафья и молиться ее выучила. Иногда она будила Лизу рано на заре, торопливо ее одевала и уводила тайком к заутрене; Лиза шла за ней на цыпочках, едва дыша; холод и полусвет утра, свежесть и пустота церкви, самая таинственность этих неожиданных отлучек, осторожное возвращение в дом, в постельку, — вся эта смесь запрещенного, странного, святого потрясала девочку, проникала в самую глубь ее существа. Агафья никогда никого не осуждала и Лизу не бранила за шалости. Когда она бывала чем недовольна, она только молчала; и Лиза понимала это молчание; с быстрой прозорливостью ребенка она так же хорошо понимала, когда Агафья была недовольна другими — Марьей ли Дмитриевной, самим ли Калитиным. Года три с небольшим ходила Агафья за Лизой; девица Моро ее сменила; но легкомысленная француженка с своими сухими ухватками да восклицанием: «Tout ça c'est des bêtises» — не могла вытеснить из сердца Лизы ее любимую няню; посеянные семена пустили слишком глубокие корни. Притом Агафья, хотя и перестала ходить за Лизой, осталась в доме и часто видалась с своей воспитанницей, которая ей верила по-прежнему.

Агафья, однако, не ужилась с Марфой Тимофеевной, когда та переехала в калитинский дом. Строгая важность бывшей «паневницы»[1] не нравилась нетерпеливой и самовольной старушке. Агафья отпросилась на богомолье и не вернулась. Ходили темные слухи, будто она удалилась в раскольничий скит. Но след, оставленный ею в душе Лизы, не изгладился. Она по-прежнему шла к обедне, как на праздник, молилась с наслажденьем, с каким-то сдержанным и стыдливым порывом, чему Марья Дмитриевна втайне немало дивилась, да и сама Марфа Тимофеевна, хотя ни в чем не стесняла Лизу, однако старалась умерить ее рвение и не позволяла ей класть лишние земные поклоны: не дворянская, мол, это замашка. Училась Лиза хорошо, то есть усидчиво; особенно блестящими спо-

---

[1] П а н е в н и ц а (от слова панёва) — род домотканой шерстяной клетчатой или полосатой юбки, носимой замужними женщинами.

собностями, большим умом ее Бог не наградил; без труда ей ничего не давалось. Она хорошо играла на фортепьяно; но один Лемм знал, чего ей это стоило. Читала она немного; у ней не было «своих слов», но были свои мысли, и шла она своей дорогой. Недаром походила она на отца: он тоже не спрашивал у других, что ему делать. Так росла она — покойно, неторопливо, так достигла девятнадцатилетнего возраста. Она была очень мила, сама того не зная. В каждом ее движенье высказывалась невольная, несколько неловкая грация; голос ее звучал серебром нетронутой юности, малейшее ощущение удовольствия вызывало привлекательную улыбку на ее губы, придавало глубокий блеск и какую-то тайную ласковость ее засветившимся глазам. Вся проникнутая чувством долга, боязнью оскорбить кого бы то ни было, с сердцем добрым и кротким, она любила всех и никого в особенности; она любила одного Бога восторженно, робко, нежно. Лаврецкий первый нарушил ее тихую внутреннюю жизнь.

Такова была Лиза.

XXXVI

На следующий день, часу в двенадцатом, Лаврецкий отправился к Калитиным. На дороге он встретил Паншина, который проскакал мимо его верхом, нахлобучив шляпу на самые брови. У Калитиных Лаврецкого не приняли — в первый раз с тех пор, как он с ними познакомился. Марья Дмитриевна «почивала», — так доложил лакей; у «них» голова болела. Марфы Тимофеевны и Лизаветы Михайловны не было дома. Лаврецкий походил около сада в смутной надежде встретиться с Лизой, но не увидал никого. Он вернулся через два часа и получил тот же ответ, причем лакей как-то косо посмотрел на него. Лаврецкому показалось неприличным наведываться в тот же день в третий раз — и он решился съездить в Васильевское, где у него без того были дела. На дороге он строил различные планы, один прекраснее другого; но в сельце его тетки на него напала грусть; он вступил в разговор с Антоном; у старика, как нарочно, все невеселые мысли на уме были. Он рассказал Лаврецкому, как Глафира Петровна перед смертью сама себя за руку укусила, — и, помолчав, сказал со вздохом: «Всяк человек, барин-батюшка, сам себе на съедение предан». Было поздно, когда Лаврецкий пустился в обратный путь. Вчерашние звуки охватили его, образ Лизы восстал в его душе во всей своей кроткой ясности; он умилился при мысли, что она его любит, — и подъехал к своему городскому домику успокоенный и счастливый.

Первое, что поразило его при входе в переднюю, был запах пачули [1], весьма ему противный; тут же стояли какие-то высокие сундуки и баулы. Лицо выскочившего к нему навстречу камердинера показалось ему странным. Не отдавая себе отчета в своих впечатлениях, переступил он порог гостиной... Ему навстречу с дивана поднялась дама в черном шелковом платье с воланами и, поднеся батистовый платок к бледному лицу, переступила несколько шагов, склонила тщательно расчесанную, душистую голову — и упала к его ногам... Тут только он узнал ее: эта дама была его жена.

Дыхание у него захватило... Он прислонился к стене.

— Теодор, не прогоняйте меня! — сказала она по-французски, и голос ее как ножом резанул его по сердцу.

Он глядел на нее бессмысленно и, однако, тотчас же невольно заметил, что она и побелела и отекла.

— Теодор! — продолжала она, изредка вскидывая глазами и осторожно ломая свои удивительно красивые пальцы с розовыми лощеными ногтями, — Теодор, я перед вами виновата, глубоко виновата, — скажу более, я преступница; но вы выслушайте меня; раскаяние меня мучит, я стала самой себе в тягость, я не могла более переносить мое положение; сколько раз я думала обратиться к вам, но я боялась вашего гнева; я решилась разорвать всякую связь с прошедшим... puis, j'ai été si malade, я была так больна, — прибавила она и провела рукой по лбу и по щеке, — я воспользовалась распространившимся слухом о моей смерти, я покинула все; не останавливаясь, день и ночь спешила я сюда; я долго колебалась пред-

---

[1] Пачули — сильно пахнущие духи.

стать пред вас, моего судью — paraître devant vous, mon juge; но я решилась, наконец, вспомнив вашу всегдашнюю доброту, ехать к вам; я узнала ваш адрес в Москве. Поверьте, — продолжала она, тихонько поднимаясь с полу и садясь на самый край кресла, — я часто думала о смерти и я бы нашла в себе довольно мужества, чтобы лишить себя жизни — ах, жизнь теперь для меня несносное бремя! — но мысль о моей дочери, о моей Адочке меня останавливала; она здесь, она спит в соседней комнате, бедный ребенок! Она устала — вы ее увидите: она по крайней мере перед вами не виновата, а я так несчастна, так несчастна! — воскликнула г-жа Лаврецкая и залилась слезами.

Лаврецкий пришел, наконец, в себя; он отделился от стены и повернулся к двери.

— Вы уходите? — с отчаянием проговорила его жена, — о, это жестоко! — Не сказавши мне ни одного слова, ни одного даже упрека... Это презрение меня убивает, это ужасно!

Лаврецкий остановился.

— Что вы хотите слышать от меня? — произнес он беззвучным голосом.

— Ничего, ничего, — с живостью подхватила она, — я знаю, я не вправе ничего требовать; я не безумная, поверьте; я не надеюсь, я не смею надеяться на ваше прощение; я только осмеливаюсь просить вас, чтобы вы приказали мне, что мне делать, где мне жить? Я, как рабыня, исполню ваше приказание, какое бы оно ни было.

— Мне нечего вам приказывать, — возразил тем же голосом Лаврецкий, — вы знаете — между нами все кончено... и теперь более, чем когда-нибудь. Вы можете жить, где вам угодно; и если вам мало вашей пенсии...

— Ах, не говорите таких ужасных слов, — перебила его Варвара Павловна, — пощадите меня, хотя... хотя ради этого ангела... — И, сказавши эти слова, Варвара Павловна стремительно выбежала в другую комнату и тотчас же вернулась с маленькой, очень изящно одетой девочкой на руках. Крупные русые кудри падали ей на хорошенькое румяное личико, на большие черные заспанные глаза; она и улыбалась, и щурилась от огня, и упиралась пухлой ручонкой в шею матери.

— Ada, vois, c'est ton père [1], — проговорила Варвара Павловна, отводя от ее глаз кудри и крепко целуя ее, — prie le avec moi [2].

— C'est ça, papa [3], — залепетала девочка, картавя.

— Oui, mon enfant, n'est ce pas, que tu l'aimes? [4]

Но тут стало невмочь Лаврецкому.

— В какой это мелодраме есть совершенно такая сцена? — пробормотал он и вышел вон.

Варвара Павловна постояла некоторое время на месте, слегка повела плечами, отнесла девочку в другую комнату, раздела и уложила ее. Потом она достала книжку, села у лампы, подождала около часу и, наконец, сама легла в постель.

— Eh bien, madame [5] — спросила ее служанка француженка, вывезенная ею из Парижа, снимая с нее корсет.

— Eh bien, Justine [6], — возразила она, — он очень постарел, но, мне кажется, он все такой же добрый. Подайте мне перчатки на ночь, приготовьте к завтрашнему дню серое платье доверху; да не забудьте бараньих котлет для Ады... Правда, их здесь трудно найти; но надо постараться.

— A la guerre comme à la guerre [7], — возразила Жюстина и загасила свечку.

XXXVII

Более двух часов скитался Лаврецкий по улицам города. Пришла ему на память ночь, проведенная в окрестностях Парижа. Сердце у него надрывалось, и в голове, пустой и словно оглушенной, кружились все одни и те же мысли, темные, вздорные, злые. «Она жива, она здесь», — шептал он с постоянно возрождавшимся изумлением. Он чувствовал, что потерял Лизу. Желчь его душила; слишком внезапно поразил его этот удар. Как мог он так легко

---

[1] Ада, взгляни-ка, это твой отец *(франц.)*.
[2] Проси его со мной *(франц.)*.
[3] Так это папа *(франц.)*.
[4] Да, дитя мое, ведь ты его любишь, не правда ли? *(франц.)*
[5] Ну как, сударыня? *(франц.)*
[6] Да так, Жюстина *(франц.)*.
[7] На войне, как на войне *(франц.)*.

поверить вздорной болтовне фельетона, лоскуту бумаги? «Ну, я бы не поверил, — подумал он, — какая была бы разница? Я бы не знал, что Лиза меня любит; она сама бы этого не знала». Он не мог отогнать от себя образа, голоса, взоров своей жены... и он проклинал себя, проклинал все на свете.

Измученный, пришел он перед утром к Лемму. Долго он не мог достучаться; наконец в окне показалась голова старика в колпаке, кислая, сморщенная, уже нисколько не похожая на ту вдохновенно суровую голову, которая, двадцать четыре часа тому назад со всей высоты своего художнического величия царски глянула на Лаврецкого.

— Что вам надо? — спросил Лемм, — я не могу каждую ночь играть, я декокт принял.

Но, видно, лицо у Лаврецкого было очень странно: старик сделал себе из руки над глазами козырек, вгляделся в своего ночного посетителя и впустил его.

Лаврецкий вошел в комнату и опустился на стул; старик остановился перед ним, запахнув полы своего пестрого, дряхлого халата, ежась и жуя губами.

— Моя жена приехала, — проговорил Лаврецкий поднял голову и вдруг сам невольно рассмеялся.

Лицо Лемма выразило изумление, но он даже не улыбнулся, только крепче завернулся в халат.

— Ведь вы не знаете, — продолжал Лаврецкий, — я воображал... я прочел в газете, что ее уже нет на свете.

— О-о, это вы недавно прочли? — спросил Лемм.

— Недавно.

— О-о, — повторил старик и высоко поднял брови. — И она приехала?

— Приехала. Она теперь у меня, а я... я несчастный человек.

И он опять усмехнулся.

— Вы несчастный человек, — медленно повторил Лемм.

— Христофор Федорыч, — начал Лаврецкий, — возьметесь вы доставить записку?

— Гм. Можно узнать, кому?

— Лизав...

— А, да, да, понимаю. Хорошо. А когда нужно будет доставить записку?

— Завтра, как можно раньше.

— Гм. Можно послать Катрин, мою кухарку. Нет, я сам пойду.

— И принесете мне ответ?

— И принесу ответ.

Лемм вздохнул.

— Да, мой бедный молодой друг; вы, точно, — несчастный молодой человек.

Лаврецкий написал два слова Лизе: он известил ее о приезде жены, просил ее назначить ему свидание, — и бросился на узенький диван лицом к стене; а старик лег на постель и долго ворочался, кашляя и отпивая глотками свой декокт.

Настало утро; оба они поднялись. Странными глазами поглядели они друг на друга. Лаврецкому хотелось в этот миг убить себя. Кухарка Катрин принесла им скверного кофе. Пробило восемь часов. Лемм надел шляпу и, сказавши, что урок он дает у Калитиных в десять часов, но что он найдет приличный предлог, отправился. Лаврецкий опять бросился на диванчик, и опять со дна его души зашевелился горестный смех. Он думал о том, как жена выгнала его из дому; он представлял себе положение Лизы, закрывал глаза и закидывал руки за голову. Наконец Лемм вернулся и принес ему клочок бумаги, на котором Лиза начертила карандашом следующие слова: «Мы сегодня не можем видеться; может быть — завтра вечером. Прощайте». Лаврецкий сухо и рассеянно поблагодарил Лемма и пошел к себе домой.

Он застал жену за завтраком; Ада, вся в буклях, в беленьком платьице с голубыми ленточками, кушала баранью котлетку. Варвара Павловна тотчас встала, как только Лаврецкий вошел в комнату, и с покорностью на лице подошла к нему. Он попросил ее последовать за ним в кабинет, запер за собою дверь и начал ходить взад и вперед; она села, скромно положила одну руку на другую и принялась следить за ним своими все еще прекрасными, хотя слегка подрисованными, глазами.

Лаврецкий долго не мог заговорить: он чувствовал, что не владел собою; он видел ясно, что Варвара Павловна нисколько его не боялась, а показывала вид, что вот сейчас в обморок упадет.

— Послушайте, сударыня, — начал он, наконец, тяжело дыша и по временам стискивая зубы, — нам нечего притворяться друг перед другом; я вашему раскаянию не верю; да если бы оно и было искренно, сойтись снова с вами, жить с вами — мне невозможно.

Варвара Павловна сжала губы и прищурилась. «Это отвращение, — подумала она, — кончено! Я для него даже не женщина».

— Невозможно, — повторил Лаврецкий и застегнулся доверху. — Я не знаю, зачем вам угодно было пожаловать сюда: вероятно, у вас денег больше не стало.

— Увы! вы оскорбляете меня, — прошептала Варвара Павловна.

— Как бы то ни было — вы все-таки, к сожалению, моя жена. Не могу же я вас прогнать... и вот что я вам предлагаю. Вы можете сегодня же, если угодно, отправиться в Лаврики, живите там; там, вы знаете, хороший дом; вы будете получать все нужное сверх пенсии... Согласны вы?

Варвара Павловна поднесла вышитый платок к лицу.

— Я вам уже сказала, — промолвила она, нервически подергивая губами, — что я на все буду согласна, что бы вам ни угодно было сделать со мной; на этот раз остается мне спросить у вас: позволите ли вы мне по крайней мере поблагодарить вас за ваше великодушие?

— Без благодарности, прошу вас, эдак лучше, — поспешно проговорил Лаврецкий. — Стало быть, — продолжал он, приближаясь к двери, — я могу рассчитывать...

— Завтра же я буду в Лавриках, — промолвила Варвара Павловна, почтительно поднимаясь с места. — Но, Федор Иваныч (Теодором она его больше не называла)...

— Что вам угодно?

— Я знаю, я еще ничем не заслужила своего прощения; могу ли я надеяться по крайней мере, что со временем...

— Эх, Варвара Павловна, — перебил ее Лаврецкий, — вы умная женщина, да ведь и я не дурак; я знаю, что этого вам совсем не нужно. А я давно вас простил; но между нами всегда была бездна.

— Я сумею покориться, — возразила Варвара Павловна и склонила голову. — Я не забыла своей вины; я бы не удивилась, если бы узнала, что вы даже обрадовались известию о моей смерти, — кротко прибавила она, слегка указывая рукой на лежавший на столе, забытый Лаврецким нумер журнала.

Федор Иваныч дрогнул: фельетон был отмечен карандашом. Варвара Павловна еще с большим уничижением посмотрела на него. Она была очень хороша в это мгновенье. Серое парижское платье стройно охватывало ее гибкий, почти семнадцатилетний стан, ее тонкая, нежная шея, окруженная белым воротничком, ровно дышавшая грудь, руки без браслетов и колец — вся ее фигура, от лоснистых волос до кончика едва выставленной ботинки, была так изящна...

Лаврецкий окинул ее злобным взглядом, чуть не воскликнул «Brava!»[1], чуть не ударил ее кулаком по темени — и удалился. Час спустя он уже отправился в Васильевское, а два часа спустя Варвара Павловна велела нанять себе лучшую карету в городе, надела простую соломенную шляпу с черным вуалем и скромную мантилью, поручила Аду Жюстине и отправилась к Калитиным: из расспросов, сделанных ею прислуге, она узнала, что муж ее ездил к ним каждый день.

XXXVIII

День приезда жены Лаврецкого в город О..., невеселый для него день, был также тягостным днем для Лизы. Не успела она сойти вниз и поздороваться с матерью, как уже под окном раздался конский топот, и она с тайным страхом увидела Паншина, въезжавшего во двор. «Он явился так рано для окончательного объяснения», — подумала она — и не обманулась; повертевшись в гостиной, он предложил ей пойти с ним в сад и потребовал реше-

---

[1] Браво! *(франц.)*

ния своей участи. Лиза собралась с духом и объявила ему, что не может быть его женой. Он выслушал ее до конца, стоя к ней боком и надвинув на лоб шляпу; вежливо, но измененным голосом спросил ее: последнее ли это ее слово и не подал ли он чем-нибудь повода к подобной перемене в ее мыслях? потом прижал руку к глазам, коротко и отрывисто вздохнул и отдернул руку от лица.

— Я не хотел пойти по избитой дороге, — проговорил он глухо, — я хотел найти себе подругу по влечению сердца; но, видно, этому не должно быть. Прощай, мечта! — Он глубоко поклонился Лизе и вернулся в дом.

Она надеялась, что он тотчас же уедет; но он пошел в кабинет к Марье Дмитриевне и около часа просидел у ней. Уходя, он сказал Лизе: «Votre mère vous appelle; adieu à jamais...»[1] — сел на лошадь и от самого крыльца поскакал во всю прыть. Лиза вошла к Марье Дмитриевне и застала ее в слезах: Паншин сообщил ей свое несчастье.

— За что ты меня убила? За что ты меня убила? — так начала свои жалобы огорченная вдова. — Кого тебе еще нужно? Чем он тебе не муж? Камер-юнкер! не интересан! Он в Петербурге на любой фрейлине мог бы жениться. А я-то, я-то надеялась! И давно ли ты к нему изменилась? Откуда-нибудь эта туча надута, не сама собой пришла. Уж не тот ли фофан? Вот нашла советчика!

— А он-то, мой голубчик, — продолжала Марья Дмитриевна, — как он почтителен, в самой печали как внимателен! Обещался не оставлять меня. Ах, я этого не перенесу! Ах, у меня голова смертельно разболелась! Пошли ко мне Палашку. Ты убьешь меня, если не одумаешься, слышишь? — И, назвав ее раза два неблагодарною, Марья Дмитриевна услала Лизу.

Она отправилась в свою комнату. Но не успела она еще отдохнуть от объяснения с Паншиным и с матерью, как на нее опять обрушилась гроза, и с такой стороны, откуда она меньше всего ее ожидала. Марфа Тимофеевна вошла к ней в комнату и тотчас захлопнула за собою дверь. Лицо старушки было бледно, чепец сидел набоку, глаза ее блестели, руки, губы дрожали. Лиза изумилась:

---

[1] Ваша матушка вас зовет, прощайте навсегда... *(франц.)*

она никогда еще не видала своей умной и рассудительной тетки в таком состоянии.

— Прекрасно, сударыня, — начала Марфа Тимофеевна трепетным и прерывистым шепотом, — прекрасно! У кого ты это только выучилась, мать моя... Дай мне воды; я говорить не могу.

— Успокойтесь, тетушка, что с вами? — говорила Лиза, подавая ей стакан воды. — Ведь вы сами, кажется, не жаловали господина Паншина.

Марфа Тимофеевна отставила стакан.

— Пить не могу: зубы себе последние выбью. Какой тут Паншин? К чему тут Паншин? А ты лучше мне скажи, кто тебя научил свидания по ночам назначать, а, мать моя?

Лиза побледнела.

— Ты, пожалуйста, не вздумай отговариваться, — продолжала Марфа Тимофеевна. — Шурочка сама все видела и мне сказала. Я ей запретила болтать, а она не солжет.

— Я и не отговариваюсь, тетушка, — чуть слышно промолвила Лиза.

— А-а! Так вот как, мать моя; ты свидание ему назначила, этому старому греховоднику, смиреннику этому?

— Нет.

— Как же так?

— Я сошла вниз в гостиную за книжкой: он был в саду — и позвал меня.

— И ты пошла? Прекрасно. Да ты любишь его, что ли?

— Люблю, — отвечала тихим голосом Лиза.

— Матушки мои! она его любит! — Марфа Тимофеевна сдернула с себя чепец. — Женатого человека любит! а? любит!

— Он мне сказывал... — начала Лиза.

— Что он тебе сказывал, соколик эдакой, что-о?

— Он мне сказывал, что жена его скончалась.

Марфа Тимофеевна перекрестилась.

— Царство ей Небесное, — прошептала она, — пустая была бабенка — не тем будь помянута. Вот как: вдовый он, стало быть. Да он, я вижу, на все руки. Одну жену уморил, да и за другую. Каков тихоня? Только вот что скажу тебе, племянница: в наши времена, как я молода была, девкам за такие проделки больно доставалось. Ты не сердись на меня, мать моя; за правду одни дураки сердятся. Я и отказать ему велела сегодня. Я его люблю, но этого я ему никогда не прощу. Вишь, вдовый! Дай-ка мне воды. А что ты Паншина с носом отослала, за это ты у меня молодец; только не сиди ты по ночам с этой козьей породой, с мужчинами; не сокрушай ты меня, старуху! А то ведь я не все ласкаться — я и кусаться умею... Вдовый!

Марфа Тимофеевна ушла, а Лиза села в уголок и заплакала. Горько ей стало на душе; не заслужила она такого униженья. Не веселостью сказывалась ей любовь: во второй раз плакала она со вчерашнего вечера. В ее сердце едва только родилось то новое, нежданное чувство, и уже как тяжело поплатилась она за него, как грубо коснулись чужие руки ее заветной тайны! Стыдно, и горько, и больно было ей; но ни сомненья, ни страха в ней не было, — и Лаврецкий стал ей еще дороже. Она колебалась, пока сама себя не понимала; но после того свидания, после того поцелуя — она уже колебаться не могла; она знала, что любит, — и полюбила честно, не шутя, привязалась крепко, на всю жизнь — и не боялась угроз; она чувствовала, что насилию не расторгнуть этой связи.

XXXIX

Марья Дмитриевна очень встревожилась, когда ей доложили о приезде Варвары Павловны Лаврецкой; она даже не знала, принять ли ее: она боялась оскорбить Федора Иваныча. Наконец любопытство превозмогло. «Что ж, — подумала она, — ведь она тоже родная, — и, усевшись в креслах, сказала лакею: — Проси!» Прошло несколько мгновений; дверь отворилась; Варвара Павловна быстро, чуть слышными шагами приблизилась к Марье Дмитриевне и, не давая ей встать с кресел, почти склонила перед ней колени.

— Благодарствуйте, тетушка, — начала она тронутым и тихим голосом по-русски, — благодарствуйте; я не надеялась на такое снисхожденье с вашей стороны; вы добры, как ангел.

Сказавши эти слова. Варвара Павловна неожиданно овладела одной рукой Марьи Дмитриевны и, слегка стиснув ее в своих бледно-лиловых жувеневских перчатках, подобострастно поднесла ее к розовым и полным губам. Марья Дмитриевна совсем потерялась, увидев такую красивую, прелестно одетую женщину почти у ног своих; она не знала, как ей быть: и руку-то свою она у ней отнять хотела, и усадить-то ее она желала, и сказать ей что-нибудь ласковое; она кончила тем, что приподнялась и поцеловала Варвару Павловну в гладкий и пахучий лоб. Варвара Павловна вся сомлела под этим поцелуем.

— Здравствуйте, bojour, — сказала Марья Дмитриевна, — конечно, я не воображала... впрочем, я, конечно, рада вас видеть. Вы понимаете, милая моя, — не мне быть судьею между женой и мужем...

— Мой муж во всем прав, — перебила ее Варвара Павловна, — я одна виновата.

— Это очень похвальные чувства, — возразила Марья Дмитриевна, — очень. Давно вы приехали? Видели вы его? Да сядьте же, пожалуйста.

— Я вчера приехала, — отвечала Варвара Павловна, смиренно садясь на стул, — я видела Федора Иваныча, я говорила с ним.

— А! Ну, и что же он?

— Я боялась, что мой внезапный приезд возбудит его гнев, — продолжала Варвара Павловна, — но он не лишил меня своего присутствия.

— То есть, он не... Да, да, понимаю, — промолвила Марья Дмитриевна. — Он только с виду немного груб, а сердце у него мягкое.

— Федор Иваныч не простил меня; он не хотел меня выслушать... Но он был так добр, что назначил мне Лаврики местом жительства.

— А! прекрасное именье!

— Я завтра же отправляюсь туда, в исполнение его воли; но я почла долгом побывать прежде у вас.

— Очень, очень вам благодарна, моя милая. Родных никогда забывать не следует. А знаете ли, я удивляюсь, как вы хорошо говорите по-русски. C'est ètonnant [1].

---

[1] Это удивительно *(франц.)*.

Варвара Павловна вздохнула.

— Я слишком долго пробыла за границей, Марья Дмитриевна, я это знаю; но сердце у меня всегда было русское, и я не забывала своего отечества.

— Так, так; это лучше всего. Федор Иваныч вас, однако, вовсе не ожидал... Да, поверьте моей опытности: la patrie avant tout[1]. Ах, покажите, пожалуйста, что это у вас за прелестная мантилья?

— Вам она нравится? — Варвара Павловна проворно спустила ее с плеч. — Она очень простенькая, от madame Baudran.

— Это сейчас видно. От madame Baudran... Как мило и с каким вкусом! Я уверена, вы привезли с собой множество восхитительных вещей. Я бы хоть посмотрела.

— Весь мой туалет к вашим услугам, любезнейшая тетушка. Если позволите, я могу кое-что показать вашей камеристке. Со мной служанка из Парижа, — удивительная швея.

— Вы очень добры, моя милая. Но, право, мне совестно.

— Совестно... — повторила с упреком Варвара Павловна. — Хотите вы меня осчастливить — распоряжайтесь мною, как вашей собственностью!

Марья Дмитриевна растаяла.

— Vous êtes charmante[2], — проговорила она. — Да что же вы не снимаете вашу шляпку, перчатки?

— Как? вы позволяете? — спросила Варвара Павловна и слегка, как бы с умиленьем, сложила руки.

— Разумеется; ведь вы обедаете с нами, я надеюсь. Я... я вас познакомлю с моей дочерью. — Марья Дмитриевна немного смутилась. «Ну! куда ни шло!» — подумала она. — Она сегодня что-то нездорова у меня.

— О, ma tante[3], как вы добры! — воскликнула Варвара Павловна и поднесла платок к глазам.

Казачок доложил о приходе Гедеоновского. Старый болтун вошел, отвешивая поклоны и ухмыляясь. Марья

---

[1] Отечество прежде всего *(франц.)*.
[2] Вы очаровательны *(франц.)*.
[3] Тетя *(франц.)*.

Дмитриевна представила его своей гостье. Он сперва было сконфузился; но Варвара Павловна так кокетливо-почтительно обошлась с ним, что у него ушки разгорелись, и выдумки, сплетни, любезности медом потекли с его уст. Варвара Павловна слушала его, сдержанно улыбалась и сама понемногу разговорилась. Она скромно рассказывала о Париже, о своих путешествиях, о Бадене; раза два рассмешила Марью Дмитриевну и всякий раз потом слегка вздыхала и как будто мысленно упрекала себя в неуместной веселости; выпросила позволение привести Аду; снявши перчатки, показывала своими гладкими, вымытыми мылом à la guimauve [1] руками, как и где носятся воланы, рюши, кружева, шу; обещалась принести склянку с новыми английскими духами: Victoria's Essence [2], и обрадовалась, как дитя, когда Марья Дмитриевна согласилась принять ее в подарок; всплакнула при воспоминании о том, какое чувство она испытала, когда в первый раз услыхала русские колокола: «Так глубоко поразили они меня в самое сердце», — промолвила она.

В это мгновенье вошла Лиза.

С утра, с самой той минуты, когда она, вся похолодев от ужаса, прочла записку Лаврецкого, Лиза готовилась ко встрече с его женою; она предчувствовала, что увидит ее. Она решилась не избегать ее, в наказание своим, как она назвала их, преступным надеждам. Внезапный перелом в ее судьбе потряс ее до основания; в два каких-нибудь часа ее лицо похудело; но она и слезинки не проронила. «Поделом!» — говорила она самой себе, с трудом и волнением подавляя в душе какие-то горькие, злые, ее самое пугавшие порывы. «Ну, надо идти!» — подумала она, как только узнала о приезде Лаврецкой, и она пошла... Долго стояла она перед дверью гостиной, прежде чем решилась отворить ее; с мыслью: «Я перед нею виновата», — переступила она порог и заставила себя посмотреть на нее, заставила себя улыбнуться. Варвара Павловна пошла ей навстречу, как только увидала ее, и склонилась перед ней слегка, но все-таки почтительно: «Позвольте мне реко-

---

[1] Напоминающее по запаху растение алтей *(франц.)*.
[2] Духи королевы Виктории *(франц.)*.

мендовать себя, — заговорила она вкрадчивым голосом, — ваша maman так снисходительна ко мне, что я надеюсь, что и вы будете... добры». Выражение лица Варвары Павловны, когда она сказала это последнее слово, ее хитрая улыбка, холодный и в то же время мягкий взгляд, движение ее рук и плечей, самое ее платье, все ее существо — возбудили такое чувство отвращения в Лизе, что она ничего не могла ей ответить и через силу протянула ей руку. «Эта барышня брезгает мною», — подумала Варвара Павловна, крепко стискивая холодные пальцы Лизы и, обернувшись к Марье Дмитриевне, промолвила вполголоса: «Mais elle est délicieuse!» [1] Лиза слабо вспыхнула: насмешка, обида послышались ей в этом восклицании; но она решилась не верить своим впечатлениям и села к окну за пяльцы. Варвара Павловна и тут не оставила ее в покое: подошла к ней, начала хвалить ее вкус, ее искусство... Сильно и болезненно забилось сердце у Лизы: она едва переломила себя, едва усидела на месте. Ей казалось, что Варвара Павловна все знает и, тайно торжествуя, подтрунивает над ней. К счастью ее, Гедеоновский заговорил с Варварой Павловной и отвлек ее внимание. Лиза склонилась над пяльцами и украдкой наблюдала за нею. «Эту женщину, — думала она, — любил *он*». Но она тотчас же изгнала из головы самую мысль о Лаврецком: она боялась потерять власть над собою, она чувствовала, что голова у ней тихо кружилась. Марья Дмитриевна заговорила о музыке.

— Я слышала, моя милая, — начала она, — вы удивительная виртуозка.

— Я давно не играла, — возразила Варвара Павловна, немедленно садясь за фортепьяно, и бойко пробежала пальцами по клавишам. — Прикажете?

— Сделайте одолжение.

Варвара Павловна мастерски сыграла блестящий и трудный этюд Герца [2]. У ней было очень много силы и проворства.

---

[1] А она прелестна! *(франц.)*.
[2] Герц Генрих (1806—1888) — немецкий композитор.

— Сильфида!¹ — воскликнул Гедеоновский.

— Необыкновенно! — подтвердила Марья Дмитриевна. — Ну, Варвара Павловна, признаюсь, — промолвила она, в первый раз называя ее по имени, — удивили вы меня: вам хоть бы концерты давать. Здесь у нас есть музыкант, старик, из немцев, чудак, очень ученый; он Лизе уроки дает; тот просто от вас с ума сойдет.

— Лизавета Михайловна тоже музыкантша? — спросила Варвара Павловна, слегка обернув к ней голову.

— Да, она играет недурно и любит музыку; но что это значит перед вами? Но здесь есть еще один молодой человек; вот с кем вы должны познакомиться. Это — артист в душе и сочиняет премило. Он один может вас вполне оценить.

— Молодой человек? — проговорила Варвара Павловна. — Кто он такой? Бедный какой-нибудь?

— Помилуйте, первый кавалер у нас, да не только у нас — et á Pétersbourg. Камер-юнкер, в лучшем обществе принят. Вы, наверное, слыхали о нем: Паншин, Владимир Николаич. Он здесь по казенному поручению... будущий министр, помилуйте!

— И артист?

— Артист в душе, и такой любезный. Вы его увидите. Он все это время очень часто у меня бывал; я пригласила его на сегодняшний вечер, *надеюсь* что он приедет, — прибавила Марья Дмитриевна с коротким вздохом и косвенной горькой улыбкой.

Лиза поняла значение этой улыбки; но ей было не до того.

— И молодой? — повторила Варвара Павловна, слегка модулируя из тона в тон.

— Двадцати восьми лет — и самой счастливой наружности. Un jeune homme accompli², помилуйте.

— Образцовый, можно сказать, юноша, — заметил Гедеоновский.

---

¹ Сильфида — по-гречески — мотылек. В переносном смысле слова — легкая изящная девушка.
² Превосходный молодой человек *(франц.)*.

Варвара Павловна внезапно заиграла шумный штраусовский вальс, начинавшийся такой сильной и быстрой трелью, что Гедеоновский даже вздрогнул; в самой середине вальса она вдруг перешла в грустный мотив и кончила ариею из «Лучии»[1]: Fra poco...[2] Она сообразила, что веселая музыка нейдет к ее положению. Ария из «Лучии», с ударениями на чувствительных нотках, очень растрогала Марью Дмитриевну.

— Какая душа, — проговорила она вполголоса Гедеоновскому.

— Сильфида! — повторил Гедеоновский и поднял глаза к небу.

Настал час обеда. Марфа Тимофеевна сошла сверху, когда уже суп стоял на столе. Она очень сухо обошлась с Варварой Павловной, отвечала полусловами на ее любезности, не глядела на нее. Варвара Павловна сама скоро поняла, что от этой старухи толку не добьешься, и перестала заговаривать с нею; зато Марья Дмитриевна стала еще ласковей с своей гостьей; невежливость тетки ее рассердила. Впрочем, Марфа Тимофеевна не на одну Варвару Павловну не глядела: она и на Лизу не глядела, хотя глаза так и блестели у ней. Она сидела, как каменная, вся желтая, бледная, с сжатыми губами — и не ела ничего. Лиза казалась спокойной; и точно: у ней на душе тише стало; странная бесчувственность, бесчувственность осужденного нашла на нее. За обедом Варвара Павловна говорила мало: она словно опять оробела и распространила по лицу своему выражение скромной меланхолии. Один Гедеоновский оживлял беседу своими рассказами, хотя то и дело трусливо посматривал на Марфу Тимофеевну и перхал, — перхота нападала на него всякий раз, когда он в ее присутствии собирался лгать, — но она ему не мешала, не перебивала его. После обеда оказалось, что Варвара Павловна большая любительница преферанса; Марье Дмитриевне это до того понравилось, что она даже умилилась и подумала про себя: «Какой же, однако, дурак

---

[1] «Лучия» — опера «Лучия ди Лямермур» итальянского композитора Доницетти (1797—1848).
[2] Вскоре затем *(итал.)*.

должен быть Федор Иваныч: не умел такую женщину понять!»

Она села играть в карты с нею и Гедеоновским, а Марфа Тимофеевна увела Лизу к себе наверх, сказав, что на ней лица нет, что у ней, должно быть, болит голова.

— Да, у ней ужасно голова болит, — промолвила Марья Дмитриевна, обращаясь к Варваре Павловне и закатывая глаза. — У меня самой такие бывают мигрени...

— Скажите! — возразила Варвара Павловна. Лиза вошла в теткину комнату и в изнеможении опустилась на стул. Марфа Тимофеевна долго молча смотрела на нее, тихонько стала перед нею на колени — и начала, все так же молча, целовать попеременно ее руки. Лиза подалась вперед, покраснела — и заплакала, но не подняла Марфы Тимофеевны, не отняла своих рук: она чувствовала, что не имела права отнять их, не имела права помешать старушке выразить свое раскаяние, участие, испросить у ней прощение за вчерашнее; и Марфа Тимофеевна не могла нацеловаться этих бедных, бледных, бессильных рук — и безмолвные слезы лились из ее глаз и глаз Лизы; а кот Матрос мурлыкал в широких креслах возле клубка с чулком, продолговатое пламя лампадки чуть-чуть трогалось и шевелилось перед иконой, в соседней комнатке за дверью стояла Настасья Карловна и тоже украдкой утирала себе глаза свернутым в клубочек клетчатым носовым платком.

XL

А между тем внизу, в гостиной, шел преферанс; Марья Дмитриевна выиграла и была в духе. Человек вошел и доложил о приезде Паншина.

Марья Дмитриевна уронила карты и завозилась на кресле; Варвара Павловна посмотрела на нее с полуусмешкой, потом обратила взоры на дверь. Появился Паншин, в черном фраке, в высоких английских воротничках, застегнутый доверху. «Мне было тяжело повиноваться; но вы видите, я приехал», — вот что выражало его не улыбавшееся, только что выбритое лицо.

— Помилуйте, Вольдемар, — воскликнула Марья Дмитриевна, — прежде вы без докладу входили!

Паншин ответил Марье Дмитриевне одним только взглядом, вежливо поклонился ей, но к ручке не подошел. Она представила его Варваре Павловне; он отступил на шаг, поклонился ей так же вежливо, но с оттенком изящества и уважения, и подсел к карточному столу. Преферанс скоро кончился. Паншин осведомился о Лизавете Михайловне, узнал, что она не совсем здорова, изъявил сожаленье; потом он заговорил с Варварой Павловной, дипломатически взвешивая и отчеканивая каждое слово, почтительно выслушивая ее советы до конца. Но важность его дипломатического тона не действовала на Варвару Павловну, не сообщалась ей. Напротив: она с веселым вниманием глядела ему в лицо, говорила развязно, и тонкие ее ноздри слегка трепетали, как от сдержанного смеха. Марья Дмитриевна начала превозносить ее талант. Паншин учтиво, насколько позволяли ему воротнички, наклонил голову, объявил, что «он был в этом заранее уверен», — и завел речь чуть ли не о самом Меттернихе. Варвара Павловна прищурила свои бархатные глаза и, сказавши вполголоса: «Да ведь вы тоже артист, un confrère»[1], — прибавила еще тише: «Venez!»[2] — и качнула головой в сторону фортепьяно. Это одно брошенное слово: «Venez!» — мгновенно, как бы по волшебству, изменило всю наружность Паншина. Озабоченная осанка его исчезла; он улыбнулся, оживился, расстегнул фрак и, повторяя: «Какой я артист, увы! вот вы, я слышал, артистка истинная», — направился вслед за Варварой Павловной к фортепьяно.

— Заставьте его спеть романс — как луна плывет, — воскликнула Марья Дмитриевна.

— Вы поете? — промолвила Варвара Павловна, озарив его светлым и быстрым взором. — Садитесь.

Паншин стал отговариваться.

— Садитесь, — повторила она, настойчиво постучав по спинке стула.

---

[1] Собрат *(франц.).*
[2] Ступайте! *(франц.)*

Он сел, кашлянул, оттянул воротнички и спел свой романс.

— Charmant [1], — проговорила Варвара Павловна, — вы прекрасно поете, vous avez du style [2], — повторите.

Она обошла вокруг фортепьяно и стала прямо напротив Паншина. Он повторил романс, придавая мелодраматическое дрожание своему голосу. Варвара Павловна пристально глядела на него, облокотясь на фортепьяно и держа свои белые руки в уровень своих губ. Паншин кончил.

— Charmant, charmante idée [3], — сказала она с спокойной уверенностью знатока. — Скажите, вы написали что-нибудь для женского голоса, для mezzo-soprano?

— Я почти ничего не пишу, — возразил Паншин, — я ведь это только так между делом... А разве вы поете?

— Пою.

— О! спойте нам что-нибудь, — проговорила Марья Дмитриевна.

Варвара Павловна отвела рукою волосы от заалевшихся щек и встряхнула головой.

— Наши голоса должны идти друг к другу, — промолвила она, обращаясь к Паншину, — споемте дуэт. Знаете ли вы Son geloso [4], или La ci darem [5], или Mira la bianca luna? [6]

— Я пел когда-то Mira la bianca luna, — отвечал Паншин, — да давно, забыл.

— Ничего, мы прорепетируем вполголоса. Пустите меня.

Варвара Павловна села за фортепьяно. Паншин стал возле нее. Они спели вполголоса дуэт, причем Варвара Павловна несколько раз его поправляла, потом спели громко, потом два раза повторили: Mira la bianca lu... u... una. Голос у Варвары Павловны утратил свежесть, но она владела им очень ловко. Паншин сперва робел и слегка фальшивил, потом вошел в азарт, и если пел не безукоризненно, то шевелил плечами, покачивал всем тулови-

---

[1] Прелестно *(франц.)*.
[2] У вас есть стиль *(франц.)*.
[3] Прелестно, прекрасная идея *(франц.)*.
[4, 5, 6] Названия итальянских романсов.

щем и поднимал по временам руку, как настоящий певец. Варвара Павловна сыграла две-три тальберговские вещицы и кокетливо «сказала» французскую ариетку. Марья Дмитриевна уже не знала, как выразить свое удовольствие; она хотела несколько раз послать за Лизой; Гедеоновский также не находил слов и только головой качал, — но вдруг неожиданно зевнул и едва успел прикрыть рот рукою. Зевок этот не ускользнул от Варвары Павловны; она вдруг повернулась спиной к фортепьяно, промолвила: «Assez de musique comme ça [1]; будем болтать», — и скрестила руки. «Oui, assez de musique», — весело повторил Паншин и завязал с ней разговор — бойкий, легкий, на французском языке. «Совершенно, как в лучшем парижском салоне», — думала Марья Дмитриевна, слушая их уклончивые и вертлявые речи. Паншин чувствовал полное удовольствие; глаза его сияли, он улыбался; сначала он проводил рукой по лицу, хмурил брови и отрывисто вздыхал, когда ему случалось встретиться взглядами с Марьей Дмитриевной; но потом он совсем забыл о ней и отдался весь наслаждению полусветской, полухудожественной болтовни. Варвара Павловна показывала себя большой философкой: на все у ней являлся готовый ответ, она ни над чем не колебалась, не сомневалась ни в чем; заметно было, что она много и часто беседовала с умными людьми разных разборов. Все ее мысли, чувства вращались около Парижа. Паншин навел разговор на литературу: оказалось, что она так же, как и он, читала одни французские книжки: Жорж Санд [2] приводила ее в негодование, Бальзака [3] она уважала, хоть он ее утомлял, в Сю [4] и Скрибе [5] видела великих сердцеведцев, обожала Дюма и Феваля [6], в душе она им всем предпочитала Поль де Кока [7], но, разумеется, даже имени его не

---

[1] Довольно музыки *(франц.)*.
[2] Жорж Санд (Санд Жорж) — псевдоним французской писательницы Авроры Дюдеван (1804—1876).
[3] Бальзак Оноре (1799—1850) — французский писатель.
[4] Сю Эжен (1804 — 1857) — французский романист.
[5] Скриб Огюстен (1791—1861) — французский драматург.
[6] Феваль Поль (1817—1887) — французский романист.
[7] Поль де Кок (1794—1871) — французский писатель.

упомянула. Собственно говоря, литература ее не слишком занимала. Варвара Павловна очень искусно избегала всего, что могло хотя отдаленно напомнить ее положение; о любви в ее речах и помину не было: напротив, они скорее отзывались строгостью к увлечениям страстей, разочарованьем, смирением. Паншин возражал ей; она с ним не соглашалась... но, странное дело! — в то самое время, как из уст ее исходили слова осуждения, часто сурового, звук этих слов ласкал и нежил, и глаза ее говорили... что именно говорили эти прелестные глаза — трудно было сказать; но то были не строгие, не ясные и сладкие речи. Паншин старался понять их тайный смысл, старался сам говорить глазами, но он чувствовал, что у него ничего не выходило; он сознавал, что Варвара Павловна, в качестве настоящей, заграничной львицы, стояла выше его, а потому он и не вполне владел собою. У Варвары Павловны была привычка во время разговора чуть-чуть касаться рукава своего собеседника; эти мгновенные прикосновения очень волновали Владимира Николаича. Варвара Павловна обладала уменьем легко сходиться со всяким; двух часов не прошло, как уже Паншину казалось, что он знает ее век, а Лиза, та самая Лиза, которую он все-таки любил, которой он накануне предлагал руку, — исчезала как бы в тумане. Подали чай; разговор стал еще непринужденнее. Марья Дмитриевна позвонила казачка и велела сказать Лизе, чтобы она сошла вниз, если ее голове стало легче. Паншин, услышав имя Лизы, пустился толковать о самопожертвовании, о том, кто более способен на жертвы — мужчина или женщина. Марья Дмитриевна тотчас пришла в волнение, начала утверждать, что женщина более способна, объявила, что она это в двух словах докажет, запуталась и кончила каким-то довольно неудачным сравнением. Варвара Павловна взяла тетрадь нот, до половины закрылась ею и, нагнувшись в сторону Паншина, покусывая бисквит, с спокойной улыбочкой на губах и во взоре, вполголоса промолвила: «Elle n'a pas inventé la poudre, la bonne dame» [1]. Паншин немножко испугался и удивился смелости Варвары Павловны; но он

---

[1] Пороха она не изобрела, эта милая дама *(франц.).*

не понял, сколько презрения к нему самому таилось в этом неожиданном излиянии, и, позабыв ласки и преданность Марьи Дмитриевны, позабыв обеды, которыми она его кормила, деньги, которые она ему давала взаймы, — он с той же улыбочкой и тем же голосом возразил (несчастный!): «Je crois bien» [1] — и даже не: «Je crois bien», а — «J'crois ben!»

Варвара Павловна бросила на него дружелюбный взгляд и встала. Лиза вошла; Марфа Тимофеевна напрасно ее удерживала: она решилась выдержать испытание до конца. Варвара Павловна пошла ей навстречу вместе с Паншиным, на лице которого появилось прежнее дипломатическое выражение.

— Как ваше здоровье? — спросил он Лизу.

— Мне лучше теперь, благодарствуйте, — отвечала она.

— А мы здесь немного занялись музыкой; жаль, что вы не слыхали Варвары Павловны. Она поет превосходно, en artiste consommée [2].

— Пойдите-ка сюда, ma chère [3], — раздался голос Марьи Дмитриевны.

Варвара Павловна тотчас, с покорностью ребенка, подошла к ней и присела на небольшой табурет у ее ног. Марья Дмитриевна позвала ее для того, чтобы оставить, хотя на мгновенье, свою дочь наедине с Паншиным: она все еще втайне надеялась, что она опомнится. Кроме того, ей в голову пришла мысль, которую ей непременно захотелось тотчас высказать.

— Знаете ли, — шепнула она Варваре Павловне, — я хочу попытаться помирить вас с вашим мужем; не отвечаю за успех, но попытаюсь. Он меня, вы знаете, очень уважает.

Варвара Павловна медленно подняла глаза на Марью Дмитриевну и красиво сложила руки.

— Вы были бы моей спасительницей, ma tante, — проговорила она печальным голосом, — я не знаю, как благодарить вас за все ваши ласки; но я слишком виновата перед Федором Иванычем; он простить меня не может.

---

[1] Да, я полагаю *(франц.)*.
[2] Как законченная артистка *(франц.)*.
[3] Моя дорогая *(франц.)*.

— Да разве вы... в самом деле... — начала было с любопытством Марья Дмитриевна...

— Не спрашивайте меня, — перебила ее Варвара Павловна и потупилась. — Я была молода, легкомысленна... Впрочем, я не хочу оправдываться.

— Ну, все-таки, отчего же не попробовать? Не отчаивайтесь, — возразила Марья Дмитриевна и хотела потрепать ее по щеке, но взглянула ей в лицо — и оробела. «Скромна, скромна, — подумала она, — а уж точно львица».

— Вы больны? — говорил между тем Паншин Лизе.

— Да, я нездорова.

— Я понимаю вас, — промолвил он после довольно продолжительного молчания. — Да, я понимаю вас.

— Как?

— Я понимаю вас, — повторил значительно Паншин, который просто не знал, что сказать.

Лиза смутилась, а потом подумала: «Пусть!» Паншин принял таинственный вид и умолк, с строгостью посматривая в сторону.

— Однако уже, кажется, одиннадцать часов пробило, — заметила Марья Дмитриевна.

Гости поняли намек и начали прощаться. Варвара Павловна должна была обещать, что приедет обедать на следующий день и привезет Аду; Гедеоновский, который чуть было не заснул, сидя в углу, вызвался ее проводить до дому. Паншин торжественно раскланялся со всеми, а на крыльце, подсаживая Варвару Павловну в карету, пожал ей руку и закричал вслед: «Au revoir!» [1] Гедеоновский сел с ней рядом; она всю дорогу забавлялась тем, что ставила будто не нарочно кончик своей ножки на его ногу; он конфузился, говорил ей комплименты; она хихикала и делала ему глазки, когда свет от уличного фонаря западал в карету. Сыгранный ею самою вальс звенел у ней в голове, волновал ее; где бы она ни находилась, стоило ей только представить себе огни, бальную залу, быстрое круженье под звуки музыки — и душа в ней так и загоралась, глаза странно меркли, улыбка блуждала на губах, что-то грациозно-вакхическое разливалось по всему телу. Приехавши домой, Варвара Павловна легко выскочила из ка-

---

[1] До свиданья! *(франц.)*

реты — только львицы умеют так выскакивать, — обернулась к Гедеоновскому и вдруг расхохоталась звонким хохотом прямо ему в нос.

«Любезная особа, — думал статский советник, пробираясь к себе на квартиру, где ожидал его слуга со склянкой оподельдока¹, — хорошо, что я степенный человек... только чему ж она смеялась?»

Марфа Тимофеевна всю ночь просидела у изголовья Лизы.

XLI

Лаврецкий провел полтора дня в Васильевском и почти все время пробродил по окрестностям. Он не мог оставаться долго на одном месте: тоска его грызла; он испытывал все терзанья непрестанных, стремительных и бессильных порывов. Вспомнил он чувство, охватившее его душу на другой день после приезда в деревню; вспомнил свои тогдашние намерения и сильно негодовал на себя. Что могло оторвать его от того, что он признал своим долгом, единственной задачей своей будущности. Жажда счастья — опять-таки жажда счастья! «Видно, Михалевич прав, — думал он. — Ты захотел вторично изведать счастья в жизни, — говорил он сам себе, — ты позабыл, что и то роскошь, незаслуженная милость, когда оно хоть однажды посетит человека. Оно не было полно, оно было ложно, скажешь ты; да предъяви же свои права на полное, истинное счастье! Оглянись, кто вокруг тебя блаженствует, кто наслаждается? Вон мужик едет на косьбу; может быть, он доволен своей судьбою... Что ж? захотел ли бы ты поменяться с ним? Вспомни мать свою: как ничтожно малы были ее требования и какова выпала ей доля? Ты, видно, только похвастался перед Паншиным, когда сказал ему, что приехал в Россию затем, чтобы пахать землю; ты приехал волочиться на старости лет за девочками. Пришла весть о твоей свободе, и ты все бросил, все забыл, ты побежал, как мальчик за бабочкой...» Образ Лизы беспрестанно представлялся ему посреди его раз-

---
¹ Оподельдок — мазь для втирания от ревматизма.

мышлений; он с усилием изгонял его, как и другой неотвязный образ, другие невозмутимо-лукавые, красивые и ненавистные черты. Старик Антон заметил, что барину не по себе; вздохнувши несколько раз за дверью да несколько раз на пороге, он решился подойти к нему, посоветовал ему напиться чего-нибудь тепленького. Лаврецкий закричал на него, велел ему выйти, а потом извинился перед ним; но Антон от этого еще больше опечалился. Лаврецкий не мог сидеть в гостиной: ему так и чудилось, что прадед Андрей презрительно глядит с полотна на хилого своего потомка. «Эх ты! мелко плаваешь!» — казалось, говорили его набок скрученные губы. «Неужели же, — думал он, — я не слажу с собою, поддамся этому... вздору» (Тяжелораненые на войне всегда называют «вздором» свои раны. Не обманывать себя человеку — не жить ему на земле). «Мальчишка я, что ли, в самом деле? Ну, да: увидал вблизи, в руках почти держал возможность счастия на всю жизнь — оно вдруг исчезло; да ведь и в лотерее — повернись колесо еще немного, и бедняк, пожалуй, стал бы богачом. Не бывать, так не бывать — и кончено. Возьмусь за дело, стиснув зубы, да и велю себе молчать; благо, мне не в первый раз брать себя в руки. И для чего я бежал, зачем сижу здесь, забивши, как страус, голову в куст? Страшно беде в глаза взглянуть — вздор!» — Антон! — закричал он громко, — прикажи сейчас закладывать тарантас. «Да, — подумал он опять, — надо велеть себе молчать, надо взять себя в ежовые рукавицы...»

Такими-то рассуждениями старался помочь Лаврецкий своему горю, но оно было велико и сильно; и сама, выжившая не столько из ума, сколько изо всякого чувства, Апраксея покачала головой и печально проводила его глазами, когда он сел в тарантас, чтобы ехать в город. Лошади скакали; он сидел неподвижно и прямо и неподвижно глядел вперед на дорогу.

XLII

Лиза накануне написала Лаврецкому, чтобы он явился к ним вечером; но он сперва отправился к себе на квартиру. Он не застал дома ни жены, ни дочери; от людей он узнал, что она отправилась с ней к Калитиным. Это известие и поразило его и взбесило. «Видно, Варвара Павловна решилась не давать мне жить», — подумал он с волнением злобы на сердце. Он начал ходить взад и вперед, беспрестанно отталкивая ногами и руками попадавшиеся ему детские игрушки, книжки, разные женские принадлежности; он позвал Жюстину и велел ей убрать весь этот «хлам». «Oui, monsieur»¹, — сказала она с ужимкой и начала прибирать комнату, грациозно наклоняясь и каждым своим движением давая Лаврецкому чувствовать, что она считает его за необтесанного медведя. С ненавистью смотрел он на ее истасканное, но все еще «пикантное» насмешливое парижское лицо, на ее белые нарукавнички, шелковый фартук и легкий чепчик. Он услал ее, наконец, и после долгих колебаний (Варвара Павловна все не возвращалась) решился отправиться к Калитиным, — не к Марье Дмитриевне (он бы ни за что не вошел в ее гостиную, в ту гостиную, где находилась его жена), но к Марфе Тимофеевне; он вспомнил, что задняя лестница с девичьего крыльца вела прямо к ней. Лаврецкий так и сделал. Случай помог ему: он на дворе встретил Шурочку; она провела его к Марфе Тимофеевне. Он застал ее, против ее обыкновения, одну; она сидела в уголку, простоволосая, сгорбленная, с скрещенными на груди руками. Увидев Лаврецкого, старушка очень всполошилась, проворно встала и начала ходить туда и сюда по комнате, как будто отыскивая свой чепец.

— А, вот ты, вот, — заговорила она, избегая его взора и суетясь, — ну, здравствуй. Ну, что ж? Что же делать? Где ты был вчера? Ну, она приехала, ну, да. Ну надо уж так... как-нибудь.

Лаврецкий опустился на стул.

— Ну, садись, садись, — продолжала старушка. — Ты прямо наверх прошел? Ну, да, разумеется. Что ж? ты на меня пришел посмотреть? Спасибо.

Старушка помолчала; Лаврецкий не знал, что сказать ей; но она его понимала...

— Лиза... да, Лиза сейчас здесь была, — продолжала Марфа Тимофеевна, завязывая и развязывая шнурки сво-

---

¹ Хорошо, сударь *(франц.).*

его ридикюля. — Она не совсем здорова. Шурочка, где ты? Поди сюда, мать моя, что это посидеть не можешь? И у меня голова болит. Должно быть, от *эфтаго* от пенья да от музыки.

— От какого пенья, тетушка?

— Да как же; тут уж эти они, как бишь они по-вашему, дуэты пошли. И все по-итальянски: *чи-чи*, да *ча-ча*, настоящие сороки. Начнут ноты выводить, просто так за душу и тянут. Паншин этот, да вот твоя. И как это все скоро уладилось: уж точно, по-родственному, без церемоний. А впрочем, и то сказать: собака — и та пристанища ищет; не пропадать же, благо люди не гонят.

— Все-таки, признаюсь, я этого не ожидал, — возразил Лаврецкий, — тут смелость нужна была большая.

— Нет, душа моя, это не смелость, это расчет. Да Господь с ней! Ты ее, говорят, в Лаврики посылаешь, правда?

— Да, я предоставляю это именье Варваре Павловне.

— Денег спрашивала?

— Пока еще нет.

— Ну, это не затянется. А я тебя только теперь разглядела. Здоров ты?

— Здоров.

— Шурочка, — воскликнула вдруг Марфа Тимофеевна, — поди-ка скажи Лизавете Михайловне — то есть нет, спроси у ней... ведь она внизу?

— Внизу-с.

— Ну, да; так спроси у ней: куда, мол, она мою книжку дела? она уж знает.

— Слушаю-с.

Старушка опять засуетилась, начала раскрывать ящики в комоде. Лаврецкий сидел неподвижно на своем стуле.

Вдруг послышались легкие шаги по лестнице — и вошла Лиза.

Лаврецкий встал и поклонился: Лиза остановилась у двери.

— Лиза, Лизочка, — хлопотливо заговорила Марфа Тимофеевна, — куда ты мою книжку, книжку куда положила?

— Какую книжку, тетенька?

— Да книжку, боже мой! Я тебя, впрочем, не звала... Ну, все равно. Что вы там внизу делаете? Вот и Федор Иваныч приехал. Что твоя голова?

— Ничего.

— Ты все говоришь: ничего. Что у вас там внизу, опять музыка?

— Нет — в карты играют.

— Да, ведь она на все руки. Шурочка, я вижу, тебе по саду бегать хочется. Ступай.

— Да нет, Марфа Тимофеевна...

— Не рассуждай, пожалуйста, ступай. Настасья Карповна в сад пошла одна: ты с ней побудь. Уважь старуху. — Шурочка вышла. — Да где ж это мой чепец? Куда это он делся, право?

— Позвольте, я поищу, — промолвила Лиза.

— Сиди, сиди; у меня самой ноги еще не отвалились. Должно быть, он у меня там в спальне.

И, бросив исподлобья взор на Лаврецкого, Марфа Тимофеевна удалилась. Она оставила было дверь отворенной, но вдруг вернулась к ней и заперла ее.

Лиза прислонилась к спинке кресла и тихо занесла себе руки на лицо; Лаврецкий остался, где был.

— Вот как мы должны были увидеться, — проговорил он наконец.

Лиза приняла руки от лица.

— Да, — сказала она глухо, — мы скоро были наказаны.

— Наказаны, — проговорил Лаврецкий. — За что же вы-то наказаны?

Лиза подняла на него свои глаза. Ни горя, ни тревоги они не выражали: они казались меньше и тусклей. Лицо ее было бледно; слегка раскрытые губы тоже побледнели.

Сердце в Лаврецком дрогнуло от жалости и любви.

— Вы мне написали: все кончено, — прошептал он, — да, все кончено — прежде чем началось.

— Это все надо забыть, — проговорила Лиза, — я рада, что вы пришли; я хотела вам написать, но этак лучше. Только надо скорее пользоваться этими минутами. Нам обоим остается исполнить наш долг. Вы, Федор Иваныч, должны примириться с вашей женой.

— Лиза!

— Я вас прошу об этом; этим одним можно загладить... все, что было. Вы подумаете — и не откажете мне.

— Лиза, ради Бога, вы требуете невозможного. Я готов сделать все, что вы прикажете; но *теперь* примириться с нею!.. Я согласен на все, я все забыл; но не могу же я заставить свое сердце... Помилуйте, это жестоко!

— Я и не требую от вас... того, что вы говорите; не живите с ней, если вы не можете; но примиритесь, — возразила Лиза и снова занесла руку на глаза. — Вспомните вашу дочку; сделайте это для меня.

— Хорошо, — проговорил сквозь зубы Лаврецкий, — это я сделаю, положим; этим я исполню свой долг. Ну, а вы — в чем же ваш долг состоит?

— Про это я знаю.

Лаврецкий вдруг встрепенулся.

— Уж не собираетесь ли вы выйти за Паншина? — спросил он.

Лиза чуть заметно улыбнулась.

— О нет! — промолвила она.

— Ах, Лиза, Лиза! — воскликнул Лаврецкий. — как бы мы могли быть счастливы!

Лиза опять взглянула на него.

— Теперь вы сами видите, Федор Иваныч, что счастие зависит не от нас, а от Бога.

— Да, потому что вы...

Дверь из соседней комнаты быстро растворилась, и Марфа Тимофеевна вошла с чепцом в руке.

— Насилу нашла, — сказала она, становясь между Лаврецким и Лизой. — Сама его заложила. Вот что значит старость-то, беда! А впрочем, и молодость не лучше. Что, ты сам с женой в Лаврики поедешь? — прибавила она, оборотясь к Федору Иванычу.

— С нею в Лаврики? я? Не знаю, — промолвил он, погодя немного.

— Ты вниз не сойдешь?

— Сегодня — нет.

— Ну хорошо, как знаешь; а тебе, Лиза, я думаю, надо бы вниз пойти. Ах, батюшки светы, я и забыла снегирю корму насыпать. Да вот постойте, я сейчас...

И Марфа Тимофеевна выбежала, не надев чепца.

Лаврецкий быстро подошел к Лизе.

— Лиза, — начал он умоляющим голосом, — мы расстаемся навсегда, сердце мое разрывается, — дайте мне вашу руку на прощание.

Лиза подняла голову. Ее усталый, почти погасший взор остановился на нем...

— Нет, — промолвила она и отвела назад уже протянутую руку, — нет, Лаврецкий (она в первый раз так его называла), не дам я вам моей руки. К чему? Отойдите, прошу вас. Вы знаете, я вас люблю... да, я люблю вас, — прибавила она с усилием, — но нет... нет.

И она поднесла платок к своим губам.

— Дайте мне по крайней мере этот платок.

Дверь скрипнула... Платок скользнул по коленям Лизы. Лаврецкий подхватил его, прежде чем он успел упасть на пол, быстро сунул его в боковой карман и, обернувшись, встретился глазами с Марфой Тимофеевной.

— Лизочка, мне кажется, тебя мать зовет, — промолвила старушка.

Лиза тотчас встала и ушла.

Марфа Тимофеевна опять села в свой уголок. Лаврецкий начал прощаться с нею.

— Федя, — сказала она вдруг.

— Что, тетушка?

— Ты честный человек?

— Как?

— Я спрашиваю тебя: честный ли ты человек?

— Надеюсь, да.

— Гм. А дай мне честное слово, что ты честный человек.

— Извольте. Но к чему это?

— Уж я знаю, к чему. Да и ты, мой кормилец, коли подумаешь хорошенько, ведь ты не глуп, сам поймешь, к чему я это у тебя спрашиваю. А теперь прощай, батюшка. Спасибо, что навестил; а слово сказанное помни, Федя, да поцелуй меня. Ох, душа моя, тяжело тебе, знаю; да ведь и всем не легко. Уж на что я, бывало, завидовала мухам: вот, думала я, кому хорошо на свете пожить; да услыхала раз ночью, как муха у паука в лапках ноет, — нет, думаю, и на них есть гроза. Что делать, Федя; а слово свое все-таки помни. Ступай.

Лаврецкий вышел с заднего крыльца и уже приближался к воротам... его нагнал лакей.

— Марья Дмитриевна приказали просить вас к ней пожаловать, — доложил он Лаврецкому.

— Скажи, братец, что я не могу теперь... — начал было Федор Иваныч.

— Приказали очинно просить, — продолжал лакей, — приказали сказать, что они одни.

— А разве гости уехали? — спросил Лаврецкий.

— Точно так-с, — возразил лакей и осклабился. Лаврецкий пожал плечами и отправился вслед за ним.

XLIII

Марья Дмитриевна сидела одна у себя в кабинете на вольтеровском кресле и нюхала одеколон; стакан воды с флердоранжем[1] стоял возле нее на столике. Она волновалась и как будто трусила.

Лаврецкий вошел.

— Вы желали меня видеть, — сказал он, холодно кланяясь.

— Да, — возразила Марья Дмитриевна и отпила немного воды. — Я узнала, что вы прошли прямо к тетушке; я приказала вас просить к себе: мне нужно переговорить с вами. Садитесь, пожалуйста. — Марья Дмитриевна перевела дыхание. — Вы знаете, — продолжала она, — ваша жена приехала.

— Это мне известно, — промолвил Лаврецкий.

— Ну да, то есть я хотела сказать: она ко мне приехала, и я приняла ее; вот о чем я хочу теперь объясниться с вами, Федор Иваныч. Я, слава богу, заслужила, могу сказать, всеобщее уважение и ничего неприличного ни за

---

[1] Флердоранж — здесь: лекарственная настойка из лепестков апельсинового дерева.

что на свете не сделаю. Хоть я и предвидела, что это будет вам неприятно, однако я не решилась отказать ей, Федор Иваныч; она мне родственница — по вас: войдите в мое положение, какое же я имела право отказать ей от дома, — согласитесь?

— Вы напрасно волнуетесь, Марья Дмитриевна, — возразил Лаврецкий, — вы очень хорошо сделали; я нисколько не сержусь. Я вовсе не намерен лишать Варвару Павловну возможности видеть своих знакомых; сегодня я не вошел к вам только потому, что не хотел встретиться с нею, — вот и все.

— Ах, как мне приятно слышать это от вас, Федор Иваныч, — воскликнула Марья Дмитриевна, — впрочем, я всегда этого ожидала от ваших благородных чувств. А что я волнуюсь — это не удивительно: я женщина и мать. А ваша супруга... конечно, я не могу судить вас с нею — это я ей самой сказала: но она такая любезная дама, что, кроме удовольствия, ничего доставить не может.

Лаврецкий усмехнулся и поиграл шляпой.

— И вот что я хотела вам еще сказать, Федор Иваныч, — продолжала Марья Дмитриевна, слегка подвигаясь к нему, — если б вы видели, как она скромно себя держит, как почтительна! Право, это даже трогательно. А если б вы слышали, как она о вас отзывается! Я, говорит, перед ним кругом виновата; я, говорит, не умела ценить его, говорит; это, говорит, ангел, а не человек. Право, так и говорит: ангел. Раскаяние у ней такое... Я, ей-богу, и не видывала такого раскаяния!

— А что, Марья Дмитриевна, — промолвил Лаврецкий, — позвольте полюбопытствовать: говорят, Варвара Павловна у вас пела; во время своего раскаяния она пела — или как?..

— Ах, как вам не стыдно так говорить! Она пела и играла для того только, чтобы сделать мне угодное, потому что я настоятельно ее просила об этом, почти приказывала ей. Я вижу, что ей тяжело, так тяжело; думаю, чем бы ее развлечь, — да и слышала-то я, что талант у ней такой прекрасный! Помилуйте, Федор Иваныч, она совсем уничтожена, спросите Сергея Петровича; убитая женщина, tout-à-fait ¹, что вы это?

Лаврецкий только плечами пожал.

— А потом, что это у вас за ангелочек эта Адочка, что за прелесть! Как она мила, какая умненькая; по-французски как говорит; и по-русски понимает — меня тетенькой назвала. И знаете ли, этак чтобы дичиться, как все почти дети в ее годы дичатся, — совсем этого нет. На вас так похожа, Федор Иваныч, что ужас. Глаза, брови... ну вы, как есть — вы. Я маленьких таких детей не очень люблю, признаться; но в вашу дочку просто влюбилась.

— Марья Дмитриевна, — произнес вдруг Лаврецкий, — позвольте вас спросить, для чего вы это все мне говорить изволите?

— Для чего? — Марья Дмитриевна опять понюхала одеколон и отпила воды. — А для того, Федор Иваныч, я это говорю, что... ведь я вам родственница, я принимаю в вас самое близкое участие... я знаю, сердце у вас добрейшее. Послушайте, mon cousin, я все-таки женщина опытная и не буду говорить на ветер: простите, простите вашу жену. — Глаза Марьи Дмитриевны вдруг наполнились слезами. — Подумайте: молодость, неопытность... ну, может быть, дурной пример: не было такой матери, которая наставила бы ее на путь. Простите ее, Федор Иваныч, она довольно была наказана.

Слезы закапали по щекам Марьи Дмитриевны; она не утирала их: она любила плакать. Лаврецкий сидел как на угольях. «Боже мой, — думал он, — что же это за пытка, что за день мне выдался сегодня!»

— Вы не отвечаете, — заговорила снова Марья Дмитриевна, — как я должна вас понять? Неужели вы можете быть так жестоки? Нет, я этому верить не хочу. Я чувствую, что мои слова вас убедили. Федор Иваныч, Бог вас наградит за вашу доброту, а вы примите теперь из рук моих вашу жену...

Лаврецкий невольно поднялся со стула; Марья Дмитриевна тоже встала и, проворно зайдя за ширмы, вывела оттуда Варвару Павловну. Бледная, полуживая, с опущен-

---
¹ Окончательно *(франц.)*.

ными глазами, она, казалось, отреклась от всякой собственной мысли, от всякой воли — отдалась вся в руки Марьи Дмитриевны.

Лаврецкий отступил шаг назад.

— Вы были здесь! — воскликнул он.

— Не вините ее, — поспешно проговорила Марья Дмитриевна, — она ни за что не хотела остаться, но я приказала ей остаться, я посадила ее за ширмы. Она уверяла меня, что это еще больше вас рассердит; я и слушать ее не стала; я лучше ее вас знаю. Примите же из рук моих вашу жену; идите, Варя, не бойтесь, припадите к вашему мужу (она дернула ее за руку) — и мое благословение...

— Постойте, Марья Дмитриевна, — перебил ее Лаврецкий глухим, но потрясающим голосом. — Вы, вероятно, любите чувствительные сцены (Лаврецкий не ошибался: Марья Дмитриевна еще с института сохранила страсть к некоторой театральности); они вас забавляют; но другим от них плохо приходится. Впрочем, я с вами говорить не буду: в *этой* сцене не вы главное действующее лицо. Что *вы* хотите от меня, сударыня? — прибавил он, обращаясь к жене. — Не сделал ли я для вас, что мог? Не возражайте мне, что не вы затеяли это свидание; я вам не поверю, — и вы знаете, что я вам верить не могу. Что же вы хотите? Вы умны, — вы ничего не делаете без цели. Вы должны понять, что жить с вами, как я жил прежде, я не в состоянии; не оттого, что я на вас сержусь, а оттого, что я стал другим человеком. Я сказал вам это на второй же день вашего возвращения, и вы сами, в это мгновенье, в душе со мной согласны. Но вы желаете восстановить себя в общем мнении; вам мало жить у меня в доме, вы желаете жить со мной под одной кровлей — не правда ли?

— Я желаю, чтобы вы меня простили, — проговорила Варвара Павловна, не поднимая глаз.

— Она желает, чтобы вы ее простили, — повторила Марья Дмитриевна.

— И не для себя, для Ады, — шепнула Варвара Павловна.

— Не для нее, для вашей Ады, — повторила Марья Дмитриевна.

— Прекрасно. Вы этого хотите? — произнес с усилием Лаврецкий. — Извольте, я и на это согласен.

Варвара Павловна бросила на него быстрый взор, а Марья Дмитриевна воскликнула: «Ну, слава Богу!» — и опять потянула Варвару Павловну за руку. — Примите же теперь от меня...

— Постойте, говорю вам, — перебил ее Лаврецкий. — Я соглашаюсь жить с вами, Варвара Павловна, — продолжал он, — то есть я вас привезу в Лаврики и проживу с вами, сколько сил хватит, а потом уеду — и буду наезжать. Вы видите, я вас обманывать не хочу; но не требуйте больше ничего. Вы бы сами рассмеялись, если бы я исполнил желание почтенной нашей родственницы и прижал бы вас к своему сердцу, стал бы уверять вас, что... что прошедшего не было, что срубленное дерево опять зацветет. Но я вижу: надо покориться. Вы это слово не так поймете... это все равно. Повторяю, я буду жить с вами... или нет, я этого обещать не могу... Я сойдусь с вами, буду вас снова считать моей женой...

— Дайте же ей по крайней мере на том руку, — промолвила Марья Дмитриевна, у которой давно высохли слезы.

— Я до сих пор не обманывал Варвару Павловну, — возразил Лаврецкий, — она мне поверит и так. Я ее отвезу в Лаврики — и помните, Варвара Павловна: уговор наш будет считаться нарушенным, как только вы выедете оттуда. А теперь позвольте мне удалиться.

Он поклонился обеим дамам и торопливо вышел вон.
— Вы не берете ее с собою, — крикнула ему вслед Марья Дмитриевна...

— Оставьте его, — шепнула ей Варвара Павловна и тотчас же обняла ее, начала ее благодарить, целовать у ней руки, называть своей спасительницей.

Марья Дмитриевна снисходительно принимала ее ласки; но в душе она не была довольна ни Лаврецким, ни Варварой Павловной, ни всей подготовленной ею сценой. Чувствительности вышло мало; Варвара Павловна, по ее мнению, должна была броситься к ногам мужа.

— Как это вы меня не поняли? — толковала она, — ведь я вам сказала: припадите.

— Этак лучше, милая тетушка; не беспокойтесь — всё прекрасно, — твердила Варвара Павловна.

— Ну, да ведь и он — холодный, как лед, — заметила Марья Дмитриевна. — Положим, вы не плакали, да ведь я перед ним разливалась. В Лавриках запереть вас хочет. Что ж, и ко мне вам нельзя будет ездить? Все мужчины бесчувственны, — сказала она в заключение и значительно покачала головой.

— Зато женщины умеют ценить доброту и великодушие, — промолвила Варвара Павловна и, тихонько опустившись на колени перед Марьей Дмитриевной, обняла ее полный стан руками и прижалась к ней лицом. Лицо это втихомолку улыбалось, а у Марьи Дмитриевны опять закапали слезы.

А Лаврецкий отправился к себе, заперся в комнатке своего камердинера, бросился на диван и пролежал так до утра.

XLIV

На следующий день было воскресенье. Колокольный звон к ранней обедне не разбудил Лаврецкого — он не смыкал глаз всю ночь, — но напомнил ему другое воскресенье, когда он, по желанию Лизы, ходил в церковь. Он поспешно встал; какой-то тайный голос говорил ему, что он и сегодня увидит ее там же. Он без шума вышел из дома, велел сказать Варваре Павловне, которая еще спала, что он вернется к обеду, и большими шагами направился туда, куда звал его однообразно печальный звон. Он пришел рано: почти никого еще не было в церкви; дьячок на клиросе читал часы; изредка прерываемый кашлем, голос его мерно гудел, то упадая, то вздуваясь. Лаврецкий поместился недалеко от входа. Богомольцы приходили поодиночке, останавливались, крестились, кланялись на все стороны; шаги их звенели в пустоте и тишине, явственно отзываясь под сводами. Дряхлая старушонка в ветхом капоте с капюшоном стояла на коленях подле Лаврецкого и прилежно молилась; ее беззубое, желтое, сморщенное лицо выражало напряженное умиление; красные глаза неотвратимо глядели вверх, на образа иконостаса; костлявая рука беспрестанно выходила из капота и медленно и крепко клала большой широкий крест. Мужик с густой бородой и угрюмым лицом, взъерошенный и измятый, вошел в церковь, разом стал на оба колена и тотчас же принялся поспешно креститься, закидывая назад и встряхивая голову после каждого поклона. Такое горькое горе сказывалось в его лице, во всех его движениях, что Лаврецкий решился подойти к нему и спросить его, что с ним. Мужик пугливо и сурово отшатнулся, посмотрел на него... «Сын помер», — произнес он скороговоркой и снова принялся класть поклоны... «Что для них может заменить утешения церкви?» — подумал Лаврецкий, и сам попытался молиться; но сердце его отяжелело, ожесточилось, и мысли были далеко. Он все ждал Лизы, — но Лиза не приходила. Церковь стала наполняться народом; ее все не было. Обедня началась, дьякон уже прочитал Евангелие, зазвонили к достойной; Лаврецкий подвинулся немного вперед — и вдруг увидел Лизу. Она пришла раньше его, но он ее не заметил; прижавшись в промежуточек между стеной и клиросом, она не оглядывалась, не шевелилась. Лаврецкий не свел с нее глаз до самого конца обедни: он прощался с нею. Народ стал расходиться, а она все стояла; казалось, она ожидала ухода Лаврецкого. Наконец она перекрестилась в последний раз и пошла, не оборачиваясь; с ней была одна горничная. Лаврецкий вышел вслед за ней из церкви и догнал ее на улице; она шла очень скоро, наклонив голову и спустив вуаль на лицо.

— Здравствуйте, Лизавета Михайловна, — сказал он громко, с насильственной развязностью, — можно вас проводить?

Она ничего не сказала; он отправился с ней рядом.

— Довольны вы мной? — спросил он ее, понизив голос. — Вы слышали, что вчера произошло?

— Да, да, — проговорила она шепотом, — это хорошо. И она пошла еще быстрей.

— Вы довольны?

Лиза только головой кивнула.

— Федор Иваныч, — начала она спокойным, но слабым голосом, — я хотела вас просить: не ходите больше к нам, уезжайте поскорей; мы можем после увидеться когда-нибудь, через год. А теперь сделайте это для меня; исполните мою просьбу, ради Бога.

— Я вам во всем готов повиноваться, Лизавета Михайловна; но неужели мы так должны расстаться: неужели вы мне не скажете ни одного слова?..

— Федор Иваныч, вот вы теперь идете возле меня... А уж вы так далеко, далеко от меня. И не вы одни, а...

— Договаривайте, прошу вас! — воскликнул Лаврецкий, — что вы хотите сказать?

— Вы услышите, может быть... но что бы ни было, забудьте... нет, не забывайте меня, помните обо мне.

— Мне вас забыть...

— Довольно, прощайте. Не идите за мной.

— Лиза, — начал было Лаврецкий...

— Прощайте, прощайте! — повторила она, еще ниже спустила вуаль и почти бегом пустилась вперед.

Лаврецкий посмотрел ей вслед и, понурив голову, отправился назад по улице. Он наткнулся на Лемма, который тоже шел, надвинув шляпу на нос и глядя себе под ноги.

Они молча посмотрели друг на друга.

— Ну, что скажете? — проговорил, наконец, Лаврецкий.

— Что я скажу? — угрюмо возразил Лемм. — Ничего я не скажу. Все умерло, и мы умерли (Alles ist todt, und wir sind todt). Ведь вам направо идти?

— Направо.

— А мне налево. Прощайте.

* * *

На следующее утро Федор Иваныч с женою отправился в Лаврики. Она ехала вперед в карете, с Адой и с Жюстиной; он сзади — в тарантасе. Хорошенькая девочка все время дороги не отходила от окна кареты; она удивлялась всему: мужикам, бабам, избам, колодцам, дугам, колокольчикам и множеству грачей; Жюстина разделяла ее удивление; Варвара Павловна смеялась их замечаниям и восклицаниям. Она была в духе; перед отъездом из города О... она имела объяснение с своим мужем.

— Я понимаю ваше положение, — сказала она ему, — и он, по выражению ее умных глаз, мог заключить, что она понимала его положение вполне, — но вы отдадите мне хоть ту справедливость, что со мной легко живется; я не стану вам навязываться, стеснять вас; я хотела обеспечить будущность Ады; больше мне ничего не нужно.

— Да, вы достигли всех ваших целей, — промолвил Федор Иваныч.

— Я об одном только мечтаю теперь: зарыться навсегда в глуши; я буду вечно помнить ваши благодеяния...

— Фи! полноте, — перебил он ее.

— И сумею уважать вашу независимость и ваш покой, — докончила она свою приготовленную фразу.

Лаврецкий ей низко поклонился. Варвара Павловна поняла, что муж в душе благодарил ее.

На второй день к вечеру прибыли они в Лаврики; неделю спустя Лаврецкий отправился в Москву, оставив жене тысяч пять на прожиток, а на другой день после отъезда Лаврецкого явился Паншин, которого Варвара Павловна просила не забывать ее в уединении. Она его приняла как нельзя лучше, и до поздней ночи высокие комнаты дома и самый сад оглашались звуками музыки, пенья и веселых французских речей. Три дня прогостил Паншин у Варвары Павловны; прощаясь с нею и крепко пожимая ее прекрасные руки, он обещался очень скоро вернуться — и сдержал свое обещание.

XLV

У Лизы была особая, небольшая комнатка во втором этаже дома ее матери, чистая, светлая, с белой кроваткой, с горшками цветов по углам и перед окнами, с маленьким письменным столиком, горкою книг и распятием на стене. Комнатка эта прозывалась детской; Лиза родилась в ней. Вернувшись из церкви, где ее видел Лаврецкий, она тщательнее обыкновенного привела все у себя в порядок, отовсюду смела пыль, пересмотрела и перевязала ленточками все свои тетради и письма приятельниц, заперла все ящики, полила цветы и коснулась рукою каждого цветка. Все это она делала не спеша, без шума, с какой-то умиленной и тихой заботливостью на лице. Она остановилась, наконец, посреди комнаты, медленно оглянулась и, подойдя к столу, над которым висело распятие, опустилась на колени, положила голову на стиснутые руки и осталась неподвижной.

Марфа Тимофеевна вошла и застала ее в этом положении. Лиза не заметила ее прихода. Старушка вышла на цыпочках за дверь и несколько раз громко кашлянула. Лиза проворно поднялась и отерла глаза, на которых сияли светлые, непролившиеся слезы.

— А ты, я вижу, опять прибирала свою келейку, — промолвила Марфа Тимофеевна, низко наклоняясь к горшку с молодым розаном. — Как славно пахнет!

Лиза задумчиво посмотрела на свою тетку.

— Какое вы это произнесли слово! — прошептала она.

— Какое слово, какое? — с живостью подхватила старушка. — Что ты хочешь сказать? Это ужасно, — заговорила она, вдруг сбросив чепец и присевши на Лизиной кроватке, — это сверх сил моих: четвертый день сегодня, как я словно в котле киплю; я не могу больше притворяться, что ничего не замечаю, не могу видеть, как ты бледнеешь, сохнешь, плачешь, не могу, не могу.

— Да что с вами, тетушка? — промолвила Лиза, — я ничего...

— Ничего? — воскликнула Марфа Тимофеевна, — это ты другим говори, а не мне! Ничего! а кто сейчас стоял на коленях? у кого ресницы еще мокры от слез? Ничего! Да ты посмотри на себя, что ты сделала с своим лицом, куда глаза свои девала? Ничего! разве я не все знаю?

— Это пройдет, тетушка; дайте срок.

— Пройдет, да когда? Господи Боже мой, Владыко? неужели ты так его полюбила? да ведь он старик, Лизочка. Ну, я не спорю, он хороший человек, не кусается; да ведь что ж такое? все мы хорошие люди; земля не клином сошлась, этого добра всегда будет много.

— Я вам говорю, все это пройдет, все это уже прошло.

— Слушай, Лизочка, что я тебе скажу, — промолвила вдруг Марфа Тимофеевна, усаживая Лизу подле себя на кровати и поправляя то ее волосы, то косынку. — Это тебе только так сгоряча кажется, что горю твоему пособить нельзя. Эх, душа моя, на одну смерть лекарства нет! Ты только вот скажи себе: «Не поддамся, мол, я, ну его!» — и сама потом как диву дашься, как оно скоро, хорошо проходит. Ты только потерпи.

— Тетушка, — возразила Лиза, — оно уже прошло, все прошло.

— Прошло! какое прошло! Вот у тебя носик даже завострился, а ты говоришь: прошло. Хорошо «прошло»!

— Да, прошло, тетушка, если вы только захотите мне помочь, — произнесла с внезапным одушевлением Лиза и бросилась на шею Марфе Тимофеевне. — Милая тетушка, будьте мне другом, помогите мне, не сердитесь, поймите меня...

— Да что такое, что такое, мать моя? Не пугай меня, пожалуйста; я сейчас закричу, не гляди так на меня; говори скорее, что такое!

— Я... я хочу... — Лиза спрятала свое лицо на груди Марфы Тимофеевны... — Я хочу идти в монастырь, — проговорила она глухо.

Старушка так и подпрыгнула на кровати.

— Перекрестись, мать моя, Лизочка, опомнись, что ты это, Бог с тобою, — пролепетала она наконец, — ляг, голубушка, усни немножко; это все у тебя от бессонницы, душа моя.

Лиза подняла голову, щеки ее пылали.

— Нет, тетушка, — промолвила она, — не говорите так; я решилась, я молилась, я просила совета у Бога; все кончено, кончена моя жизнь с вами. Такой урок недаром, да я уж не в первый раз об этом думаю. Счастье ко мне не шло: даже когда у меня были надежды на счастье, сердце у меня все щемило. Я все знаю, и свои грехи, и чужие, и как папенька богатство наше нажил; я знаю все. Все это отмолить, отмолить надо. Вас мне жаль, жаль мамаши, Леночки; но делать нечего: чувствую я, что мне не житье здесь; я уже со всем простилась, всему в доме поклонилась в последний раз; отзывает меня что-то; тошно мне, хочется мне запереться навек. Не удерживайте меня, не отговаривайте, помогите мне, не то я одна уйду...

Марфа Тимофеевна с ужасом слушала свою племянницу.

«Она больна, бредит, — думала она, — надо послать за доктором, да за каким? Гедеоновский намедни хвалил какого-то; он все врет — а может быть, на этот раз и правду сказал». Но когда она убедилась, что Лиза не больна и не бредит, когда на все ее возраженья Лиза постоянно отвечала одним и тем же, Марфа Тимофеевна испугалась и опечалилась не на шутку.

— Да ведь ты не знаешь, голубушка ты моя; — начала она ее уговаривать, — какова жизнь-то в монастырях! Ведь тебя, мою родную, маслищем конопляным зеленым кормить станут, бельище на тебя наденут толстое-претолстое, по холоду ходить заставят; ведь ты всего этого не перенесешь, Лизочка. Это все в тебе Агашины следы; это она тебя с толку сбила. Да ведь она начала с того, что пожила, и в свое удовольствие пожила; поживи и ты. Дай мне по крайней мере умереть спокойно, а там делай, что хочешь. И кто ж это видывал, чтоб из-за эдакой из-за козьей бороды, прости господи, из-за мужчины в монастырь идти? Ну, коли тебе так тошно, съезди, помолись угоднику, молебен отслужи, да не надевай ты черного шлыка на свою голову, батюшка ты мой, матушка ты моя...

И Марфа Тимофеевна горько заплакала.

Лиза утешала ее, отирала ее слезы, сама плакала, но осталась непреклонной. С отчаянья Марфа Тимофеевна попыталась пустить в ход угрозу: все сказать матери... но и это не помогло. Только вследствие усиленных просьб старушки Лиза согласилась отложить исполнение своего намерения на полгода; зато Марфа Тимофеевна должна была дать ей слово, что сама поможет ей и выхлопочет согласие Марьи Дмитриевны, если через шесть месяцев она не изменит своего решения.

* * *

С наступившими первыми холодами Варвара Павловна, несмотря на свое обещание зарыться в глуши, запасшись денежками, переселилась в Петербург, где наняла скромную, но миленькую квартиру, отысканную для нее Паншиным, который еще раньше ее покинул О — скую губернию. В последнее время своего пребывания в О... он совершенно лишился расположения Марьи Дмитриевны; он вдруг перестал ее посещать и почти не выезжал из Лавриков. Варвара Павловна его поработила, именно поработила: другим словом нельзя выразить ее неограниченную, безвозвратную, безответную власть над ним.

Лаврецкий прожил зиму в Москве, а весною следующего года дошла до него весть, что Лиза постриглась в Б......м монастыре, в одном из отдаленнейших краев России.

ЭПИЛОГ

Прошло восемь лет. Опять настала весна... Но скажем прежде несколько слов о судьбе Михалевича, Паншина, г-жи Лаврецкой — и расстанемся с ними. Михалевич, после долгих странствований, попал, наконец, на настоящее свое дело: он получил место старшего надзирателя в казенном заведении. Он очень доволен своей судьбой, и воспитанники его «обожают», хотя и передразнивают его. Паншин сильно подвинулся в чинах и метит уже в директоры; ходит несколько согнувшись: должно быть, Владимирский крест, пожалованный ему на шею, оттягивает его вперед. Чиновник в нем взял решительный перевес над художником; его все еще моложавое лицо пожелтело, волосы поредели, и он уже не поет, не рисует, но втайне занимается литературой: написал комедийку, вроде «пословиц», и так как теперь все пишущие непременно «выводят» кого-нибудь или что-нибудь, то и он вывел в ней кокетку и читает ее исподтишка двум-трем благоволящим к нему дамам. В брак он, однако, не вступил, хотя много представлялось к тому прекрасных случаев: в этом виновата Варвара Павловна. Что касается до нее, то она по-прежнему постоянно живет в Париже: Федор Иваныч дал ей на себя вексель и откупился от нее, от возможности вторичного неожиданного наезда. Она постарела и потолстела, но все еще мила и изящна. У каждого человека есть свой идеал; Варвара Павловна нашла свой — в драматических произведениях г-на Дюма-сына. Она прилежно посещает театр, где выводятся на сцену чахоточные и чувствительные камелии; быть г-жею Дош [1] кажется ей верхом человеческого благополучия: она однажды объявила, что не желает для своей дочери лучшей участи. Должно надеяться, что судьба избавит mademoiselle Ada от подобного благополучия: из румяного, пухлого ребенка она превратилась в слабогрудую, бледненькую девочку; нервы ее уже расстроены. Число поклонников Варвары Павловны уменьшилось, но они не перевелись; некоторых она, вероятно, сохранит до конца своей жизни. Самым рьяным из них в последнее время был некто Закурдало-Скубырников, из отставных гвардейских усоносов, человек лет тридцати восьми, необыкновенной крепости сложения. Французские посетители салона г-жи Лаврецкой называют его «le gros taureau de l'Ukraine» [2]; Варвара Павловна никогда не приглашает его на свои модные вечера, но он пользуется ее благорасположением вполне.

Итак... прошло восемь лет. Опять повеяло с неба сияющим счастьем весны; опять улыбнулась она земле и людям; опять под ее лаской все зацвело, полюбило и запело. Город О... мало изменился в течение этих восьми лет; но дом Марьи Дмитриевны как будто помолодел: его недавно выкрашенные стены белели приветно и стекла раскрытых окон румянились и блестели на заходившем солнце; из этих окон неслись на улицу радостные легкие звуки звонких молодых голосов, беспрерывного смеха; весь дом, казалось, кипел жизнью и переливался весельем через край. Сама хозяйка дома давно сошла в могилу: Марья Дмитриевна скончалась года два спустя после пострижения Лизы; и Марфа Тимофеевна недолго пережила свою племянницу; рядом покоятся они на городском кладбище. Не стало и Настасьи Карповны; верная ста-

---

[1] Д о ш Мария Шарлотта Евгения (1821—1900) — французская актриса, исполнявшая роль Маргариты Готье, героини драмы А. Дюма-сына «Дама с камелиями».

[2] Тучный вол с Украины *(франц.).*

рушка в течение нескольких лет еженедельно ходила молиться над прахом своей приятельницы... Пришла пора, и ее косточки тоже улеглись в сырой земле. Но дом Марьи Дмитриевны не поступил в чужие руки, не вышел из ее рода, гнездо не разорилось: Леночка, превратившаяся в стройную, красивую девушку, и ее жених — белокурый гусарский офицер, сын Марьи Дмитриевны, только что женившийся в Петербурге и вместе с молодой женой приехавший на весну в О..., сестра его жены, шестнадцатилетняя институтка с алыми щеками и ясными глазками, Шурочка, тоже выросшая и похорошевшая — вот какая молодежь оглашала смехом и говором стены калитинского дома. Все в нем изменилось, все стало под лад новым обитателям. Безбородые дворовые ребята, зубоскалы и балагуры, заменили прежних степенных стариков; там, где некогда важно расхаживала зажиревшая Роска, две легавые собаки бешено возились и прыгали по диванам; на конюшне завелись поджарые иноходцы, лихие коренники, рьяные пристяжные с плетеными гривами, донские верховые кони; часы завтрака, обеда, ужина, перепутались и смешались; пошли, по выражению соседей, «порядки небывалые».

В тот вечер, о котором зашла у нас речь, обитатели калитинского дома (старшему из них, жениху Леночки, было всего двадцать четыре года) занимались немногосложной, но, судя по их дружному хохотанью, весьма для них забавной игрой: они бегали по комнатам и ловили друг друга: собаки тоже бегали и лаяли, и висевшие в клетках перед окнами канарейки наперерыв драли горло, усиливая всеобщий гам звонкой трескотней своего яростного щебетанья. В самый разгар этой оглушительной потехи к воротам подъехал загрязненный тарантас, и человек лет сорока пяти, в дорожном платье, вылез из него и остановился в изумленье. Он постоял некоторое время неподвижно, окинул дом внимательным взором, вошел через калитку на двор и медленно взобрался на крыльцо. В передней никто его не встретил; но дверь залы быстро распахнулась — из нее, вся раскрасневшаяся, выскочила Шурочка, и мгновенно, вслед за ней, с звонким криком выбежала вся молодая ватага. Она внезапно остановилась и затихла при виде незнакомого; но светлые глаза, устремленные на него, глядели так же ласково, свежие лица не перестали смеяться. Сын Марьи Дмитриевны подошел к гостю и приветливо спросил его, что ему угодно?

— Я Лаврецкий, — промолвил гость.

Дружный крик раздался ему в ответ — и не потому, чтобы вся эта молодежь очень обрадовалась приезду отдаленного, почти забытого родственника, а просто потому, что она готова была шуметь и радоваться при всяком удобном случае. Лаврецкого тотчас окружили: Леночка, как старинная знакомая, первая назвала себя, уверила его, что еще бы немножко — и она непременно его бы узнала, и представила ему все остальное общество, называя каждого, даже жениха своего, уменьшительными именами. Вся толпа двинулась через столовую в гостиную. Обои в обеих комнатах были другие, но мебель уцелела; Лаврецкий узнал фортепьяно; даже пяльцы у окна стояли те же, в том же положении — и чуть ли не с тем же неконченным шитьем, как восемь лет тому назад. Его усадили на покойное кресло; все чинно уселись вокруг него. Вопросы, восклицания, рассказы посыпались наперерыв.

— А давно мы вас не видали, — наивно заметила Леночка, — и Варвару Павловну тоже не видали.

— Еще бы! — поспешно подхватил ее брат. — Я тебя в Петербург увез, а Федор Иваныч все жил в деревне.

— Да, ведь с тех пор и мамаша скончалась.

— И Марфа Тимофеевна, — промолвила Шурочка.

— И Настасья Карповна, — возразила Леночка, — и мосье Лемм...

— Как? и Лемм умер? — спросил Лаврецкий.

— Да, — отвечал молодой Калитин, — он уехал отсюда в Одессу; говорят, кто-то его туда сманил; там он и скончался.

— Вы не знаете, музыки после него не осталось?

— Не знаю; едва ли.

Все замолкли и переглянулись. Облачко печали налетело на все молодые лица.

— А Матроска жив, — заговорила вдруг Леночка.

— И Гедеоновский жив, — прибавил ее брат.

При имени Гедеоновского разом грянул дружный смех.

— Да, он жив и лжет по-прежнему, — продолжал сын Марьи Дмитриевны, — и вообразите, вот эта егоза (он указал на институтку, сестру своей жены) вчера ему перцу в табакерку насыпала.

— Как он чихал! — воскликнула Леночка, — и снова зазвенел неудержимый смех.

— Мы о Лизе недавно имели вести, — промолвил молодой Калитин, — и опять кругом все притихло, — ей хорошо, здоровье ее теперь поправляется понемногу.

— Она все в той же обители? — спросил не без усилия Лаврецкий.

— Все в той же.

— Она к вам пишет?

— Нет, никогда; к нам через людей вести доходят.

Сделалось внезапное, глубокое молчанье; вот «тихий ангел пролетел», — подумали все.

— Не хотите ли вы в сад? — обратился Калитин к Лаврецкому, — он очень хорош теперь, хотя мы его и запустили немножко.

Лаврецкий вышел в сад, и первое, что бросилось ему в глаза, — была та самая скамейка, на которой он некогда провел с Лизой несколько счастливых, не повторившихся мгновений; она почернела, искривилась; но он узнал ее, и душу его охватило то чувство, которому нет равного и в сладости и в горести, — чувство живой грусти об исчезнувшей молодости, о счастье, которым когда-то обладал. Вместе с молодежью прошелся он по аллеям: липы немного постарели и выросли в последние восемь лет, тень их стала гуще; зато все кусты поднялись, малинник вошел в силу, орешник совсем заглох, и отовсюду пахло свежим дромом [1], лесом, травою, сиренью.

— Вот где хорошо бы играть в четыре угла, — вскрикнула вдруг Леночка, войдя на небольшую зеленую поляну, окруженную липами, — нас, кстати, пятеро.

— А Федора Ивановича ты забыла? — заметил ее брат. — Или ты себя не считаешь?

Леночка слегка покраснела.

---

[1] Дром — хворост, валежник.

— Да разве Федор Иваныч, в его лета, может... — начала она.

— Пожалуйста, играйте, — поспешно подхватил Лаврецкий, — не обращайте внимания на меня. Мне самому будет приятнее, когда я буду знать, что я вас не стесняю. А занимать вам меня нечего; у нашего брата, старика, есть занятие, которого вы еще не ведаете и которого никакое развлечение заменить не может: воспоминания.

Молодые люди выслушали Лаврецкого с приветливой и чуть-чуть насмешливой почтительностью, — точно им учитель урок прочел, — и вдруг посыпали от него все прочь, вбежали на поляну; четверо стало около деревьев, один на середине — и началась потеха.

А Лаврецкий вернулся в дом, вошел в столовую, приблизился к фортепьяно и коснулся одной из клавиш: раздался слабый, но чистый звук и тайно задрожал у него в сердце: этой нотой начиналась та вдохновенная мелодия, которой, давно тому назад, в ту же самую счастливую ночь, Лемм, покойный Лемм, привел его в такой восторг. Потом Лаврецкий перешел в гостиную и долго не выходил из нее: в этой комнате, где он так часто видал Лизу, живее возникал перед ним ее образ; ему казалось, что он чувствовал вокруг себя следы ее присутствия; но грусть о ней была томительна и не легка: в ней не было тишины, навеваемой смертью. Лиза еще жила где-то, глухо, далеко; он думал о ней, как о живой, и не узнавал девушки, им некогда любимой, в том смутном, бледном призраке, облаченном в монашескую одежду, окруженном дымными волнами ладана. Лаврецкий сам бы себя не узнал, если б мог так взглянуть на себя, как он мысленно взглянул на Лизу. В течение этих восьми лет совершился, наконец, перелом в его жизни, тот перелом, которого многие не испытывают, но без которого нельзя остаться порядочным человеком до конца; он действительно перестал думать о собственном счастье, о своекорыстных целях. Он утих и — к чему таить правду? — постарел не одним лицом и телом, постарел душою; сохранить до старости сердце молодым, как говорят иные, и трудно и почти смешно; тот уже может быть доволен, кто не утратил веры в добро, постоянства воли, охоты к деятельности.

Лаврецкий имел право быть довольным: он сделался действительно хорошим хозяином, действительно выучился пахать землю и трудился не для одного себя; он, насколько мог, обеспечил и упрочил быт своих крестьян.

Лаврецкий вышел из дома в сад, сел на знакомой ему скамейке — и на этом дорогом месте, перед лицом того дома, где он в последний раз напрасно простирал свои руки к заветному кубку, в котором кипит и играет золотое вино наслажденья, — он, одинокий, бездомный странник, под долетавшие до него веселые клики уже заменившего его молодого поколения, — оглянулся на свою жизнь. Грустно стало ему на сердце, но не тяжело и не прискорбно: сожалеть ему было о чем, стыдиться — нечего. «Играйте, веселитесь, растите, молодые силы, — думал он, и не было горечи в его думах, — жизнь у вас впереди, и вам легче будет жить: вам не придется, как нам, отыскивать свою дорогу, бороться, падать и вставать среди мрака; мы хлопотали о том, как бы уцелеть — и сколько из нас не уцелело! — а вам надобно дело делать, работать, и благословение нашего брата, старика, будет с вами. А мне, после сегодняшнего дня, после этих ощущений, остается отдать вам последний поклон — и хотя с печалью, но без зависти, без всяких темных чувств сказать, в виду конца, в виду ожидающего Бога: «Здравствуй, одинокая старость! Догорай, бесполезная жизнь!»

Лаврецкий тихо встал и тихо удалился; его никто не заметил, никто не удерживал; веселые клики сильнее прежнего раздавались в саду за зеленой сплошной стеной высоких лип. Он сел в тарантас и велел кучеру ехать домой и не гнать лошадей.

* * *

«И конец? — спросит, может быть, неудовлетворенный читатель. — А что же сталось потом с Лаврецким? С Лизой?» Но что сказать о людях, еще живых, но уже сошедших с земного поприща, зачем возвращаться к ним? Говорят, что Лаврецкий посетил тот отдаленный монастырь, куда скрылась Лиза, — увидел ее. Перебираясь с клироса на клирос она прошла близко мимо него, прошла ровной, торопливо-смиренной походкой монахини — и не взглянула на него; только ресницы обращенного к нему глаза чуть-чуть дрогнули, только еще ниже наклонила она свое исхудалое лицо — и пальцы сжатых рук, перевитые четками, еще крепче прижались друг к другу. Что подумали, что почувствовали оба? Кто узнает? Кто скажет? Есть такие мгновения в жизни, такие чувства... На них можно только указать — и пройти мимо.

СОДЕРЖАНИЕ

РУДИН 7

ДВОРЯНСКОЕ ГНЕЗДО 141

Издательская группа АСТ

Издательская группа АСТ, включающая в себя около **50 издательств** и редакционно-издательских объединений, предлагает вашему вниманию **более 10 000** названий книг самых разных видов и жанров. Мы выпускаем классические произведения и книги современных авторов. В наших каталогах — интеллектуальная проза, детективы, фантастика, любовные романы, книги для детей и подростков, учебники, справочники, энциклопедии, альбомы по искусству, научно-познавательные и прикладные издания, а также широкий выбор канцтоваров.

В числе наших авторов мировые знаменитости Сидни Шелдон, Стивен Кинг, Даниэла Стил, Джудит Макнот, Бертрис Смолл, Джоанна Линдсей, Сандра Браун, создатели российских бестселлеров Борис Акунин, братья Вайнеры, Андрей Воронин, Полина Дашкова, Сергей Лукьяненко, Фридрих Незнанский братья Стругацкие, Виктор Суворов, Виктория Токарева, Эдуард Тополь, Владимир Шитов, Марина Юденич, а также любимые детские писатели Самуил Маршак, Сергей Михалков, Григорий Остер, Владимир Сутеев, Корней Чуковский.

Книги издательской группы АСТ вы сможете заказать и получить по почте в любом уголке России. Пишите:

107140, Москва, а/я 140

ВЫСЫЛАЕТСЯ БЕСПЛАТНЫЙ КАТАЛОГ

Вы также сможете приобрести книги группы АСТ по низким издательским ценам в наших **фирменных магазинах:**

В Москве:

- Звездный бульвар, д. 21, 1 этаж, тел. 232-19-05
- ул. Татарская, д. 14, тел. 959-20-95
- ул. Каретный ряд, д. 5/10, тел. 299-66-01, 299-65-84
- ул. Арбат, д. 12, тел. 291-61-01
- ул. Луганская, д. 7, тел. 322-28-22
- ул. 2-я Владимирская, д. 52/2, тел. 306-18-97, 306-18-98
- Большой Факельный пер., д. 3, тел. 911-21-07
- Волгоградский проспект, д. 132, тел. 172-18-97
- Самаркандский бульвар, д. 17, тел. 372-40-01

мелкооптовые магазины

- 3-й Автозаводский пр-д, д. 4, тел. 275-37-42
- проспект Андропова, д. 13/32, тел. 117-62-00
- ул. Плеханова, д. 22, тел. 368-10-10
- Кутузовский проспект, д. 31, тел. 240-44-54, 249-86-60

В Санкт-Петербурге:

- проспект Просвещения, д. 76, тел. (812) 591-16-81 (магазин «Книжный дом»)

Издательская группа АСТ
129085, Москва, Звездный бульвар, д. 21, 7 этаж.
Справки по телефону (095) 215-01-01, факс 215-51-10
E-mail: astpub@aha.ru   http://www.ast.ru

НОВЫЕ СОВРЕМЕННЫЕ ЛЮБОВНЫЕ РОМАНЫ

СЕРИЯ «ИНТРИГА»

Любовь героев романов серии «Интрига» подвергается страшным испытаниям. Повороты их судеб непредсказуемы, и каждый неверный шаг грозит обернуться трагедией. Но, даже идя по лезвию бритвы, отделяющей жизнь от гибели, продолжают прекрасные женщины и их бесстрашные возлюбленные бороться за свое счастье. Сюжеты романов серии "Интрига" поражают динамизмом, а невероятные ситуации и стремительное развитие событий соседствуют с блестящим знанием авторами нравов богемы и высшего света.

Книги издательства АСТ можно заказать по адресу:
107140, Москва, а/я 140 АСТ – "Книги по почте".
Издательство высылает бесплатный каталог.

Героини незабываемых, увлекательных романов серии "Страсть" - наши современницы. Книги этой серии способны убедить в том, что неистовые чувства и романтические переживания вовсе не ушли в прошлое - напротив, по-прежнему занимают главное место в жизни женщины. Действие романов серии "Страсть" динамично, характеры отличаются оригинальностью и остротой, а эротические сцены буквально завораживают читательниц своей красотой и возвышенностью...

Книги издательства АСТ можно заказать по адресу: 107140, Москва, а/я 140 АСТ - "Книги по почте".

Издательство высылает бесплатный каталог.

ИЗДАТЕЛЬСТВО АСТ ПРЕДЛАГАЕТ

ЛУЧШИЕ КНИЖНЫЕ СЕРИИ

СЕРИЯ "ОЧАРОВАНИЕ"

Серия "Очарование" действительно очарует читательницу, подарит ей прекрасную страну грез и фантазий, страстей и приключений, прелестных женщин и безоглядно храбрых мужчин, изысканных чувств и всепоглощающей любви, о которой можно только мечтать. А прелесть любовных сцен, которыми наполнены романы серии "Очарование", не оставит равнодушной ни одну женщину...

Книги издательства АСТ можно заказать по адресу: 107140, Москва, а/я 140 АСТ – "Книги по почте".

Издательство высылает бесплатный каталог.

ИЗДАТЕЛЬСТВО АСТ ПРЕДЛАГАЕТ

ЛУЧШИЕ КНИЖНЫЕ СЕРИИ

ПОПУЛЯРНЕЙШАЯ СЕРИЯ ЛЮБОВНЫХ ИСТОРИЧЕСКИХ РОМАНОВ "ШАРМ"

Нежные и преданные женщины, отважные и благородные мужчины, возвышенные чувства и горячая земная страсть любовных сцен, захватывающие, полные приключений, похищений, опасных интриг и головокружительных погонь сюжеты, уводящие читательниц в самые далекие времена и самые экзотические страны, - все это не оставит равнодушной ни одну настоящую женщину...

Книги издательства АСТ можно заказать по адресу: 107140, Москва, а/я 140 АСТ – "Книги по почте".

Издательство высылает бесплатный каталог.

Издательство АСТ

предлагает вниманию читателей
собрание сочинений

Ирвина Шоу

"МОЛОДЫЕ ЛЬВЫ"

"РАСТРЕВОЖЕННЫЙ ЭФИР"

"ЛЮСИ КРАУН"

"ДВЕ НЕДЕЛИ В ДРУГОМ ГОРОДЕ"

"БОГАЧ, БЕДНЯК"

"ВЕЧЕР В ВИЗАНТИИ"

"НОЧНОЙ ПОРТЬЕ"

"ВЕРШИНА ХОЛМА"

"ХЛЕБ ПО ВОДАМ"

"ДОПУСТИМЫЕ ПОТЕРИ"

"ГОЛОСА ЛЕТНЕГО ДНЯ"

РАССКАЗЫ

*Романы "Богач, бедняк" и "Молодые львы"
впервые издаются без сокращений*

**По вопросам оптовой покупки книг
издательства АСТ обращаться по адресу:**
*Звездный бульвар, дом 21, 7-й этаж
Тел. 215-43-38, 215-01-01, 215-55-13*

"Звезды мировой философии"

Это уникальное по полноте издание рассказывает об основных этапах развития философской мысли, знакомит с биографиями и концепциями величайших мудрецов, таких как

Платон и Аристотель, Иисус Христос и Будда, Конфуций и Чжуан-цзы, Руссо и Шамфор, Гегель и Шопенгауэр, Чаадаев и Толстой.

В серии вышли книги
"Мудрость трех тысячелетий"
"Энциклопедия высокого ума"
"Философия сорока пяти поколений"
"Золотая философия"
"Современники вечности"

*

Особую ценность серии придает тщательно подобранный иллюстративный ряд. Огромное количество вдумчиво обработанного и любовно преподнесенного философского материала делает их интересными как для специалистов, так и для широкого круга читателей.

Литературно-художественное издание

Тургенев Иван Сергеевич

**Дворянское гнездо
Рудин**

Романы

Художественный редактор О.Н. Адаскина
Компьютерный дизайн: А.Р. Казиев
Технический редактор Е.В. Триско
Компьютерная верстка: Е.В. Подлесная
Корректор М.С. Севрюкова

Подписано в печать с готовых диапозитивов 13.02.2001.
Формат 84×108¹/₃₂. Бумага типографская. Печать офсетная.
Усл. печ. л. 16,8. Уч.-изд. л. 16,76. Тираж 4000 экз. Заказ 1617.

Налоговая льгота — общероссийский классификатор продукции
ОК-005-93, том 2; 953000 — книги, брошюры

Гигиеническое заключение
№ 77.99.14.953.П.12850.7.00 от 14.07.2000 г.

ООО «Издательство АСТ»
Лицензия ИД № 02694 от 30.08.2000 г.
674460, Читинская область, Агинский район,
п. Агинское, ул. Базара Ринчино, д. 84
Наши электронные адреса:
WWW.AST.RU
E-mail: astpub@aha.ru

При участии ООО «Харвест». Лицензия ЛВ № 32 от 10.01.01.
РБ, 220013, Минск, ул. Кульман, д. 1, корп. 3, эт. 4, к. 42.

Республиканское унитарное предприятие
«Издательство «Белорусский Дом печати».
220013, Минск, пр. Ф. Скорины, 79.

Тургенев И.С.
Т87 Дворянское гнездо. Рудин: Романы. — М.: ООО «Издательство АСТ», 2002. — 320 с. — (Мировая классика).

ISBN 5-17-007134-5

В книгу вошли два романа И.С. Тургенева — «Рудин» и «Дворянское гнездо», главные герои которых, Рудин и Лаврецкий, продолжили собой галерею «лишних людей», открытую образом Онегина.

УДК 882
ББК 84(2Рос-Рус)